D1923423

LUZIFER
VERLAG

DAVID LEADBEATER

ODINS VERMÄCHTNIS

EIN **MATT DRAKE**-ABENTEUER

LUZIFER VERLAG

Deutsche Erstausgabe
Titel der Originalausgabe: THE BONES OF ODIN

www.luzifer.press

Umschlaggestaltung: Michael Schubert | Luzifer-Verlag
Übersetzung: Philipp Seedorf

ISBN: 978-3-95835-408-1

Dieses Buch wurde nach Dudenempfehlung (Stand 2019) lektoriert.

Bibliografische Information der Deutschen Nationalbibliothek:
Die Deutsche Nationalbibliothek verzeichnet diese Publikation in der Deutschen Nationalbibliografie; detaillierte bibliografische Daten sind im Internet über *http://dnb.d-nb.de* abrufbar.

WIDMUNG

Ich möchte dieses Buch meiner Tochter Keira widmen.
Versprechen, die zu halten sind,
und noch Meilen an Weg vor uns …

Und allen, die mich je bei meinem Schreiben
unterstützt haben.

PROLOG

Einige der größten Schätze der Geschichte sind in keinem Museum ausgestellt. Sie werden nicht elegant auf einem Samtkissen den bewundernden Blicken der Massen präsentiert. Stattdessen werden sie ignoriert, sie verstauben und verrotten. Unbeachtet und abgelehnt, größtenteils, weil sie innerhalb des akzeptierten Rahmens der Geschichtsschreibung nicht erklärbar sind.

Draußen war es deprimierend grau. Professor Roland Parnevik seufzte, trat ans Fenster und sah hinaus. Als er davon erfahren hatte, wusste er, diese Mission, diese Suche, würde all seine Anstrengungen kosten. Man erhielt nicht jeden Tag die Chance, Antworten auf die Fragen zu bekommen, die sich in einem gesamten Lebenswerk angesammelt hatten. Die Straßen draußen waren leer – es war schon spät – und ein schroffer Wind pfiff zwischen den Häusern entlang, peitschte nach oben und schüttelte die Baumreihen durch, bevor er eine Böe gegen das Schaufenster des kleinen Autohandels gegenüber pustete, über die Hausdächer strich und verebbte.

Parnevik zitterte, obwohl es im Raum warm war. Die Fassaden des Straßenzugs waren grau, verbranntes Orange und schmutziges Weiß – farblos wäre zuviel gesagt –, keine besonders inspirierende Aussicht.

Dennoch schlug ihm das Herz bis zum Hals.

Die größtenteils ergrauten Professoren der Archäologie hinter ihm redeten alle durcheinander. »Das ist wieder genau wie bei der Glocke und dem Hammer«, sagte einer von ihnen auf Schwedisch. »Wie bei der umstrittenen Deutung der achtkarätigen Goldkette. Die werden uns das niemals untersuchen lassen.«

Jemand anderes meldete sich zu Wort: »Dieses Mal müssen sie es tun, sie müssen einfach. Bei einem derart bedeutenden und *wichtigen* Fund. Das können die nicht ignorieren.«

»Pah«, fügte eine weitere Stimme hinzu, Parnevik erkannte sie genau wie all die anderen sofort. Sie alle arbeiteten schon seit vielen Jahren zusammen. »Die Konformisten werden versuchen, den Fund zu entkräften. Das Alter für wissenschaftlich unmöglich erklären; die Quelle diskreditieren. Und dann werden sie unser Artefakt, unsere Entdeckung … und uns … mit Nichtachtung strafen.«

Parnevik drehte sich um. Im Geiste ging er in rasender Eile zahllose vergangene Diskussionen mit diesen Männern durch, rief sich die relevanten Gespräche in Erinnerung. Die Artefakte, auf die sich seine Kollegen bezogen, waren mittlerweile Legenden der Archäologie, manche galten sogar als *Großstadtlegenden.* Und das war natürlich genau das, was die konformistische wissenschaftliche Gemeinde der großen Mehrheit weismachen wollte. Die Wahrheit war zu brenzlig, um sie mit der Kneifzange anzufassen, als würde man versuchen, Lava aufzuheben.

Zum einen – der Hammer. Im Juni 1936 entdeckte eine Gruppe Wanderer einen kleinen Felsen, aus dem ein Stück Holz hervorragte. Sie beschlossen, das merkwürdige Objekt mitzunehmen, und was sie fanden, erschütterte die Welt der Wissenschaft bis in ihre Grundfesten. Tief im Stein eingebettet war ein uralter, von Menschenhand gemachter Hammer.

Später, als man ihn datiert und untersucht hatte, erwies sich der Felsen als 400 Millionen Jahre alt. Der Hammer selbst war über 500 Millionen Jahre alt. Ein Teil des Griffs hatte sich bereits in Kohle verwandelt. Das Eisen des Hammerkopfes war so rein, dass er ohne die Hilfe moderner Erzschmelzmethoden kaum herzustellen war.

Nur der eine, dachte Parnevik. Wäre der Hammer das einzige Artefakt gewesen, hätte man es für einen Scherz oder eine Falschmeldung halten können. Aber es gab buchstäblich Tausende dieser Artefakte, die in Dutzenden Museen überall auf der Welt Staub ansetzten, versteckt vor dem Blick der Öffentlichkeit, explosive Geheimnisse – unter Staubschichten begraben –, die ganze Forschungszweige durcheinanderwirbelten.

Und dann war da die Glocke. 1944 hatte ein Junge im Keller des Hauses der Familie ein großes Stück Kohle fallen lassen. Es war aufgebrochen und hatte ein Geheimnis freigegeben, das nach landläufiger wissenschaftlicher Meinung unerklärlich war: eine handgefertigte Glocke aus einer Metalllegierung mit einem eisernen Schlägel und einem sorgfältig gefertigten Griff. Das Kohleflöz, aus dem die Kohle stammte, war 300 Millionen Jahre alt.

Wissenschaftler und Geologen stimmten überein, dass Kohle ein Nebenprodukt sich zersetzender Vegetation ist, die vor langer Zeit von Sediment bedeckt worden war. Dieses Sediment versteinerte dann und wurde zu Felsen. Die Evolutionstheoretiker glaubten, der natürliche Prozess, in dem sich Kohle bildete, dauere von mehreren Tausend bis zu 400 Millionen Jahren. Die Kreationisten und Evolutionsanhänger stritten über diese Frage schon viele Jahre.

1968 hatte ein Paläontologe eine Spur versteinerter Dinosaurierabdrücke in der Nähe einer Stadt in Texas freigelegt. Die Funde waren erneut verblüffend. Parallel zu den Spuren der Dinosaurier, in genau derselben hundert Millionen Jahre alten versteinerten Erdschicht der Kreidezeit, verliefen menschliche Fußabdrücke.

Die Leugner waren sofort lautstark auf den Plan getreten – hatten aus voller Expertenlunge »Fälschung« geschrien. Die

Fernsehsender liebten diese Experten und zogen sie bei jeder neuen Krise hinzu, um die Ängste der Öffentlichkeit zu zerstreuen.

Aber taten sie das? Parnevik selbst erinnerte sich, dass er skeptisch gewesen war und sich so seine Gedanken angesichts dieser Meldung gemacht hatte, und er war damals nur ein kleiner Junge. Experten sagten, die menschlichen Spuren seien eigentlich von Dinosauriern gewesen, die verwittert waren und deswegen menschlich aussahen, aber sie hatten nie erklärt, wieso die dreizehigen Abdrücke des Dinosauriers direkt daneben nicht auf gleiche Weise verwittert waren.

Später stellte man fest, dass die menschlichen Fußabdrücke unter einer Felsschicht, die aus dem Flussbett entfernt wurde, weiterliefen. Und danach fand man auf der ganzen Welt noch mehr solcher Fußspuren.

Parnevik drehte sich vom Fenster weg und ließ seinen Blick über den Raum schweifen. Die Gruppe älterer Männer saß auf Sofas verteilt, mit Kaffeetassen und Wasserflaschen versorgt vor blinkenden Computerbildschirmen, der große Tisch voller staubiger Bücher und Schriftrollen.

Alle sahen ihn an.

Er sagte nichts, nahm sich Zeit, dachte über die allgemein akzeptierten Glaubenssätze über die Welt der Antike im Licht der Fakten nach, die nun aufgetaucht waren. Es gab natürlich noch einen Fall – den bisher besten …

»Roland?« Eine Stimme unterbrach seinen Gedankengang. »Also, was denkst du? Interessiert es dich nicht, wenn wissenschaftliche Glaubenssätze über den Haufen geworfen werden?«

»Im Gegenteil«, erwiderte Parnevik, »aber ich denke, wir werden unsere Worte und Methoden sehr sorgfältig wählen müssen. Du weißt, unsere eigenen Kollegen werden versuchen, uns zu diskreditieren. Sie werden uns ächten. Dieser neue Fund, nun, er stellt nicht nur den wissenschaftlichen Glauben infrage, *er weist auf die Existenz von Wesen hin, die selbst wir als bloßen Mythos ablehnen.*«

»Ein interessanter Tag«, lachte ein anderer und ein Chor alternder Männerstimmen stimmte mit ein, der sich bald in Räuspern und bellendes Husten verwandelte.

Noch dazu, dachte Parnevik, *hat eine der führenden Organisationen der Welt bereits die Existenz dieses Problems anerkannt.*

1987 und erneut 1992 veröffentlichte das *Smithsonian* einen Artikel, der sich auf die »Versteinerten Fußspuren« bezog, erkannte die damit verbundenen Unstimmigkeiten an und bezeichnete sie im Lichte der etablierten Wissenschaft als *problematisch*. Darin waren Spuren von großem »Säugetieren« und Vögeln beschrieben, die sich »lange nach dem Perm-Zeitalter entwickelt hatten, auch wenn die Spuren eindeutig aus dieser Periode stammten«.

Eindeutig aus dem Perm, dachte Parnevik. *Eine gewichtige Aussage vom Smithsonian.*

Auch wenn es vorbildlich war, dass das *Smithsonian* die gefundenen Spuren von Säugetieren und Vögeln anerkannt hatte, traf es keine Aussage zu den menschlichen Fußspuren, die gemeinsam mit ihnen entdeckt wurden.

»Ich denke an die Kugeln aus Südafrika«, sagte er laut. »Die sogenannten Klerksdorp-Sphären.« Die Kugeln, die in mehreren Jahrzehnten von Minenarbeitern gefunden worden waren, maßen zwischen 25 und 100 Millimeter im Durchmesser und drei parallele Rillen verliefen außen herum. Es hieß, die Kugeln seien so sorgfältig ausbalanciert, dass man eine Umgebung ohne Schwerkraft bräuchte, um das zu bewerkstelligen.

Der heftige Widerspruch der wissenschaftlichen Gemeinde war wenig überraschend und dem Umstand geschuldet, dass die Kugeln in Fels gefunden worden waren, der auf das Präkambrium datiert wurde – 2,8 Milliarden Jahre alt.

»Wie viele Menschen wissen überhaupt von den Klerksdorp-Sphären?«, fragte Parnevik, um seiner Aussage Nachdruck zu verleihen. »Wie viele Dokumentationen in den großen Sendern haben sich denn schon damit beschäftigt? Und wer kann sich denn noch an die armen Archäologen erinnern, die versucht haben, die Öffentlichkeit über das wahre Alter dieser Anomalien aufzuklären? Nicht einmal ich, denn die Karrieren der Männer waren beendet, als ich noch ein kleiner Junge war. Die Öffentlichkeit ist bereits indoktriniert. Das ...«, er zeigte mit dem Finger auf das neue Objekt im hinteren Teil des Raumes, »... ist Gold wert für Revolutionäre.«

Viele von ihnen lächelten.

»Wenn wir nur nicht alle so alt wären«, Parnevik konnte sich ein Lächeln nicht verkneifen, »dann kämen wir uns vielleicht nicht so radikal vor.«

»All diese verborgenen Entdeckungen müssen erneut untersucht werden«, sagte ein enger Freund von Parnevik. »Wenn nur eine einzige davon vom wissenschaftlichen Establishment verifiziert wird, würde das entweder zu einer Neubewertung des Prozesses der Geologie oder der Theorie der Evolution der Menschheit führen.«

Eine bedeutungsschwangere Stille senkte sich über den Raum, die Luft vibrierte förmlich vor nervöser Anspannung und unterdrückter Begeisterung.

Parnevik deutete wieder auf das neu gefundene Objekt. »Das Alter wurde von zwei Stellen bestätigt?«

»Ja«, sagten mehrere von ihnen gleichzeitig.

»Mehr als das«, fügte eine einzelne Stimme hinzu.

»Und es ist …« Aber Parnevik wagte nicht, die Worte seinen Kollegen in den Mund zu legen.

»Es ist der Schild«, kam die Antwort. »Odins Schild.«

Er lächelte. War glücklich. Sogar aufgeregt. Ihm war nicht klar, dass seine unbefriedigte wissenschaftliche Neugier bald den gesamten Planeten in Gefahr bringen würde.

KAPITEL 1

YORK, ENGLAND

Die Dunkelheit explodierte.

»Das ist es.« Matt Drake sah durch den Sucher und versuchte das ihn umgebende Spektakel zu ignorieren, sich stattdessen auf das absurd gekleidete Model zu konzentrieren, das den Laufsteg entlang spazierte.

Keine leichte Aufgabe. Aber er war ein Profi, oder versuchte zumindest, einer zu sein. Niemand hatte je gesagt, der Übergang vom Leben als Soldat beim SAS in das Zivilleben würde einfach sein. Aber er hatte in den letzten sieben Jahren mehr zu kämpfen gehabt als die meisten. Er war von einem Job zum nächsten gesprungen – jedes Mal ein Schuss ins Blaue –, aber nun hatte er endlich seine Berufung gefunden: Fotografie.

Besonders heute Abend. Das erste Model winkte und ließ ein professionelles, hochmütiges Lächeln folgen, bevor es unter anschwellender Musik und Jubel davonglitt. Drake drückte weiter auf den Auslöser der Kamera, während Ben, sein zwanzigjähriger langhaariger Mitbewohner, sich zu ihm lehnte, um ihm ins Ohr zu schreien: »Im Programm steht, das war Milla Jovovich. Ich zitiere: *Filmstar und Model für den Modeschöpfer Frey*. Wow, ist das Bridget Hall? Schwer zu sagen unter all der Wikingerausrüstung.«

Drake ignorierte den Kommentar und konzentrierte sich auf seine Aufgabe, weil er nicht ganz sicher war, ob sein junger Freund es ernst meinte. Er versuchte das lebhafte Geschehen auf dem Laufsteg einzufangen, und die Lightshow, die über die Menge flackerte. Die Models waren wie Wikinger ausstaffiert, trugen Schwerter und Schilde, Helme und Hörner – Retrokostüme, die von dem international bekannten Designer Abel Frey entworfen worden waren, der die Mode der neuen Saison mit antiken nordischen Kampfmonturen kombiniert hatte, um diesem Abend einen gebührenden Rahmen zu verleihen.

Drake konzentrierte sich auf das Ende des Laufstegs und das Objekt der abendlichen Feierlichkeiten – ein Schild. Das kürzlich entdeckte Relikt, das man recht ambitioniert »Odins Schild« genannt hatte. Ambitioniert deshalb, weil in Drakes Augen Odin ein Gott war, und, na ja … mythologisch. Der Schild war vor kurzem in Island gefunden worden und nun auf einer weltweiten Tour. Man hatte ihn den größten Fund in der nordischen Mythologie genannt und auf einen Zeitpunkt datiert, der noch *vor* der Ära der Wikinger lag. Weit davor. *Nur eine Anomalie*, hatten die Experten gesagt und sich mehr Zeit ausgebeten, um den Schild zu untersuchen.

Ein tief gehendes und faszinierendes Mysterium, das die Aufmerksamkeit der Welt fesselte. Der Wert des Schilds und sein Bekanntheitsgrad waren weiter gestiegen, als Wissenschaftler sich in den Publicity-Zirkus eingemischt hatten, nachdem ein unbekanntes Element in seiner Legierung entdeckt worden war.

Ben zog Drake am Arm, wodurch er das Model verpasste und stattdessen einen Schnappschuss des Mondes aufnahm.

»Oha!« Ben lachte. »Sorry, Matt. Ziemlich cooles Event. Abgesehen von der Musik. Die ist Müll. Die könnten meine Band engagieren, Wall of Sleep. Kostet nur ein paar Hunderter. Ist das zu glauben, dass *York* so was Abgefahrenes auf die Beine gestellt hat?«

Drake wedelte mit der Kamera in der Luft herum. »Ehrlich gesagt? Nein.« Er wohnte schon eine Weile hier und wusste alles über den Stadtrat und seine merkwürdigen Visionen. Die Zukunft liegt in der Vergangenheit, so sagten sie zumindest. »Aber pass auf, *York* zahlt deinem Vermieter ein paar dicke Scheine, damit er Bilder von Models und Schilden macht, nicht vom *Nachthimmel.* Und *deine* Band ist Schrott. Also mach dich locker, okay?«

Ben rollte mit den Augen. »Schrott? Wall of Sleep müssen sich gerade zwischen, äh … mehreren Angeboten für einen Plattenvertrag entscheiden, Kumpel.«

»Ich versuche, mich auf die hübschen Models zu konzentrieren.« Drake hatte eigentlich mehr den Schild selbst im Blick, der unter den Scheinwerfern des Laufstegs funkelte. Zweifellos ein beeindruckendes Objekt. Er bestand aus zwei Kreisen. Auf dem inneren waren Symbole, die aussahen wie antike Darstellungen von Tieren und ein auf dem Kopf stehendes Dreieck, im äußeren sah man eine Mischung aus weiteren Tierdarstellungen und Symbolen.

Ein gefundenes Fressen für die durchgeknallten Verschwörungstheoretiker, dachte er.

»Draufhalten«, flüsterte er bei sich selbst, als ein Model mit dem Schild posierte und er digital den Kontrast zwischen Jugend und Alter festhielt.

Der Laufsteg war vor dem bekannten Yorvik-Center in York aufgebaut worden – einem Museum für die Geschichte der Wikinger –, nachdem Schwedens staatliches historisches Museum ihnen kurzfristig Anfang September den Schild ausgeliehen hatte. Die Bedeutung der Veranstaltung nahm schlagartig zu, als der zurückgezogen lebende Superstar unter den Modeschöpfern, Abel Frey, angeboten hatte, ein Catwalk-Event zu sponsern, um die Ausstellung einzuläuten.

Ein weiteres Model stolzierte über den provisorischen Laufsteg, mit dem Gesichtsausdruck einer Katze, die nach der abendlichen Sahneschüssel suchte. Scheinwerfer durchkämmten den Himmel hinter ihr. Das grelle Licht wurde von den vielen Schaufenstern reflektiert und ruinierte jegliche künstlerische Aura, die Drake einfangen wollte. Die Dance-Music von Cascada knallte ihm um die Ohren und lenkte ihn ab. *Verfluchter Mist*, dachte er. *Einsätze in Bosnien waren leichter zu ertragen als das hier.*

Die Menge wuchs noch an. Er betrachtete einen Moment die Gesichter um sich herum, die alle hofften, einen Blick auf Abel Frey zu erhaschen, ihr Idol, das nirgends zu sehen war. Menschen in aufgedonnerten Outfits schufen eine Karnevalsatmosphäre. Er lächelte. Der Drang, immer wachsam zu sein, war zugegebenermaßen nach sieben Jahren außer Dienst weniger ausgeprägt – die Armee-Instinkte ließen langsam nach, aber wenn er es zuließ, konnten sie wieder zum Leben erwachen, frisch, unversehrt und bereit, die Kontrolle zu übernehmen. Auf eine perverse Weise waren sie stärker geworden, seitdem Alyson, seine Frau, bei einem Autounfall vor zwei Jahren gestorben war. Kurz vor ihrem Tod hatte sie zu ihm gesagt, dass er vielleicht die Armee verlassen hatte, aber die Armee niemals ihn verlassen würde. Damals hatte er den Kommentar überheblich abgetan. Was meinte sie überhaupt damit?

Nun, hingegen …

Ein vertrautes Geräusch aus alten Zeiten holte Drake wieder ins Hier und Jetzt, ein fernes *Tschuck-Tschuck*, lange vergessen … eine bloße Erinnerung … *Tschuck* …

Drake schüttelte den Gedankennebel ab und konzentrierte sich wieder auf die Show auf dem Laufsteg. Zwei Models führten einen stilisierten Kampf unter Odins Schild auf, nichts Spektakuläres, nur ein bisschen Futter für die Medien, aber die Menge jubelte und die Fernsehkameras surrten, während Drake wie ein Derwisch den Auslöser betätigte. Im Herzen der Menge eingekeilt, spürte er dessen Schlag wie eine fröhliche Kadenz.

Und dann runzelte er die Stirn. Er senkte die Kamera. Sein soldatischer Scharfsinn war vielleicht lethargisch geworden, aber beileibe nicht verschwunden. Das *Tschuck-Tschuck* war unverwechselbar. Wieso zur Hölle hielten zwei Apache-Kampfhubschrauber der Armee direkt auf das Event zu?

»Ben«, sagte er bedächtig, und stellte die einzige Frage, die ihm dazu einfiel. »Wenn du ein solcher Nerd bist, wie ich denke, hast du doch sicher das Programm des Abends genau recherchiert. Hast du von irgendwelchen Überraschungsgästen gehört?«

»Na ja, es wurde getwittert, dass Kate Moss vielleicht auftaucht.«

»Kate Moss?« Drake bezweifelte, dass sie sich aus einem Militärhelikopter abseilen würde.

Die Hubschrauber donnerten über sie hinweg, umkreisten sie und blieben dann nebeneinander in der Schwebe. Es war ein spektakulärer Anblick, der Mond glänzte hinter ihnen. Die Menge jubelte begeistert und erwartete etwas Besonderes. Alle Augen und Kameras richteten sich auf den Nachthimmel.

Ben schrie: »Was zur Hölle …?« Sein Handy klingelte. Seine Familie hielt steten Kontakt zu ihm und als wohlerzogener Sohn ging er immer ran.

Drake ignorierte ihn und sah in Richtung der Helikopter, bemerkte die voll bestückten Raketenwerfer, die 30-Millimeter-Maschinenkanonen, die sichtbar unter dem vorderen Rumpf angebracht waren, und er versuchte rasch, die Situation einzuschätzen.

Die Menge war auf einem kleinen quadratischen Platz versammelt, der von Geschäften eingegrenzt war, und es gab nur drei Ausgänge. Ben und er hatten nur eine Wahl, wenn ... sobald ... das Gedränge losging: Direkt auf den Laufsteg zuhalten.

Und dann brach die Hölle los.

Ohne Vorwarnung wurden Dutzende Seile aus dem zweiten Helikopter gelassen – wohl ein Apache-Hybrid, wie Drake klar wurde; eine Maschine, die modifiziert worden war, um mehrere Crew-Mitglieder aufzunehmen. Maskierte Männer rutschten an den Seilen hinab und verschwanden hinter dem Laufsteg. Drake bemerkte die Waffen, die sie vor der Brust trugen, als sich ein verängstigtes Schweigen über die Menge legte. Die letzten Stimmen waren die von Kindern, die nach dem Warum fragten, aber bald verstummten auch sie.

Die Security vor Ort rannte in Richtung der Rückseite der Bühne und sprach dabei hastig in Funkgeräte.

Dann schoss der vordere der beiden Apache-Helikopter mit einem Geräusch wie von Millionen Kubikmetern Dampf, die durch ein Ventil zischen, eine Hellfire-Rakete in eines der leeren Geschäfte. Ein Donnern, als wären zwei Züge kollidiert. Feuer, Glas und Ziegelbrocken flogen in einer Explosion hoch über den Platz.

Ben ließ vor Schreck sein Handy fallen und hob es hastig wieder auf. Drake hörte den Schrei, der sich wie eine Flutwelle ausbreitete, und spürte, dass der Herdentrieb die Menge erfasst hatte. Ohne eine Sekunde nachzudenken, schnappte er sich Ben und stieß ihn über die Absperrung, bevor er selbst darüber sprang. Sie landeten unsanft neben dem Laufsteg.

Die Chain Gun des Apache-Helikopters donnerte los – laut und tödlich. Das Geräusch war ohrenbetäubend. Drake warf sich instinktiv auf Ben, aber die Kugeln waren über die Menge hinweg abgefeuert worden und riefen eine Panik hervor. Die Schreie erhöhten den Lärmpegel noch.

Drake winkte Ben, ihm zu folgen, und rannte am Fuße des Laufstegs entlang. Einige der Models streckten die Hände aus, um ihnen hochzuhelfen. Drake rappelte sich auf und blickte über die wogende Menschenmasse, die zu den Ausgängen strömte. Dutzende versuchten auf den Laufsteg zu klettern, wobei ihnen die Models und Mitarbeiter halfen. Schreie erfüllten die Luft und die Panik breitete sich weiter aus. Feuer erhellte die Dunkelheit und das dumpfe *Tschuck-Tschuck* der Helikopterrotoren übertönte den Tumult.

Die Chain Gun erklang erneut und beschoss die Gebäude am Rand der Menge. Es war ein albtraumhaftes Geräusch, das kein Zivilist jemals ertragen sollte.

Drake sah sich um. Hinter ihm kauerten Models. Odins Schild war vor ihm. Drake drehte sich um und half einigen der Models, in Sicherheit zu klettern. Er gab ihnen hastig zu verstehen, in Deckung zu gehen, als hinter der Bühne Soldaten in schusssicheren Westen auftauchten. Drakes erster Impuls bestand darin, sich selbst zwischen Ben, die flüchtenden Models und die Soldaten zu stellen, aber er riskierte es, ein paar Schnappschüsse von dem Schild zu machen, wodurch sich alle Aufmerksamkeit auf ihn richtete. Besser, die Soldaten konzentrierten sich auf ihn als auf einen Unbeteiligten, der nicht wusste, was er tat.

Mit der anderen Hand schob er seinen jungen Mitbewohner weiter in die Richtung, in die die Models davongerannt waren.

»Hey!«, schrie ein Soldat und funkelte Drake böse an. Er richtete die Maschinenpistole auf ihn. So etwas passierte doch nicht in York, nicht in *dieser* Welt. York bestand aus

Touristen, Eiscreme und Amerikanern auf Tagesausflug. Es war sicher, beschaulich und der Ort, den Drake gewählt hatte, um ein neues, ruhiges Leben zu beginnen.

Der Soldat baute sich direkt vor ihm auf. »*Gib mir das!*«, schrie er auf Englisch, aber mit einem dicken deutschen Akzent. »*Gib mir das!*«

Er griff nach der Kamera. Drake schlug nach seinem Unterarm und drehte ihm die Maschinenpistole aus der Hand. Dem Soldaten stand die Überraschung ins Gesicht geschrieben. Drake reichte hinter seinem Rücken die Kamera unbemerkt an Ben und hörte, wie er sich entfernte.

Die Maschinenpistole richtete er sorgsam auf den Boden, als drei weitere Soldaten auf ihn zukamen.

»*Du!*« Einer der Soldaten hob seine Waffe.

Drake hatte die Augen halb geschlossen, aber er hörte einen heiseren Schrei: »Gib ihm die Kamera, *Idiot*. Ich will nicht jemanden kaltblütig im Fernsehen erschießen.«

Der neu auf der Bildfläche erschienene Soldat nickte Drake zu. »Gib mir erst die Waffe und dann die Kamera«, sagte er mit schleppendem deutschen Akzent.

Drake ließ die Maschinenpistole auf den Boden scheppern. »Ich hab sie nicht.«

Der Commander nickte seinen Untergebenen zu. »Durchsucht ihn.«

»Das war noch jemand anderes …« Der erste Soldat hob die Waffe auf, sah verlegen aus. »Er … er ist weg.«

Der Commander trat direkt vor Drake. »Idiot. Wir wollen diese Bilder. Auf die eine«, er grinste hinter seiner Maske, »oder andere Weise.«

Ein Gewehrlauf wurde gegen Drakes Stirn gedrückt, dessen Gesichtsfeld nur noch aus einem wütenden Deutschen und fliegendem Speichel zu bestehen schien.

»Ich sagte, *durchsucht ihn*!«

Als ihn die Soldaten abtasteten, wurde ihm klar, dass es so ausgesehen hatte, als habe er sie fotografiert. Trotz der Sturmmasken hatten sie wohl den Befehl, nichts zu riskieren, wenn es um ihre Identitäten ging. Er sah zu, wie Odins Schild, offenbar präzise koordiniert, unter den Anweisungen eines weiteren Maskierten mit Sturmmaske und weißem Anzug geklaut wurde. Der Mann schien seinen Männern mit weit ausladenden Gesten Befehl zu erteilen, dann kratzte er sich am Kopf, aber sagte nichts. Sobald der Schild sicher verstaut war, deutete er mit einem Funkgerät ungefähr in Drakes Richtung und versuchte anscheinend die Aufmerksamkeit des Commanders zu erregen.

Der Maskenmann, der das Sagen hatte, seufzte vernehmlich und hielt sein Funkgerät ans Ohr, aber Drake beobachtete weiter den Mann im weißen Anzug.

»Wir sehen uns in Paris«, sagten die Lippen des Mannes in das Funkgerät.

Der Commander murmelte: »Morgen um sechs.«

Die Spezialausbildung bei der Armee war immer noch nützlich, dachte sich Drake. Lippenlesen war eine der speziellen Anforderungen.

Dann sagte der Commander: »Da.« Er stand direkt vor Drake, sah sich seine Kreditkarten und den Presseausweis an. »Glückspilz«, meinte der Mann schleppend. »Der Boss sagt minimale Opfer, also bleibst du am Leben … fürs Erste. Aber«, er wedelte mit Drakes Geldbeutel, »wir haben deine Adresse. Und wir werden dich finden.«

KAPITEL 2

YORK, ENGLAND

Als er viel später, nach einer endlosen Befragung durch die Polizei, wieder zu Hause war, reichte Drake Ben einen entkoffeinierten Filterkaffee und sah sich mit ihm die Fernsehberichterstattung über die Ereignisse des Abends an.

Odins Schild war gestohlen worden. Die guten Nachrichten waren, dass niemand gestorben war. Die brennenden Helikopter wurden meilenweit entfernt gefunden, an einer Stelle zurückgelassen, wo drei Highways zusammentrafen, die Insassen waren lange verschwunden.

»Die haben die Show von Frey ruiniert«, meinte Ben, nur halb im Ernst. »Die Models haben schon ihre Koffer gepackt und sind weg.«

»Und ich hab noch die verdammten Laken gewechselt«, sagte Drake mit einem breiten Grinsen. »Na ja, ich bin sicher, Frey, Prada und Gucci werden es überleben.«

»Und sie haben meinem Dad das Wort abgeschnitten.«

Drake schüttelte den Kopf. »Keine Sorge. Der wird in drei Minuten oder so wieder anrufen.«

»Machst du dich über mich lustig, Alter?«

Drake lachte. »Nein. Du bist nur zu jung, um es zu verstehen.«

Ben wohnte nun seit etwa neun Monaten mit Drake zusammen, und in der Zeit waren sie von Fremden zu guten Freunden geworden. Sie hatten sich in der Abendschule kennengelernt, bei einem acht Wochen langen Fotografiekurs, den Ben als Teil seines Studiums geleitet hatte. Als

Ben erwähnte, dass er pleite war und irgendwo unterkommen musste, erließ Drake ihm die Miete im Tausch gegen sein fotografisches Fachwissen. Ben trug das Herz auf der Zunge, vielleicht ein Zeichen von Unschuld und zugleich eine liebenswerte Eigenschaft. Drake ließ sich durch den Enthusiasmus des Jungen ablenken. Er hielt die Erinnerungen an seine eigene elende Vergangenheit in Schach.

Drake selbst war umgänglich und bodenständig, mit dem Gespür eines Soldaten für Kameraderie und dem entsprechenden Humor. Jemand hatte ihn einmal »James Bond in Jeans« genannt. Auch wenn er sich geschmeichelt gefühlt hatte, war Drake bei dem Vergleich unwohl. Er trug weder dazu bei, möglichst unauffällig zu bleiben, noch dass er sich von seiner Zeit in der Armee lösen konnte.

Ben stellte die Tasse hin. »Gute Nacht, Kumpel. Ich werde mal meine Schwester anrufen.«

»Gute Nacht.«

Die Tür schloss sich und Drake lehnte sich zurück und schaute eine Weile Sky News. Als ein Bild von Odins Schild gezeigt wurde, richtete er sich auf und sah genauer hin.

Nachdem er eine Wiederholung einer früheren Nachrichtensendung gesehen hatte, nahm er die Kamera, mit der er sich seinen Lebensunterhalt verdiente und steckte die Memory Card ein, mit dem Plan, sich die Bilder bei Gelegenheit anzusehen. Er war immer noch fasziniert von dem, was der Soldat zu ihm gesagt hatte, dass sie sich »später sehen« würden. Sie hatten eindeutig die Fotos gewollt. Aber wieso? Er ging zum PC, überprüfte vorher aber noch einmal alle Türen und Fenster. Das Haus war schon vor Jahren einbruchsicher gemacht worden, als er noch in der Armee gedient hatte. Er glaubte zwar grundsätzlich an das Gute im Menschen, aber wenn ihn der Krieg – und seine alte

Freundin und einstige Geliebte, Mai Kitano – eines gelehrt hatten, dann dass man niemals blind auf etwas vertrauen sollte. Man sollte immer einen Plan haben und einen zweiten in der Hinterhand – einen Plan B. Mai hatte ihm mehr über Kriegführung beigebracht als irgendwer sonst in seinem Leben, inklusive des SAS, aber die Zeit und schwierige Erfahrungen hatten sie einander entfremdet. Nun war sie ganze Welten entfernt.

Er googelte *Odin* und *Odins Schild*. Der Wind draußen frischte auf, rauschte um die Dachkanten und heulte lauter als ein Investmentbanker, dessen Bonus man auf vier Millionen gekürzt hatte. Ihm wurde bald klar, dass der Schild eine große Sache war. Ein bedeutender archäologischer Fund, der größte jemals in Island. Einige Indiana-Jones-Typen hatten die ausgetretenen Pfade verlassen, um einen alten Eisgang zu untersuchen. Ein paar Tage später hatten sie den Schild ausgegraben, aber dann fing einer der größten Vulkane Islands zu grummeln an und weitere Ausgrabungen mussten verschoben werden.

Derselbe Vulkan, der vor kurzem die Aschewolke über Europa verursacht hat, dachte Drake, *und dafür sorgte, dass die Leute nicht in Urlaub fliegen konnten.*

Drake nippte an seinem Kaffee und lauschte auf das Heulen des Windes. Die Uhr auf dem Kaminsims schlug Mitternacht. Er hatte mit nur ein paar Google-Suchen einen ganzen Berg an Informationen gefunden. Vielleicht wurde er langsam alt, aber er dachte sich, dass Ben wohl mehr damit anfangen konnte als er. Die erstaunlichsten Nachrichten waren die, dass der Schild auf ein so hohes Alter datiert worden war, das dieses der allgemeinen Lehrmeinung widersprach und überkommene Paradigmen infrage stellte.

Er las einen kurzen Artikel darüber, wie sich Kohle bildete, aber seine Augenlider wurden schwer und er widmete sich schnell etwas anderem. Die nächste erstaunliche Entdeckung war irgendein unbekanntes, offensichtlich menschengemachtes Material in der Legierung des Schilds. Die meisten Historiker waren der Meinung, dass es vor so langer Zeit gar nicht hätte existieren dürfen.

Die Wissenschaftler verglichen dieses neue Material mit *Starlite*, einer tatsächlichen Erfindung der Siebziger- und Achtzigerjahre. Bevor teure Anwendungen entwickelt wurden, führten die NASA und das Atomic Weapons Establishment Tests an dem Material durch und umhüllten rohe Eier damit. Dann richtete man für fünf Minuten einen Schweißbrenner auf die Eier. Sie blieben dennoch kühl genug, um sie mit bloßen Händen aufzuheben. Das Material widerstand Temperaturen von bis zu 10.000 Grad Celsius. Die NASA und viele andere Firmen aus dem Hightech-Bereich zeigten Interesse, aber die Zusammensetzung des Materials wurde von seinem Erfinder nie bekanntgemacht und aus Angst vor Reverse Engineering auch keine Proben davon herausgegeben. Ob der Erfinder fürchtete, sein Material könne für die Waffenentwicklung oder anderweitig missbräuchlich verwendet werden, erfuhr nie jemand. Er starb 2011, ohne den Herstellungsprozess jemals bekanntgemacht zu haben, und bis zum heutigen Tag wurde es nie repliziert.

Drake las, dass der Schild zumindest teilweise aus einigen derselben Polymere und Copolymere bestand, von denen man vermutete, sie seien in Starlite enthalten gewesen, aber das vergrößerte nur das Mysterium, welches das Artefakt bereits umgab. Er überflog noch einige weitere Artikel und erfuhr, dass die Oberfläche von Odins Schild mit Schnitzereien verziert war, die alle eingehend von Wissenschaftlern untersucht wurden, und dass J.R.R. Tolkiens umherwandernder Zauberer Gandalf auf Legenden über Odin basierte.

Aber das meiste waren einfach zufällig zusammengewürfelte Informationen, völlig unbestätigt. Kein Grund, ein gefährliches Verbrechen in aller Öffentlichkeit zu begehen. Die Symbole oder Schriftzeichen, die den äußeren Rand des Schilds verzierten, hatte man übersetzt und hielt sie für eine uralte Form von Odins Fluch:

Himmel und Hölle sind nur vorübergehende Unwissenheit,
Es ist die unsterbliche Seele, die zum Richtigen
oder Falschen neigt.

Es gab keine antike Schrift, um diesen »Fluch« zu interpretieren oder zu erklären, aber er galt als authentisch. Zumindest wurde er den Wikingern zugeschrieben, wenn nicht Odin selbst.

Drake lehnte sich in seinem Stuhl zurück und ließ die Ereignisse des Abends noch einmal Revue passieren.

Etwas ging ihm nicht aus dem Kopf. Der Mann in Weiß hatte die Worte »*Wir sehen uns in Paris*« mit den Lippen geformt, und der andere hatte erwidert: »*Morgen um sechs.*« Sorge nagte an Drake, als er darüber nachdachte, wie gefährlich diese Männer waren und dass sie ihn direkt gewarnt hatten.

Wir *werden* dich finden.

Aber wenn Drake den offensichtlichen Weg einschlagen würde, dann brachte er Bens Leben in Gefahr, nicht zu reden von seinem eigenen.

Vielleicht lassen sie es auf sich beruhen.

Ein Zivilist hätte vielleicht nichts unternommen, aber ein Soldat ließ sich nicht gern bedrohen. Er kam zum Schluss, ihre Leben seien sowieso schon in Gefahr und neue Informationen immer willkommen. Die Polizei hatte die Diebe verloren. Sie waren wie vom Winde verweht und wussten, wer Drake war. Der Gedanke beunruhigte ihn. Auch wenn er nach der ruhelosen Recherche dieser Nacht die Sache auf sich beruhen lassen würde, war er dennoch fasziniert von der dreisten Attacke, dem Diebstahl und den weiteren Plänen der Diebe.

Er googelte *Odin + Paris.*

Ein Ergebnis stach ihm ins Auge.

Odins Pferd Sleipnir war im Louvre ausgestellt.

Odins *Pferd*? Drake kratzte sich am Kopf. Für einen Gott hatte der Kerl ja einige sehr materielle Dinge besessen. Mit einem Klick rief Drake die Homepage des Louvre auf. Anscheinend war eine kleine Skulptur von Odins sagenumwobenem Pferd vor Jahren in den Bergen in Schweden gefunden worden. Drake las weiter und war bald so fasziniert von den vielen Geschichten über Odin, dass er fast vergessen hätte – er war ein Gott der Wikinger, nur ein Mythos.

Der Louvre? Drake grübelte darüber. *Vielleicht lassen sie es auf sich beruhen ...* aber der Gedanke war eher eine schwache Hoffnung, als dass er tatsächlich daran geglaubt hätte.

Er trank seinen Kaffee aus, fühlte sich plötzlich müde und riss sich vom Computer los.

Einen Augenblick später war er eingeschlafen.

Er wachte beim Geräusch eines quakenden Frosches auf; sein kleiner Wachposten mit eingebautem Bewegungsmelder. Ein Eindringling rechnete vielleicht mit einem Alarm oder einem Hund, aber er würde nie die kleine grüne Gartenfigur neben der Mülltonne für etwas Verdächtiges halten – und Drake war darauf trainiert, einen leichten Schlaf zu haben.

Er war am Computertisch eingeschlafen, mit dem Kopf auf den Armen; nun war er sofort hellwach und schlich in den dunklen Flur. Die Hintertür klapperte. Glas zerbrach. Nur Sekunden waren seit dem Froschquaken vergangen.

Sie waren drin.

Drake duckte sich und sah zwei Männer den Raum betreten, Maschinenpistolen ein wenig nachlässig im Anschlag. Die Bewegungen routiniert, aber keineswegs anmutig.

Die wären vor sieben Jahren kein Problem gewesen, dachte er.

Aber jetzt?

Das würden sie gleich herausfinden.

Drake wartete in den Schatten und hoffte, der alte Soldat in ihm ließ ihn nicht im Stich.

Zwei. Ein Vorausteam. Kein gutes Zeichen, denn das bedeutete, die Eindringlinge wussten, was sie taten. Eine Strategie für solche Situationen hatte Drake schon vor Jahren geplant, als sein Regiment zum Ziel einer Extremistengruppe geworden war. In der Zeit danach hatte er sich einfach nicht die Mühe gemacht, die Routine zu ändern. Die Extremisten waren an persönliche Informationen gekommen, aber in Großbritannien neutralisiert worden, bevor sie etwas damit anfangen konnten. Nun nahm Drakes alter Plan vor seinem geistigen Auge wieder Gestalt an.

Als der Lauf der Waffe des ersten Soldaten aus der Küche ragte, schnappte Drake danach, zog ihn auf sich zu und hebelte ihn dann mit Gewalt in die Gegenrichtung. Gleichzeitig machte er einen Schritt auf seinen Gegner zu und drehte sich, womit er ihm die Waffe entriss und hinter ihm zum Stehen kam.

Der zweite Soldat war kurzzeitig starr vor Schreck. Mehr brauchte es nicht. Drake schoss ihm in den Kopf. Dann drehte er sich, feuerte einen weiteren Schuss auf den ersten Soldaten ab, noch bevor der zweite auf die Knie gestürzt war.

Renn!, dachte er. Jetzt kam es auf Geschwindigkeit an.

Er sprintete die Treppe hoch und rief nach Ben, wobei er eine weitere Salve aus der Automatikwaffe über seine Schulter richtete. Er kam im oberen Stockwerk an, rief erneut und knallte dann gegen Bens Tür. Sie flog auf. Ben stand in der Jogginghose da, das Handy in der Hand, schieres Entsetzen verzerrte seine Züge.

»Keine Sorge«, sagte Drake mit mehr Zuversicht in der Stimme, als er tatsächlich in sich trug. »Vertrau mir. Das ist schließlich mein *Zweitjob*.«

Ben stellte wenigstens keine Fragen. Drake konzentrierte sich. Er hatte die ursprüngliche Luke zum Dachboden des Hauses verschlossen und dann eine zweite in diesem Raum installiert. Anschließend hatte er die Schlafzimmertür verstärkt. Es würde einen zu allem entschlossenen Eindringling nicht lange aufhalten, aber auf jeden Fall bremsen.

Alles Teil des Plans.

Er verriegelte die Tür, stellte sicher, dass die integrierten schweren Bolzen auch in den verstärkten Rahmen ragten und zog dann die Leiter zum Dachboden herab. Ben kletterte als Erster eilig hinauf und Drake folgte ihm eine Sekunde später. Der Dachboden war riesig und mit Teppichboden ausgelegt. Ben stand nur da und staunte. Die gesamten Wandflächen nach Osten und Westen wurden von großen maßgefertigten Regalen dominiert, vollgestopft mit Schallplatten seiner Lieblingsrockbands aus den Siebziger- und Achtzigerjahren, außerdem CDs und alte Kassetten.

»Sind das alles deine, Matt? Ich wusste ja, dass du Oldie-Rock magst, aber …«

Drake gab keine Antwort. Die Wahrheit – nämlich dass es der klägliche Rest der Dinge war, die Alyson und er gesammelt und genossen hatten – war zu kompliziert, um sich im Moment damit auseinanderzusetzen. Er ging quer durch den Raum zu einem Kistenstapel, der eine Luke verbarg – eine Dachluke, hoch genug, um hindurchzukriechen.

Drake drehte eine Kiste um, die auf dem Teppich stand. Ein fertig gepackter Rucksack fiel heraus, den er sich über die Schultern streifte.

»Klamotten?«, flüsterte Ben.

Er klopfte mit der Hand auf den Rucksack. »Hab ich.«

Als Ben immer noch ausdruckslos geradeaus starrte, verstand Drake, wie verängstigt er war. Ihm wurde klar, dass er sich ein wenig zu einfach wieder in den alten Soldaten zurückverwandelt hatte. »Kleidung, Handys, Geld, Reisepässe, iPad, Ausweise.«

Er verschwieg die Waffe, die Munition, das Messer …

»Wer *sind* die, Matt?«

Ein Donnern von unten. Ihr unbekannter Feind knallte gegen Bens Schlafzimmertür und hatte wohl erst jetzt gemerkt, dass er Drake unterschätzt hatte.

»Zeit zu gehen.«

Ben drehte sich ohne weiteren Kommentar um und krabbelte in die windgepeitschte Nacht. Drake eilte ihm nach und zog mit einem letzten Blick auf die Wände voller CDs und Kassetten die Luke hinter sich zu.

Der Wind zerrte mit gierigen Fingern an ihnen, als sie das rutschige Dach betraten. Ben trat vorsichtig auf, rutschte mit den nackten Füßen auf den Betonschindeln aus. Drake hielt seinen Arm fest und wünschte sich, sie hätten Zeit gehabt, ein Paar Schuhe für ihn zu finden. Eine starke Bö heulte um den Kamin, traf Ben direkt von vorn und er stolperte auf die Kante zu. Drake packte ihn, hörte einen Schmerzensschrei, aber ließ nicht los. Nach einer Sekunde hatte er seinen Freund von der Dachkante zurückgezogen.

»Nicht mehr weit«, flüsterte er. »Wir sind fast da, Kumpel.«

Drake sah, dass Ben panisch war. Die Blicke des jungen Mannes schossen zwischen der Dachluke und der Dachkante hin und her, dann auf den Garten und wieder zurück. Entsetzen verzerrte sein Gesicht. Sein Atem ging zu schnell; bei dieser Geschwindigkeit würden sie es nie schaffen.

Drake warf einen Blick in Richtung Tür, machte sich auf alles gefasst und drehte ihr dann den Rücken zu. Wenn irgendwer da durch kam, würden sie ihn zuerst sehen. Er packte Ben an den Schultern und sah ihm in die Augen.

»Ben, du musst mir vertrauen. *Vertrau* mir. Ich verspreche, ich kriege dich hier raus.«

Bens Augen fokussierten wieder und er nickte schließlich, immer noch völlig verängstigt, aber bereit, sein Leben in Drakes Hände zu legen. Er drehte sich um und tat entschlossen einen Schritt voran. Drake sah Blut unter seinen Füßen hervorlaufen, das in die Regenrinne tropfte. Die Schindeln waren scharfkantig genug, einem die Haut aufzuschlitzen. Sie kletterten über das Dach des Nachbarhauses auf den Wintergarten und ließen sich hinabrutschen. Ben glitt aus und fiel nach halber Strecke, aber Drake war zuerst gelandet und konnte seinen Sturz abbremsen.

Dann hatten sie wieder festen Boden unter den Füßen. Im Nachbarhaus waren die Lichter an, aber niemand zu sehen. Hoffentlich hatten sie die Schüsse gehört und die Polizei war unterwegs.

Drake packte Ben fest an den Schultern. »Super gemacht. Noch so eine Nummer und ich kauf' dir einen neuen Klettergurt. Lass uns abhauen.«

Ben schniefte. »Wer zur Hölle ist da oben?«

Drake sah in Richtung des Dachbodens und die versteckte Luke. Der Vorsprung, den sie hatten, schmolz schnell dahin.

»Deutsche.«

»Was? So Zweiter-Weltkrieg-*Brücke-am-Kwai*-Deutsche?«

»Ich glaube, das waren die Japaner. Und nein, ich denke, die hier hatten eher nichts mit dem Zweiten Weltkrieg zu tun.«

Sie waren bereits am hinteren Ende des Nachbargartens angekommen und kletterten über den stabilen Holzzaun.

Direkt auf eine belebte Straße.

Zwei Minuten vom nächsten Taxistand entfernt.

Drake lief wild entschlossen auf die wartenden Wagen zu. Seine Soldateninstinkte waren wieder aus der Versenkung aufgetaucht. Wie Mickey Rourke, wie Kylie, wie *Hawaii Fünf-Null* hatten sie sich nur eine Auszeit gegönnt und auf den richtigen Moment für ein ruhmreiches Comeback gewartet.

Er war sich mittlerweile sicher, um sie beide zu beschützen, musste er den Angreifer zuerst erwischen.

KAPITEL 3

PARIS, FRANKREICH

Die Maschine erreichte den Flughafen Charles De Gaulle um 9 Uhr am selben Morgen. Drake und Ben landeten mit nichts weiter als Drakes Rucksack als Gepäck. Sie hatten sich umgezogen und neue unregistrierte Prepaid-Handys vorbereitet. Das iPad war aufgeladen. Das meiste Bargeld war weg – für den Flug ausgegeben. Drake hatte seine Waffe entsorgt, als feststand, wohin die Reise ging und bevor sie das Flugzeug bestiegen hatten.

Während des Fluges hatte er Ben auf den neuesten Stand über Deutsche und Wikinger gebracht und ihn gebeten, bei der Recherche zu helfen, solange er herauszufinden versuchte, wer es auf sie abgesehen hatte. Je mehr er über sie herausfand, desto schneller konnte er auf diese Bedrohung reagieren. Bens einziger Kommentar war: »Vielleicht sollte ich Karin bitten, uns zu helfen.«

Drake redete es ihm aus. Familienangehörige in die Sache hineinzuziehen war das Letzte, was sie wollten, und seine Schwester, auch wenn sie sich extrem gut mit Computern auskannte, würde nur für weitere Gefahr und Ablenkung sorgen.

Sie verließen den Flughafen und ein kalter Pariser Nieselregen bereitete ihnen einen ungemütlichen Empfang. Drake hatte beinahe damit gerechnet, dass ihre Verfolger schon auf sie warteten, aber sie schienen nicht über die Ressourcen zu verfügen, um so schnell zu reagieren. Ben sah ein Taxi und wedelte mit dem Reiseführer, den er gekauft hatte. Als sie eingestiegen waren, sagte er: »Äh … Rue … *Croix*? Das Hotel gegenüber dem Louvre?«

Das Taxi fuhr los. Der Gesichtsausdruck des Taxifahrers, der es auf sein Ziel zusteuerte, verriet, dass er selbst keinerlei Ziele im Leben hatte. Als das Hotel vierzig Minuten später in Sichtweite kam, sah es erfrischend untypisch für Paris aus. Es gab eine große Lobby, Aufzüge, in die mehr als eine Person passte, und verschachtelte Korridore voller Zimmer.

Bevor sie eincheckten, hob Drake am Geldautomaten in der Lobby sein restliches Guthaben ab – etwa 500 Euro. Ben runzelte die Stirn, aber Drake versuchte, ihn mit einem Augenzwinkern zu beruhigen. Er wusste, was sein cleverer Freund dachte, noch bevor er es aussprach: »Du pfeifst also auf die elektronische Überwachung und hinterlässt eine Geldspur?«

»Das ist die Idee dabei, Kumpel. Wart's mal ab.«

Er zahlte eines der Zimmer mit der Kreditkarte und hatte vorher sichergestellt, das gegenüberliegende Zimmer bar bezahlen zu können. Sobald sie oben waren, betraten sie das *Bargeld*-Zimmer und Drake richtete sich auf die Überwachung ein.

»Unsere Chance, ein paar Fliegen mit einer Klappe zu schlagen«, sagte er und sah Ben an, der das Zimmer kritisch beäugte.

»Was meinst du?«

»So finden wir heraus, wie gut sie sind. Wenn sie bald auftauchen, dann haben sie was drauf, und das bedeutet vermutlich Ärger. Wenn nicht, na ja, ist genauso wichtig, das zu wissen. Und du kriegst die Gelegenheit, dein neues Spielzeug auszuprobieren.«

Ben schaltete das iPad an. »Und das geht definitiv heute um sechs Uhr über die Bühne?«

»Das vermute ich mal schwer.« Drake seufzte. »Mein Lippenlesen ist etwas eingerostet, aber es waren nur ein paar Worte. Und das passt zu den wenigen Fakten, die wir über den Louvre und Sleipnir kennen.«

»Nun, dann mach' mal Platz, alter Mann …« Ben ließ die Finger knacken. Jetzt, wo er sich nützlich machen konnte, statt zu fliehen, kam sein Selbstvertrauen wieder zum Vorschein, aber er war noch nie ein großer Fan von zu viel Action gewesen. Drakes Ansicht nach gehörte Ben zu der Sorte Menschen, die man mit ihrem *Vornamen* rief oder mit einem Spitznamen – meistens Blakey – und die nie cool genug waren, dass man ihren Nachnamen verwendete.

Wie zur Bestätigung setzte sich Ben auf und sah Drake besorgt an.

»Wieso sind die hinter uns her?«

Drake zuckte die Achseln. Er wollte nicht zu sehr ins Detail gehen, um seinen Freund nicht in Panik zu versetzen. »Einfach Pech«, sagte er. »Denen hat wohl nicht gefallen, dass ich Fotos von ihnen gemacht habe.«

»Aber woher wusstest du, dass die hinter uns her sein würden?«

»Hab ich nicht.« Drake legte die Stirn in Falten.

»Aber du hast doch letzte Nacht alles recherchiert, als wenn … als wenn …« Bens verhaltener Kommentar blieb unvollendet.

»Ich weiß, wie solche üblen Typen ticken«, gab Drake zu. »Und ich weiß, zu was die fähig sind. Und wie sie operieren. Um zu überleben, sollte man vorbereitet und denen immer einen Schritt voraus sein.«

Drake sah durch den Türspion. »Je länger die brauchen«, murmelte er, »desto besser unsere Chancen.«

Es dauerte länger als erwartet. Ben war nicht mehr ängstlich und intensiv mit dem iPad beschäftigt, als Drake ein halbes Dutzend breiter Kerle vor der gegenüberliegenden Tür stehen sah. Sie knackten das Schloss und betraten das Zimmer. 30 Sekunden später kam das Team wieder zum Vorschein, die Männer sahen sich verärgert um und schwärmten aus.

Drake machte ein entschlossenes Gesicht.

Ben sagte: »Das ist wirklich interessant, Matt. Es soll angeblich *neun Teile* von Odin geben, die auf der ganzen Welt verstreut sind. Einer ist das Schild, das Pferd ein weiterer. Das wusste ich gar nicht, aber das steht da alles.«

Drake hörte ihn kaum. Er dachte angestrengt nach. Die bösen Jungs waren vielleicht keine Special Forces, aber Ben und er steckten trotzdem in großen Schwierigkeiten, wenn die sie wirklich umlegen wollten. Sie konnten sich verstecken oder wegrennen, aber keine der beiden Optionen war nach Drakes Geschmack. Er wusste aus Erfahrung, wenn eine kriminelle Organisation den finsteren Plan gefasst hatte, jemanden zu finden, gab es nicht viel, was ihnen im Weg stand. Wer waren die? Nur Diebe, die den Schild verkaufen wollten? Oder waren Ben und er in irgendwas Größeres hineingestolpert? Er wusste nur, er wurde wegen etwas verfolgt, das er entweder gesehen oder auf dem Laufsteg geknipst hatte, und sein Instinkt riet ihm, ihnen einen Schritt vorauszubleiben. Dafür musste er herauskriegen, mit wem sie es zu tun hatten.

Schweigend trat er von der Tür zurück und tippte eine Nummer auf seinem Handy ein.

Der Anruf wurde beinahe sofort angenommen. »Ja?«

»Hier ist Drake.«

»Ich bin schockiert. Ist ja lange her, Kumpel.«

»Ich weiß.«

»Ich wusste doch, dass du noch mal anrufst.«

»Aber nicht, weshalb du denkst, Wells. Ich brauche etwas.« Er machte eine Pause und wartete auf die unvermeidliche Antwort. Wells war sein alter Kommandant beim SAS gewesen, und er war mit ihm in Kontakt geblieben, nachdem er das Regiment verlassen hatte. Er war einer der wenigen Menschen, von denen Drake wusste, dass er ihnen vollkommen vertrauen konnte.

»Natürlich tust du das. Also rede mit mir über Mai.«

Wells war vorsichtig und testete ihn mit einem vorher verabredeten Code, um zu sehen, ob Drake nicht bedroht wurde. Das Problem: Mai war eine alte Flamme aus Zeiten in Tschetschenien, Tokio und Thailand, bevor Drake Alyson geheiratet hatte – und nicht einmal Ben sollte Zeuge dieser alten, wohlgehüteten Geheimnisse sein.

»Codename – Shiranu, Ort – Phuket. Typ – mal sehen – gelegentlich exotisch … meistens tödlich.«

Ben spitzte die Ohren.

Wells klang vergnügt: »Exotisch? Ist das das Beste, was dir einfällt?«

»Im Moment – ja.«

»Jemand da?«

»Ja.«

»Alles klar. Okay, Kumpel, was willst du?«

»Ich muss die Wahrheit wissen, Wells. Ich brauche die unbearbeiteten Infos, die nicht in den Nachrichten und im Internet auftauchen. Die Wahrheit über den Diebstahl von Odins Schild und die Deutschen, die ihn gestohlen haben. Besonders über die Deutschen. Echte Aufklärungsdaten vom MI5 und SAS, nicht die Bröckchen, die man der Öffentlichkeit hinwirft.«

»Steckst du in Schwierigkeiten?«

»Gewaltig.« Seinen Commander log man nicht an, ehemaliger oder nicht.

»Brauchst du Hilfe? Sam, Jo und die Jungs würden sofort alles stehen und liegen lassen, um dir zu helfen. Natürlich inoffiziell.«

»Noch nicht.«

»Du hast dir die Hilfe verdient, Drake. Sag' nur ein Wort und die stehen auf der Matte. Jederzeit.«

»Werde ich.«

»Okay. Und übrigens – redest du dir immer noch ein, du wärst einfach nur beim guten, alten SAS gewesen?«

Drake zögerte. »Das ist zumindest eine akzeptable Erklärung, das ist alles.«

Er legte auf. Seinen ehemaligen Commander um Hilfe zu bitten war nicht einfach gewesen, aber Bens Sicherheit war wichtiger als jede Form von Stolz. Er linste erneut durch den Türspion, sah nur einen leeren Korridor und setzte sich neben Ben.

»Neun Teile von Odin hast du gesagt? Was soll das heißen?«

Ben zeigte auf das Display. »Nun … ich verfolge gerade die Spur dieser neun Teile. Nicht, dass sie sorgfältig versteckt wären oder so. Neun ist anscheinend eine besondere Zahl in der nordischen Mythologie. Odin hat sich selbst neun Tage und neun Nächte an etwas gekreuzigt, das man den Weltenbaum nennt, hat gefastet und hatte einen Speer in der Seite, genau wie Jesus Christus und das viele Jahre *vor* Jesus. Das sind *Fakten*, die von wirklichen Forschern zusammengetragen wurden. Es könnte sogar sein, dass diese Geschichte die Erzählung von Jesus Christus beeinflusst hat. Der Speer ist das *dritte* Relikt und steht in Verbindung mit dem Weltenbaum, auch wenn ich keinerlei Hinweise entdeckt habe, wo wir ihn finden können. Der legendäre Standort des *Baums* ist in Schweden. An einem Ort namens Uppsala.«

»Langsam, langsam. Steht da irgendwas über Odins Schild oder sein Pferd?«

Ben zuckte die Achseln. »Nur, dass der Schild einer der größten archäologischen Funde aller Zeiten war und um den Rand herum die Worte stehen: *Himmel und Hölle sind nur vorübergehende Unwissenheit, es ist die unsterbliche Seele, die zum Richtigen oder Falschen neigt.* Offensichtlich ist das Odins Fluch, aber niemand war bisher in der Lage herauszubekommen, was es bedeuten soll.«

»Vielleicht ist das einer dieser Flüche, die man einfach live erleben muss.« Drake grinste.

Ben ignorierte ihn. »Hier steht, das Pferd ist eine Skulptur. Eine weitere Skulptur, *Odins Wölfe*, steht im naturhistorischen Museum in New York.«

»Seine Wölfe?« Drake schwirrte langsam der Kopf.

»Er ritt auf zwei Wölfen in den Kampf. Anscheinend.«

Drake runzelte die Stirn. »Weiß man, wo all die neun Teile stecken?«

Ben schüttelte den Kopf. »Einige fehlen, aber …«

Drake unterbrach ihn. »Aber was?«

»Nun, es hört sich vielleicht albern an, aber da hat sich schon so eine Art Legende gebildet. Etwas darüber, dass man alle neun Relikte von Odin zusammenbringen soll und das Grab der Götter finden. Mehrere Gelehrte beziehen sich darauf.«

»Standard eben«, sagte Drake. »All diese antiken Götter sind von Legenden umgeben. Mich verwundern all die materiellen Bezüge auf Odin, wenn der Kerl doch ein Gott gewesen sein soll.«

Ben musterte ihn. »Schon mal von Euhemerismus gehört?«

Auf Drakes Gesicht breitete sich ein Grinsen aus. »*Euhemer*-was?«

»Euhemerismus. Der Versuch, mythologische Bezüge und Figuren als eine echte Reflexion tatsächlicher historischer Ereignisse und Personen rational zu interpretieren. Die originalen Geschichten wurden umgeformt, übertrieben oder verändert, während jede davon wieder und wieder erzählt wurde. Viele Menschen glauben, dass es König Artus wirklich gegeben hat, aber er besaß sicher kein magisches Schwert und lebte in einem Märchenschloss. Die Legende *wird* zur Legende, indem sie reich ausgeschmückt wird. Euhemeros sagte, die Mythologie sei *getarnte Geschichte*. Das könnte die Bezüge auf Odin erklären.«

»Aber hat Odin nicht gelebt, lange bevor es Menschen gab? Sein Schild soll Millionen Jahre alt sein, sagt man.«

Ben zuckte die Achseln. »Wir dürfen nicht die historischen Verweise darauf vergessen, dass sich das Grab von Zeus auf Kreta befindet, von Pythagoras im dritten Jahrhundert entdeckt. Varro und andere haben das Grab auch schon für sich beansprucht, aber niemand war sich über des Ortes sicher.«

Drake seufzte. »Verdammte Schande, würde ich sagen.«

Ben nickte und sah auf die Uhr. »Auch Internet-Zauberer müssen mal was essen.« Er dachte eine Sekunde nach. »Und ich glaube, mir fallen gerade ein paar neue Songtexte für die Band ein. Wie wäre es mit Croissants und Brie zum Brunch?«

»Schinkensandwich hört sich besser an.«

Drake öffnete die Tür einen Spalt, sah sich um und gab Ben dann ein Zeichen, ihm zu folgen. Er sah das Lächeln auf dem Gesicht seines Freundes, aber auch die Erschöpfung in den Augen. Ben verbarg sie gut, aber er konnte sich nur noch mit Mühe auf den Beinen halten.

Drake ging zurück ins Zimmer und verstaute alle ihre Habseligkeit in dem Rucksack. Während er die schweren Gurte festzurrte, hörte er, wie Ben leise »Hi« sagte und sein Herz schien einen Moment auszusetzen vor Angst, was ihm erst das zweite Mal in seinem Leben passierte.

Oh nein.

Das erste Mal war es an diesem schicksalsschweren Abend passiert, an dem Alyson ihn verlassen hatte und etwas von unüberbrückbaren Differenzen redete – *du führst dich auf, als wären wir in einem verdammten Bootcamp*. Es war der letzte Satz, den sie je zu ihm gesagt hatte, bevor sie bei dem Autounfall ums Leben gekommen war.

Er rannte zur Tür, jeder Muskel in seinem Körper angespannt, und sah dann das alte Ehepaar, das langsam den Korridor entlangging. *Danke*. Er atmete tief durch, fasste sich.

Aber Ben bemerkte das blanke Entsetzen in seinen Augen, eine Sekunde, bevor er es verborgen hatte. *Dummer Fehler*.

»Keine Sorge«, sagte Ben mit einem schmalen Lächeln. »Ich bin okay.«

Drake nahm einen zittrigen Atemzug und ging dann als Erster die Treppe hinab, alle Sinne gespannt. Er checkte die Lobby, sah keine Bedrohung und trat auf die Straße hinaus.

Wo war wohl der nächste kleine Seitenstraßenimbiss? Er wählte willkürlich eine Richtung und sie ließen den Louvre hinter sich.

Der dicke Mann aus München mit der Präzision eines Hirnchirurgen sah sie sofort. Er rief sich das Foto ins Gedächtnis und erkannte den kräftig gebauten und gut ausgebildeten

Mann aus Yorkshire und seinen langhaarigen Freund in Sekunden. Er fixierte sie im Fadenkreuz.

Er verlagerte seine Position, der hohe Standort gefiel ihm gar nicht, genauso wenig wie der weiße Splitt, der sich ihm in die fleischigen Extremitäten bohrte.

In sein Schultermikro flüsterte er: »Hab sie im Visier.«

Die Antwort kam überraschend schnell. »Töte sie.«

KAPITEL 4

PARIS, FRANKREICH

Drei Kugeln wurden in schneller Folge abgefeuert.

Die erste wurde von dem Stahltürrahmen neben Drakes Kopf abgelenkt und flog als Querschläger die Straße entlang, traf eine alte Frau am Arm. Sie drehte sich um die eigene Achse und stürzte. Die Blutspritzer sahen aus wie ein Fragezeichen.

Die zweite peitschte an Bens Kopf vorbei.

Die dritte traf den Beton, auf dem Ben stand, eine Nanosekunde, nachdem Drake ihn wie ein Footballspieler zu Boden gerissen hatte. Die Kugel prallte vom Beton ab und schlug durch das Hotelfenster hinter ihnen.

Drake drehte sich um und zerrte Ben rückwärts hinter eine Reihe geparkter Autos. »Ich hab dich«, flüsterte er mit Nachdruck. »Weiter.«

Er versuchte den Kopf weit unten zu halten, aber erhaschte einen Blick durch ein Autofenster und nahm eine Bewegung auf einem Dach wahr, in der Sekunde, als das Fenster zerbarst.

»Beschissener Schütze!« Sein Yorkshire-Dialekt wurde deutlicher, wenn das Adrenalin ihn durchströmte. Er scannte die Gegend. Zivilisten rannten durcheinander, schrien, schufen jede Menge Ablenkung. Aber das änderte nichts. Der Schütze wusste genau, wo sie waren. Das war ein Profi.

Und er war sicher nicht allein.

Drake sah drei Typen, die er schon vorher beim Schlossknacken beobachtet hatte. Sie stiegen aus einem großen, dunkel lackierten Ford Mondeo und hielten entschlossen auf Ben und ihn zu.

»Zeit abzuhauen.«

Drake schlich seitwärts an zwei weiteren Autos entlang, bis zu der Stelle, wo er eine junge Frau gesehen hatte, die hysterisch in ihrem Auto weinte. Zu ihrer Überraschung machte er die Tür einen Spalt auf und hatte kurz ein schlechtes Gewissen, weil sie ihn so entsetzt ansah.

Er behielt ein Pokerface. »Raus.«

Immer noch kein Schuss. Die Frau krabbelte aus dem Wagen, die Angst hatte sie anscheinend halb gelähmt. Ben rutschte hinein und versuchte dabei so tief geduckt wie möglich zu bleiben. Drake folgte ihm eilig und drehte den Schlüssel.

Er atmete durch, legte einen Gang ein und schoss schräg aus dem Parkplatz heraus. Sie hinterließen eine Spur aus schwarzem, qualmendem Gummi.

Ben schrie: »*Rue de Richelieu*!«

Drake rechnete mit einer Kugel und fuhr Schlangenlinien. Er hörte den metallischen Knall, als sie am Motorgehäuse abprallte und weiter raste. Die überraschten Schlossknacker ließen sie am Straßenrand zurück und sahen, wie sie zu ihrem Auto eilten.

Drake riss das Steuer nach rechts, dann links und wieder links.

»*Rue Saint-Honore*«, rief Ben und reckte den Hals, um das Straßenschild zu sehen.

Sie gerieten in dichteren Verkehr. Drake versuchte, so schnell wie möglich zu fahren, und wechselte mit dem Wagen – zu seiner Freude als Autonarr ein alter Mini Cooper – ein ums andere Mal die Spur, dabei immer ein Auge auf den Rückspiegel gerichtet.

Der Schütze vom Dach war lange weg, aber der Mondeo war da und blieb an ihnen dran.

Drake bog rechts ab, dann wieder rechts – und hatte Glück mit der Ampel. Der Louvre sauste linker Hand vorbei. Das war nicht gut: Die Straßen waren zu belebt, zu viele Ampeln. Sie mussten aus dem Stadtzentrum von Paris raus.

»*Rue De Rivoli!*«

Drake warf Ben einen verwunderten Blick zu. »Wieso, verdammt noch mal, schreist du ständig die Straßennamen herum?«

Ben starrte ihn an. »Ich weiß nicht! Hilft es denn?«

»Nein!«, schrie Drake über den Motorlärm zurück, während er eine Nebenstraße nahm und die Rue De Rivoli rasend schnell hinter sich ließ.

Eine Kugel prallte vom Heck des Wagens ab. Das war gar nicht gut; die meinten es ernst. Diese Leute waren arrogant und mächtig genug, sich einen feuchten Dreck darum zu scheren, wen sie verletzen könnten, und sie hatten keine Angst vor den Konsequenzen.

Warum waren die neun Relikte von Odin so wichtig für sie? Während der Flugreise hatte er sich immer wieder gefragt, wie bedeutend dieser Trip war und wieso er dem allen weiter nachgehen sollte, aber innerhalb von 24 Stunden ein zweiter Versuch, sie umzubringen, zeigte überdeutlich, in welcher Gefahr sie schwebten. Ben und er waren eine Nummer auf der Kill-Liste eines Unbekannten – herauszufinden wieso, war eine Notwendigkeit. Drake glaubte fest, dass es die Bilder waren, die er geknipst hatte, von den Männern, die diesen dreisten Raub begangen hatten, und weil er Körperbau und Statur des Kerls in Weiß festgehalten hatte. Das musste es sein – es gab keine andere Erklärung. Der Mann in Weiß und seine Söldnerfreunde wollten nicht erkannt werden.

Sie konnten sich nicht verstecken, und die würden nie aufhören, nach ihnen zu suchen.

Kugeln trafen Beton und Stahl, schossen in unvorhersehbaren Bahnen um den rasenden Mini herum.

In diesem Augenblick klingelte Bens Handy. Er fischte es umständlich aus der Tasche und sah dabei aus, als würde er sich gleich die Schulter verrenken. »Mom?«

»*Scheiße.*« Drake fluchte leise. Der Kerl konnte einfach keinen Anruf von seiner Mom ignorieren. Sie war stets gestresst und selbst ein verpasster Anruf konnte zu viel für ihre Nerven sein.

»Mir geht's gut, danke. Und dir? Wie geht's Dad?« Ben verzog das Gesicht, während er jeden Nerv in seinem Körper zwang, ruhig zu bleiben.

Der Mondeo kam langsam dem Heck des Mini näher. Blendende Frontlichter füllten den Rückspiegel, zusammen mit den Gesichtern der drei johlenden Deutschen. Die Bastarde schienen das zu genießen.

Ben nickte. »Und Schwesterherz?«

Drake sah, wie die Deutschen begeistert mit ihren Knarren auf das Armaturenbrett hämmerten.

»Nein. Nicht viel. Ähh … welcher Lärm?« Ben schwieg kurz. »Ach so … Xbox.«

Drake trat wieder das Gaspedal durch. Der Motor reagierte zügig, das Auto schoss folgsam voran. Die Reifen quietschten, selbst bei knapp 100 Stundenkilometern.

Die nächste Kugel zerstörte das Heckfenster. Ben kauerte sich ohne weitere Einladung auf der Fußmatte vor sich zusammen. Drake schätze eine Sekunde die Lage ab und holperte dann mit dem Mini auf den leeren Bürgersteig an einer Reihe geparkter Autos vorbei. Die Insassen des Mondeo feuerten ohne Rücksicht auf Verluste, die Kugeln durchschlugen die Scheiben der geparkten Wagen und trafen die Karosserie des Mini. Nach ein paar Sekunden fuhr Drake das Auto holpernd wieder auf die Straße und trat auf die Bremse, um dann mit quietschenden Reifen im Rückwärtsgang zu fahren. Ohne auch nur langsamer zu werden, vollführte er mit dem Kleinwagen eine 180-Grad-Drehung und raste dann in die Richtung, aus der sie gekommen waren.

Der Fahrer des Mondeo brauchte wertvolle Sekunden, um zu realisieren, was passiert war. Ihre eigene 180-Grad-Wende war schlampig ausgeführt und gefährlich. Sie demolierten dabei zwei geparkte Wagen mit einem hässlichen Knirschen. Wo war die verdammte Polizei?

Sie hatten keine Wahl mehr. Drake versuchte so schnell nacheinander abzubiegen wie möglich. »Mach dich bereit, Ben. Wir müssen rennen.«

Wenn Ben nicht dabei gewesen wäre, hätte er sich der Konfrontation gestellt, sich einen Angriffsplan zurechtgelegt. Aber die Sicherheit seines Freundes war oberste Priorität. Und abzuhauen im Moment der beste Schachzug.

»Okay, Mom, wir sprechen uns später.« Ben klappte das Handy mit einem Achselzucken zu. »Eltern, was?«

Drake fuhr wieder auf den Gehsteig und bremste heftig, als sie etwa zur Hälfte über einen ordentlich gestutzten Rasen gefahren waren. Noch bevor das Auto zum Stehen kam, rissen sie die Türen auf und sprangen heraus, rannten in Richtung einer größeren Straße in der Nähe. Sie mischten sich unter Touristen und Einheimische, bevor der Mondeo irgendwo zu sehen war.

Ben brachte ein Kichern zustande und zwinkerte Drake zu. »Bist voll der Actionheld, oder?«

Sie versteckten sich eine Weile in einem kleinen Internetcafé in der Nähe von Harry's New York Bar. Das schien Drake der cleverste Schachzug zu sein. Unauffällig und billig konnten sie hier ihre Recherche fortsetzen und über den geplanten Einbruch in den Louvre nachdenken, ohne sich allzu sehr zu sorgen oder unterbrochen zu werden.

Drake hatte Muffins und Kaffee besorgt, während Ben sich schnell einloggte. Drake setzte sich an den Computer gegenüber und sah Ben an.

»Wie kommst du mit der Scheiße klar?«

»Ich weiß nicht«, sagte Ben wahrheitsgemäß. »Ich hatte noch keine Zeit, es zu verarbeiten.«

Drake nickte. »Das ist normal. Na ja, wenn es soweit ist …« Er gestikulierte in Richtung Monitor. »Was hast du gefunden?«

»Ich hab mich auf derselben Website wie vorhin eingeloggt. Erstaunlicher archäologischer Fund … neun Teile … blablabla … ich hab was über die spektakuläre Verschwörungstheorie über Odin gelesen.«

»Was wollte ich sagen …«

»Ja, das ist ein Haufen Schwachsinn. Aber nicht alles, Matt. Hör dir das an. Wie gesagt, es *gibt* eine Legende dazu und sie wurde mit den Jahren in viele Sprachen übersetzt, was eher ungewöhnlich ist. Nicht nur in die skandinavischen. Sie scheint ziemlich universell, was laut den alten Säcken, die solche Sachen erforschen, selten ist. Laut der Legende heißt es, wenn Odins neun Relikte jemals in Ragnarök zusammengefügt werden, dann weisen sie den Weg zum Grab der Götter. Und wenn das Grab entweiht wird oder man die neun Teil im Inneren des Grabes zusammensetzt … na ja, dann sind Feuer und Schwefel noch unser kleinstes Problem. Hast du gemerkt, ich hab *Götter* gesagt?«

Drake runzelte die Stirn. »Nee. Wie kann es ein Grab der Götter geben? Die haben nie *existiert*. Ragnarök hat nie existiert. Das ist nur der mythologische Ort, an dem laut den nordischen Sagen Armageddon stattfindet.«

»Genau. Aber was, wenn es wirklich existiert? Stell dir mal vor, was eine solche Entdeckung wert wäre.«

Drake pfiff leise. »Ein Grab der Götter? Das würde alles übertreffen. Atlantis, Camelot, Eden. Die wären nichts dagegen. Du meinst also, dass Odins Schild Teil eines größeren Puzzles ist?«

Ben biss in seinen Muffin. »Ich nehme an, das werden wir noch sehen. Es gibt bisher keine handfesten Beweise, keine Anhaltspunkte für irgendwelche geheimen Hinweise, die man erst entschlüsseln müsste. Ich denke, das ist eher was für Kinofilme. Aber es gibt noch acht weitere Relikte, die man sich unter den Nagel reißen könnte, und wenn die eines nach dem anderen verschwinden …« Er hielt inne. »Weißt du, Karin ist eher die Intelligenzbestie in der Familie, und Schwesterherz würde sicher gern für uns den Internetdschungel lichten. Das sind schließlich alles nur kleine Stückchen und Hinweise.«

»Ben, ich hab schon genug Schuldgefühle, weil ich dich da mit hineinziehe. Und ich verspreche dir, dass dir nichts passieren wird, aber ich kann nicht noch mehr Leute in die Sache verwickeln.« Drake legte die Stirn in Falten. »Ich frage mich, wieso die verdammten Deutschen damit jetzt daherkommen. Die anderen acht Teile gibt es doch schon ein Weilchen.«

»Aber nicht eindeutig zugeordnet. Zumindest bisher. Wenn es keine geheimen Hinweise gibt, keine Verschwörung, dann war der Schild möglicherweise auf andere Weise besonders? Vielleicht hat sein Fund eine Kette von Ereignissen in Gang gesetzt.«

Ben tippte auf den Bildschirm. »Es heißt hier, die Skulptur von Odins Pferd sei in einem Langschiff der Wikinger gefunden worden, eines der ältesten und am besten erhaltenen, die man je entdeckt hat, und das ist im Moment eines der Hauptausstellungsstücke des Louvre. Das Pferd ist in diesem Langschiff. Die meisten Leute würden die Pferdeskulptur nicht einmal bemerken, während sie durch den Louvre schlendern.«

Ben las weiter. »Und schau mal hier.« Er zeigte auf den Bildschirm. »Hier geht es um die anderen Relikte von Odin, die ich vorhin erwähnt habe. Die Wölfe in New York und man vermutet den Speer in Uppsala in Schweden, da er aus Odins Körper gefallen ist, als er aus dem Weltenbaum herabstieg.«

»Das wären fünf.« Drake lehnte sich in dem bequemen Stuhl zurück und nippte an seinem Kaffee. Um sie herum herrschte eine gedämpfte Aktivität in dem Internetcafé und der Geruch von geröstetem Kaffee und Kräutertees lag in der Luft. Der Gehsteig draußen hingegen war mit eiligen Menschen gefüllt, die sich auf ihrem Weg durchs Leben im Zickzack auswichen.

Bens Mund schien von Natur aus gegen Hitze unempfindlich zu sein, denn er hatte die Hälfte des heißen Kaffees mit einem einzigen Schluck getrunken. »Da ist noch was anderes.« Ben tippte auf der Tastatur herum. »Sieht komplex aus. Eine Geschichte über jemanden, den man Völva nennt. Das heißt – Seherin.«

»Vielleicht haben sie das Auto danach benannt.«

»Lustig. Nein, scheint so, als habe Odin eine bestimmte Völva gehabt. Warte – dauert einen Moment.«

Drake war so damit beschäftigt, seine Aufmerksamkeit auf Ben, den PC, den Strom an Informationen und die belebte Straße vor der Tür zu konzentrieren, dass er die sich nähernde Frau nicht sah, bis sie direkt neben ihrem Tisch stand. Sie war mittelgroß, von mittlerer Statur und trug einen dunklen Hosenanzug. Ihre langen schwarzen Haare wurden nur dadurch gebändigt, dass sie sie schnell hinter die Ohren strich.

Bevor Drake reagieren konnte, hatte sie die Hand ausgestreckt. »Steht nicht extra auf, Jungs«, sagte sie mit rollendem amerikanischem Akzent. »Wir müssen reden.«

KAPITEL 5

PARIS, FRANKREICH

Detective Kennedy Moore hatte das Paar schon geraume Zeit genau beobachtet. Zuerst hatte sie gedacht, sie seien harmlos, aber nach einer Weile, als sie die ängstlich aber entschlossen wirkende Körpersprache des jüngeren Mannes und die verbissene Wachsamkeit des älteren Kerls genauer analysiert hatte, war sie zu dem Schluss gekommen, dass die beiden keine Pariser waren. Und sie steckten definitiv in Schwierigkeiten.

Sie war hier zwar nicht im Dienst, aber sie war Cop in New York, und die Insel mit den großen Betontürmen war ein rauer Ort, um dort aufzuwachsen. Dort entwickelte man ganz von selbst, bei entsprechender Neigung, den aufmerksamen Blick eines Cops, bevor man überhaupt wusste, dass das Schicksal vorsah, sich dem NYPD anzuschließen. Später wurde er verfeinert und angepasst, aber da blieb immer dieser Blick, dieses kalte, berechnende Starren.

Selbst im Urlaub, dachte sie bitter. *Selbst jetzt ...*

Nachdem sie eine Stunde lang Kaffee getrunken und ziellos im Internet gesurft hatte, konnte sie nicht anders. Sie war vielleicht im Urlaub – was in ihren Ohren besser klang als *suspendiert* –, aber das bedeutete nicht, dass der Cop in ihr so schnell die Segel streckte, wie ein junger Mann in der ersten Nacht in Vegas seine Jungfräulichkeit verlor.

Sie schlängelte sich durch die Tische zu ihnen hinüber. *Suspendiert,* dachte sie wieder. Ein Wort, das auf jeden Fall ihre schillernde Karriere beim NYPD in die richtige Perspektive rückte.

Der ältere Typ sah sie misstrauisch an. Etwas in seinem Gesicht ließ bei ihr die Alarmglocken schellen. Ihre Instinkte hatten sie nicht betrogen. Irgendwas stimmte hier nicht. »Steht nicht extra auf, Jungs«, sagte sie entwaffnend. »Wir müssen reden.«

»Amerikanerin?«, fragte der Ältere und wirkte ein wenig überrascht. »Was wollen Sie?«

Sie ignorierte ihn. »Alles in Ordnung, Junge?« Sie zückte ihre Dienstmarke. »Ich bin ein Cop. Also sei lieber ehrlich.«

Der ältere Kerl reagiert sofort und lächelte erleichtert, was ihre Stimmung ebenfalls aufhellte. Sein Freund blinzelte verwirrt.

»Sorry?«

Kennedy war zu sehr Cop, also fragte sie: »Bist du freiwillig hier?«, war alles, was ihr einfiel, um ein Gespräch anzufangen.

Der jüngere Mann verzog das Gesicht. »Na ja, die Sehenswürdigkeiten sind ja okay, aber der harte Sex macht nicht so viel Spaß.«

Der Ältere grinste. »Glauben Sie mir. Es gibt kein Problem. Gut zu sehen, dass die Gesetzeshüter ihren Job auch so weit weg von zu Hause erledigen. Ich bin Drake, Matt Drake.«

Er streckte die Hand aus.

Kennedy ignorierte ihn, war noch nicht ganz überzeugt. Sie dachte über das »ihren Job erledigen« nach und ließ den letzten Monat Revue passieren, wobei sie wie immer am selben, mit Stacheldraht bewehrten Hindernis hängenblieb. Kalebs Freilassung ohne weitere Auflagen. Kaleb war ihre größte Verhaftung gewesen und nun hatte die Gier eines anderen Polizisten den Serienkiller auf freien Fuß gesetzt, damit er erneut morden und Kennedy einen ganzen Berg an

Schuldgefühlen bescheren konnte. *Und eine Suspendierung*, dachte sie.

»Nun, danke, schätze ich.« Sie lächelte dünn.

»Sie sind also ein Cop aus *New York*?« Der jüngere Mann sah seinen Freund an und zog die Augenbrauen hoch.

»Sehr subtil.« Matt Drake lachte. Er schien Selbstvertrauen zu haben und auch wenn er entspannt in seinem Sessel saß, war Kennedy klar, dass er wohl in einer Sekunde reagiert hätte, wenn die Situation sich änderte. So wie er konstant die Umgebung scannte, dachte sie, er könnte auch ein Cop sein. Oder vielleicht vom Militär.

Sie nickte und fragte sich, ob sie sich einfach dazusetzen sollte. Es wäre nett, mal mit jemandem zu reden. Sich nur selbst Gesellschaft zu leisten, grenzte bei ihr momentan an dämonische Besessenheit.

Drake deutete auf den freien Stuhl, wobei er darauf bedacht war, sich den Fluchtweg offenzuhalten. »Auch noch höflich. Ich habe gehört, New Yorker seien ziemlich von sich eingenommen.«

»*Matt!*« Der Junge runzelte die Stirn.

»Wenn Sie mit *von sich eingenommen* meinen, dass sie genauso großartig wie extrem bescheiden sind, das habe ich auch gehört.« Kennedy setzte sich in die Computernische neben die Männer und kam sich ein wenig wie ein Trottel vor.

»Eine Amerikanerin allein in Paris. Ich nehme an, Sie machen Urlaub?«

»Hat man mir zumindest gesagt.«

Er bedrängte sie nicht, aber hielt ihr erneut die Hand hin. »Ich heiße immer noch Matt Drake. Und das ist mein Freund Ben.«

»Kennedy. Ich habe mitgehört, was Sie gesagt haben, zumindest ein paar Schlagworte. Deswegen wollte ich mit

Ihnen reden. Und was war das mit Wölfen in *New York*?« Sie zog, wie um Ben zu imitieren, eine Augenbraue hoch.

»Odin.« Drake sah sie an, um zu sehen, sie darauf reagierte. »Wissen Sie etwas über ihn?«

»War das nicht Thors Vater? Sie wissen schon, in den Marvel Comics.«

»Die Nachrichten sind voll von ihm.« Ben nickte in Richtung PC.

»Ich hab mich in letzter Zeit vor Schlagzeilen gehütet.« Kennedy redete schnell, klang verletzt und frustriert.

»Hört sich so an, als hätten Sie selbst für einige gesorgt.«

Es dauerte einen Moment, bevor sie weiterreden konnte. »Mehr als meiner Karriere gutgetan haben.« Sie ließ den Blick durch das schäbige Café auf die Straße draußen schweifen.

Drake folgte ihrem Blick, fragte sich, ob er nachbohren sollte, und sah dann einem der deutschen Söldner direkt in die Augen, der durch das Fenster schaute und das Café sondierte.

»Die Typen sind nerviger als ein Callcenter.«

Das Gesicht des Deutschen zeigte Erschrecken und Wiedererkennen, als Drake aufstand. Sie steckten erneut in Schwierigkeiten und Bens Leben war in Gefahr. Drake traf eine Entscheidung. Jetzt wurde mit harten Bandagen gekämpft. Er bewegte sich schnell, schnappte sich einen der Schreibtischstühle und schleuderte ihn mit einem ohrenbetäubenden Klirren durch das Fenster. Der Deutsche wurde nach hinten geworfen und ging zu Boden.

Drake winkte Ben zu sich. »Komm mit uns oder auch nicht«, rief er Kennedy zu, als sie losrannten. »Aber steh mir nicht im Weg.«

Er hastete zur Tür, riss sie auf, aber blieb kurz stehen, falls jemand auf sie schießen würde. Draußen standen einige Leute herum, während ein Tourist wie wild fotografierte. Drake warf einen prüfenden Blick die Straße entlang und erkannte ein paar der Gesichter ihrer Verfolger wieder. Er zählte fünf Gegner, die auf sie zukamen.

»Selbstmord.« Schnell zog er den Kopf zurück.

»Hinterausgang.« Er zog Ben in Richtung Tresen. Kennedy hatte sich nicht bewegt, sie dachte nach, aber man brauchte nicht den scharfen Verstand eines Cops, um zu wissen, dass die Jungs in Ordnung waren, und da sie selbst ein kleiner Unruhestifter war, erkannte sie in Drake einen verwandten Geist.

»Ich gebe euch Deckung.«

Drake ging an dem verängstigten Angestellten hinter dem Tresen vorbei in einen schäbigen Korridor, an dessen Wänden Kisten voller Kaffee, Zucker und Rührstäbchen aufgestapelt waren. Am Ende des Gangs war eine Brandschutztür. Drake drückte den breiten Türgriff und lugte vorsichtig hindurch. Die Nachmittagssonne blendete ihn, aber der Weg schien relativ frei – abgesehen von dem einen unbewaffneten Gegner, der um die Ecke herum auf ihn zugerannt kam.

Drake gab den anderen ein Zeichen, zu warten, und machte dann ein paar entschlossene Schritte auf den rennenden Deutschen zu. Er wich dem Schlag des Mannes nicht aus, sondern wurde hart in den Solarplexus getroffen, ohne mit der Wimper zu zucken. Der Schock auf dem Gesicht seines Gegners verschaffte ihm einen Moment Befriedigung.

»Schwächlinge zielen auf den Solarplexus«, flüsterte er. Die Erfahrung hatte ihn gelehrt, dass ein trainierter Kämpfer auf einen der Druckpunkte des Körpers schlug und dann auf die Wirkung wartete, also verdrängte Drake den

Schmerz – so wie man es ihm immer wieder beigebracht hatte – und walzte mitten hindurch. Er brach dem Mann mit zwei Schlägen die Nase, zertrümmerte seinen Kiefer und ließ ihn dann auf dem Boden ausgestreckt liegen, ohne sich groß aufhalten zu lassen. Er winkte die anderen heraus.

Sie traten aus dem Café und sahen sich um.

Kennedy sagte: »Mein Hotel ist drei Blocks entfernt.«

Drake nickte. »Na großartig. Lasst uns gehen.«

KAPITEL 6

PARIS, FRANKREICH

Eine Minute später sagte Ben: »Wartet.«

»Sag nicht, dass du aufs Klo musst, Kumpel, oder wir müssen dir ein paar Windeln kaufen.«

Kennedy versteckte ein Grinsen, als Ben rot anlief.

»Benimm dich nicht wie ein Arsch, alter Mann, aber unser Besuch im Louvre steht an. Der Kerl in Weiß hat 18 Uhr gesagt, falls du dich erinnerst.«

Drake hatte die Zeit vergessen. »Mist.«

»Der Louvre?«, fragte Kennedy und warf ihm einen Blick zu.

»Planänderung.« Drake winkte ein vorbeifahrendes Taxi heran. »Kennedy, ich erkläre es dir.«

»Solltest du besser. Ich war heute schon im Louvre.«

»Nicht deswegen …«, murmelte Ben, als sie ins Taxi stiegen. Drake sprach das magische Wort und der Wagen beschleunigte. Die Fahrt verlief schweigend und dauerte in den verstopften Straßen zehn Minuten. Ein Krankenwagen und ein Polizeiauto rasten mit kreischenden Sirenen durch das Verkehrschaos. Als sie endlich beim Louvre ankamen, ging es auf dem Gehsteig genauso hektisch zu. Die drei hasteten auf das Museum zu.

Ben brachte Kennedy dabei auf den neuesten Stand. »Irgendwer hat Odins Schild in Island gefunden und dann hat ihn jemand bei einer Ausstellung in York gestohlen und dabei Freys Modenschau komplett *ruiniert.*«

»Frey?«

»Der Modedesigner. Bist du nicht aus New York?«

Drake schüttelte resigniert den Kopf über Bens Naivität.

»Ich *bin* aus New York«, sagte Kennedy. »Aber ich war immer zuerst *Cop* und dann Frau. Und ich habe keine Lust, in diesen Konflikt hineingezogen zu werden. Ich brauche im Moment wirklich nicht noch mehr Probleme.«

Drake sagte beinahe: »Da ist die Tür«, aber bremste sich in letzter Sekunde. Eine Polizistin aus New York könnte sich heute Abend aus vielen Gründen als nützlich erweisen. Während sie sich der Glaspyramide näherten, die den Eingang des Louvre markierte, sagte er: »Kennedy, diese Leute haben jetzt dreimal versucht, uns umzubringen. Es liegt in meiner Verantwortung, dafür zu sorgen, dass es nicht wieder passiert. Wir können nicht weiter weglaufen, denn sie haben bereits bewiesen, dass sie uns aufspüren können. Meine einzige Lösung ist, mehr darüber herauszufinden, was da vor sich geht oder sich irgendwo in einem Rattenloch zu verstecken, und das ist nicht mein Stil.«

Kennedy verdrehte die Augen. »Ist mir aufgefallen.«

»Aus irgendeinem Grund sind diese Leute an etwas interessiert, das man die *Neun Teile von Odin* nennt, und das fing alles mit der Entdeckung des ersten Teils an – dem Schild. Wir wissen noch nicht, wieso, aber hier drin«, er zeigte auf die Glaspyramide, »ist das zweite Teil.«

»Sie werden es heute Abend stehlen«, sagte Ben und fügte dann hinzu: »Wahrscheinlich.«

»Und was ist mit New York?« Kennedy schien zwischen Rückzug und Faszination zu schwanken. Vielleicht war das genau, was sie brauchte: Etwas mit dem sie sich von der harschen Wirklichkeit ablenken konnte.

»New York könnte als Nächstes kommen. Ein weiteres der Odin-Artefakte ist im Museum für Naturgeschichte ausgestellt.«

»Aber ihr seid euch nicht sicher?«

Drake studierte einen Plan des Museums und ignorierte die Frage. »Es scheint, dass der Louvre normalerweise keine Wikingersammlungen ausstellt. Die hier ist auch noch geliehen. Hier steht, das größte nordische Artefakt ist das Langboot der Wikinger, eines der am besten erhaltenen, das je entdeckt wurde. Es wird im unteren Stockwerk des Denon-Flügels ausgestellt, in der Nähe von ein paar ägyptischen … *koptischen* … *ptolemäischen* … *blabla* … was auch immer. Es liegt in dieser Richtung.«

Die breiten, gebohnerten Gänge glänzten, während das Trio in der Menge verschwand. Besucher aus der Stadt und Touristen aller Altersklassen bevölkerten das prächtige alte Gebäude.

»Oh Mist, es ist schon 18 Uhr«, sagte Ben.

Sekunden später hörte man einen donnernden Knall, wie eine Betonmauer, die einstürzte. Alle blieben stehen.

Drake sah zu Ben. »Gib uns eine halbe Stunde. Wenn das Museum evakuiert wird, geh' einfach zusammen mit der Menge raus. Ich ruf' dich an.«

Er wartete nicht auf eine Antwort. Ben war sich der Gefahr bewusst. Drake sah zu, wie er sein Handy rausfischte und einen Schnellwahlbutton drückte. Das war sicher Mom, Dad oder Sis. Er nickte Kennedy zu und sie gingen die Wendeltreppe ins untere Stockwerk hinab. Viele Menschen strömten aus dem Raum, in dem die Wikinger-Ausstellung war. Eine dicke Wolke grauen Rauchs quoll hinter ihnen aus dem Raum.

»Rennt!«, schrie ein Typ mit amerikanischem Akzent, der aussah wie ein Unterwäschemodel. »Da sind Typen mit Waffen drin!«

Kennedy zögerte und wirkte unsicher. »Sollten wir nicht …?«

Drake ging zur Tür und warf einen Blick hindurch. Innen herrschte Chaos. Er zählte acht Männer in Flecktarnuniformen mit Sturmmasken und Sturmgewehren, die in das größte Wikinger-Langboot kletterten, das er je gesehen hatte. Hinter ihnen war in einem Akt unglaublicher Dreistigkeit ein rauchendes Loch in die Seitenwand des Museums gesprengt worden.

Die Typen waren verrückt. Ihre fanatische Entschlossenheit gab ihnen einen klaren Vorteil. Löcher in Wände zu sprengen und Raketen über Menschenmengen zu schießen, schien bei denen die Norm zu sein. Kein Wunder, dass sie Ben und ihn in Paris verfolgt hatten. Eine Autoverfolgungsjagd war für die vermutlich genau das Richtige, um vor dem Zubettgehen ein wenig zu entspannen.

Kennedy legte eine Hand auf Drakes Schulter und linste in den Raum. »Ich glaube, du hast mich eben überzeugt.«

»Das beweist, dass wir auf der richtigen Spur sind. Wir müssen nur näher an den Kommandanten herankommen.«

»Ich will an keinen dieser *Wichser* nahe herankommen«, fluchte sie mit einem erstaunlich überzeugenden englischen Akzent.

»Süß. Aber ich muss es irgendwie schaffen, dass wir nicht mehr auf deren Mordliste stehen, oder rauskriegen, was die vorhaben.«

Drake bemerkte mehrere Zivilisten, die noch in dem Raum waren und zum Ausgang rannten. Die Deutschen schienen keine Notiz davon zu nehmen, sondern führten nur entschlossen ihren Plan durch, der wohl darin bestand, das Artefakt zu stehlen, wie Drake annahm.

»Komm schon.«

Drake drückte sich nahe am Türrahmen vorbei in den Raum. Er nutzte die Ausstellungsstücke am Rand als

Deckung, warf einen aufmerksamen Blick auf Kennedy und schlich dann in sicherem Abstand zum Geschehen näher heran.

»Beeilt euch!«, schrie jemand auf Deutsch mit drängender Stimme.

»Sie sollen sich wohl schicken«, sagte Drake. »Die müssen auch schnell sein. Ein Vorfall im Louvre sollte eine rasche Reaktion der Franzosen hervorrufen.«

»Ich habe am Eingang bewaffnete Wachen gesehen«, meinte Kennedy.

Dann schrie ein anderer Deutscher herum und hielt eine Steinplatte in der Größe eines Frühstückstabletts hoch. Sie sah schwer aus. Der wollte, dass ihm jemand half, es über die Reling des Langbootes zu heben.

»Eindeutig keiner vom Regiment«, kommentierte Drake.

»Oder Amerikaner«, stellte Kennedy fest. »Mein Ex war bei den Marines, der hätte sich das Teil einfach unter die Vorhaut geklemmt.«

Drake hustete. »Schönes Bild. Danke für diesen Beitrag. Schau.« Er nickte in Richtung des Lochs in der Mauer, wo gerade ein Mann mit Maske und weißem Anzug erschienen war. »Sieht wie der gleiche Typ aus, der den Schild in New York gestohlen hat.«

Der Mann untersuchte kurz die Skulptur, nickte dann zustimmend und wandte sich an seinen Commander. »Sehr gut, Zeit zu …«

Gewehrfeuer war zu hören. Die Deutschen erstarrten einen Moment, sahen sich verwirrt an. Kugeln schossen durch den Raum und alle suchten Deckung.

Weitere maskierte Männer erschienen im freigesprengten Eingang. Eine andere Truppe, mit anderen Uniformen als die Deutschen.

Drakes erster Gedanke war: *Französische Polizei? Bewaffnete Wachmänner?*

»Die Kultisten!«, schrie einer der Deutschen verächtlich. »Tötet sie! Tötet sie!«

Drake hielt sich die Ohren zu, als ein Dutzend Automatikwaffen das Feuer eröffnete. Kugeln durchschlugen menschliche Körper, hölzerne Türen und Wände. Glas splitterte und unbezahlbare Ausstellungsstücke wurden in Fetzen geschossen, bevor sie zu Boden krachten. Kennedy fluchte laut und Drake wurde klar, dass sie das wohl öfter tat. »Wo sind die scheiß *Franzosen*, verdammter Mist?«

Drake schwirrte der Kopf. *Kultisten?* In was für eine Scheiße waren sie da reingestolpert.

Das Ausstellungsstück neben ihnen zerplatzte in tausend Teile. Glas und Holzsplitter bedeckten ihre Rücken. Drake kroch rückwärts und zog Kennedy mit sich. Das Langboot wurde von Kugeln durchsiebt. Die Kultisten waren in den Raum eingedrungen und mehrere der Deutschen lagen tot oder in Todeszuckungen auf dem Boden. Drake sah, wie einer der Kultisten einem verwundeten Deutschen aus nächster Nähe in den Kopf schoss und eine 3000 Jahre alte ägyptische Terrakotta-Vase mit Blut bespritzte.

»Verrückte Schatzjäger, die sich gegenseitig umlegen«, murmelte Drake. »Bei *Tomb Raider* habe ich das aber anders in Erinnerung.«

Einer der Deutschen versuchte zu fliehen. Er rannte direkt in Drakes Richtung, ohne ihn überhaupt zu sehen, und erschrak, als sein Weg versperrt war. »Beweg dich!«, sagte er auf Deutsch und hob die Waffe.

»Ja, du kannst mich auch mal.« Drake hielt die Hände nach oben.

Der Finger des Mannes krümmte sich um den Abzug.

Kennedy bewegte sich plötzlich zur Seite und erregte die Aufmerksamkeit des Deutschen. Drake schnellte auf ihn zu und verpasste ihm einen Ellbogen ins Gesicht. Eine Faust flog in Drakes Richtung. Er wich mit einem Schritt zur Seite aus und trat gleichzeitig dem Soldaten gegen das Knie. Der Schrei war nur wenig lauter als das Geräusch brechender Knochen. Drake war eine Sekunde später auf ihm, die Knie auf die Brust des Mannes gepresst. Mit einem kräftigen Griff riss er dem Soldaten die Maske vom Gesicht und schnaufte verächtlich.

»Keine Ahnung, was ich da erwartet habe.«

Blonde Haare. Blaue Augen. Kantige Gesichtszüge. Verwirrter Gesichtsausdruck.

»Bis später.« Drake packte ihn in einem Würgegriff, bis er bewusstlos wurde, und verließ sich darauf, dass Kennedy unterdessen Ausschau nach seinen Kameraden hielt. Als Drake aufblickte, war der Kampf immer noch in vollem Gang. In diesem Moment kam ein weiterer Deutscher um eines der umgestürzten Ausstellungsstücke herumgeschossen. Drake schubste ihn mit der Schulter zur Seite und Kennedy rammte ihm das Knie gegen den Solarplexus. Der Mann ging zu Boden.

Einer der Kultisten riss gerade die Skulptur aus den toten und blutigen Fingern eines sterbenden Gegners. Ein deutscher Soldat umrundete ihn und griff von der Seite an, aber der Kultist war gut, wirbelte herum und erledigte ihm mit drei tödlichen Schlägen, dann knallte er den erschlafften Körper mit einem Schulterwurf auf den Boden. Um auf Nummer sicher zu gehen, feuerte der Kultist noch drei Schüsse aus nächster Nähe ab und schleppte dann weiter in aller Seelenruhe die Skulptur in Richtung Ausgang. Drake war von dessen Fähigkeiten beeindruckt. Als der Kultist seine Kameraden erreichte, ließen diese einen Kugelhagel folgen und zogen sich über die immer noch rauchenden Trümmer zurück.

»Wir gewinnen!«, schrie der Kultist mit einem englischen Akzent und hob eine Faust in Richtung der überlebenden Deutschen. Drake hörte Arroganz aus ihrer Stimme. Ja, das war definitiv eine Frau unter der Sturmmaske. Aber da war noch etwas anderes, etwas Vertrautes …

Die Frau blieb stehen und nahm die Maske ab, wirkte dabei verächtlich. Sie lachte die Deutschen aus. »Ha! Glaubt ihr etwa, wir könnten euch nicht überallhin folgen? Glaubt ihr, wir wissen nicht, was ihr vorhabt? Wir haben auf euch *gewartet.* Wir wissen, wo ihr als Nächstes seid – wir suchen alle dasselbe. Ihr solltet euch aus Uppsala *fernhalten*, wenn ihr überleben wollt.«

Drake hätte es vielleicht die Füße weggezogen, wenn er nicht sowieso schon auf den Knien gewesen wäre. Der Schock traf ihn wie die Kugel aus einer Waffe. Er kannte diese sogenannte Kultistin. Er kannte sie gut. Es war Alicia Myles, eine Londonerin, die denselben Rang im britischen SRT gehabt hatte wie er.

Das Special Reconnaissance Team: Ein geheimes Regiment innerhalb des SAS, Teil der geheimen britischen Einheit, die als die Neunte Division bekannt war. Die Besten der Besten. Patrioten. Handverlesen von Leuten, die selbst handverlesen waren.

»Ich kenne sie«, flüsterte er, ohne nachzudenken. »Wir waren im selben Regiment.«

Wells' Kommentar hatte Erinnerungen wachgerufen, die für immer begraben bleiben sollten. *Du warst* mehr *als nur SAS. Wieso willst du dich daran nicht erinnern?*

Weil wir damals nicht nur Soldaten waren.

Diese Zeiten, diese Gefechte, diese Momente, in denen es um Leben und Tod ging, um Kampf und Kameradschaft, hatten ihn geformt.

Alicia Myles war eine der Besten, die er je gekannt hatte. Frauen mussten in den Special Forces besser sein als Männer, um auch nur halb so weit zu kommen. Und Alicia war direkt bis an die Spitze geschossen, das erste weibliche Mitglied des SAS.

Wieso war *sie* in das hier verwickelt und hörte sich an wie eine Fanatikerin, die sie seines Wissens nach nicht war? Es gab nur eines, das Alicia motivierte – Geld.

Arbeitete sie deswegen für die Kultisten?

Drake robbte in Richtung des normalen Ausgangs. »Also, davon abgesehen, dass wir immer noch auf der Mordliste stehen und nicht wissen, wer unsere Gegner sind«, schnaufte er, »haben wir nun ein paar Feinde mehr und nichts erreicht, außer, dass wir jetzt noch weniger Ahnung haben, was hier vor sich geht.«

Kennedy, die hinter ihm kroch, sagte: »Das ist grob zusammengefasst mein Leben.«

KAPITEL 7

PARIS, FRANKREICH

Kennedys Suite war ein Palast verglichen mit dem Zimmer, in dem Drake und Ben ein paar Stunden verbracht hatten.

»Ich dachte, ihr Cops seid alle pleite«, grummelte Drake, der Türen und Fenster überprüfte, um zu sehen, wie man in das Zimmer hinein- und herauskam.

»Sind wir auch. Aber wenn man zehn Jahre so gut wie keinen Urlaub nimmt, dann sammelt sich ein bisschen was auf dem Konto an.«

»Hey, kann ich den benutzen?«, fragte Ben und griff nach dem Laptop, der auf einem Kaffeetisch am Fenster stand. Ben hatten sie im Schatten der Gebäude neben der Glaspyramide aufgelesen, als sie schließlich das Museum verließen. In dem Chaos war es nicht schwer gewesen, sich als verängstigte Touristen auszugeben.

»Wieso verständigen wir nicht die französischen Behörden und sagen ihnen, was wir wissen?«, fragte Kennedy, während Ben den Laptop aufklappte.

»Weil es *Franzosen* sind«, sagte Drake mit einem Lachen und verstummte, als keiner mit einstimmte. Er saß auf der Kante von Kennedys Bett und sah zu, wie sein Freund sich an die Arbeit machte. »Sorry, aber die Franzosen werden da auch nichts wissen. Wenn wir das denen erklären müssen, bremst uns das nur. Wir sollten lieber die Schweden kontaktieren. Alicia sagte etwas darüber, sich von Uppsala fernzuhalten. Sie muss ja wohl wissen, dass sich dann erst recht alle dafür interessieren. Die Schweden sind unsere beste Hoffnung, wenn wir dieser Spur folgen wollen.«

»Kennst du irgendjemanden beim schwedischen Geheimdienst?«, Kennedy zog eine Braue hoch, als sie ihn ansah.

»Nein, aber ich kann mal meinen alten Commander anrufen.«

»Wann bist du aus dem SAS ausgeschieden?«

»Man scheidet niemals aus dem SAS aus.« Als Ben hochsah, fügte er hinzu. »Das hab ich zumindest mal gelesen.«

»Drei Köpfe sind besser als einer.« Ben warf Kennedy einen Blick zu. »Wenn du immer noch dabei bist?«

Eine Pause, dann ein Nicken. »Ich helfe euch. Vorerst.« Kennedys Haare fielen ihr in die Augen und sie band sie zu einem Pferdeschwanz zurück. »Diese neun Teile von Odin … da würde mich zuerst interessieren: Wieso wollen die sie haben? Zweite Frage: Was sind die neun Teile?«

»Das haben wir in dem Internetcafé herausfinden wollen.« Ben tippte wie wild auf der Tastatur herum. »Es gibt eine Legende, die unser alter Mann hier für Quatsch hält, und in der es heißt, dass es ein tatsächliches Grab der Götter gibt – einen real existierenden Ort, an dem all die alten Götter begraben sind. Diese Legende passt zu den euhemeristischen Theorien. Oder vielleicht …«, gestand Ben ein, »ist das Grab einfach gefüllt mit *Opfergaben* an die antiken Götter. Das wissen wir nicht. Aber das ist auch nicht nur eine alte verstaubte Legende – eine Handvoll Akademiker hat darüber debattiert und in den Jahren eine ganze Reihe an Forschungsarbeiten zum Thema veröffentlicht. Das Problem ist, es ist keine einfache Lektüre. Die alten Legenden sind nicht gerade für ihre prosaische Sprache bekannt.«

»*Prosaisch?*«, wiederholte Kennedy mit einem Lächeln. »Gehst du selbst aufs College?«

»Manchmal, aber er ist auch in einer Band«, warf Drake ein, ohne mit der Wimper zu zucken. »Leadsänger.«

Kennedy zog eine Augenbraue hoch, aber biss nicht an. »Wir haben also ein Grab der Götter, das gar nicht existieren sollte, okay. Und sonst?«

»Wenn das Grab jemals geschändet wird, dann wird die Welt in Feuer untergehen, et cetera, et cetera.«

»Verstehe. Und die neun Teile?«

»Sobald sie in Ragnarök zusammengesetzt werden, weisen sie den Weg zum Grab.«

»Wo ist Ragnarök?«

Drake stampfte mit dem Fuß auf. »Das ist nur eine falsche Fährte. Es ist kein Ort. Es ist eine Reihe von Ereignissen, eine große Schlacht, die Welt wird von Feuer gereinigt. Naturkatastrophen. So was wie Armageddon.«

Kennedy runzelte die Stirn. »Also hatten auch die tapferen Wikinger die Hosen voll vor der Apokalypse.«

Drake sah nach unten und bemerkte auf dem Boden eine aktuelle, aber sehr zerknüllte Ausgabe von *USA Today*. Sie war so gefaltet, dass man die Schlagzeile lesen konnte: FREIGELASSENER SERIENKILLER TÖTET ZWEI WEITERE OPFER.

Fies, aber nicht ungewöhnlich für die erste Seite einer Zeitung. Was ihn dazu brachte, einen genaueren Blick darauf zu werfen, war ein Foto von Kennedy in ihrer Polizeiuniform mitten im Text des Artikels. Und die kleinere Schlagzeile neben ihrem Foto: POLIZISTIN AM BODEN ZERSTÖRT – UNTERGETAUCHT.

Er brachte die Schlagzeile in Zusammenhang mit der fast leeren Flasche Wodka auf der Kommode, den Schmerztabletten auf dem Nachtkästchen und dem Fehlen von Gepäck, Stadtplänen, Souvenirs oder einem Plan mit Flugzeiten.

Scheiße. Hilft sie uns, um sich ihren eigenen Problemen nicht zu stellen, sich abzulenken?

Kennedy sagte: »Also wollen die Deutschen und die Kultisten dieses nicht-existierende Grab finden, vermutlich wegen Ruhm und Reichtum? Und um das zu tun, müssen sie Odins neun Teile an einem Ort zusammenfügen, der gar kein Ort ist. Stimmt doch so in etwa, oder?«

Ben verzog das Gesicht. »Na ja, *ein Song ist kein Song, solange man ihn nicht auf Vinyl presst* – wie mein Vater immer gesagt hat. Soll heißen, wir haben noch eine Menge zu tun.«

»Klingt weit hergeholt.«

»Das ist doch schon besser.« Ben drehte den Laptop um. »Odins neun Artefakte sind hier aufgelistet: Augen, Wölfe, Walküren, Pferd, Schild und Speer.«

Drake hatte mitgezählt. »Das sind nur sechs, Kumpel.«

»*Zwei* Augen, *zwei* Wölfe, *zwei* Walküren.«

»Was davon ist in Uppsala?« Drake zwinkerte Kennedy zu.

Ben scrollte eine Weile und sagte dann: »Es heißt hier, dass der Speer durch Odins Seite gebohrt wurde, als er fastend an der Welteneiche hing und das habe alle seine Geheimnisse seiner Völva offenbart – seiner Seherin. Ein anderes Zitat lautet folgendermaßen: *In der Nähe des Tempels in Uppsala steht ein großer Baum mit weit ausladenden Ästen, der im Sommer und Winter immer grün ist. Niemand weiß, was es für ein Baum ist, denn es wurde nie ein zweiter wie dieser gefunden.* Das stammt aus einem Text, der hunderte Jahre alt ist. Der Weltenbaum ist – oder war – in Uppsala und ist zentral für die nordische Mythologie. Die Skandinavier im Mittelalter haben das alte Uppsala für einen der wichtigsten Orte in der Gegend gehalten. Der dänische Geschichtsschreiber Grammaticus war der Ansicht, Odin habe selbst vor Urzeiten in Gamla Uppsala gelebt. Es war bekannt als der Sitz schwedischer Könige, und es heißt, um den Weltenbaum herum existieren neun Welten. Oh, noch eine Erwähnung von Uppsala, ich zitiere: *Odin verweilte dort, in der Nähe einer riesigen Esche namens Yggdrasil*, die von den Bewohnern als heilig betrachtet wurde. Sie ist aber nicht mehr dort.«

Er las weiter. »Skandinavische Forscher halten seit langem Gamla Uppsala für einen der ältesten und wichtigsten Orte in der nordischen Geschichte.«

»Und das ist alles da draußen?«, fragte Kennedy. »Wo jeder es finden kann?«

»Nun«, sagte Ben, »das muss man alles miteinander verbinden. Du solltest meine Fähigkeiten nicht unterschätzen. Ich bin gut in dem, was ich tue.«

Drake nickte zustimmend. »Das ist er, glaub mir. Er hat mir geholfen, mich die letzten paar Monate durch eine Karriere als Fotograf zu mogeln.«

»Man muss eine Menge verschiedener Gedichte und Sagen zusammenstückeln. Eine Sage ist ein Gedicht der Wikinger, in dem es um große Abenteuer geht. Es gibt die sogenannte *Lieder-Edda*, die von Nachfahren der Menschen geschrieben wurde, die mit Leuten bekannt waren, die die damaligen Chronisten kannten. Man muss sich durch eine Menge an Informationen wühlen.«

»Und wir wissen nichts über die Deutschen und ihre Absichten. Gar nicht zu reden von den Kultisten. Oder wieso Alicia Myles …« Drakes Handy klingelte. »Sorry … ja?«

»Ich bin's.« Die Stimme am anderen Ende gehörte seinem alten Commander.

»Hallo Wells.«

»Setz dich mal lieber, Drake.« Wells wartete einen Moment. Anscheinend ging es um etwas Großes. »Die

SSG – eine schwedische Spezialeinheit – *und* Teile der schwedischen Armee wurden von überall auf der Welt zurückbeordert.«

Drake war einen Moment sprachlos. »Du machst Witze, oder?«

»Ich mache keine Witze über die Arbeit, Drake. Nur über Frauen.«

»Ist so etwas schon jemals *vorher passiert?*«

»Nicht, dass ich wüsste.«

»Haben sie einen Grund genannt?«

»Den üblichen Scheiß, fürchte ich. Nichts Definitives.«

»Sonst noch was?«

Ein Seufzen. »Drake, du schuldest mir auf jeden Fall ein paar Geschichten über Mai, Kumpel. Ist Ben noch da?«

»Ja. Und erinnerst du dich an Alicia Myles?«

»Verdammt, wer würde das nicht. Du glücklicher Bastard. Ist sie bei dir?«

»Leider nein. Ich hab sie vor etwa einer Stunde im Louvre gesehen.«

Zehn Sekunden Stille, dann: »Sie war *daran* beteiligt? Unmöglich. Sie würde nie ihre eigenen Leute verraten.«

»Wir waren anscheinend nie ihre *eigenen Leute.*«

»Du meinst, sie hat geholfen, das Museum zu berauben?«

»Allerdings, Sir. Das meine ich.«

Drake trat ans Fenster und sah auf die Autoscheinwerfer, die unter ihm vorbeirasten. »Schwer zu verdauen, oder? Ihre neue Berufung besteht wohl darin, möglichst viel Kohle zu verdienen.«

»Erste Berichte sagen, dass sich zwei verfeindete Parteien im Museum bekämpft haben?«

»Ja. Und so wie es sich angehört hat, haben diese Kultisten schon vorher gewusst, was die Deutschen vorhaben.«

Er hörte, wie sich hinter ihm Ben und Kennedy Notizen über die berühmten und die eher obskuren Orte der neun Teile Odins machten.

Wells atmete schwer. »Die verfluchte Alicia Myles! Macht gemeinsame Sache mit dem Feind? Das kann ich einfach nicht glauben, Drake.«

»Ich hab ihr Gesicht gesehen. Sie war es.«

»Unglaublich. Wie sieht dein Plan aus?«

Drake schloss die Augen und schüttelte den Kopf. »Ich bin kein Teil des Teams mehr, Wells. Ich habe keinen verdammten Plan. Ich sollte keinen Plan brauchen.«

»Ich weiß. Ich stelle gerade ein Team zusammen, Kumpel, und ich entwerfe von hier aus schon mal eine Strategie. Wir bleiben in Kontakt.«

Die Leitung war tot. Drake drehte sich um. Natürlich hatte er einen Plan, aber Wells musste davon nichts wissen. Seiner Erfahrung nach wurde man mit einem Feind, der einen umbringen wollte, am besten fertig, indem man ihn zuerst erledigte. Dafür brauchte er Hilfe, deswegen würde sich Wells noch als nützlich erweisen. Außerdem war er zunehmend fasziniert von der Jagd nach Odins Artefakten, und jetzt, wo Alicia Myles auch noch ins Spiel kam … das brachte die Sache auf ein ganz anderes Level.

Wells hatte recht. Wieso arbeitete sie überhaupt für den Feind? Steckte sie in Schwierigkeiten? Selbstschutz und der gesunde Menschenverstand sagten Drake, er sollte diesen Wahnsinn nicht weiterverfolgen.

Sieben Jahre waren vergangen, und er dachte, er hätte das alte Feuer erstickt, aber die Flammen flackerten noch, im Moment auf Sparflamme, aber stetig flackerten sie höher, wurden drängender, erinnerten ihn an den Nervenkitzel vergangener Tage. Und nun, wo eine alte Kameradin aufgetaucht war, hatte ihn die gespannte Erwartung wieder gepackt, wie früher.

Ben und Kennedy sahen ihn an. »Keine Sorge«, sagte er. »Ich drehe schon nicht durch. Was habt ihr bisher?«

Kennedy klopfte mit einem Löffel auf ein paar Seiten Papier, die sie in der typischen Kurzschrift eines Cops mit Notizen gefüllt hatte.

»Speer – Uppsala. Wölfe – New York. Keine Ahnung, was danach kommt.«

Drake zuckte die Achseln. »Wir können nur mit dem planen, was wir wissen.«

Kennedy lächelte ihn merkwürdig an. »Ein Mann nach meinem Geschmack.«

»Was wir wissen«, wiederholte Ben, »ist, dass Uppsala die nächste Station ist.«

»Ja«, murmelte Drake, »aber ich bin nicht sicher, ob das meine Kreditkarte noch aushält.«

KAPITEL 8

UPPSALA, SCHWEDEN

Während des Flugs nach Stockholm wollte Drake herausfinden, was genau mit Kennedy los war.

Nach dem Austausch wilder Handzeichen zwischen Drake und Ben saß die Polizistin aus New York schließlich auf dem Fensterplatz und Drake neben ihr. Weniger Fluchtmöglichkeiten.

»So«, sagte er, als das Flugzeug nicht mehr weiter stieg und Ben Kennedys Laptop aufgeklappt hatte. »Ich spüre da so ein paar Schwingungen. Ich will ja nicht neugierig sein, Kennedy, aber ich hab da eine Regel: Ich muss die Leute kennen, mit denen ich arbeite.«

»Du glaubst, wir arbeiten zusammen?«

»Entweder das, oder du benutzt uns, um von allem wegzukommen.« Drake zuckte die Achseln. »Ich kenn' mich da aus. Ich hab das selber schon zweimal gemacht. Ein paar Dinge sind unglaublich schiefgegangen. Ich habe die Kontrolle verloren. Es sind Sachen passiert, die nie hätten passieren dürfen. Ich konnte meine Fehler nicht ungeschehen machen und … na ja …«

Kennedy klopfte an die Kabinenwand neben sich. »Ich hätte es wissen müssen … der Fensterplatz hat immer seinen Preis. Dann sag mal, diese Schwingungen, die du da fühlst, wie waren die bei dieser Alicia Myles, bei der du so geschockt gewirkt hast, sie zu sehen?«

»Die Frau hat ihre eigenen Gesetze. Völlig durchgeknallt und loyal wie eine Bulldogge.« Drake verzog das Gesicht.

»Wild und wunderschön.«

»Du hast sie also recht gut gekannt?«

»Habe ich. Ich hab sie in Afrika getroffen, was passend war, als ich für die Neunte Division gearbeitet habe.« Die Worte waren schon gesprochen, bevor er sich bremsen konnte, was nur bewies, dass er noch einen langen Weg vor sich hatte.

»Die was?«

»Nicht wichtig. Tu einfach so, als hätte ich nicht gerade ein Geheimnis ausgeplaudert, und erzähl' mal, wovor du wegläufst.«

»Wieso interessiert dich das?«

»Wenn es ein persönliches Problem ist – sag' mir nichts, worüber du nicht reden willst. Wenn es mit der Arbeit zu tun hat – eine kurze Zusammenfassung.«

»Und wenn es beides ist?«

»Shit. Ich will ja nicht drängeln, aber ich muss zuerst an Ben denken. Ich hab ihm versprochen, dass wir das hier überleben, und ich würde dir dasselbe sagen. Wir stehen auf deren *Abschussliste*. Die werden nicht lockerlassen, außer wir bringen sie dazu, und wir wissen bisher nicht mal, wer *die* sind oder was ihr Ziel ist. Du bist ja schließlich nicht dumm, Kennedy, also weißt du sicher, dass ich dir vertrauen können muss, wenn wir hier gemeinsame Sache machen.«

Eine Stewardess lehnte sich in ihre Sitzreihe und bot Pappbecher mit dampfendem Kaffee an.

»Koffein.« Kennedy nahm das Getränk dankend an. Sie musste an Drake vorbeilangen. Ihre Hand streifte seine Wange, weil es so eng war. Ihm fiel auf, dass sie schon den dritten unscheinbaren Hosenanzug trug, seitdem er sie getroffen hatte. Das sagte ihm, dass sie eine Frau war, die aus den falschen Gründen Aufmerksamkeit bekam. Eine Frau, die sich absichtlich unauffällig kleidete, um sich dort besser einzufügen, wo sie ihren Platz sah.

Drake nahm sich ebenfalls einen Kaffee. Kennedy trank einen Schluck und strich sich dann eine Haarsträhne hinters Ohr, mit einer behutsamen Handbewegung, die Drake anziehend fand.

Sie wandte sich ihm zu. »Vielleicht renne ich noch weiter weg, und das geht dich nichts an, aber ich habe einen bestechlichen Forensiker ans Messer geliefert. Hab ihn erwischt, wie er eine Handvoll Scheine an einem Tatort eingesteckt hat, und es dem Dezernat für interne Ermittlungen gemeldet. Er ist verurteilt worden. Hat ein paar Jahre Knast bekommen.«

»Da ist ja nichts Falsches dran. Hast du Stress mit seinen Kollegen gekriegt?«

»Mit Stress komme ich klar. Stress hab ich schon, seit ich fünf bin. Was die Schweinerei ist und was mich völlig fertigmacht, sind die Folgen, an die man nicht denkt, nämlich, dass *jeder einzelne* der vorherigen Fälle dieses Bastards in Zweifel gezogen wird. Jeder. Einzelne.«

»Offiziell? Von wem?«

»Von beschissenen Anwälten und beschissenen Politikern. Von Bürgermeistern, die eine Wahl gewinnen wollen. Von Leuten, die nur auf Publicity aus sind und zu verblendet, um noch richtig von falsch unterscheiden zu können. Von *Bürokraten.*«

»Ist nicht deine Schuld.«

»Ach ja? Sag das mal den Familien der Opfer des schlimmsten Serienkillers, den der Staat New York je gesehen hat. Er hat all diese Männer und Frauen getötet, und nun, wegen des Fehlers eines verkommenen Wissenschaftlers, wird er freigelassen.«

Drake ballte wütend die Faust. »Die haben den Kerl *freigelassen*?«

Kennedys Augen wirkten leer und tot. »Vor zwei Monaten. Er hat wieder getötet und ist untergetaucht.«

»Nein.«

»Alles meine Schuld.«

»Nein. Das System ist schuld.«

»Ich *bin* das System. Ich arbeite für das System. Es ist mein Leben.«

»Also haben sie dich in Urlaub geschickt?«

Kennedy rieb sich die Augen. »Suspendiert. Ich bin nicht mehr voll da. Der Job verlangte jeden Tag und jede Minute völlige Klarheit. Eine Klarheit, die ich nicht mehr bieten kann.«

Sie zeigte ihre ganze Feindseligkeit. »So? Bist du jetzt zufrieden? Kannst du jetzt mit mir *zusammenarbeiten*?«

Aber Drake antwortete nicht. Er verstand ihren Schmerz. Seine eigene schlimmste Erfahrung mit der brutalen Blindheit der Bürokratie war der Hauptgrund, wieso er die Armee verlassen hatte. Der andere … war Alyson.

Die Stimme des Captains verkündete, dass sie in 30 Minuten landen würden.

Ben sagte: »Verrückt. Ich habe gerade gelesen, dass Odins Walküren Teil einer privaten Sammlung sind, deren Verbleib unbekannt ist.« Er holte einen Notizblock hervor. »Ich mach' mal ein paar Notizen. Manche dieser Informationen werden nur am Rande in den Archiven der Museen erwähnt.«

Drake hörte kaum etwas davon. Kennedys Geschichte war tragisch und nicht das, was er hatte hören wollen. Er begrub seine Vorbehalte und bedeckte ihre zitternde Hand ohne Zögern mit seiner eigenen.

»Wir brauchen hier deine Hilfe«, flüsterte er, damit Ben ihn darüber später nicht ausfragte. »*Ich* brauche deine Hilfe. Rückendeckung zu haben, ist entscheidend für jede Operation.«

Kennedy fehlten die Worte, aber ihr kurzes Lächeln war Antwort genug. Abstand von ihrem Job und ein neues Ziel waren genau das, was sie im Moment brauchte.

Nach einem Anschlussflug und einer Fahrt in einem Schnellzug näherten sie sich Uppsala. Drake versuchte die bleierne Müdigkeit abzuschütteln, die nach der Reise sein Gehirn zu vernebeln schien.

Als sie ausstiegen, wirkte die Kälte des späten Nachmittags erfrischend. Sie winkten ein Taxi heran und stiegen ein. Ben sah auf seinen Notizblock. »Gamla Uppsala ist im Grunde das *alte* Uppsala. Dieser Ort«, er zeigte auf Uppsala, »wurde gebaut, nachdem eine Kathedrale in Gamla Uppsala abgebrannt war. Das ist, wenn man es genau nimmt, Neu-Uppsala, auch wenn es Hunderte von Jahren alt ist.«

»Wow«, murmelte Kennedy. »Wie alt ist dann das *alte* Uppsala?«

»Das habe ich mich auch gerade gefragt.«

Das Taxi war noch nicht losgefahren. Der Fahrer drehte sich halb um. »Zu den Hügelgräbern?«

»'Tschuldigung?«, entgegnete Kennedy.

»Die Hügelgräber anschauen? Die königlichen Hügelgräber? Alle Touristen wollen dahin.« Das stockende Englisch half nicht gerade.

»Ja.« Ben nickte. »Die königlichen Hügelgräber. Das ist in der richtigen Gegend.«

Sie machten eine kleine Rundfahrt durch Uppsala. Als Möchtegern-Tourist hatte Drake keine Ahnung, was die kürzeste Route war. Wenigstens war der Saab bequem und die Stadt beeindruckend. Uppsala war heute eine Universitätsstadt und die Straßen mit Fahrrädern verstopft. Der geschwätzige, wenn auch schwer zu verstehende Fahrer erklärte, dass ein Fahrrad für niemanden auf der Straße anhielt. Es würde sie einfach über den Haufen fahren.

»Unfälle.« Er zeigte auf Blumen, die den Gehsteig zierten. »Viele Unfälle.«

Auf beiden Seiten zogen alte Gebäude an den Fenstern vorbei. Irgendwann erreichten sie den Stadtrand und üppiges Grün erhellte die Landschaft.

»Okay, also Gamla Uppsala ist heute ein kleines Dorf, aber es war in den frühen Jahren unserer Zeitrechnung viel größer«, fuhr Ben fort. »Und Odin soll sich am Weltenbaum geopfert haben, während seine Seherin zusah und sich jedes Geheimnis anhörte, das er je hatte. Sie hat ihm wohl eine Menge bedeutet.« Er runzelte die Stirn und schien scharf nachzudenken. »Sie müssen sich sehr nahegestanden haben.«

»Das hört sich alles wie eine christliche Beichte an«, spekulierte Drake.

»Aber Odin ist nicht hier *gestorben*?«, fragte Kennedy.

»Nein. Er starb bei der Schlacht von Ragnarök, zusammen mit seinen Söhnen – Thor und Freyr. So lautete die Legende.«

Das Taxi fuhr um einen großen Parkplatz herum, bevor es anhielt. Auf der rechten Seite führte ein ausgetretener Pfad durch ein paar spärliche Bäume. »Zu den Grabhügeln«, sagte ihr Fahrer.

Sie bedankten sich und stiegen aus dem Saab aus. Draußen empfing sie heller Sonnenschein und eine kühle Brise.

Drake hatte vor, sich zuerst in der unmittelbaren Umgebung umzusehen, ob ihnen vielleicht etwas Verdächtiges auffiel. Da so viele internationale Interessengruppen mit entsprechend aufgeblähten Egos an dieser Sache beteiligt waren, die man wohl nur als globale Schlägerei bezeichnen konnte, hätte ihnen durchaus etwas ins Auge springen können.

Hinter den Bäumen wurde die Landschaft zu einer freien offenen Fläche, nur unterbrochen von Dutzenden kleiner Hügelchen und drei großen Grabhügeln, die direkt vor ihnen lagen. Dahinter waren in der Ferne ein helles Dach und ein weiteres Gebäude rechts davon zu sehen, das den Anfang des Dorfes markierte.

Kennedy blieb stehen. »Da drüben sind keine Bäume, Jungs.«

Ben war in sein Notizbuch vertieft. »Sie werden vermutlich kein Schild aufgehängt haben, oder?«

»Hast du eine Idee?« Drake ließ den Blick über die offenen Felder schweifen und hielt nach Anzeichen von Aktivität Ausschau.

»Ich kann mich erinnern, gelesen zu haben, dass es hier einmal bis zu dreitausend Hügelgräber gegeben hat. Heute sind es noch wenige Hundert. Wisst ihr, was das heißt?«

»Sie haben sie nicht besonders gut gebaut?« Kennedy lächelte.

»Es gab eine Menge unterirdischer Aktivitäten in den Tagen der Antike. Und dann sind da diese drei *königlichen* Grabhügel. Im 19. Jahrhundert wurden sie nach drei legendären Königen des Hauses Yngling benannt, Aun, Adil und Egil – eines der bekanntesten Königsgeschlechter in Skandinavien. Aber …«, er machte eine Pause und genoss den Moment, »es heißt *auch*, dass die älteste Mythologie und Folklore die Königsgräber *bereits hier verortet*, und dass man sie errichtete, um die frühesten – die ursprünglichen – drei

Könige oder Götter, wie wir sie heute nennen würden, zu ehren. Freyr, Thor und *Odin.*«

»Nur so ein Gedanke«, sagte Kennedy. »Aber hast du bemerkt, wie viele Bezüge auf biblische Geschichten es in all diesen alten Legenden gibt? Drei *Könige.*«

»Das sind *Sagen*«, korrigierte Ben. »Gedichte. Geschreibsel von Gelehrten. Etwas, das wichtig sein könnte – die Grabhügel werden viele Male mit dem schwedischen Wort *falla* und *Manga fallor* bezeichnet – keine Ahnung, was das heißt. Und habe ich nicht irgendwo gelesen, dass die Geschichte von Christus sehr ähnlich wie eine der Legenden ist, die auf Zeus Bezug nehmen?«

Drake nickte. »Und der ägyptische Gott Horus war ein weiterer Vorläufer – beides Götter, die angeblich nie existiert haben.« Drake deutete mit dem Kinn auf die drei königlichen Grabhügel, die deutlich aus der flachen Landschaft hervorstachen. »Freyr, Thor und Odin, was? Also, wer ist dann wer, Blakey?«

»Keine Ahnung, Kumpel.«

»Keine Sorge, Kleiner. Das kriegen wir sicher raus, wir können ja zur Not ein paar Dorfbewohner foltern.«

Sie schlenderten an den Grabhügeln entlang, taten, als wären sie drei müde Touristen, für den Fall, dass sie jemand beobachtete. Die Sonne brannte ihnen auf die Köpfe und Drake sah, dass Kennedy ihre Sonnenbrille rausholte.

Bens Handy klingelte. Kennedy grinste, sie fand es bereits recht unterhaltsam, wie oft seine Familie anrief. Drake sah ihr belustigt in die Augen.

»Karin!«, sagte Ben fröhlich. »Wie geht's meiner großen Schwester?«

Kennedy tippte Drake auf die Schulter. »Leadsänger in einer Band?«, fragte sie. »Er wirkt nicht wie der Typ dafür.«

Drake zuckte die Achseln. »Ein Herz aus Gold, das ist alles. Er hilft jedem, ohne sich zu beklagen. Wie viele Freunde und Kollegen hast *du* so, die das tun?«

Kennedy fixierte ihn. »Ich bin Cop. Also, *eine Menge*. Aber nicht mehr so viele wie früher.«

Das Dorf Gamla Uppsala war malerisch und sauber, ein paar Straßen mit einzeln stehenden Häusern mit hohen Dächern, alle hunderte Jahre alt, gut erhalten und nur von einer Handvoll Menschen bewohnt. Die wenigen Dorfbewohner, die unterwegs waren, sahen sie neugierig an.

Drake ging auf die Kirche zu. »Die Pfarrer sind meistens hilfsbereit.«

Während sie sich der Treppe näherten, kam ein alter Mann im Talar herausgestürzt, der sie beinahe umrannte. Er blieb überrascht stehen.

»*Hej. Kan jag hjalpa dig?*«

»Keine Ahnung, Kumpel«, sagte Drake in seinem besten Yorkshire-Dialekt. »Aber welcher von den Grabhügeln ist der von Odin?«

»Ihr seid Engländer?« Der Priester hatte augenscheinlich einige Mühe, sie zu verstehen. »Was? Odin?«

Ben trat einen Schritt vor und lenkte die Aufmerksamkeit des Vikars auf die königlichen Gräber. »Wir suchen nach Odin.«

»Verstehe.« Der alte Mann nickte. »Ja, ähm. *Storsta …*« Er suchte nach dem richtigen Wort. »Groß.«

»Das größte?« Ben hielt die Hände weit auseinander.

Drake betrachtete die Grabhügel.

»Scheint logisch.« Kennedy wollte gehen, aber Ben hatte noch eine letzte Frage.

»*Falla?*«, fragte er den Vikar und zuckte überdeutlich die Achseln. »Oder *manga fallor?*«

Es dauerte einen Moment, aber als die Antwort kam, lief es Drake kalt den Rücken hinab.

»Fallen … viele Fallen.«

KAPITEL 9

GAMLA UPPSALA, SCHWEDEN

Drake folgte Ben und Kennedy auf das größte der drei königlichen Hügelgräber zu und machte sich umständlich an den Riemen seines Rucksacks zu schaffen, während er dabei unauffällig die gesamte Gegend absuchte.

Die einzige Deckung war etwa eine Meile von dem kleinsten Hügelgrab entfernt, und eine Sekunde lang dachte er, dass er dort eine Bewegung gesehen hätte. Eine schnelle Bewegung. Aber als er genauer hinsah, war nichts mehr zu entdecken.

Sie blieben am Fuß von Odins Hügelgrab stehen. Ben kletterte eilig hinauf. Drake folgte ihm ein wenig langsamer und lächelte Kennedy an, die nur ein bisschen schneller lief als er.

Insgeheim wurde er allerdings zunehmend nervöser. Das gefiel ihm gar nicht. Sie hatten keinerlei Deckung. Waren ihre Gegner bereits hier und suchten nach diesem Teil der neun Artefakte Odins? Hatten Ragnarök und das Ende der Welt in Feuer irgendeine Bedeutung im echten Leben von heute? Wenn da nur das Mindeste dran war, wollte Drake beteiligt sein.

Vielleicht waren schon jede Menge großkalibrige Gewehre auf sie gerichtet, hatten sie im Fadenkreuz, warteten auf den Befehl. Der Wind heulte laut und blies ihm um die Ohren, verstärkte das Gefühl, auf dem Präsentierteller zu sitzen, während die Bö an den beiden anderen in Richtung der ungeschützten Seite des Hügels vorbeiwehte.

Es dauerte etwa 20 Minuten, um auf den Gipfel der grasbewachsenen Erhebung zu kommen. Als Drake oben ankam, saß Ben im Gras.

»Den Picknickkorb vergessen, alter Mann?«

»Hab ich in deinem Kinderwagen gelassen.« Er sah sich um. Hier oben war die Aussicht atemberaubend. Endlose grüne Felder, Hügel und Wasserläufe so weit das Auge reichte, und in der Ferne purpurfarbene Berge. Sie sahen von hier, dass sich das Dorf Gamla Uppsala bis zur Stadtgrenze von Neu-Uppsala erstreckte.

Kennedy sprach das Offensichtliche aus. »Also, ich muss mal was sagen, das mir schon die ganze Zeit Bauchschmerzen bereitet. Wenn das hier Odins Hügelgrab ist und darin der Weltenbaum verborgen – was eine irre Entdeckung wäre –, wieso hat ihn dann noch keiner gefunden?«

»Das ist einfach.« Ben band sich die störrischen Locken zurück. »Niemand wusste bisher genau, wo er *suchen* soll. Anscheinend haben vor der Entdeckung des Schildes vor einem Monat alle geglaubt, das sei nur eine verstaubte alte Legende. Ein Mythos. Und es war nicht einfach, den Speer mit dem Weltenbaum – heute fast überall Yggdrasil genannt – und dann mit Odins kurzen neun Tagen hier in Verbindung zu bringen.«

»Und …«, warf Drake ein, »dieser Baum wird nicht leicht zu finden sein, wenn er existiert. Sie hätten sicher nicht gewollt, dass irgendein Trottel einfach darüber stolpert.«

Jetzt war es Drakes Handy, das klingelte. Er sah Ben in gespieltem Ernst an, als er es aus seinem Rucksack holte. »Verdammt, ich komme mir schon wie *du* vor.«

»Wells?«

»Zehn-Mann-Team zu deiner Verfügung. Du musst es nur sagen.«

Drake klang überrascht. »*Zehn* Mann. Das ist ein großes Team.«

»Der Einsatz ist auch hoch, was ich so gehört habe. Diese Sache eskaliert mit jeder Stunde mehr.«

»Tut sie das?«

»Die Regierungen sind doch alle gleich, Drake. Zuerst kommen sie nicht in die Gänge, dann wollen sie unbedingt mitmischen und dann haben sie Schiss, es bis zum Ende durchzuziehen. Wenn es allerdings irgendein Trost ist, das ist nicht das größte Ding, was in eurer Gegend gerade abläuft.«

Wells Aussage überraschte ihn. »Ist es nicht?«

»Der verdammte Vulkan, du weißt schon, der so etwa einmal im Monat ausbricht oder so. Es heißt, der könnte bald wieder hochgehen.«

»*Was?*«

»Und was fällt dir als Erstes ein, wenn du an einen Vulkanausbruch denkst?«

»Flüsse aus Feuer. Was mich an Ragnarök erinnert«, sagte Drake, dessen Hals plötzlich trocken war. Zweimal in zwei Tagen war dieses Ereignis nun erwähnt worden, das erste Mal in Paris, wo Ben die Verweise auf Odins Legende gefunden hatte. Er sah zu, wie Ben und Kennedy den Rand des Hügelgrabes absuchten, durchs Gras stapften, und er empfand eine tief sitzende Angst, wie nie zuvor in seinem Leben.

»Wo ist der? Island?«, fragte er.

Wells hustete. »Ja. Nicht weit entfernt vom Fundort des Schildes.«

Ben rief Drake zu: »Das Ding ist größer, als wir dachten. Wenn der Weltenbaum hier ist, dann wird er nicht einfach zu finden sein.«

Drake sagte Wells, er würde ihn zurückrufen, und sah Ben an. »Sind wir hier bestimmt auf der richtigen Spur?«

»Wo sollte er denn sonst sein? Was wir brauchen, ist irgendwas, womit man den Boden durchleuchten kann. Ein kompletter Scan der ganzen Gegend.«

»Dafür ist keine Zeit«, unterbrach ihn Drake. »Wonach suchst du sonst noch?«

»Runeninschriften«, sagte Ben. »Ich habe gelesen, dass sie den Weg zu Yggdrasil weisen sollen, aber ich sehe keine.«

Kennedy schnaubte verächtlich. »Als wenn es so einfach wäre.«

Drake warf einen Blick in den Himmel. »Es wird bald dunkel. Ich weiß, wir haben es eilig, aber ohne weitere Info könnten wir auch völlig auf dem Holzweg sein.«

Kennedy sah ihn an. »Was meinst du?«

»Nur, dass wir vielleicht auf der falschen Spur sind. Schau dich mal um.« Er gestikulierte. »Hier ist doch nichts.«

»Aber …« Ben stampfte auf den Boden, als würde dadurch der Weltenbaum einfach auf wundersame Weise erscheinen.

»Es ist kalt. Es wird dunkel. Wir sollten einen Schlafplatz und was zu essen finden und ein bisschen mehr Infos sammeln. Odin wird morgen auch noch da sein.«

Kennedy senkte den Kopf. »Weißt du, wenn ich hier so sitze, dann fühle ich mich seit langem zum ersten Mal nicht mehr so, als würde alle Welt mich anstarren und den Stab über mich brechen.«

Drake schob seinen Teller weg. Sie warteten beide, dass Ben mit einem der Laptops zurückkam. Die Unterkunft, die sie gefunden hatten, bot nur Internet über Kabel und das auch nur im Speisesaal. »Ich kann nicht abstreiten, dass ich für deine Hilfe dankbar bin, Kennedy. Aber ist es wirklich im Moment das Beste für dich, wenn du dich versteckst?«

»Du hast es auch getan. Bist weggelaufen.«

Drake schüttelte den Kopf. »Komisch. Ich war der … Bilderbuchsoldat. Der junge Mann ohne Familie, der dahin wollte, wo die Kacke am Dampfen ist und zu einem besseren Menschen werden. Ich wollte Gutes tun. Leuten helfen. Was mir schließlich zugestoßen ist, wovor ich weggelaufen bin, hat mich zu dem Mann gemacht, der ich heute bin. Misstrauisch. Erschöpft. Ich stelle alles infrage.«

»Was ist dir denn passiert?« Kennedys Stimme war leise, neugierig.

Drake antwortete nicht und ließ die tragischen Ereignisse vor seinem geistigen Auge ablaufen, die hier nicht laut ausgesprochen werden sollten, gegenüber jemandem, den er gerade erst getroffen hatte.

Kennedy bohrte nicht weiter nach. »Aber du hilfst doch noch den Menschen. Du setzt das Wohlergehen von anderen über dein eigenes. Das sehen die Leute, deswegen vertrauen sie dir, weißt du? Das ist einer der Gründe, warum ich hier bin.«

»Ja.«

»Bist du froh, dass du weggelaufen bist?«

Drake sah sie vielsagend an. »Ja.«

Kennedy wandte den Blick ab. »Dann werde ich es vielleicht auch sein.«

»Verwende *das* bloß nicht gegen mich.«

»So hab ich das nicht gemeint. Ich habe nur …« Kennedy starrte auf die Wand neben ihnen, als könnte sie hindurchsehen, bis nach New York und noch weiter, in die ferne Zukunft. »Was ich mir so vorgestellt habe, wie mein Leben sein sollte. Das ist gerade alles völlig zusammengebrochen.«

Drake legte eine Hand sanft auf ihre. »Ich weiß, aber war das wirklich deine Schuld?«

Kennedy blickte auf seine Hand, machte aber keine Anstalten, sie wegzunehmen. »Ist das überhaupt wichtig?« Sie sah ihn mit müden, aber einfühlsamen Augen an. »Die Zeitungen sind beteiligt. Die Politiker. Die Bosse. Jeder hat eine Meinung und da steht meisten die eigene Agenda ganz oben. Also – ist es da wirklich wichtig, dass es nicht meine Schuld war?«

Drake drückte ihre Hand. »Wenn man es so sieht …«

Ben kam durch die Tür gerannt, wäre in der Eile fast gestolpert und blieb dann abrupt stehen, als er sah, dass sie Händchen hielten. Drake zog seine schnell verlegen weg. Kennedy lächelte nur.

Ben ließ den Laptop unsanft auf den weißen Plastiktisch fallen. »Okay. Ich hab schon mal ohne euch angefangen. Seht euch das an. Erinnert ihr euch an die Runeninschrift, die man auf Odins Schild gefunden hat?«

»Ja.« Drake erinnerte sich deutlich an die Tiersymbole. Er hatte dutzende Fotos davon gemacht.

»Das sind ebenfalls Wikinger-Symbole, okay? *Odin'sche* Symbole. Wissenschaftler haben sie mit antiken Funden auf der ganzen Welt in Verbindung gebracht, die bis in die Zeit der Wikinger zurückdatiert werden. Und wenn die Symbole auf dem Schild sind …«

»Dann sollten sie auch auf oder in der Nähe des Weltenbaums sein«, beendete Kennedy den Satz.

»Richtig.«

»Wir haben doch gesucht«, erinnerte ihn Drake. »Haben aber nichts gefunden.«

»Wir haben nicht genau genug gesucht.« Ben zuckte die Achseln. »Die sind vergraben.«

»Also suchen wir noch mal. Aber sorgfältig. Es macht mich nervös, dass bisher keines der anderen Teams hier angekommen ist.«

Kennedy gestikulierte in Richtung des einzigen Fensters, hinter dem sich Dunkelheit und Schatten wie Geister versammelt hatten, als wollten sie ihre Unterhaltung belauschen. »Die sind da draußen«, sagte sie. »Die warten einfach ab.«

In der Morgendämmerung waren sie wieder auf dem Weg zum Gipfel von Odins Grabhügel. Drake hatte sich einen rostigen alten Spaten vom Hausmeister des Hotels besorgt – für den er mindestens doppelt so viel gezahlt hatte, wie er wert war – und sah Ben fragend an.

»Irgendwelche Ideen?«

»Nein.«

Drake studierte ihre Umgebung. »Ich fühle mich hier ein bisschen wie auf dem Präsentierteller. Das Einzige, was wir bisher herausgefunden haben, ist, dass die uns nicht umlegen wollen. Noch nicht. Also sollten wir uns beeilen.« Er rammte die Spatenklinge mit Schwung in den Boden, ohne auf Widerstand zu treffen. Nachdem sie ein paar Minuten unschlüssig zugesehen hatten, suchten Ben und Kennedy die Umgebung ab. Drakes Gesicht war in die roten und orangefarbenen Strahlen der aufgehenden Sonne getaucht.

Während der Morgen weiter heraufdämmerte, schwanden Drakes Enthusiasmus und seine Hoffnung. Er rief Ben zu sich. »Wir könnten mitten auf dem verdammten Baum stehen und es nicht einmal wissen.«

»Zumindest sind wir noch nicht angegriffen worden«, stellte Kennedy fest. »Das ist doch schon mal was.«

»Und es könnte bedeuten, dass wir am völlig falschen Ort suchen.«

Bis zur Mittagszeit hatte Drake genug. Er setzte sich auf das niedergetrampelte Gras, ließ den Blick in die Ferne über die Baumreihen und die anderen Hügelgräber schweifen. Aus dem Rucksack holte er eine Flasche Wasser. »Zeit, noch mal scharf nachzudenken. Wir sind hier falsch.«

Kennedy war neben ihm in die Hocke gegangen. »Wieso, Matt?«, fragte sie. »Wieso ist das so wichtig? Wenn wir hier falsch sind, dann sind wir doch nicht in Gefahr, meinst du nicht?«

Drake wusste, dass sie recht hatte, aber er konnte seinen angeborenen Drang nicht unterdrücken, den Dingen auf den Grund zu gehen. »Ich nehme an, wenn ich etwas anfange, dann will ich es verdammt auch zu Ende bringen«, gab er zu. »Ich will wissen, worum es hier geht. Du etwa nicht?«

»Sicher, aber das bringt uns alle noch mehr in Gefahr.« Kennedy nahm ihm die Flasche ab und setzte sie an den Mund, wobei ihre Lippen die Stelle berührten, wo seine kurz zuvor gewesen waren.

»Schön langsam, die Dame. Das ist die einzige Flasche, die ich mitgenommen habe.«

»Immer die Soldaten.«

Genau in dem Moment rief Ben: *»Hab was gefunden!«*

»Muss los.« Drake rannte zu Ben hinüber und sah sich dabei hastig um. Kennedy tat es ihm gleich, aber nur im Dorf in der Nähe war irgendeine Aktivität zu sehen.

»Schön leise, Kumpel. Was hast du?«

»Das hier.« Ben kniete sich hin und buddelte Erdbrocken, Lehm und Grasbüschel weg, um eine Steinplatte zu enthüllen, die etwa so groß war wie eine DIN-A4-Seite. »Ich hab drei in einer Reihe gefunden.«

Drake sah sie sich genauer an. Die Steinplatte war verwittert, aber teilweise durch das darüber gewachsene Gras geschützt gewesen. Auf der Oberfläche waren Markierungen sichtbar.

»Runeninschriften«, sagte Ben aufgeregt. »Wikingersymbole.«

»Wenn der Junge recht hat, dann könnten da noch Dutzende sein«, murmelte Kennedy und sah sich auf dem steilen Grashügel um. »Und jetzt? Das hilft uns auch nicht weiter.«

»Der *Junge* hier ist anderer Meinung«, erwiderte Ben. »Wenn sie auf dem Schild sind und auf diesem Grabhügel, dann sind sie wichtig. Ich glaube, wir sollten die Runen finden, die mit dem in Verbindung stehen, was wir suchen. Die Rune für Speer. Die Rune für Baum. Und die Rune für …«

»Odin«, beendete Kennedy den Satz.

Drake hatte eine Idee. »Ich wette, wir können das auf Sicht machen. Wir müssen uns alle gegenseitig sehen, um zu wissen, ob es funktioniert hat, richtig?«

»Soldatenlogik«, lachte Kennedy. »Aber einen Versuch wert, denke ich.«

Drake konnte es sich kaum verkneifen, nach der »Cop-Logik« zu fragen, aber die Zeit zerrann ihnen zwischen den Fingern. Andere Interessengruppen waren hierher unterwegs, aber erstaunlicherweise immer noch nicht hier. Sie kratzten das Gras mit der Schuhsohle von den weiteren Steinen, während sie die Gegend um den Gipfel des grasbewachsenen Hügels absuchten. Zuerst war es eine undankbare Aufgabe, die Steine waren schon lange in der Erde verborgen und das Gras war dick und widerstandsfähig. Drake konnte Symbole erkennen, die aussahen wie Schilde, Armbrüste, ein Esel, ein Langboot, dann – *ein Speer*!

»Hab einen.«

Er redete leise, sodass es nur die beiden anderen hörten und niemand sonst. Er setzte sich mit dem Rucksack und ordnete den Rest der Vorräte, die sie auf ihrer Taxifahrt durch Uppsala gekauft hatten. Taschenlampen – davon eine besonders groß – Streichhölzer, Wasser, ein paar Messer, von denen er Ben erzählt hatte, sie seien dazu da, um Dreck wegzukratzen. Er bekam dafür einen *so-blöd-bin-ich-auch-nicht*-Blick, aber ein paar Waffen zu haben, war im Moment wichtiger als Bens Sorge.

»Baum.« Kennedy kniete sich hin und kratzte an dem Stein herum, den sie gefunden hatte. »Diese Runen sind recht einfach freizulegen, wenn man erst mal die oberste Schicht wegbekommen hat. Fast, als ob …« Sie stockte und buddelte noch ein wenig lockere Erde weg. »Die wurden vor kurzem ausgegraben und wieder mit Erde bedeckt.«

Drake nickte. »Mach weiter. Da können wir jetzt nichts dran ändern.«

Ben brauchte zehn angespannte Minuten, bis er ebenfalls etwas fand. Er hielt inne und ging dann ein paar Schritte wieder zurück.

»Erinnert ihr euch, dass ich erzählt habe, Tolkien habe Odin zum Vorbild für Gandalf genommen?« Er tippte mit dem Schuh auf den Stein. »Nun, das ist Gandalf. Hat sogar einen Stab. Hey!«

Drake sah ihm aufmerksam zu. Er hörte ein knirschendes Geräusch, wie ein schweres Gatter, das sich öffnete.

»Hast du das ausgelöst, indem du auf den Stein getreten bist?«, fragte er.

»Ich glaube ja.«

Sie sahen sich an, ihre Gesichter zeigten nacheinander Aufregung, Sorge und Angst, und dann machten sie alle zusammen einen Schritt nach vorn.

Drakes Stein gab leicht nach. Er hörte ein knirschendes Geräusch. Die Erde vor dem Stein sank ein, dann breitete sich die Einbuchtung schnell um den Grabhügel aus, wie eine Schlange.

Ben rief: »Hier ist was.«

Drake und Kennedy liefen über die eingesunkene Erde bis zu der Stelle, wo er stand. Er bückte sich und sah in eine Spalte im Boden. »Eine Art Tunnel.«

Drake hielt bereits seine Taschenlampe in der Hand. »Folgt mir«, sagte er.

Als sie nicht mehr zu sehen waren, setzten sich zwei weitere, sehr unterschiedliche Gruppen in Bewegung. Die Deutschen hatten sich in einem Wald in der Nähe von Gamla Uppsala versteckt. Sie schnappten sich ihre Ausrüstung und folgten Drake.

Die andere Truppe, ein Kontingent der Eliteeinheit der schwedischen Armee, das diesen Ort schon seit Tagen unauffällig observierte, beobachtete weiter die Deutschen und diskutierte darüber, was es wohl mit den drei unbekannten Zivilisten auf sich hatte, die gerade in der Höhle verschwunden waren.

Man musste sie um jeden Preis umfassend verhören und zu Stillschweigen verpflichten.

Das hieß, falls sie überlebten, was ihnen bevorstand.

KAPITEL 10

DIE HÖHLE DES WELTENBAUMS, SCHWEDEN

Drake bückte sich. Die dunkle Passage war zuerst kaum mehr als ein Loch gewesen, durch das man hindurchkroch, und war nun etwas weniger als 1,80 Meter hoch. Die Decke bestand aus Fels und Erde und war durchsetzt mit großen, hängenden Schlaufen aus wucherndem Gras, das sie aus dem Weg hacken mussten.

Wie wenn man sich einen Pfad durch den Dschungel bahnt, dachte Drake. *Nur unterirdisch.* Das brachte Erinnerungen an Operationen zurück, die er als Mitglied des SAS erlebt hatte. Die größtenteils guten alten Zeiten, nun lange vergangen.

Einige der dickeren Ranken waren bereits durchtrennt worden, wie er bemerkte. Ihm sträubten sich erneut die Nackenhaare.

Sie kamen an eine Stelle mit so dichtem Wurzelwerk, dass sie gezwungen waren, wieder auf allen vieren zu krabbeln. Es kroch mühsam durch den Staub voran, aber Drake setzte Ellbogen vor Ellbogen, Knie vor Knie und ermutigte die anderen, ihm zu folgen. Als bei Ben jedes aufmunternde Wort auf taube Ohren stieß, musste Drake den jungen Mann körperlich voranschieben und stellte fest, dass er wieder in seinen alten Drill-Sergeant-Tonfall verfiel, um Ben zu größeren Anstrengungen zu bewegen.

»Zumindest wird es kühler«, murmelte Kennedy und wischte sich den Schweiß ab. »Es geht weiter nach unten.«

Drakes Blick wurde von etwas angezogen, das sich im Kegel seiner Taschenlampe zeigte.

»Schaut euch das an.«

Er zeigte auf Runen, die in die Wand geritzt waren. Merkwürdige Symbole, die denen glichen, die Odins Schild zierten. Bens gedämpfte Stimme hallte durch die Passage.

»Gib mir fünf, Kumpel. Nordische Runen. Gutes Omen.«

Drake bewegte mit Bedauern den Lichtstrahl der Taschenlampe weiter. Es wäre schön gewesen, sie an Ort und Stelle übersetzen zu können. *Das Regiment und Wells haben weit bessere Ressourcen*, dachte er kurz, *vielleicht* ist *es an der Zeit, sie hinzuzuziehen.*

Nach weiteren 15 Metern rann auch ihm der Schweiß von der Haut. Er konnte Kennedy schwer atmen hören – sie fluchte, weil sie ihren besten Hosenanzug trug. Er verkniff sich die Frage, inwieweit er sich von dem anderen halben Dutzend oder so unterschied. Von Ben hörte er keinen Mucks.

»Bist du okay, Ben? Hast du dir die langen Haare in einer Wurzel verfangen?«

»Ha-ha-scheiß-ha.«

Drake krabbelte weiter durch den Staub. »Noch was macht mir Sorgen«, sagte er zwischen angestrengten Atemzügen, »die Übersetzung von *viele Fallen*. Die Ägypter haben ausgefeilte Fallen gebaut, um ihre Schätze zu sichern. Wieso nicht auch die Nordmänner?«

»Kann mir nicht vorstellen, dass sich ein Wikinger viele Gedanken über eine Falle gemacht hat«, schnaufte Kennedy zurück.

»Keine Vorurteile bitte«, rief Ben ihre kleine Prozession entlang. »Die Wikinger hatten auch clevere Denker, weißt du. Genau wie die Griechen und Römer. Das waren nicht alles Barbaren.«

Nach ein paar weiteren Kurven wurde die Passage breiter. Noch drei Meter und die Decke über ihnen verschwand. Sie blieben kurz stehen und atmeten durch. Drakes Taschenlampe beleuchtete den Weg vor ihm. Als er sie auf Kennedy und Ben richtete, lachte er. »Scheiße, ihr beiden seht aus, als wärt ihr gerade von den Toten auferstanden!«

»Und ich vermute mal, dir macht der ganze Mist hier nichts aus?« Kennedy wedelte mit der Hand. »Wenn man beim SAS ist und so?«

Nicht SAS, die Worte waren wie ein Gift, das Drake wie Pech an den Hacken klebte.

»War ich mal«, sagte er und ging schnell weiter.

Wieder führte der Weg scharf ums Eck und Drake spürte eine Brise auf seinem Gesicht. Der Schwindel packte ihn wie ein unerwarteter Donnerschlag und es dauerte eine Sekunde, bevor ihm klar war, dass er am Rand eines Abgrundes in eine weitere Höhle stand.

Ein unglaublicher Anblick bot sich ihm dar.

Er blieb so unvermittelt stehen, dass sowohl Kennedy als auch Ben gegen ihn stießen. Dann sahen sie ebenfalls, was er sah.

Der Weltenbaum stand in all seiner Pracht vor ihnen. Er war schon *immer* hier unter der Erde gewesen. Der Baum war riesig; die gewaltigen Wurzeln breiteten sich in die Tiefe aus, an Ort und Stelle gehalten durch Alter und die umgebenden Felsformationen, die Äste golden-braun, die Blätter ewig grün, genährt von einer unbekannten Quelle. Sein Stamm verschwand etwa 30 Meter in den Tiefen des gewaltigen Abgrunds vor ihnen.

Ihr Pfad beschrieb erneut eine Windung und wurde zu einer schmalen Treppe, die in die umliegenden Felsen gehauen war.

»Fallen«, flüsterte Ben. »Denkt an die Fallen.«

»Scheiß auf die Fallen.« Kennedy hatte Drakes Gedanken gelesen. »Woher kommt das *Licht*?«

Ben sah sich um. »Es ist *orange*.«

»Leuchtstäbe und Magnesiumfackeln«, sagte Drake. »Dieser Ort wurde an ein paar Stellen vorbereitet.«

Er hatte früher auch Männer vorausgeschickt, um einen Ort wie diesen vorzubereiten. Ein Team, das die Gefahr einschätzen, neutralisieren und analysieren sollte, bevor es zum Stützpunkt zurückkehrte. Manchmal, wenn man mit einem Feind rechnete, bereitete das Team einen Hinterhalt vor.

»Wir haben wenig Zeit«, sagte er. Sein Vertrauen in Kennedy war gerade noch etwas gewachsen. »Kommt schon.«

Sie stiegen ausgetretene und verfallende Stufen hinab, den Abgrund stets zu ihrer Rechten. Drei Meter weiter unten fiel die Treppe steil ab. Drake blieb stehen, weil vor ihm eine einen Meter breite Lücke war. Eigentlich unspektakulär, aber er hielt kurz inne – der gähnende Abgrund unter ihnen wurde deutlich sichtbar.

»Und los geht's.«

Er sprang. Ein Meter war nicht besonders breit. Aber der Abgrund bereitete ihm Sorge. Eine falsche Bewegung und es wäre ein langer Sturz in den sicheren Tod gewesen.

Er landete an der angepeilten Stelle und drehte sich sofort um, ahnte, dass Ben mehr als ein wenig nervös sein würde. »Keine Sorge.« Er ignorierte Kennedy und konzentrierte sich auf seinen Freund. »Vertrau mir, Ben. *Ben*, ich werde dich auffangen.«

Er sah die Zuversicht in Bens Augen. Das absolute Vertrauen. Es war an der Zeit, es erneut zu verdienen und als Ben sprang und strauchelnd landete, stützte Drake ihn mit einer Hand am Ellbogen.

Drake zwinkerte. »War doch einfach.«

Kennedy sprang. Drake beobachtete sie genau, aber versuchte, es zu verbergen. Sie landete ohne Probleme, sah seine Sorge und runzelte die Stirn.

»Es ist ein Meter, Drake. Nicht der Grand Canyon.«

Drake sah Ben an und rollte die Augen. »Bereit, Kumpel?«

Nach weiteren fünf Metern kam die nächste, breitere Lücke in der Treppe – dieses Mal waren es mehrere Meter. Glücklicherweise überspannte eine dicke und anscheinend vor kurzem hier abgelegte Holzplanke den Abgrund – ein weiterer Beleg dafür, dass dieser Ort vorbereitet worden war –, die schwankte, als Drake hinüberbalancierte. Kennedy folgte und dann ein nervöser Ben, der von Drake angehalten wurde, nach oben zu schauen, vor sich und nicht nach unten, den Blick auf sein Ziel zu richten und nicht auf seine Füße. Der junge Mann atmete schwer, als er wieder festen Boden unter den Füßen hatte und Drake schlug vor, eine kurze Pause einzulegen.

Dabei sah Drake, dass der Weltenbaum hier so breit war, dass seine dicken Äste fast bis an die Treppe reichten. Ben griff mit der Hand nach einem Ast, der unter der Berührung erzitterte.

»Das ist … das ist unglaublich«, flüsterte er.

Kennedy nutzte die Zeit, ihren Pferdeschwanz neu zu binden und den Eingang über ihnen im Auge zu behalten. »So weit, so gut«, sagte sie. »Ich muss sagen, so wie es aussieht, haben sicher nicht die Deutschen diesen Ort so vorbereitet. Die hätten ihn verwüstet und den Baum mit einem Flammenwerfer abgefackelt.«

Drake sah sie an. »Wer war es dann?«

Ein paar weitere Lücken und sie hatten etwa acht Meter Höhe zurückgelegt, fast die Hälfte der Strecke. Drake fragte sich, ob die alten Wikinger den Ägyptern doch nicht ebenbürtig gewesen waren, oder dieser Ort war so alt, dass einige der Stufen einfach im Laufe der Zeit weggebröckelt sind. In dem Moment trat er auf eine Steinstufe, die in Wahrheit ein geschickt gefertigter Abschnitt aus Hanfseilen, Schnüren und Farbe war. Er fiel, hatte den endlosen Abgrund vor Augen und versuchte in der Luft den Körper zu drehen.

Kennedy sprang kopfüber nach vorn, aber verfehlte seine Jacke.

Drake wirbelte herum. Der Tod in der endlosen Leere schnappte erfolglos nach seinen Fersen. Mit einer letzten verzweifelten Anstrengung konnte er sich mit den Fingerspitzen halten.

Kennedy zog ihn nach oben. »Lässt du dir den Wind um den Hintern wehen?«

Er kletterte wieder auf festen Boden und bewegte seine schmerzenden Finger. »Danke.«

Sie gingen vorsichtig weiter und testeten jeden Tritt, hatten mehr als die Hälfte des Wegs nach unten zurückgelegt. Hinter dem Abgrund zu ihrer Rechten stand der riesige Baum, seit Ewigkeiten unberührt von Wind und Sonnenlicht, ein vergessenes Wunder der Antike. Eine wundersame, lebende Schöpfung der Götter.

Ben betrachtete den Baum und wiederholte einige der geschichtlichen Fakten, die er zusammengetragen hatte. »Ein heiliger Baum – nicht Yggdrasil – stand in der Nähe des Tempels in Uppsala über uns«, sagte er. »Es heißt, es sei eine Eibe gewesen, und Gelehrte behaupteten, er habe weit ausladende Zweige, die immer grün sind, im Winter wie Sommer, und dass er neben einer Quelle und einem Brunnen stand. Die Beschreibung erinnert an die Yggdrasil-Legende und man glaubte, die Schweden hätten absichtlich in Uppsala eine Kopie der Welt der nordischen Götter errichtet. Es lag nahe, dass Yggdrasil selbst hier stehen würde.«

»Das ist aber alles nur Spekulation, oder?«, fragte Kennedy mit hochgezogener Augenbraue.

Ben zuckte die Achseln. »Es ist sogar noch schlimmer. Die nordische Kosmologie und die Legenden, jeder Mythos, besitzt eine direkte Parallele in der asiatischen Kosmologie und Mythenwelt. Legenden von Sibirien bis Deutschland und selbst in der griechischen Mythologie beziehen sich auf den Weltenbaum. Das Christentum wiederum besitzt Parallelen in der nordischen, ägyptischen und griechischen Mythologie. Es ist als ob … all die Götter aus einer einzigen Quelle kamen, aus einer Zeit und von einem Ort und sich von dort verteilt haben.«

Sie kamen an immer mehr Wikingersymbolen vorbei. Ben konnte einige der Schriftzeichen entziffern. »Es ist wie eine vorzeitliche Wand voller Graffiti«, sagte er. »Die Leute haben einfach ihre Namen eingeritzt und Botschaften hinterlassen – frühe Versionen von *John war hier!*«

»Die Unterschriften der Erbauer der Höhle?«, fragte Kennedy.

»Ja.« Ben nickte.

Drake testete eine weitere Stufe und hielt sich an der kalten Felswand fest. Ein tiefes knirschendes Dröhnen hallte durch die Höhle. Von oben stürzte ein Schauer an Geröll auf sie herab.

»Rennt!«, schrie Drake. »Jetzt!«

Sie hasteten die Treppe hinab, achteten nicht auf weitere Fallen. Ein riesiger Felsbrocken stürzte mit donnerndem Getöse hinab und riss weitere Steintrümmer mit sich, als er nach unten krachte. Drake warf sich gegen Ben, während der Brocken an der Stelle die Treppe durchschlug, wo sie gerade noch gestanden hatten, und etwa drei Meter wertvoller Steintreppe mit sich riss.

Kennedy wischte ein paar Steinsplitter von ihrer Schulter und sah Drake mit einem trockenen Grinsen an. »Danke für die Hilfe.«

»Hey, ich wusste, dass die Frau, die diesem Kerl den Arsch rettet, auch vor einem simplen *Stein* wegrennen kann.«

»Witzig, Mann. Sehr witzig.«

Aber es war noch nicht vorbei. Man hörte ein scharfes *Twing* und eine dünne, aber harte Ranke peitschte über die Stufe zwischen Ben und Kennedy.

»*Scheiße!*«, schrie Kennedy. Die Ranke war mit einer solchen Wucht gerissen, dass sie leicht ihren Fuß vom Rest des Körpers hätte abtrennen können.

Noch ein Knall zwei Stufen weiter unten und Drake vollführte an Ort und Stelle einen kleinen Tanz.

Ein erneutes Donnern über ihnen kündigte den nächsten stürzenden Felsen an.

»Das ist eine Falle, die sich wiederholt«, sagte Ben. »Dasselbe passiert wieder und wieder. Wir müssen weiter runter.«

Drake hatte keine Ahnung, welche Stufen die Falle auslösten und welche nicht, also verließ er sich einfach auf Glück und Geschwindigkeit. Sie hasteten geradewegs zwanzig Stufen hinab und versuchten den Boden so wenig wie möglich zu berühren. Teile der Treppe bröckelten weg, während sie dem uralten Pfad folgten, und wurden in den Tiefen der Felsenhöhle zerschmettert.

Das Geräusch der Brocken, die auf dem Boden aufschlugen, wurde lauter.

Hinter sich hörten sie wieder das Peitschen harter Ranken.

Drake trat erneut auf eine falsche Stufe, aber sein Schwung trug ihn über den schmalen Abgrund. Kennedy sprang über den Zwischenraum, grazil wie eine Gazelle in vollem Tempo, aber Ben stolperte hinter ihr und stürzte nun auf die Lücke zu.

»Beine!«, schrie Drake und fiel dann rückwärts über den Spalt, stützte die Schultern auf der anderen Seite ab, um mit dem Körper die Lücke zu überbrücken. Erleichterung schwemmte das Gefühl von krampfhafter Anspannung hinweg, als Kennedy seine Beine festhielt. Er spürte, wie Ben auf ihn traf und dann über die Brust rollte. Drake steuerte den Schwung des jungen Manns, so gut es eben ging, und gab ihm einen extra Schubs, um ihn wieder auf festen Boden zu befördern.

Dann richtete er sich schnell auf, als würde er einen Sit-up machen.

»Weiter!«

Felsstücke flogen durch die Luft. Ein Stück prallte von Kennedys Kopf ab und hinterließ eine kleine Platzwunde und Blutspritzer. Ein anderes traf Drakes Knöchel. Er biss vor Schmerz die Zähne zusammen und versuchte schneller zu rennen.

Dann schlugen Kugeln in die Felswand über ihren Köpfen.

Drake duckte sich und blickte kurz nach oben zum Eingang. Er sah ein paar vertraute Gestalten dort versammelt – die Deutschen.

Sie rannten in vollem Tempo, was mehr als leichtsinnig war. Für Drake verstrichen wertvolle Sekunden, als er sich zurückfallen ließ. Eine weitere Salve Kugeln traf den Felsen neben seinem Kopf. Er sprang nach vorn, die Stufen hinab, rollte sich zusammen und zog die Arme an den Körper. Nach ein paar Stufen richtete er sich wieder zu voller Größe auf, ohne an Schwung zu verlieren.

Er lief langsam wieder zu alter Form auf.

Weitere Kugeln. Dann fielen Ben und Kennedy direkt vor ihm. Der Schrecken riss ihm ein Loch durchs Herz, bis ihm klar wurde, dass sie einfach nur den Grund der Höhle im Sprint erreicht hatten und unvorbereitet gestürzt waren.

Drake wurde langsamer. Der Boden der Höhle war ein dichtes Chaos aus Felsen, Staub und herabgefallenen Blättern des Baumes. Als sie aufstanden, boten beide einen beeindruckenden Anblick. Sie waren nicht nur mit Dreck und Schlamm bedeckt, sondern mit einer Extraschicht an Staub und matschigen Blättern.

»Ah, jetzt bräuchte ich meine Kamera«, sagte er. »Mit den Fotos hätte ich euch jahrelang erpressen können.«

Drake hob eines der Knicklichter vom Boden auf und rannte eng an der Wand entlang um eine Kurve, die sie außerhalb der Reichweite der Schützen befördern sollte. Es dauerte Minuten, den Baum zu umrunden, der sie mit eindrucksvoller Stille und weit ausladenden Ästen überschattete.

Drake gab Ben einen Klaps auf die Schulter. »Besser als eine Session am Freitagabend mit den Groupies, Kumpel.«

Kennedy sah den jungen Mann ungläubig an. »Du hast *Groupies*? Deine Band hat *Groupies*? Auf die Unterhaltung freue ich mich jetzt schon.«

»Nur zwei …«, stammelte Ben, als sie um die letzte Biegung kamen und er vor Schreck verstummte.

Sie blieben stehen.

Ein Traumbild der Antike erhob sich vor ihnen und etwa eine halbe Minute sagte niemand etwas.

Schließlich fand Ben seine Stimme wieder. »Nun, das ist … das ist …«

»*Unglaublich*«, sagte Drake leise.

Eine Reihe Wikinger-Langschiffe standen vor ihnen, eines hinter dem anderen, Bug an Heck, wie in einem antiken

Verkehrsstau. Die Seiten waren mit Silber und Gold verziert, die Segel angetan mit Seide und Juwelen.

»Langboote«, sagte Kennedy benommen.

»Langschiffe.« Ben hatte noch die Nerven, sie zu korrigieren. »Diese Dinger wurden zu ihrer Zeit als Schätze betrachtet. Das müssen … wie viele sein? Ich kann es nicht einmal erkennen.«

»Vielleicht wurden die hier unten erbaut«, sagte Drake und blinzelte im schummrigen Licht des Leuchtstabes. »Als Ehrbezeugung. Aber wir sind wegen des Speers hier. Irgendwelche Ideen?«

Ben betrachtete den Weltenbaum. »Wow, Leute. Könnt ihr euch das vorstellen? Odin hing an diesem Baum. *Odin.*«

»Jetzt glaubst du also plötzlich an Götter, Groupie-Boy?« Kennedy stand neben Ben.

Drake kletterte auf einen schmalen Vorsprung, der an dem Langschiff-Verkehrsstau entlang verlief. Er war auf der Höhe der Reling, als wäre er genutzt worden, um an Bord zu klettern. Der Felsen fühlte sich stabil an. Drake griff nach einer hölzernen Reling und lehnte sich hinüber. »Die sind mit Beute gefüllt. Man kann wohl davon ausgehen, dass niemand vor *den* Leuten hier unten war, die die Knicklichter zurückgelassen haben.«

Er betrachtete erneut die Reihe an Schiffen. Eine Zurschaustellung unvorstellbarer Reichtümer, aber wo war der *wahre* Schatz? Am Ende? Wiesen die Langschiffe den Weg? Die rauen Seiten der Höhle waren mit uralten Zeichnungen übersät. Er sah eine riesige Darstellung von Odin, der am Weltenbaum hing, eine Frau kniete vor ihm.

»Was heißt das hier?« Er winkte Ben zu sich. »Komm schon, beeil dich. Die Jungs da oben machen bestimmt keine Pause, um ein paar Bratwürste zu verdrücken. Wir müssen weiter.«

Er deutete auf einen undeutlichen Schriftzug unter der Darstellung der knienden Frau. Ben schüttelte den Kopf. »Keine Ahnung. Aber das wird man später mit technischen Hilfsmitteln entziffern können.« Er machte ein Foto mit seinem stets bereiten iPhone, das zum Glück für Drake und Kennedy hier unten keinen Empfang hatte.

Ein Anruf von Mom oder Dad, der ihre Suche unterbrach, war das Letzte, was sie wollten.

Drake deutete auf eine weitere Darstellung, die vierte von fünf. Sie zeigte eine Reihe von Langschiffen, die zu einem glitzernden Objekt führten, etwas, das in einer dunklen Höhle verborgen war. Man konnte nur sein Leuchten sehen.

Drake hielt kurz inne, bis Kennedy herangetreten war, um sie in die Entscheidungsfindung mit einzubeziehen. »Ich nehme an, wir sollten diesen Langschiffen folgen«, sagte er. »Was meinst du dazu?«

»Wie die Cheerleaderin zum Footballteam gesagt hat: Lasst uns spielen, Jungs. Geht voran.«

Er tat wie geheißen, aber ihm war klar, wenn dieser riesige Tunnel eine Sackgasse war, saßen sie in der Falle. Die Deutschen waren ihnen dicht auf den Fersen, die würden sich nicht auf ihren Lorbeeren ausruhen.

Drake konzentrierte sich auf den Vorsprung, der in den Felsen gehauen worden war. Ab und zu stießen sie auf einen weiteren Leuchtstab. Drake bedeckte sie oder schob sie aus dem Weg, damit es dunkler war, in Vorbereitung auf den Kampf, der bevorstand. Er ließ den Blick über die Langschiffe unter ihnen schweifen und entdeckte endlich einen schmalen Pfad, der dazwischen hindurchführte – Plan B.

Er zählte zwei, vier und dann zehn Langschiffe, während er an ihnen vorbeilief. Es waren keine weiteren Knicklichter zu sehen. Drake taten langsam die Füße weh, weil es anstrengend war, auf dem schmalen Weg entlangzubalancieren.

Der ferne Lärm eines stürzenden Felsen und ein lauter Schrei, der durch die gigantische Höhle hallte und nur eines bedeuten konnte. Leise erhöhten sie das Tempo.

Drake kam schließlich ans Ende der Reihe. Er hatte 14 Schiffe gezählt, jedes in makellosem Zustand und mit Beute beladen. Während sie sich dem hinteren Ende des Tunnels näherten, umfing sie zunehmende Dunkelheit.

»Ich nehme an, so weit sind die Jungs mit den Knicklichtern nicht gekommen«, merkte Kennedy an.

Drake suchte nach der großen Taschenlampe. »Riskant«, sagte er. »Aber wir müssen es genau wissen.«

Er schaltete sie ein und ließ den Strahl von einer auf die andere Seite schweifen. Die Passage verengte sich stark, bis sie nur noch ein schmaler Bogengang vor ihnen war.

Dahinter sah man eine einzelne Reihe Stufen, die weiter in die Dunkelheit führten.

Ben flüsterte. »Sie sind auf dem Vorsprung!«

Es ging los.

»Wir teilen uns auf«, sagte Drake. »Ich versuche, die Stufen zu erreichen. Ihr beide versteckt euch hinter den Schiffen und geht den Weg zurück, den wir gekommen sind.«

Kennedy wollte protestieren, aber Drake schüttelte den Kopf. »Nein. Mach' es. Ben braucht jemanden, der auf ihn aufpasst, nicht ich. Und *wir* brauchen den Speer.«

»Und wenn wir das Ende der Schiffe erreichen?«

»Bis dahin bin ich wieder zurück.«

Drake rannte ohne ein weiteres Wort davon, sprang von dem Vorsprung und hastete auf die Treppe zu. Er sah sich einmal um und erkannte ein paar Schatten, die sich ihnen auf dem Vorsprung näherten. Ben folgte Kennedy den geröllübersäten Hang hinab bis zum Rumpf des letzten Wikingerschiffes. Drake kam in vollem Lauf bei der Treppe an und rannte hinauf, zwei Stufen auf einmal nehmend.

Komm schon. Er rannte die Treppe hoch, bis die Waden schmerzten und seine Lunge brannte, und kam auf einer breiten Plattform an. Dahinter war ein schmaler Wasserlauf, der schnell dahin gurgelte, und ein Stück weiter ein Altar aus grob behauenen Steinen, der fast aussah wie ein antiker Grill.

Aber es war das riesige, in die Wand dahinter gemeißelte Symbol, das Drakes Aufmerksamkeit erregte: Drei Dreiecke, die ineinander verschränkt waren. Irgendein Mineral innerhalb der Meißelspuren fing das künstliche Licht ein und glänzte wie Pailletten auf einem schwarzen Kleid.

Keine Zeit zu verlieren. Er watete durch den Bach, sog die Luft ein, als das eiskalte Wasser ihm überraschenderweise bis an die Hüften reichte. Er näherte sich dem Altar und sah ein Objekt darauf liegen. Ein kurzes, spitzes Artefakt, unscheinbar und wenig beeindruckend. Er wirkte völlig gewöhnlich …

… der Speer Odins.

Die Waffe, mit der die Seite eines Gottes durchbohrt worden war.

Eine Welle der Begeisterung und Vorahnung durchfuhr ihn. *Das* hier verlieh allem Realität. Bisher war es nur ein Haufen *Vielleichts* gewesen, nur clevere Spekulation. Aber nun war es beunruhigend real.

Erschreckend real.

KAPITEL 11

DIE HÖHLE DES WELTENBAUMS, SCHWEDEN

Drake hatte wenig für Zeremonien übrig. Er schnappte sich den Speer und rannte den Weg zurück, den er gekommen war, durch den eisigen Bachlauf und die verfallenen Stufen hinab. Er schaltete die Taschenlampe aus, sobald er sich dem Boden näherte, und wurde langsamer, als völlige Dunkelheit ihn umfing.

In der Ferne beleuchteten Lichtkegel den Eingang unter ihm.

Er ging weiter. Es war noch nicht vorbei. Schon vor Ewigkeiten hatte er gelernt: Der Mann, der im Kampf zu lange überlegte, kehrte in einer Kiste nach Hause zurück.

Er blieb auf der letzten Stufe stehen, schlich dann weiter in die Dunkelheit der Passage. Die Deutschen waren nicht mehr weit entfernt, fast am Ende des Felsvorsprungs angekommen, aber ihre Taschenlampen ließen ihn auf diese Entfernung nur wie einen weiteren Schatten erscheinen. Er querte die Passage, drückte sich an die Wand und lief in Richtung der Schräge, die zum Fuß der Wikingerschiffe führte.

Ein Mann bellte: »Seht ihr das? Direkt da vorn!« Die Stimme überraschte ihn. Sie hatte den tiefen Singsang des amerikanischen Südens. Die Deutschen arbeiteten nicht allein. Oder der Mann war ein Söldner.

Verflucht. Der Soldat hatte Adleraugen und ihn erspäht. Drake rannte schneller. Ein Schuss erklang, streifte den Felsen nicht weit von dort, wo er eben gestanden hatte.

Ein Schatten lehnte sich über den Vorsprung – vermutlich der Amerikaner. »Da ist ein Pfad zwischen den Schiffen. Aufwachen, Jungs. Bewegt mal eure faulen Ärsche.«

Einer der Deutschen fluchte lauf auf Englisch. »Wieso wir, Milo? Hältst du dich für Captain America? *Du* gehst zuerst.«

Dann schrie der Deutsche überrascht auf, als Milo ihn mit Gewalt den Abhang hinunterschubste.

Drake dankte seinem Schutzengel, dass der Deutsche keine Lust gehabt hatte, Befehle zu befolgen. Er war in einer Sekunde bei dem Mann, drückte ihm den Kehlkopf ein und riss den Kopf mit einem hörbaren Knacken herum, bevor irgendjemand ihm folgen konnte. Das war eben der Unterschied zwischen Soldaten und Söldnern und belegte ein ums andere Mal den Spruch: Söldner werden nicht alt.

Drake hob die Waffe des Mannes auf – ein Heckler & Koch MG4 – und feuerte ein paar Schüsse ab. Einer der Männer wurde rückwärts gegen die Felswand geschleudert.

Ah ja, dachte er, *immer noch besser darin, mit einer Waffe als mit einer Kamera zu schießen.*

»Das ist der *kanadische Kult*!«, zischte jemand.

Drake schmunzelte über das wütende Flüstern. Sollten sie das ruhig denken.

Ohne weitere Verzögerung sprintete er den Pfad entlang. Ben und Kennedy waren vor ihm und brauchten seinen Schutz. Er hatte geschworen, sie beide hier lebend rauszukriegen, und er würde sie nicht im Stich lassen.

Hinter ihm gingen die Deutschen vorsichtig den Abhang hinunter. Er feuerte noch ein paar Schüsse ab, um sie beschäftigt zu halten, und zählte dann die Schiffe.

Vier, sechs, acht.

Der Pfad wurde unwegsamer, fiel manchmal plötzlich ab und war mit Löchern übersät, aber schließlich wurde er wieder eben. An einer Stelle war er so schmal, dass jeder, der mehr als 100 Kilo wog oder auf Steroiden war, sich vermutlich eine Rippe brechen würde, wenn er sich an den Holzplanken vorbeiquetschte, aber er wurde wieder breiter, als er beim zwölften Schiff angekommen war.

Die Schiffe dräuten über ihm, uralt, beeindruckend, mit dem Geruch von alter Rinde und Schimmel. Eine rasche Bewegung hinter ihm erregte seine Aufmerksamkeit und er sah eine Gestalt, die nur dieser neue Kerl Milo sein konnte. Er *sprintete* auf dem Felsvorsprung entlang, der etwa auf der Höhe von Drakes Schulter verlief und so schmal war, dass die meisten Leute kaum darauf *gehen* konnten. Drake hatte nicht einmal die Zeit, einen Schuss abzugeben – so schnell war der Amerikaner.

Wieso muss der so verdammt gut sein?

Ich bin hier wohl in einem Wettkampf der Gladiatoren gelandet …

Er sprang nach vorn, war fast an den Schiffen vorbei und nutzte seinen Schwung, um größere Schritte zu machen. Er hastete wie ein Parkour-Läufer über Vorsprünge und Spalten, stieß sich an Wänden ab, nutzte sogar die Planken der Schiffe, um zwischen den Sprüngen Schwung zu gewinnen. Das Brennen der überanstrengten Muskeln machte sich wie ein alter Freund bemerkbar, nistete sich in seiner Brust ein und erinnerte ihn an einen Spruch in der Armee: *Schmerz ist gut! Schmerz ist Leben! Wenn du Schmerz spürst, heißt es, dass du noch lebst!*

»Langsam!«

Die körperlose Stimme schien von oben zu kommen. Er blieb stehen, sah Kennedys Umriss, war erleichtert, ihren rollenden Slang zu hören. »Mir nach«, rief er und wusste, dass er nicht zulassen durfte, dass der Amerikaner Milo vor ihm das Ende der Passage erreichte. Er rannte in halsbrecherischer Geschwindigkeit am letzten Schiff vorbei. Ben und Kennedy hasteten ihm nach, gerade als Milo von dem Felsvorsprung sprang und vor dem Wikingerboot war. Drake warf sich auf ihn und versuchte mit Schwung, sein Brustbein zu treffen.

Er verschwendete eine Sekunde, indem er seine Waffe Kennedy zuwarf.

Während die Waffe noch in der Luft war, führte Milo einen Kick aus und befreite sich aus dem Griff, landete mit den Händen voran und sprang sofort wieder auf die Beine, stellte sich Drake.

Er knurrte: »Matt Drake, der berühmte Matt Drake. Hab schon eine Menge von dir gehört. Darauf freue ich mich seit Langem, *Kumpel.*«

Er schlug mit Ellbogen und Fäusten zu. Drake wurde von mehreren Schlägen auf den Armen getroffen und biss die Zähne zusammen, als er zurückwich. Der Kerl kannte ihn also, aber wer zur Hölle war er? Ein alter Gegner? Ein Schatten aus seiner dunklen Vergangenheit? Milo kam näher und dachte nicht daran, zurückzuweichen. Aus dem Augenwinkel bemerkte Drake ein Messer am Gürtel des Amerikaners.

Er bekam einen heftigen Tritt auf den Spann verpasst.

Hinter sich konnte er den Lärm der nahenden deutschen Truppe hören. Sie waren nur wenige Schiffe entfernt.

Ben und Kennedy sahen entsetzt zu. Kennedy hatte das Maschinengewehr gehoben.

Drake machte eine Finte in die eine Richtung, drehte sich dann in die andere und versuchte Milos heftigen Tritten auszuweichen. Sieben Jahre als Zivilist hatten seine Reaktionen verlangsamt und die Körpertreffer entfalteten nicht mehr ihre frühere Wirkung. Dann feuerte Kennedy einen Schuss ab und Staub spritzte wenige Zentimeter neben Milos Fuß hoch.

Drake grinste, als er sich entfernte, und machte eine Handbewegung, als wolle er einen Hund streicheln. »Sitz«, sagte er spöttisch. »Braver Junge.«

Kennedy drehte die Waffe um, trat heran und verpasste Milo einen Schlag mit dem Knauf. Sie brauchte zwei Hiebe, bevor der Amerikaner zusammenbrach. Drake rannte an ihm vorbei, schnappte Bens Arm und zog kräftig, als sich der junge Mann automatisch der verfallenen Treppe zuwandte.

»Nein!«, schrie Drake. »Die knallen uns ab wie die Hasen.«

Ben wirkte entsetzt. »*Wohin dann?*«

Drake zuckte die Achseln. »Wohin glaubst du?«

Er rannte direkt auf den Weltenbaum zu.

KAPITEL 12

DER WELTENBAUM, SCHWEDEN

Der Weltenbaum war alt, aber kräftig, mit vielen stabilen Ästen.

»Wie bei den Pfadfindern.« Drake drängte Ben behutsam zur Eile, ermutigte ihn, schneller zu machen, ohne ihn in Panik zu versetzen. »Sollte doch kein Problem für dich sein, Blakey. Alles okay, Kennedy?«

Die New Yorkerin kletterte als Letzte in den Baum, die Waffe hatte sie so über ihre Schulter geschlungen, dass sie nach unten zeigte. Zum Glück verbargen die gleichmäßig in alle Richtungen wachsenden Äste und Zweige des Weltenbaums ihren Fortschritt.

»Leichter, als auf das Empire State Building zu klettern«, sagte sie unbeschwert.

Ben lachte. Ein gutes Zeichen. Drake dankte Kennedy im Stillen und dachte, dass es doch nicht schlecht war, sie hier dabei zu haben …

Verdammt, dachte er, denn beinahe wäre ihm der Gedanke gekommen: *auf dieser Mission.* Schon wieder ganz der Alte nach nicht einmal einer Woche.

Drake kletterte nach oben, saß oder stand auf einem Ast, während er nach dem nächsten griff. Sie kamen schnell voran und ihre Kräfte schwanden nicht so rasch, wie er befürchtet hatte. Trotzdem merkte Drake nach der Hälfte der Strecke, dass Ben zu kämpfen hatte.

»Du wirst doch nicht etwa müde, Kleiner?«, fragte er und Ben verdoppelte sofort seine Anstrengungen. Zweimal konnten sie unter sich die steinerne Treppe erspähen, aber sahen keine Spur irgendwelcher Verfolger.

Stimmen drangen zu ihnen hoch. »Ein Engländer – Matt Drake«, rief jemand mit dickem deutschen Akzent.

Dann hörte er etwas wie: »Versagen des SRT.« Der amerikanische Akzent ließ auf Milo schließen, der anscheinend von Drakes geheimer Spezialeinheit wusste. Wer war dieser Kerl?

Drake hielt kurz an, um den verrutschenden Rucksack mit dem geheimen Schatz festzuzurren, dann sah er den weit ausladenden Ast, auf den er es abgesehen hatte, weil er bis fast an die Treppenstufen reichte.

»Da draußen.« Er winkte Ben. »Setz' dich auf den Ast und beweg' dich – schnell!«

Sie mussten ihre Deckung verlassen. Wenn man den Überraschungseffekt und die Reaktionszeit einrechnete, waren sie etwa eine halbe Minute in großer Gefahr.

Ben verließ als erster die Deckung, Drake und Kennedy eine Sekunde später, alle rutschten auf dem Hintern vorwärts und zogen sich mit den Händen in Richtung der Treppe. Als sie entdeckt wurden, verschaffte Kennedy ihnen ein paar wertvolle Sekunden, indem sie eine Salve abfeuerte und mindestens einen glücklosen Grabräuber perforierte.

Sie sahen, dass Milo tatsächlich ein Team angewiesen hatte, die Treppe hinaufzurennen. Fünf Männer. Und sie waren schnell. Sie würden das Ende des Astes erreichen, bevor Ben es schaffte.

Ben sah es ebenfalls und zögerte. Drake schrie ihm ins Ohr: »Niemals aufgeben! Niemals!«

Kennedy zog erneut den Abzug durch. Zwei Männer fielen und einer wurde gegen die Höhlenwand geschleudert und stürzte in die Tiefe. Der andere griff sich an die Seite und schrie. Sie drückte erneut den Abzug und feuerte das Magazin leer.

Zwei Deutsche blieben jedoch übrig und erwarteten sie mit den Waffen im Anschlag. Drake verzog das Gesicht. Sie hatten das Rennen verloren.

»Erschießt sie!«, hallte Milos Stimme nach oben. »Wir können die Überreste hier unten durchsuchen.«

»*Nein!*«, schrie ein anderer Mann auf Deutsch. »*Der Speer! Der Speer!*« Trotz der Panik besaß die Stimme einen autoritären Ton.

Einer der Deutschen spottete: »Kriecht, ihr Würmer. Kommt her.«

Ben bewegte sich langsam. Drake konnte sehen, wie seine Schultern zitterten.

»Vertrau mir«, flüsterte er dem Freund ins Ohr und spannte jeden Muskel an. Er würde springen, sobald Ben das Ende des Astes erreichte. Er musste sich auf seine Fähigkeiten verlassen, das war die einzige Chance.

»Ich hab immer noch ein Messer«, flüsterte Kennedy.

Drake nickte.

Ben kam am Ende des Astes an. Die Deutschen warteten in aller Ruhe.

Drake begann sich aufzurichten.

Und dann taumelten die beiden Deutschen plötzlich nach hinten, als hätte sie ein Torpedo getroffen. Ihre blutenden Körper klatschten von Kugeln durchsiebt gegen die Wand, prallten ab und stürzten, sich überschlagend, leblos in die Tiefe.

Ein paar Meter oberhalb des Astes, wo die Treppe eine Kurve beschrieb, stand ein kleines Kontingent an Männern, die alle AK-5-Sturmgewehre in den Händen hielten.

»Die Schweden«, flüsterte Drake und erkannte die Uniformen. Er war überrascht, sie zu sehen. *Möglicherweise hatten sie den Ort vorbereitet und die Leuchtstäbe zurückgelassen.*

Laut sagte er: »Das wurde verdammt noch mal Zeit.«

KAPITEL 13

MILITÄRSTÜTZPUNKT, SCHWEDEN

Der Raum, in dem sie schließlich landeten – spartanisch eingerichtet, quadratisch und etwa vier mal vier Meter groß, mit einem von Eisblumen umrandeten Fenster – war für Drake wie eine Zeitreise.

»Entspann' dich.« Er tippte Ben auf die weißen Fingerknöchel, da dieser vor Anspannung die Hände zu Fäusten geballt hatte. »Ein Standardbunker des Militärs. Ich hab schon Hotelzimmer gesehen, die schlimmer waren, glaub' mir, Kumpel.«

»Ich war schon in *Apartments*, die schlimmer waren.« Kennedy wirkte entspannt, ihre Polizeiausbildung machte sich bemerkbar.

»Ex-Freund?« Drake zog eine Augenbraue hoch.

»Sicher. Wieso?«

»Oh, nichts.« Drake zählte jeden einzelnen Finger ab und sah dann nach unten, als müsse er die Zehen benutzen, um weiter zu zählen.

Ben brachte ein dünnes Lächeln zustande.

»Hör mal, Ben«, sagte Drake, »das war mal einen Moment haarig, aber du hast doch gesehen, dass die Schweden da das Sagen hatten. Alles bestens. Wir sollten uns hier vielleicht ein bisschen ausruhen. Wir sind alle hundemüde.«

Die Tür öffnete sich und ihr Gastgeber, ein kräftig gebauter Schwede mit blonden Haaren und einem eisigen Blick, trat ein und lief eiligen Schrittes über den Betonboden. Als man sie gefangen genommen und Drake erklärt hatte, wer sie waren und was sie hier machten, hatte dieser Mann sich als Torsten Dahl vorgestellt und sich dann zurückgezogen, um ein paar Telefongespräche zu führen.

»Matt Drake«, sagte er. »Kennedy Moore. Und Ben Blake. Die schwedische Regierung hat nichts gegen Sie in der Hand …«

Drake irritierte der Akzent, der überhaupt nicht schwedisch klang. »Waren Sie auf einer dieser protzigen Eliteschulen, Dahl? Eton oder so?«

»Protzig?«

»Schulen, die Offizieren auf die Sprünge helfen, aufgrund von Abstammung, *Geld* und dem richtigen *Namen*. Während sie Fähigkeiten, Leistung und Motivation ignorieren.«

»Ja, da war ich wohl.« Dahls Stimme war ruhig. Er schluckte den Köder nicht.

»Gut. Also … wenn das alles ist …« Drake stand auf.

Dahl hielt eine Hand hoch und Ben sah Drake betrübt an. »Hör doch auf, dich wie ein Idiot zu benehmen, Matt. Nur, weil du ein ungehobelter Bauer aus Yorkshire bist, heißt das nicht, wir anderen sind alles *inzestuöse* Adelige, oder?«

Drake sah seinen Mitbewohner erstaunt an. Kennedy wedelte mit der Hand, um ihm zu verstehen zu geben, er sollte fortfahren. Drake wurde in dem Moment klar, dass Ben bei dieser Mission etwas gefunden hatte, das ihn auf den Geschmack gebracht hatte, und er wollte mehr davon.

Dahl sagte: »Es wäre mir eine große Freude, wenn Sie mich an Ihrem Wissen teilhaben lassen, meine Freunde. Ehrlich.«

Drake war durchaus dafür, Informationen auszutauschen, aber Wissen ist Macht, so sagte man zumindest, und er versuchte herauszufinden, wie sie sich die Hilfe der schwedischen Regierung sichern konnten.

Ben war schon mitten in der Geschichte über die neun Artefakte von Odin und das Grab der Götter, als Drake ihn unterbrach.

»Schauen Sie«, sagte er. »Der Junge und ich, und jetzt wohl auch noch unser Gronk hier, scheinen ganz oben auf irgendeiner Abschussliste zu stehen …«

»Abschussliste?«

»Ich bin kein *Gronk*, du englisches Arschloch.« Kennedy war beinahe vor Wut aufgesprungen.

Er betrachtete die vom Kampf mit Milo und von der Kletterei auf dem Weltenbaum verschrammten Hände und dachte darüber nach, wie seine schnellen und tief verwurzelten Reflexe in den letzten paar Tagen wieder zum Leben erwacht waren.

Wie recht Alyson doch gehabt hatte.

»Was ist ein Gronk?«, wollte Ben wissen.

Dahl setzte sich auf einen harten Metallstuhl und ließ seine schweren Stiefel auf den Tisch knallen. »Eine Frau, die sich gerne mit Soldaten abgibt«, sagte er diplomatisch.

»Meine eigene Beschreibung wäre wohl ein wenig *deftiger* ausgefallen.« Drake sah Ben an und sagte dann: »Was also diese Abschussliste angeht. Die Deutschen wollen uns tot sehen für Verbrechen, die wir nicht begangen haben, Dahl. Man könnte sagen, wir waren am richtigen Ort zur falschen Zeit. Ich hab den Fehler gemacht, diese Kerle zu fotografieren. Vielleicht wollten sie sich einfach nicht auf Film gebannt sehen – selbst anhand der Ohren oder der Körperbewegungen kann heutzutage jemand eindeutig identifiziert werden – oder ich hab irgendetwas Wichtiges abgelichtet. Auf jeden Fall haben die uns seitdem gejagt.« Er schüttelte den Kopf. »Wir sind der Sache nachgegangen, um herauszufinden, wer in zwei Tagen dreimal versucht hat, uns umzubringen und die Typen zu erledigen. Und jetzt stecken wir bis zum Hals in irgendeiner internationalen Schnitzeljagd. Also – Sie sind am Zug.«

Der Schwede sagte eine Weile gar nichts, sondern sah nur durch das mit Eisblumen verzierte Fenster auf die schneebedeckte Landschaft dahinter und ließ den Blick in die Ferne über die brüchigen Klippen schweifen, die einsam dem wilden Ozean trotzten.

»Dahl, ich bin ein Cop«, sagte Kennedy. »Ich habe die beiden erst vor ein paar Tagen kennengelernt und morgen trennen sich unsere Wege vielleicht schon wieder. Aber sie sind gute Menschen. Sie können ihnen vertrauen.«

Dahl nickte. »Ihr Ruf eilt Ihnen voraus, Drake. Im Positiven wie im *Negativen*. Wir werden Ihnen helfen, aber zuerst …« Er nickte Ben zu. »Fahren Sie fort.«

Ben redete weiter, als sei er nie unterbrochen worden. Drake warf Kennedy einen Blick zu und sah, dass sie lächelte. Er sah weg und wunderte sich über zwei verschiedene Dinge. Zum einen über Dahls Erwähnung seines Rufs und zweitens über Kennedys herzliche Fürsprache.

Als Ben fertig war, erklärte Dahl: »Man kann wohl sagen, dass das deutsche Team ein neuer Teilnehmer in diesem internationalen Fiasko ist. Vor der Sache in York hatten wir die gar nicht auf dem Schirm.«

»Neu?«, fragte Drake. »Für ein paar Newbies sind die aber gut organisiert, angetrieben durch Angst und eiserne Disziplin. Und sie haben jemanden dabei, der echt was drauf hat, einen Kerl namens Milo – vermutlich von einer amerikanischen Spezialeinheit, wenn ich raten müsste. Überprüfen Sie mal den Namen. Und wo wir gerade dabei sind, wieso haben Sie die Kerle nicht in Gewahrsam genommen?«

Der Schwede wirkte peinlich berührt und wütend. »Er scheint, die haben ein paar Kräfte *draußen* gehabt, die ihren Rückzug decken sollten. Ich habe ein kleines Kontingent an Männern abgestellt, um sie daran zu hindern, die Höhle zu verlassen. Meine Leute«, er schüttelte voller Bedauern den Kopf, »gerieten in einen Hinterhalt.«

»Und Sie wussten nicht, dass die da sind? Sie müssen die Höhle seit Tagen beobachtet haben. *Sie* waren es, die die Knicklichter zurückgelassen haben, stimmt's?«

»Ja. Und nein, wir wussten nicht, dass die da waren. Wie Sie gesagt haben, sie werden von mindestens einem Soldaten der Special Forces begleitet. Die sind clever.« Er machte eine Pause und atmete durch. »Nun, die guten Nachrichten sind, dass wir *tatsächlich* Informationen über die Kultisten haben.«

»Aus erster Hand?«

»Ja, wir haben jemanden eingeschleust, aber jemand mit wenig Erfahrung.« Dahl warf Kennedy verstohlen einen Blick zu. »Die Beziehung der schwedischen Regierung zu eurer Obama-Administration ist nicht unbedingt *erstklassig*, würde ich sagen.«

»Tut mir leid.« Kennedy zwang sich zu einem Lächeln und sah dann angestrengt woanders hin. »Hören Sie, wenn wir hier noch eine Weile sein werden, denken Sie, wir könnten etwas zu essen kriegen?«

»Ein Drei-Gänge-Menü wird bereits nach Ihrem Geschmack von unserem Sous Chef zubereitet.« Dahl lächelte ebenso ausdruckslos wie sie. »Aber im Ernst, Burger und Pommes sind schon auf dem Weg.«

Drake lief das Wasser im Mund zusammen. Er konnte sich gar nicht erinnern, wann er das letzte Mal etwas gegessen hatte.

»Ich werde Ihnen sagen, was ich weiß. Der Wikingerkult will nichts mit dem Staat zu tun haben. Sie nennen sich selbst die *Forn Sidr*, das bedeutet *alte Bräuche* und bezieht sich auf das Heidentum. Die Wikinger waren natürlich ursprünglich Heiden. Die *Forn Sidr* fingen als Geheimkult an, der sich dem Wikinger Erik dem Roten verschrieben hatte. Lachen Sie nicht, so etwas ist beliebter, als Sie denken. Diese Leute machen Cosplay und spielen regelmäßig Ereignisse und Schlachten nach – sogar Seereisen.«

»Schadet ja niemandem.« Ben hörte sich ein wenig defensiv an. Drake versuchte sich diese interessante Beobachtung für später zu merken.

»Ganz und gar nicht, Mr. Blake. Schaden richtet es erst an, wenn ein Milliardär und Geschäftsmann der moderne Anführer eines Winkingerkultes wird und dann ein paar Millionen Dollar in die Waagschale wirft.«

»Und dann wird aus harmlosem Spaß …«

»Besessenheit«, beendete Dahl den Satz, als die Tür aufging. Drake stöhnte fast, als man Burger und Pommes vor sie stellte. Der Geruch der Zwiebeln und des gebratenen Fleisches war göttlich.

Dahl fuhr fort, während sie aßen: »Ein kanadischer Geschäftsmann namens Colby Taylor hat all seine Freizeit Erik dem Roten gewidmet, der, wie Sie sicher wissen, kurz nachdem er Grönland entdeckt hatte, in Kanada gelandet war. Aus diesen Studien entwickelte sich eine manische Faszination für die nordische Mythologie, die zu endlosen Forschungen, Ausgrabungen und Entdeckungen geführt hat. Der Mann hat seine eigene Bibliothek gekauft und versucht jeden existierenden nordischen Text aufzukaufen.«

»Verrückt«, sagte Kennedy.

»Zugegeben, aber ein *Verrückter*, der sich seine eigene *Security* – man kann es auch *Armee* nennen – leistet. Und er lebt zurückgezogen genug, um nicht auf dem Radar der meisten Leute aufzutauchen. Sein Name ist hin und wieder mal im Zusammenhang mit den neun Teilen Odins aufgetaucht, also hat ihn der schwedische Geheimdienst als *Person von Interesse* eingestuft.«

»Er hat das Pferd den Deutschen direkt vor der Nase weggeklaut«, sagte Drake. »Das wissen Sie sicher, oder?«

Dahls Blick sagte, dass er es nicht wusste. »Jetzt ja.«

»Können Sie ihn verhaften lassen?«, fragte Kennedy. »Unter Diebstahlsverdacht oder so?«

»Stellen Sie ihn sich wie einen amerikanischen Mafiaboss vor oder den Führer einer Triade. Man kommt nicht an ihn ran – der Mann an der Spitze, der seine Helfershelfer hat, die die Drecksarbeit für ihn erledigen – im Moment. Wir glauben, die aktuelle Situation könnte ihn aus der Reserve locken.«

Drake gefiel die Idee. Er erzählte Dahl davon, dass Alicia Myles in die Sache verwickelt war und lieferte Dahl so viele Hintergrundinfos, wie er aufgrund seiner Geheimhaltungspflicht verraten durfte.

»Also«, sagte er, als er fertig war. »Haben wir Ihnen weitergeholfen oder nicht?«

»Nicht schlecht«, gab Dahl zu, als die Tür erneut aufging und ein älterer Mann mit einer erstaunlich dichten Mähne langer Haare und Vollbart erschien. Für Drake sah er aus wie ein moderner Wikinger.

Dahl nickte. »Ah, ich habe auf Sie gewartet. Darf ich Ihnen Professor Roland Parnevik vorstellen?« Er lächelte. »*Unser* Experte in nordischer Mythologie.«

Drake nickte und sah dann, dass Ben den Neuankömmling musterte, als wäre er sein Rivale. Nun wurde ihm klar, wieso Ben insgeheim diese Mission liebte. Er klopfte seinem jungen Freund auf die Schulter.

»Na, unser Familienmensch hier ist vielleicht noch kein Professor, aber er kennt sich auf jeden Fall im Netz aus – wie moderne Medizin im Vergleich zu den alten Heilmitteln, oder?«

»Oder das Beste aus beiden Welten.« Kennedy deutete mit ihrer Gabel abwechselnd auf die beiden Männer.

Drakes zynische Seite spekulierte, ob Kennedy Moore mit dieser Mission hoffte, irgendwie ihre Karriere zu retten. Überraschenderweise schien seine sanftere Seite der Meinung zu sein, dass es ganz bezaubernd aussah, wie sich ihre Mundwinkel nach oben zogen, wenn sie lächelte.

Parnevik trat herein, in der Hand einen Stapel Schriftrollen und mehrere Notizbücher, die er vorsichtig darauf balancierte. Er sah sich um, blickte Dahl an, als könne er sich nicht mehr an den Namen des Soldaten erinnern, und ließ dann alles auf den Tisch fallen.

»Es ist irgendwo hier drin«, sagte er und zeigte auf eine der Schriftrollen. »Diese da. Die Legende ist wahr … wie ich Ihnen schon vor Monaten gesagt habe.«

Dahl zog die Rolle schwungvoll aus dem Stapel. »Sie sind erst seit einer Woche hier, Professor. Nur eine Woche.«

»Sind Sie sicher?«

»Oh, ich bin sicher.« Dahls Tonfall zeugte von einer Engelsgeduld.

Ein weiterer Soldat kam durch die Tür. »Sir, das Handy von dem da«, er nickte in Bens Richtung, »hat die ganze Zeit geklingelt. *Hela tiden* … nonstop.« Er grinste. »Es ist seine Mutter.«

Ben war sofort auf den Beinen, nahm das Handy, das ihm hingehalten wurde und drückte eine Taste für die Schnellwahl. Drake lächelte wohlwollend und Kennedy sah verschmitzt drein. »Verdammt, mir fallen mindestens hundert verschiedene Arten ein, wie der Junge verdorben werden könnte.«

Dahl las aus der Schriftrolle vor: »Ich habe gehört, er ist in Ragnarök gestorben, im Ganzen verschluckt von seinem Verderben – dem Mann-Wolf, Fenrir, der durch den Mond verwandelt wurde. Und später lagen Thor und Loki kalt an seiner Seite. Die größten der Götter unter zahllosen Göttern, unsere Felsen in der Brandung.

Neun Teile, die in alle Winde zerstreut wurden, entlang den Pfaden der einen Wahren Völva. Bringt diese Teile nicht nach Ragnarök oder riskiert das Ende aller Tage.

Das sollt ihr für immer fürchten, hört mich, ihr Söhne der Menschen, denn das Grab der Götter zu entweihen wird den Jüngsten Tag einläuten.«

Dahl zuckte die Achseln. »Und so weiter. Und so weiter. Professor, das hab ich schon in groben Zügen von unserem Muttersöhnchen hier erfahren. Scheint so, als wäre das Internet doch mächtiger als die Schriftrolle. Und schneller.«

»Haben Sie das? Nun, wie ich sagte … Monate, Torsten, Monate. Und ich wurde seit Jahren ignoriert. Sogar *weggesperrt*. Das Grab hat *immer* existiert, wissen Sie. Es hat sich nicht erst im letzten Monat materialisiert. Agnetha hat mir diese Schriftrolle vor 30 Jahren gegeben, und wo stehen wir jetzt? Hmmm? Sind wir weitergekommen?«

Dahl kostete es einige Anstrengung, ruhig zu bleiben. Drake mischte sich ein. »Sie reden von Ragnarök, Professor Parnevik; einem Ort, der nicht existiert.«

»Nicht mehr, Sir. Aber früher einmal – ja. Er hat *sicher* einmal existiert. Es ist ein Ort. Wo sind sonst Odin, Thor und all die anderen Götter gestorben?«

»Demnach glauben Sie also, dass sie einmal gelebt haben, oder?«

Er täuschte Unglauben vor, aber er hatte bereits den Speer in Händen gehalten.

»*Ja!*« Parnevik schrie beinahe.

Dahl sagte mit leiser Stimme: »Für den Moment haben wir beschlossen, unsere Streitigkeiten zu begraben.«

Ben war wieder am Tisch und steckte sein Handy ein. »Sie wissen also über die Walküren Bescheid, oder?«, fragte er kryptisch und nahm Messer und Gabel in die Hand. »Sie wissen, wieso sie das Juwel in Odins Krone sind?«

Dahl sah nur erschöpft aus. Parnevik blinzelte und stammelte. »Das … Juwel in … was?«

KAPITEL 14

MILITÄRBASIS, SCHWEDEN

Ben lächelte, als es im Raum still wurde.

»Das ist unsere Eintrittskarte, um offiziell an dieser Schatzsuche teilzunehmen«, sagte er zu Dahl. »Ich hab es immer und immer wieder schriftlich gefunden, als ich über nordische Mythologie recherchiert habe, dass die Walküren *in das Reich der Götter reiten*. Sehen Sie nach – es ist da.«

Kennedy klopfte ungeduldig mit der Gabel gegen ihren Teller. »Soll heißen?«

»Sie weisen den Weg«, sagte Ben. »Man kann die neun Teile Odins in Ragnarök zusammensetzen, so lange man will – aber es sind die *Walküren*, die den Weg zum Grab der Götter weisen.«

Drake runzelte die Stirn. »Und das hast du bisher für dich behalten?«

»Das ist egal. Niemand weiß, wo die Walküren sind, Matt. Sie sind irgendwo in einer privaten Sammlung. Die Wölfe in New York sind die letzten der neun Teile, von denen wir tatsächlich wissen, wo sie sind.«

Dahl lächelte, als Parnevik seine Schriftrollen durchsuchte. Pappröhren flogen durch die Gegend, während er vor sich hin murmelte. »Walküren. Walküren. Hier – nein. Vielleicht – da. Ahh.«

Drake sah Dahl in die Augen. »Und die Theorie mit der Apokalypse? Höllenfeuer auf Erden und alles zerstört, et cetera … et cetera.«

»Ich bin mir sicher, Parnevik könnte Ihnen zu jedem Gott des Pantheons eine ähnliche Legende erzählen. Shiva, Zeus. Seth. Aber wenn die *Forn Sidr* dieses Grab finden, dann *werden* sie es entweihen, egal, was passiert.«

Drakes Gedanken kreisten um die verrückten Deutschen. »So wie *unsere* neuen Freunde.« Er nickte und ein dünnes Lächeln zeigte sich auf seinem Gesicht, als er Dahl ansah. »Keine Wahl mehr …«

»Also mitten durch«, beendete Dahl den Militärspruch und die beiden sahen sich wissend an.

Ben lehnte sich über den Tisch, um Dahls Aufmerksamkeit zu erregen. »Entschuldigung, Kumpel, aber wir verschwenden hier unsere Zeit. Geben Sie mir einen Laptop. Lassen Sie mich ins Netz. Oder noch besser, setzen Sie uns in einen Flieger nach New York und wir surfen im Flugzeug.«

Kennedy nickte. »Er hat recht. Ich kann Ihnen dabei helfen. Das nächste logische Ziel sollte das naturhistorische Museum sein und machen wir uns nichts vor, aber die USA sind darauf nicht vorbereitet. Noch nicht.«

Dahl nickte. »Die Mobilisierung ist bereits im Gange.« Er sah Ben durchdringend an. »Bieten Sie uns Ihre Hilfe an, junger Mann?«

Ben machte den Mund auf, aber hielt dann inne, als könne er spüren, wie wichtig seine Antwort war. »Nun, wir stehen immer noch auf deren Todesliste, richtig? Sehen Sie sich an, was wir bisher herausgefunden haben. Und Matt war beim SAS. Kennedy ist Cop aus New York City. Wir sind quasi das perfekte Team!«

Dahls Augen verengten sich, als würde er seine Optionen abwägen. Leise schob er Drakes Handy über den Tisch und deutete auf das Display.

»Wo haben Sie die Runen fotografiert? In der Höhle?«

»Ja. An den Seiten der Langschiffe war eine Wand voller eingeritzter Zeichnungen. Diese Frau«, er deutete auf das Display, »kniete neben Odin, als er am Weltenbaum litt. Können Sie die Inschrift übersetzen?«

»Ungefähr, ja. Sie lautet: *Odin und die Völva Heiði, die alle Geheimnisse des Gottes hört.* Danach sucht der Professor gerade …« Dahl sah Parnevik an, während der Mann versuchte, alle seine Schriftrollen auf einmal einzusammeln.

»Gottes Geheimnisse?«

Parnevik schoss herum, als hätte ihn ein Höllenhund angesprungen. »Die Geheimnisse des Gottes oder der Götter? Ein Unterschied. Verstehen Sie, was ich sage? Nein? Lassen Sie mich durch, Sie Narr.« Er sagte es in Richtung der Tür und verschwand.

»Wir bringen Sie hin«, meinte Dahl. »Die Gespräche mit Ihrer Regierung haben bereits begonnen. Sie haben sich nicht gefreut, als sie erfuhren, dass sie nicht auf dem Laufenden waren. Hoffentlich wird das alles noch während des Fluges geklärt werden. Aber erst mal fliegen wir mit einem Dutzend Soldaten einer Spezialeinheit und ohne offizielle Genehmigung nach New York. Wir nehmen Waffen mit ins naturhistorische Museum.« Er machte eine Pause. »Wollen Sie immer noch mitkommen?«

»Der SAS könnte mir vielleicht helfen«, sagte Drake. »Sie haben ein Team, das in Bereitschaft ist, und einen Commander, der ein paar Beziehungen spielen lassen kann.«

»Ich nehme mal an, ich kann beim Captain des Bezirks ein gutes Wort einlegen.« Kennedys Stimmung schien sich beim Gedanken, nach Hause zurückzukehren, offensichtlich zu verfinstern. Drake schwor sich an Ort und Stelle, dass er ihr helfen würde, wenn er konnte.

Vertrau mir, hätte er gern gesagt. *Ich bring' dich da durch.* Aber die Worte kamen ihm nicht über die Lippen.

Ben dehnte seine Finger. »Gebt mir einfach ein iPad oder so was. Schnell.«

KAPITEL 15

WÄHREND DES FLUGES

Ihr Flugzeug war mit einer »Picocell« ausgestattet, eine Funkstation, die es erlaubte, an Bord das Handy zu benutzen. Von entscheidender Bedeutung für militärische Flüge, aber Ben hatte so seine eigene Verwendung dafür.

»Jo, Schwesterherz, ich habe eine Aufgabe für dich. Hör' zu, *Karin*, hör' zu! Ich brauche ein paar Informationen über das naturhistorische Museum. Ausstellungen, Wikingerzeug, Grundrisse. Wer den Laden leitet. Und …«, seine Stimme wurde mehrere Tonlagen tiefer. »*Telefonnummern.*«

Drake hörte eine Sekunde nichts, und dann: »Ja, das in New York! Wie viele gibt es denn? Oh … wirklich? Okay, Schwesterlein, ich schicke dir was mit PayPal rüber, um das abzudecken. Hab dich lieb.«

Als sein Freund die Verbindung unterbrochen hatte, sagte Drake: »Hat sie immer noch keinen Job?«

»Sitzt den ganzen Tag daheim rum, Mann. Und abends arbeitet sie in einer gammeligen Kneipe. Ist ihre Art, sich für etwas zu bestrafen, das sie nicht getan hat.«

Drake wusste, dass sich Karin seit sieben Jahren bemüht hatte, einen Abschluss in Computerwissenschaften zu bekommen, was für sie eigentlich ein Kinderspiel hätte sein müssen. Karins IQ sprengte die Skala, Level: Genie. Aber als die Labour-Regierung gegen Ende von Blairs Zeit als Premierminister abgelöst wurde, ging sie von der Nottingham Uni ab, nur um festzustellen, dass sie trotz ihres Potenzials nun der gerade eingetretenen Rezession die Schuld an ihrer Neigung zur Prokrastination und dazu, sich selbst niederzumachen, geben konnte.

»Ist sie immer noch in dieser Drogenhöhle in Nottingham?«

»Das ist keine Drogenhöhle.« Ben seufzte. »Aber die Gegend ist nicht die beste, zugegeben. Sie bleibt tagsüber meistens in ihrer Wohnung und nimmt ein Taxi zur Arbeit.«

Drake erinnerte sich daran, dass Ben ihm gesagt hatte, der furchteinflößendste Moment in Karins Leben wäre, wenn sie durch Dunkelheit, abgestandenen Schweißgestank und andere eklige Gerüche zu ihrer Wohnung zurückkehrte. Trotz eines schwarzen Gürtels in Karate war es ein Wunder, dass sie bisher nicht zum Opfer eines Verbrechens geworden war.

Im Land der Verdammten und Vergessenen ist derjenige König, der in den Schatten gedeiht.

»Brauchen Sie dafür wirklich Ihre Schwester?«, fragte Dahl, der auf der anderen Seite des Flugzeugs saß. »Oder …«

»Sehen Sie, das ist ja nicht reine Wohltätigkeit. Ich muss mich auf die Sache mit Odin konzentrieren und Karin kann die Fleißarbeit mit den Museen erledigen. Das macht Sinn.«

Drake nutzte nun seinerseits die Schnellwahl. »Lassen Sie ihn arbeiten, Dahl. Vertrauen Sie mir. Wir sind hier, um zu helfen.«

Wells ging ran. »Sitzt du nur auf deinen faulen Hintern rum, Drake? Was zur Hölle ist los?«

Drake brachte ihn auf den neuesten Stand.

»Nun, dann hier noch eine weitere Perle. Wir haben Alicia Myles überprüft. Du weißt ja, wie's läuft. Aus dem SAS ist man nie *wirklich* draußen.« Wells machte eine Pause. »Die letzte bekannte Adresse – Hildegardstraße 111 in München.«

»Deutschland? Aber ich habe sie mit den kanadischen Kultisten gesehen.«

»Ja ja, das ist nicht alles. Sie lebt in München mit ihrem Freund – ein gewisser Milo Noxon – kommt aus Las Vegas, nicht gerade ein Musterbürger. Und er war bei der Force Recon der Marines. Das Beste, was die Amerikaner zu bieten haben.«

Drake dachte einen Moment nach. »*Daher* kannte der mich also, durch Myles. Die Frage ist – hat sie die Seiten gewechselt, um ihn zu ärgern oder um ihm zu helfen?«

»Die Antwort kennen wir nicht. Vielleicht fragst du sie ja mal.«

»Ich versuche es. Schau, wir hängen hier ziemlich in der Luft, Wells. Kannst du ein paar alte Kumpels in den Staaten anrufen? Dahl hat schon das FBI kontaktiert, aber die sind nicht die schnellsten. Er muss eine Ebene höher. Wir haben noch sieben Stunden Flug … und wir wissen nicht, was uns erwartet.«

»Vertraust du denen, oder willst du, dass unsere Jungs das unvermeidliche Chaos beseitigen?«

»Ja, ich vertraue ihnen. Und ja, ich hätte gern unsere Jungs dabei, wenn möglich.«

»Verstanden.« Wells unterbrach die Verbindung.

Drake sah sich um. Das Flugzeug war klein, aber geräumig. Elf Marines der Special Forces saßen hinten im Flieger, entspannten, schliefen oder stachelten sich gegenseitig auf Schwedisch an. Auf der anderen Seite des Gangs redete Dahl pausenlos in sein Handy, während vor ihm der Professor Schriftrolle um Schriftrolle entfaltete, jede sorgfältig über die Lehne des Sitzes vor sich hängte und studierte, um die darin enthaltenen Fakten von Fiktion zu trennen.

Direkt zu seiner Linken saß Kennedy, wieder in ihren unscheinbaren Hosenanzug gekleidet, den sie getragen hatte, als sie sich das erste Mal trafen. Auch sie telefonierte.

»Ist Captain Lipkind da? Sagen Sie ihm, Kennedy Moore will ihn sprechen.«

Zehn Sekunden vergingen, dann: »Nein. Sagen Sie ihm, er kann mich nicht zurückrufen. Es ist wichtig. Sagen Sie ihm von mir aus, dass es um die nationale Sicherheit geht, wenn Sie wollen, aber holen Sie ihn *ans Telefon*.«

Zehn weitere Sekunden. »Moore!« Drake konnte die bellende Stimme selbst von seinem Platz aus hören. »Kann das nicht warten?«

»Hören Sie mir zu, Captain. Wir haben ein Problem. Kontaktieren Sie Officer Swane vom FBI. Ich bin hier mit Torsten Dahl vom schwedischen SSG. Das naturhistorische Museum ist in Gefahr. Überprüfen Sie die Details und rufen Sie mich zurück. Ich brauche Ihre Hilfe.«

Kennedy klappte ihr Handy zu und atmete hörbar aus. »Das war's dann mit der Pension.«

Drake sah auf die Uhr. Noch sechs Stunden bis zur Landung.

Bens Handy klingelte und er nahm ab. »Schwesterlein?«

Professor Parnevik lehnte sich über den Gang und versuchte mit einem sehnigen Arm eine davonrollende Schriftrolle einzufangen. »Der Junge kennt sich mit seinen Walküren aus«, sagte er zu niemandem bestimmten. »Aber wo sind die? Und die Augen – ja, die Augen werde ich schon finden.«

Ben sagte: »Großartig, Karin. Schick mir mal den Grundriss des Museums per E-Mail und markiere den Raum für mich. Dann kannst du mir die Kontaktdaten des Kurators in einer separaten E-Mail schicken. Hey, Schwesterherz, grüß Mom und Dad von mir. Hab dich lieb.«

Ben tippte und machte sich dann ein paar weitere Notizen. »Ich hab die Nummer vom Kurator des Museums«, rief er. »Dahl? Sollen wir ihm mal einen gehörigen Schrecken einjagen?«

Drake lächelte entspannt, als der schwedische Geheimdienstler abwiegelnd mit der Hand wedelte und lautlos *Nein!* mit den Lippen formte. Bens Zuversicht war erfrischend. Der Nerd in ihm schien ein wenig zurückzutreten und gab dem Mann in ihm mehr Raum. Drake hätte ihn schon vor Jahren mit auf Missionen nehmen sollen.

Kennedys Handy dudelte eine Melodie. Sie klappte es schnell auf und drückte den Lautsprecher-Knopf, während sie mit dem Mund das Wort *Lipkind* formte.

»Moore.«

»Was für eine verdammte *Scheiße* geht da ab? Zuerst werde ich von einem halben Dutzend Schleimscheißer abgewimmelt und dann sagt mir einer, nicht eben höflich, dass ich meine Nase nicht in Sachen stecken soll, die mich nichts angehen. Irgendetwas hat die ganzen hohen Tiere aufgeschreckt, Moore, und ich wette, Sie hängen mit drin.« Er machte eine Pause. »Nicht zum ersten Mal, nehme ich an.«

Kennedy erzählte ihm die Kurzfassung, die mit einem Flugzeug voller schwedischer Marines und einem unbekannten Team des SAS endete, das unterwegs war und nun fünf Stunden von amerikanischem Boden entfernt.

In Drake machte sich eine gewisse Anspannung bemerkbar. *Fünf Stunden.*

In diesem Moment rief Dahl: »Neue Informationen von unserem Maulwurf! Die kanadischen Kultisten waren nicht einmal in Schweden. Es sieht so aus, als hätten sie den Weltenbaum und den Speer mehr oder weniger geopfert, um sich auf die *Walküren* zu konzentrieren.« Er nickte in Bens Richtung und ignorierte dabei bewusst den grimassierenden

Professor. »Die scheinen mit Ihrem jungen Protegé hier übereinzustimmen. Aber … sie hatten bisher keinen Erfolg. Wir wussten, dass sie in einer Privatsammlung sind, aber dieser Sammler scheint sehr zurückgezogen zu leben. Ein solches Artefakt verschwinden zu lassen, ist nicht ganz ohne … vielleicht ist er ja einer der Sammler, die auf nicht ganz koschere Art und Weise an ihre Schätze kommen.« Er presste die Lippen aufeinander.

»Oder …«, Drake zuckte die Achseln, »er könnte einfach ein Krimineller sein.«

»Guter Vorschlag. Aber wie dem auch sei, man muss sich die Frage stellen: Wieso wollen der *Forn-Sidr*-Kult und die Deutschen diese Artefakte? Diese neun Teile? Sicher nicht, um die Welt zu zerstören.« Dahl schüttelte den Kopf.

»Machen Sie Witze?«, fragte Ben. »Die Kanadier sind Teil eines *Wikingerkults*. Stellen Sie sich vor, wie die sich fühlen, wenn sie die neun Teile finden und Odins Knochen. Die Deutschen werden ihre wahren Absichten sicher noch offenbaren.«

Niemand sagte etwas, bis Drake das Wort ergriff. »Bereiten die sich auf New York vor? Auf die Wölfe?«

»Ja.« Dahl seufzte. »Anscheinend ja.«

»Denkt dran«, sagte Ben. »Wenn sie zusammengesetzt werden, zeigen die Teile den Weg zum Grab der Götter. *Das* ist hier der wahre Schatz. Danach suchen sie. Und wenn wir nicht alle Teile zusammenkriegen können, dann müssen wir uns was anderes einfallen lassen.«

Dahl zuckte die Achseln. »Dann wird es hässlich. Die Kultisten bereiten sich darauf vor, das Museum am frühem Morgen nach New Yorker Zeit, anzugreifen.«

Kennedys Miene verfinsterte sich, während sie ihrem Boss und Dahl zuhörte.

»Die nutzen das Datum«, sagte sie beiden. »Diese Bastarde – und die Deutschen sicher auch – verstecken ihre wahren Absichten hinter dem Datum.«

Ben sah hoch. »Ich komm gerade nicht ganz mit.«

Drake schloss sich an. »Welches Datum?«

»Wenn wir in New York landen«, erklärte Dahl, »dann ist es etwa 8 Uhr morgens am 11. September. Wenn die irgendwie ins Hintertreffen geraten und sich den Weg aus dem Museum freischießen müssen, dann können sie ihre wahren Absichten verbergen, indem sie es wie einen Terroranschlag an diesem besonderen Datum aussehen lassen.«

KAPITEL 16

WÄHREND DES FLUGES

Vier Stunden Flugzeit übrig. Das Flugzeug dröhnte durch den trüben Himmel.

»Ich werde es noch einmal beim FBI versuchen«, sagte Dahl. »Aber ich komme anscheinend nicht an deren Security-Screening vorbei. Das ist wie eine verdammte Felswand. Ben – rufen Sie den Kurator an. Drake – kontaktieren Sie Ihren alten Chef. Die Uhr tickt und wir haben noch nichts erreicht. Wir müssen mal ein paar Fortschritte machen. Also los.«

Kennedy versuchte, bei ihrem Boss weiterzukommen. »Zur Hölle mit Thomas Kaleb, Lipkind«, sagte sie. »Das hat nichts mit mir *oder* mit meiner Karriere zu tun. Ich sage Ihnen hier etwas, dass weder das FBI noch die CIA noch irgendwelche von den anderen Arschlöchern mit den drei Buchstaben wissen. Ich bitte Sie …« Sie machte eine Pause. »Ich muss Sie wohl einfach bitten, mir zu vertrauen.«

Drake hätte sich am liebsten neben Kennedy Moore gesetzt und ihr ein paar ermutigende Worte zugeflüstert.

Dann ging Wells ans Telefon. »Schieß los.«

»Wo stehen wir im Moment, Kumpel? Hast du schon dafür gesorgt, dass wir landen können?«

»Nun – ja … und nein. Ich renne mir hier an der Bürokratie den Schädel ein und da könnte ich mal ein wenig Aufmunterung gebrauchen …« Er machte eine dramatische Pause und grummelte dann enttäuscht: »Das war eine Anspielung an *Mai Kitano*, Kumpel. Kommst du noch mit?«

Drake musste grinsen. »Hör mal, Wells, ich brauche dein volles Engagement bei dieser Sache – hilf uns – und dann werde ich dir alle Geschichten von Mais Undercover-Arbeit in Hongkong erzählen, die du hören willst.«

»Das hört sich doch verlockend an. Ich bin dabei, Alter, und eine Schande, dass Mai uns bei der Sache nicht helfen kann. Also, wir sind unterwegs, voll ausgerüstet, und *meine* Leute auf der anderen Seite des Großen Teichs scheinen damit kein Problem zu haben.«

Drake konnte hören, dass noch ein »Aber« folgen würde. »Ja?«

»Irgendjemand, der das Sagen hat, verweigert die Landeerlaubnis und niemand hat von deinem Flieger *überhaupt etwas gehört,* und das, mein Freund, stinkt nach korrupten Machenschaften.«

Drake verstand, worauf er hinauswollte. »Okay, halt mich auf dem Laufenden.« Er beendete das Gespräch mit einem Knopfdruck.

Er hörte, wie Kennedy sagte: »Unter dem Radar ist perfekt, Captain. Ich höre hier gerade, dass es möglicherweise eine Verschwörung geben könnte. Seien Sie vorsichtig.«

Sie klappte das Handy zu. »Nun, er ist ein bisschen widerspenstig, aber er nimmt mich beim Wort. Er schickt so viele Streifenwagen hin, wie er kann, möglichst unauffällig. Und er kennt jemanden im örtlichen Büro der Homeland Security«, sagte sie und strich ihre Bluse glatt, die schlaff an ihr herunterhing. »Es wird sich herumsprechen.«

Da ist gerade ein ganzes Waffenarsenal in Richtung Museum unterwegs, dachte Drake. *Genug, um einen verdammten Krieg anzufangen.* Er sagte es nicht laut, aber er sah auf die Uhr.

Drei Stunden übrig.

Ben redete noch immer mit dem Kurator. »Wir sprechen hier nicht davon, alles umzustellen, Sir, nur das eine

Ausstellungsstück. Ich muss Ihnen ja wohl nicht erzählen, wie groß das Museum ist. Stellen Sie es einfach woanders hin und alles ist gut. Ja … die SSG … schwedische Spezialeinheit. Das FBI wird unterrichtet, während wir hier reden … nein! Sie sollen nicht warten, bis die anrufen. Sie können sich keine Verzögerung leisten.«

Fünfzehn Sekunden Stille, dann: »Sie haben noch nie von der SSG gehört? Verdammt, dann *googeln Sie es eben!*« Ben machte Würgegesten in Richtung seines Handys. »Der wird gar nichts unternehmen«, sagte er. »Ich weiß es einfach. Er war sehr zugeknöpft, hat nur versucht, mit einer Ausrede nach der anderen zu kommen.«

»Noch mehr Bürokratie.« Drake gestikulierte in Dahls Richtung. »Wir rennen uns hier die Köpfe ein.«

Eine drückende Stille folgte, dann klingelte Dahls Handy. »Oh je«, sagte er. »*Den Statsministern.*«

Drake machte eine Grimasse in Richtung Kennedy und Ben. »Sein Premierminister.«

Einige respektvolle, aber offene Worte wurden ausgetauscht, die Drakes Respekt vor Torsten Dahl wachsen ließen. Der Officer der Special Forces nahm kein Blatt vor den Mund und sagte seinem Chef, was Sache war. Drake konnte den Mann langsam immer besser leiden.

Dahl beendete das Gespräch und sammelte einen Moment seine Gedanken. Schließlich sah er auf und wandte sich an die anderen Passagiere. »Ich habe es eben direkt von einem Mitglied des Kabinetts erfahren, vom engsten Berater des Präsidenten«, sagte er. »Der Flug wird keine Landegenehmigung erhalten.«

Noch drei Stunden.

»Sie werden den Präsidenten nicht informieren«, sagte Dahl. »Washington D.C. und Capitol Hill stecken tief in der Sache mit drin, Freunde. Damit meine ich nicht auf *illegale* Weise«, er hielt abwehrend die Hand in Richtung Kennedy hoch, »es geht mehr darum, sich in jeder Hinsicht abzusichern. Der *Statsministern* meinte, die Sache hat globale Ausmaße angenommen, eine Verschwörung auf internationaler Ebene, bei der niemand weiß, wer wen unterstützt. Das allein zeigt schon, wie wichtig unsere Mission ist.«

»Verfluchte Scheiße«, sagte Drake. »Das haben wir früher den größten anzunehmenden Unfall genannt.«

Ben hatte in der Zwischenzeit erneut versucht, den Kurator des naturhistorischen Museums anzurufen. Aber er erreichte nur die Mailbox. »Das ist nicht gut«, sagte er. »Der hätte mittlerweile auf *irgendetwas* stoßen müssen.« Bens flinke Finger rasten sofort wieder über die Bildschirmtastatur. »Ich hab eine Idee«, sagte er laut. »Aber ich hoffe, dass ich Unrecht habe.«

Wells rief zurück und erklärte, dass sein SAS-Team heimlich auf einem verlassenen Flugfeld in New Jersey gelandet war, abgesegnet von ein paar hochrangigen US-Offizieren. Das Team war auf dem Weg nach New York, und das so schnell wie möglich.

Drake sah auf die Uhr. Noch zwei Stunden bis zur Landung.

Da rief Ben: »Ich hab's!«

Alle erschraken. Sogar die schwedischen Marines widmeten ihm ihre volle Aufmerksamkeit.

»Hier ist es!«, rief er. »Überall im Internet zu finden, wenn man genau hinschaut«, er deutete wütend auf das Display.

»Colby Taylor«, sagte er. »Der kanadische Milliardär ist der wichtigste Spender des naturhistorischen Museums und einer der größten Geldgeber der Stadt New York. Wetten, dass der ein paar Anrufe gemacht hat?«

Dahl verzog das Gesicht. »Deswegen werden wir blockiert«, stöhnte er. »Taylor hat mehr Leute in der Tasche als die Mafia.« Zum ersten Mal schien der schwedische Offizier betrübt in seinem Sitz zu versinken.

Kennedy konnte ihre Enttäuschung nicht verbergen. »Die Bonzen haben mal wieder das Sagen«, schimpfte sie.

»Vielleicht, vielleicht auch nicht«, sagte Drake. »Ich habe immer einen Plan B.«

Eine Stunde Flugzeit übrig und sie hatten noch keine Landegenehmigung.

KAPITEL 17

NEW YORK CITY, USA

Das Police Department der Hafenbehörde von New York war wohl am besten bekannt für seine Tapferkeit und die Verluste während der Ereignisse des elften Septembers. Weniger bekannt war, dass es die meisten Flüge des SAS aus Europa im Geheimen abfertigte. Auch wenn es kein speziell dafür abgestelltes Team gab, waren so wenige Mitarbeiter auf beiden Seiten mit der Aufgabe betraut, dass einige davon über die Jahre enge Freundschaften geknüpft hatten.

Drake machte einen weiteren Anruf. »Wir kommen heute Abend ohne Landeerlaubnis an«, sagte er zu Jack Schwarz, Inspector beim PAPD. »Hast du mich vermisst, Kumpel?«

»Wow, Drake … wie lange ist das her? Zwei Jahre?«

»Drei. Silvester 2007.«

»Wie geht's der Frau?«

»Alyson ist gestorben, und das weißt du. Ist das genug Geplauder, um mich zu identifizieren?«

»Ich hab gedacht, du bist nicht mehr im Dienst?«

»Bin ich auch nicht. Wells hat mich für einen letzten Auftrag zurückgeholt. Hat er dich angerufen?«

»Hat er. Und er hat gesagt, du hast ihm ein paar Geschichten von Mai versprochen.«

»Schwarz, hör zu. Du bist am Drücker. Du solltest wissen, dass die Kacke hier bald *richtig* am Dampfen ist, und letztlich bis zu dir *zurückverfolgbar* ist, wer die Landung genehmigt hat. Ich bin mir aber sicher, dass wir bis dahin alle Helden sind und das Ganze als Gefallen gesehen wird, aber …«

»Wells hat mich schon unterrichtet«, sagte Schwarz, aber Drake hörte eine gewisse Unsicherheit in seiner Stimme. »Keine Sorge, ich hab immer noch genug Einfluss bei den richtigen Leuten, um dir eine Landeerlaubnis zu verschaffen.«

Drake bedankte sich und beendete den Anruf. Dahl musterte ihn, wirkte beunruhigt, aber fest entschlossen. »Wir haben ein paar Tarneinrichtungen an Bord. Wir können deren Radar durcheinanderbringen. Aber angesichts des Datums und des Landes, in dem wir landen, bin ich mir nicht so ganz sicher, ob wir die einsetzen sollten.«

Drake holte tief Luft. »Die verwenden wir besser nicht. Am besten kommen wir nicht mal in die Nähe des Schalters. Schwarz wird uns reinbringen. Das hat er schon früher gemacht.«

Ihr Flugzeug erreichte in diesem Moment den Luftraum der USA.

Die Maschine landete im schwindenden Tageslicht und rollte dann zu einem unscheinbaren Terminalgebäude. Unmittelbar nach dem Öffnen der Türen trabten zwölf voll ausgestattete Mitglieder des schwedischen SSG im Laufschritt die klapprigen Metallstufen hinab und quetschten sich in drei wartende Autos. Drake, Ben, Kennedy und der Professor folgten.

Eine Minute später schossen die Wagen die leere Rollbahn entlang, beschleunigten und fuhren in Richtung einer versteckten Ausfahrt am Ende des Flugfelds, die nach ein paar Kurven auf eine kleine Zubringerstraße und schließlich auf eine der Hauptstraßen nach Manhattan führte.

New York City lag in all seiner Pracht vor ihnen. Moderne Wolkenkratzer, alte Brücken, klassische Architektur. Ihr Konvoi war in halsbrecherischem Tempo direkt ins Herz der Stadt unterwegs und nahm jede Abkürzung, die den Fahrern, die aus New York stammten, bekannt war. Sie wurden angehupt, mit Flüchen bedacht, streiften Randsteine und Mülltonnen. Einmal fuhren sie in die falsche Richtung durch eine Einbahnstraße, was sieben Minuten Zeit sparte und zu drei verbeulten Stoßstangen führte.

In den Autos ging es fast ebenso hektisch zu. Dahl bekam den sehnsüchtig erwarteten Anruf des schwedischen Premierministers, der endlich einen befreundeten, hochrangigen FBI-Agenten erreicht hatte, der ihm die Freigabe erteilte und einen Code gab, um ins Museum zu gelangen, aber nur, *wenn* sie zuerst dort ankamen.

Dahl wandte sich an ihren Fahrer. »Schneller!«

»Unmöglich«, antwortete der Mann. »Das ist New York.«

Ben gab Dahl einen Plan des Museums, auf dem auch die Position der Wölfe markiert war.

Weitere Informationen kamen herein. Die Streifenwagen waren angekommen. Ein paar Rapid-Respone-Teams wurden verständigt. Dahl arbeitete noch schneller und versuchte mit dem Captain des SWAT-Teams und den anderen Einheiten in Verbindung zu treten, die dorthin unterwegs waren. Anhand seiner Seufzer zu urteilen, schien das nicht immer besonders gut zu laufen.

Drake erreichte Wells. »Wisst ihr schon, was da los ist?«

»Wir sind noch draußen. Die Kavallerie ist vor zwei Minuten eingetroffen. Was ist mit euch?«

»Zwanzig Minuten entfernt. Sag Bescheid, wenn was passiert.« Etwas hatte seine Aufmerksamkeit erregt, als es am Fenster vorbeisauste. Ein Déjà-vu ließ ihn kurz schaudern, als er ein riesiges Werbeplakat sah, das die Ankunft von Abel Frey und seiner bombastischen Modenschau in New York verkündete.

Das ist verrückt, dachte Drake. *Wirklich wahnsinnig.*

Ben hatte seine Schwester in England aufgeweckt und sie auf *Projekt Walküre* angesetzt, wie er es nannte. »Das spart Zeit«, sagte er zu Dahl. »Sie kann weiter recherchieren, während wir da drin nach diesen Wölfen suchen. Keine Sorge, sie denkt, ich will sie für die Uni fotografieren.«

»Dein Schwesterlein anlügen?« Drake legte die Stirn in Falten.

»Er wird erwachsen.« Kennedy tätschelte Blakes Arm. »Lass den Jungen mal ein bisschen von der Leine.«

»Was müssen wir über diese Wölfe wissen?«, fragte Drake. »Irgendwas Wichtiges?«

Ben dachte nach. »Geri und Freki, das bedeutet gefräßig auf Altnordisch, waren zwei Wölfe, die angeblich Odin begleitet haben. Sie werden sowohl in der *Lieder-Edda* als auch der *Prosa-Edda* erwähnt, beides Texte aus dem 13. Jahrhundert von anerkannten Gelehrten der damaligen Zeit. Wie üblich stellte man fest, dass sie Ähnlichkeiten mit Figuren der griechischen, römischen und vedischen Mythologie hatten. Nicht zu vergessen – alles hängt zusammen. Darstellungen wurden auf Bronzeplatten, in Illustrationen und Ähnlichem gefunden. Natürlich ist dieser Teil von Odin eine Skulptur, vermutlich wie die anderen Stücke gefertigt, um sie bei Ragnarök zusammenzusetzen.«

Drakes Handy zwitscherte. Er musste nicht mal aufs Display sehen, um zu wissen, dass es Wells war. »Sag's nicht, Kumpel. Sind es die *Forn Sidr*?«

Wells lachte leise. »Schön wär's.«

»Bitte?«

»*Sowohl* die Kultisten *als auch* die Deutschen, die aus verschiedenen Richtungen kommen. Der Krieg fängt ohne dich an.«

»Ein schnelles Eingreifteam des SWAT ist drei Minuten entfernt«, sagte Dahl. »Die senden auf Frequenz 68.«

Drake sah durchs Fenster. »Wir sind da.«

»Eingang Central Park West«, sagte Ben, als sie aus den Autos stiegen. »Der führt zu den einzigen zwei Treppen, die vom Erdgeschoss bis in den dritten Stock führen.«

Kennedy sprang aus dem Wagen in die morgendliche Hitze. »In welchem Stockwerk sind die Wölfe?«

»Dem dritten.«

»Hätte ich mir ja denken können«, sagte Kennedy mit einem Achselzucken und klopfte sich auf die Hüften. »Ich wusste doch, dass ich die Leckereien im Urlaub noch bereuen würde.«

Drake ließ sich zurückfallen, während die schwedischen Soldaten im Laufschritt auf die Treppen des Museums zuliefen. Dahl sprach noch am Telefon mit irgendjemanden von einer US-Behörde, während er rannte. Als sie dort waren, nahmen sie ihre Waffen vom Rücken. Dahl ließ sie im Schatten des hohen Eingangsportals kurz stoppen, das Team stand zwischen den Säulen.

»Tweeter *an*.«

»Check«, war aus einem Dutzend Kehlen zu hören. »Wir gehen zuerst rein.« Er sah Drake an. »Unsere amerikanischen Freunde sind etwa eine Minute entfernt. Drake, Sie kommen nach. Nehmen Sie die hier.« Er reichte Drake zwei zylindrische Objekte, die etwa die Größe eines Feuerzeugs hatten, und zwei Minikopfhörer dazu. Drake stellte die beiden Sender auf »68« und wartete, bis an beiden ein grünes Licht aufleuchtete. Eines gab er Kennedy, das andere behielt er selbst.

»Ein Tweeter«, sagte er, als sie ihn verständnislos ansah. »Ist ein neues Gerät, um *friendly fire* zu verhindern. Alle sind auf dieselbe Frequenz eingestellt. Wenn man in Richtung eines Kollegen schaut, dann hört man ein nerviges Piepsen im Ohr. Bei einem Bösewicht passiert nichts …« Er klemmte sich das Earpiece hinters Ohr. »Ist nicht unbedingt idiotensicher, ich weiß, aber es hilft, wenn es hoch hergeht. So wie jetzt.«

»Was ist, wenn die Frequenzen nicht zusammenpassen?«, wollte Ben wissen.

»Tun sie nicht, die werden mit Frequency Hopping Spread Spectrum verbunden. Die Geräte *hüpfen* durch 79 zufällig ausgewählte Frequenzen in einem vorbestimmten Bereich – und das *simultan*. Die haben eine Reichweite von knapp 100 Metern.«

»Cool«, sagte Ben. »Wo ist meins?«

Kennedy machte sich mit dem Gerät zu schaffen. »Und woher weißt du das?«

Drake sah sie ausdruckslos an. »Nur, weil ich nicht mehr aktiv bin, heißt das nicht, dass mich nicht meine Freunde auf dem Laufenden halten.« Er dachte an Sam und Jo, seine alten Teamkameraden von der Neunten Division.

»Du und Professor Parnevik, ihr werdet ein wenig Zeit im Central Park verbringen«, sagte Drake zu Ben. »Touristenzeug. Ganz ruhig, Kumpel, das kann da drin haarig werden.«

»Ich hoffe mal, der will nicht joggen gehen. Der Kerl hat mir erzählt, dass er zwei Stunden am Tag joggt, jeden Tag.«

Drake drehte sich ohne ein weiteres Wort um und folgte den letzten der schwedischen Soldaten durch den hohen Bogengang in das schummrige Innere des Museums. Kennedy blieb dicht hinter ihm.

»Eine Knarre wäre nicht schlecht«, murmelte sie.

»*Amerikaner*«, meinte Drake, aber lächelte dann schnell. »Entspann' dich. Die Schweden können mit der *Forn Sidr* den Boden wischen, mit Leichtigkeit, und die Deutschen sind noch größere Amateure.«

Sie erreichten eine Y-förmige Treppe, die von Bogenfenstern und einer Gewölbedecke überragt wurde, und eilten hinauf, ohne stehenzubleiben. Normalerweise wären diese Stufen mit Touristen überfüllt gewesen, die große Augen machten, aber heute war der Ort unheimlich still.

Drake lief ein wenig langsamer, seine Sinne aufs Äußerste gespannt. In diesem gewaltigen, alten Gebäude waren haufenweise gefährliche Männer unterwegs. Es war nur eine Frage der Zeit, wann ihre Pfade sich kreuzten.

Sie rannten weiter nach oben, die Schritte der schweren Stiefel hallten von den hohen Wänden wider, das Knistern der Kehlkopfmikros wurde durch die natürliche Akustik des Gebäudes verstärkt. Drake konzentrierte sich, erinnerte sich an seine Ausbildung, aber versuchte auch ein wachsames Auge auf Kennedy zu haben. Der Zivilist und der Soldat in ihm fochten immer noch einen Kampf aus.

Als sie sich dem dritten Stockwerk näherten, machte Drake mit der Hand die Geste für »langsam vorwärts«. Kennedy kam näher. »Wo sind deine Freunde vom SAS?«

»Die verspäten sich«, sagte Drake. »Schließlich wollen wir uns hier ja nicht gegenseitig auf die Füße treten, oder?«

Kennedy unterdrückte ein Lachen. »Bist ein echter Komiker, Drake. Richtig unterhaltsam.«

»Du solltest mich mal bei einem Date erleben.«

Kennedy stockte kurz und sagte dann: »Geh nicht davon aus, dass ich ja sage.« Ihre rechte Hand strich routiniert ihre Bluse glatt.

»Geh *nicht davon aus*, dass ich dich frage.«

Sie rannten das letzte Stockwerk des Treppenhauses nach oben. Als der Soldat ganz vorne sich dem Ende der Treppe näherte, erklang ein Schuss. Ein Stück der Mauer, zwei Zentimeter neben seinem Kopf, flog davon.

»Runter!«

Eine Salve an Kugeln bedeckte die Wand. Dahl kroch auf dem Bauch vorwärts und gab seinen Männern lautlos Anweisungen mit ein paar Gesten.

Drake erläuterte: »Die Vogelscheuchen-Methode.«

Einer der Soldaten feuerte eine Salve ab, um den Gegner beschäftigt zu halten. Ein anderer nahm den Helm ab, befestigte ihn mit dem Gurt an seiner Waffe und schob ihn langsam in die Schusslinie. Sie hörten in der Ferne eine Bewegung. Ein dritter Soldat trat kurz aus der Deckung unter der Treppe und schoss dem Späher direkt zwischen die Augen. Der Mann fiel, ohne einen weiteren Schuss abzugeben.

»Nicht schlecht.« Drake war beeindruckt von der präzisen Ausführung.

Sie hasteten weiter mit den Waffen im Anschlag die Treppe hoch und verteilten sich um den bogenförmigen Eingang zum dritten Stock, bevor sie vorsichtig in den Saal dahinter spähten.

Drake las die Schilder. Das war die Halle der Echsenbeckensaurier. *Verdammt*, dachte er. *Ist hier drin nicht der T-Rex?*

Er lugte um die Ecke in den Raum. Mehrere professionell aussehende Kerle in Zivilklamotten schienen schwer beschäftigt zu sein. Alle waren mit Maschinenpistolen ausgerüstet, vermutlich Mac-10, mit denen man nur draufhalten und hoffen konnte, irgendwas zu treffen. Auch der T-Rex stach ihm ins Auge, der sich in all seiner furchterregenden Größe erhob. Selbst Millionen von Jahre, nachdem er ausgestorben war, wirkte er immer noch wie einem Albtraum entstiegen.

Und direkt unterhalb des riesigen Kiefers lief Alicia Myles am T-Rex vorbei. »Haltet euch an den Zeitplan, Jungs! Ein Fehler und ich werde persönlich jedem von euch die Eingeweide rausreißen! Schneller!«

»Eine *echte* Lady«, flüsterte Kennedy spöttisch direkt neben ihm. Drake bemerkte ihr dezentes Parfüm und ihren verhaltenen Atem. »Deine alte Freundin, Drake?«

»Ich hab ihr alles beigebracht, was sie weiß«, sagte er. »Zumindest am Anfang. Dann hat sie mich überholt. Und sie war noch nie eine Lady, das ist mal sicher.«

»Vier auf der linken Seite«, berichtete ein Soldat. »Fünf auf der rechten. Und die Frau. Das Odin-Ausstellungsstück muss an der Rückseite des Raumes sein, vielleicht in einer eigenen Nische, keine Ahnung.«

Dahl atmete tief durch. »Zeit, loszuschlagen.«

KAPITEL 18

NEW YORK
NATURHISTORISCHES MUSEUM

Die Schweden sprangen aus der Deckung, feuerten präzise Schüsse ab. Vier der Kultisten gingen zu Boden, dann ein weiterer. Drei von ihnen flogen gegen eine Vitrine, die daraufhin umkippte und mit einem explosionsartigen Knall zerbarst.

Die verbliebenen Kultisten wirbelten herum und feuerten. Zwei Schweden schrien auf. Einer fiel mit einem blutigen Einschuss. Der andere brach zusammen und presste die Hand auf den Oberschenkel.

Drake schlitterte auf dem gebohnerten Boden in den Raum und krabbelte dann schnell hinter eine Vitrine mit Riesengürteltieren. Nachdem er gecheckt hatte, ob Kennedy sicher war, hob er den Kopf, um durch das Glas zu sehen.

Er beobachtete, wie Alicia zwei der rennenden Schweden mit perfekt platzierten Schüssen tötete.

Hinter dem T-Rex erschienen vier weitere Mitglieder von *Forn Sidr*. Sie mussten in dem Alkoven gewesen sein, in dem die Wolfsskulpturen ausgestellt waren. Sie trugen merkwürdige Harnische aus Leder und robuste Rucksäcke auf dem Rücken.

Und außerdem zwei Mac-10. Sie feuerten breit streuend in den Raum.

Die Schweden hechteten in Deckung. Drake ließ sich zu Boden fallen und legte den Arm um Kennedys Kopf, damit sie so weit wie möglich unten blieb. Das Glas über ihnen zerbarst, Splitter flogen umher und regneten auf sie herab. Fossile Gürteltiere und Modelle zerplatzten und die Einzelteile bedeckten den Boden um sie herum.

»Schnell rein und wieder raus, was?«, murmelte Kennedy.

»Ja, klar.«

Drake schüttelte sich und verteilte Glassplitter überall. Er warf einen Blick in Richtung der Außenmauern des Museums, wo einer der Kultisten reglos lag.

»Bin schon dabei.«

Er benutzte die kaputte Vitrine als Deckung und schob sich zu dem Soldaten auf dem Boden. Als er an der Maschinenpistole zerrte, riss der Mann die Augen auf.

»Hey!« Drakes Herz hämmerte in der Brust. »Ich hab gedacht, dich hätte es erwischt.«

Der Mann stöhnte, die Augen vor Schmerz weit aufgerissen. Drake hatte seinen Schrecken schnell verdaut, entrang ihm die Waffe und schlug ihn bewusstlos. »Wie ein verfluchter Zombie, wieder von den Toten auferstanden!«

Er drehte sich auf einem Knie, aber die Kultisten nutzten den T-Rex als Deckung. Alles, was er von hinter der Vitrine sehen konnte, waren ihre Beine.

Kennedy hechtete in seine Richtung und kam direkt neben ihm rutschend zum Stillstand.

»Nicht schlecht«, sagte er und ließ den Kopf nach links und rechts schnellen, um zu sehen, was die Kultisten vorhatten.

Schließlich sah er eine Bewegung zwischen den Rippen des T-Rex und keuchte erschrocken. »Sie haben die Wölfe«, flüsterte er. »Und sie zertrümmern sie!«

Kennedy schüttelte den Kopf. »Nein. Sie *zerlegen sie nur in kleinere Stücke.*« Sie zeigte in die Richtung. »Schau. Siehst du die Rucksäcke? Niemand hat gesagt, dass die Teile Odins intakt sein müssen, oder?«

»Und es ist einfacher, sie so herauszutragen.« Drake nickte. »Und später setzen sie sie wieder zusammen.«

Er wollte gerade hinter dem nächsten Ausstellungsstück in Deckung gehen, als die Hölle losbrach. Von der anderen Seite des Saales kam ein Dutzend brüllender Kerle herangestürmt. Sie schossen wild in die Gegend.

»Ich glaube, die Deutschen sind da«, sagte Drake trocken, bevor er sich zu Boden warf.

Der T-Rex schwankte heftig, als ein Bleihagel ihn durchsiebte. Der Kopf sackte herab, die Zähne klapperten aufeinander, als hätte ihn die Gewalt so erzürnt, dass er wieder zum Leben erwachte. Ein Mitglied des Kults stürzte in einer Blutwolke nach hinten. Der Kiefer des Dinosauriers wurde über und über mit Blut bespritzt.

Die Deutschen stürmten immer noch in den Raum.

Durch ein Fenster in der Nähe hörte Drake von draußen das vertraute *Wupp-Wupp* eines Helikopters, der sich näherte.

Nicht schon wieder.

Aus dem Augenwinkel bemerkte er die schwarz gekleideten Mitglieder des SWAT-Teams, die auf ihn zuschlichen. Als Drake in ihre Richtung sah, piepste der Tweeter wie verrückt in seinem Ohr.

Dann gingen die Kultisten aufs Ganze. Chaos brach aus. Sie stürmten unter dem gigantischen Rippenkäfig des T-Rex hervor und feuerten wie wild um sich. Drake packte Kennedy an der Schulter. »Beweg' dich!«

Sie waren in der Schusslinie. Er schubste Kennedy weg, genau als Alicia Myles durch sein Sichtfeld rannte. Drake hob seine Waffe und sah dann den massiven Amerikaner, Milo, der von rechts angerannt kam.

Eine Sekunde lang senkten alle drei überrascht ihre Waffen.

Alicia wirkte perplex. »Ich *wusste* doch, dass du da mitmischst, Drake, altes Haus!«

Milo blieb wie angewurzelt stehen. Drake sah zwischen den beiden hin und her. »Hättest in Schweden bleiben sollen, Kumpel.«

Kugeln schossen um sie herum, aber schienen die Blase aus Anspannung, die sich um sie gelegt hatte, nicht zu durchdringen.

»Du bist auch noch dran«, flüsterte Milo bedrohlich. »Wie Parnevik. Wie dein kleiner Freund, Ben Blake und seine *Schwester.*«

Drake hatte keine Zeit, zu reagieren. Aus dem Augenwinkel sah er, wie Alicia sich zu Boden fallen ließ. Er drehte sich um und eine Panzerabwehrrakete schoss durch den Bauch des T-Rex. Als messerscharfe Knochenstücke in alle Richtungen flogen, warf er sich zu Boden. Die Rakete sauste durch den Saal und direkt durch eines der Seitenfenster. Nach einer unheilschwangeren Pause hörte man eine gigantische Explosion, die den Raum erzittern ließ, und dann das Geräusch von berstendem Metall und knirschenden Schweißnähten.

Der stählerne Tod donnerte gegen die Seite des naturhistorischen Museums.

Drake warf sich schützend auf Kennedy, als der Schwung des Helikopters ihn in die Wand des Museums krachen ließ und schwere Trümmer herausbrachen. Die Nase stieß durch die Wand und Ziegelbrocken wurden haufenweise in den Raum geschleudert. Das Cockpit traf fast senkrecht auf die kollabierende Mauer. Der Pilot riss in wilder Panik am Steuerknüppel, bevor er unter der Windschutzscheibe verschwand.

Dann trafen die Rotorblätter die Mauer … und wurden abgerissen.

Speere aus fliegendem Metall schufen eine Todeszone im Inneren des Raumes. Ein zwei Meter langes Stück kam mit einem zischenden Geräusch auf Drake und Kennedy zugeflogen. Der Mann aus Yorkshire drückte sich so eng an die Wand, wie es ging, und spürte einen Luftzug, als das messerscharfe Bruchstück des Rotors knapp Kennedys Kopf verfehlte und sich einen Meter tief in die Wand bohrte.

Er lag einen Augenblick geschockt am Boden, drehte dann den Kopf. Der Helikopter hatte jeden Schwung verloren. Einen Moment später rutschte er an der Mauer des Museums herab wie Wile E. Coyote an einem Berghang.

Drake zählte vier Sekunden, bevor man das laute Knirschen von Metall hörte. Er sah sich im Saal um. Die Kultisten waren nicht einmal langsamer geworden. Sie hatten die andere Seite des Raums erreicht, vier Männer mit schweren Rucksäcken und Alicia, sowie ein Soldat, der ihnen Deckung gab. Sie bereiteten etwas vor, das aussah wie Abseilgeräte.

Die meisten der Deutschen sahen auf den abgeschossenen Helikopter, als konnten sie nicht glauben, was soeben passiert war. Drake entdeckte den Mann im weißen Anzug nirgends und fragte sich, ob diese Mission ihm wohl zu riskant gewesen war. Er sah die Männer vom SWAT-Team, die sich ihnen in einer breiten Formation näherten. Die Schweden hatten den Oberbefehl abgegeben, als die Amerikaner angekommen waren.

Die Kultisten entkamen mit den Wölfen. Drake versuchte aufzustehen. Kennedy war ihm behilflich, indem sie ihm einen Ellbogen in die Seite rammte, bevor sie sich unter ihm herauswand, aufsetzte und eine kleine Blutspur von der Stirn wischte.

»Perversling«, murmelte sie mit gespielter Entrüstung.

Drake sah zu, wie drei der fünf verbliebenen Männer der schwedischen Spezialeinheit versuchten, den Kultisten den Weg abzuschneiden, als der erste gerade mit seinem Abseilgerät aus dem zertrümmerten Fenster sprang.

Aber Alicia wirbelte herum, auf ihrem Gesicht das spielerische Lächeln, bei dem Drake schon in Erwartung zusammenzuckte. Sie sprang vorwärts und rannte durch sie hindurch, ließ durchtrainierte Soldaten gekrümmt und vor Schmerz schreiend zurück und brauchte weniger als zwölf Sekunden, um das gesamte Team auszuschalten.

Drake brauchte weniger als eine Sekunde, um zu realisieren, dass sie niemanden getötet hatte.

Bis dahin waren drei der Kultmitglieder lautlos und gekonnt aus dem Gebäude gesprungen.

Der verbliebene Soldat feuerte zur Deckung von einer Seite zur anderen.

Das SWAT-Team aus New York griff die Deutschen an und trieb sie in den hinteren Teil des Raums, wobei alle, bis auf drei, sofort getötet wurden. Die übrigen, unter ihnen auch Milo, ließen ihre Waffen fallen und rannten.

Drake zuckte zusammen, als der T-Rex schließlich den Geist aufgab und in einem Haufen alter Knochen und Staub zusammenfiel.

Der vierte Kultist sprang und Alicia folgte ihm schnell. Der letzte der Soldaten stolperte, als er gerade springen wollte. Er fiel zurück in den Saal und schlug zwischen den brennenden Überresten auf, nur ein weiteres Opfer im Krieg eines Verrückten.

KAPITEL 19

NEW YORK

Drake begann beinahe sofort, die Lage auszuwerten und zu analysieren. Es war überdeutlich geworden, dass Milo unangenehm viel über Ben, seine Schwester und Professor Parnevik wusste.

Er fischte schnell sein Handy heraus und sah nach, ob es Schaden genommen hatte, bevor er die Schnellwahl drückte.

Es klingelte und klingelte, aber der Anruf blieb unbeantwortet. Ben würde es nicht so lange klingeln lassen, nicht Ben …

Sein Herzschlag beschleunigte sich, mehr als er das unter Beschuss getan hatte. Er hatte versucht, Ben zu beschützen, ihm versprochen, dass ihm nichts passieren würde. Sein Instinkt hatte ihn dazu gebracht, die Terroristen zu jagen, statt auf seinen Freund aufzupassen. Er führte einen Kampf gegen zwei verschiedene Männer, denjenigen, der er einmal gewesen war und zu dem er wieder werden musste, der andere eine Persönlichkeit, die er angenommen hatte, um die Vergangenheit und all ihre Schrecken auszulöschen, die sie immer noch für ihn bereithielt. Wenn Ben irgendwas passierte …

Eine Stimme flüsterte: »Ja?«

»Ben? Bist du okay? Wieso flüsterst du?«

»Matt, ich hab einen Anruf von meinem Dad gekriegt, bin ein Stück weggegangen, um zu reden und habe diese zwei Schlägertypen gesehen, die den Prof angriffen. Ich bin auf sie zugerannt und sie sind auf Motorrädern abgehauen, zusammen mit ein paar anderen.«

»Sie haben Parnevik mitgenommen?«

»Sorry, Kumpel. Ich hätte ihm geholfen, wenn ich gekonnt hätte.«

»*Nein!*« Drakes Herzschlag musste sich erst noch normalisieren. »Es ist nicht deine Schuld, Blakey. Überhaupt nicht. Haben diese Biker Rucksäcke getragen?«

»Einige, ja.«

»Okay. Bleib, wo du bist.«

Drake atmete tief durch und versuchte seinen plötzlich Jagdimpuls zu unterdrücken. Die Kultisten hatten es eilig. Sie hatten sicher schon vorher auf der Lauer gelegen, als Drake und die Teams angekommen waren. Ben hatte dank des Anrufs seines Dads zum Glück das Schlimmste verpasst, aber der Professor steckte tief in der Scheiße. »Deren Plan war, sich aus dem Museum auf wartende Motorräder abzuseilen«, sagte er zu Kennedy und sah sich dann in dem demolierten Saal um. »Wir müssen Dahl finden. Wir haben ein Problem.«

»Nur eines?«

Drake sah sich die Zerstörung in dem Museum an. »Das ist uns gerade alles um die Ohren geflogen, und das nicht zu knapp.«

Drake verließ das Museum zusammen mit einem bunt gemischten Grüppchen aus Regierungsmitarbeitern. Sie hatten gerade einen Kontrollpunkt vor dem Eingang zum Central Park West errichtet, den er absichtlich ignorierte, als er Ben auf einer Bank gegenüber sitzen sah. Der junge Mann weinte ungehemmt. Was war los? Kennedy sprintete über den Rasen auf ihn zu.

»Es ist Karin.« Ben liefen die Tränen herunter. »Ich hab ihr eine E-Mail geschickt, um zu fragen, wie sie mit den Walküren vorankommt, aber ich hab dieses MPEG zurückbekommen.«

Er drehte den Laptop herum, damit sie das Display sehen konnten. Darauf sah man ein kleines Videofile, das in einer Schleife abgespielt wurde. Der Clip dauerte etwa 30 Sekunden.

In schwarz-weißer Stop-Motion zeigte er unscharfe Bilder von Bens Schwester, die reglos im Griff zweier kräftiger, maskierter Männer hing. Dunkle Flecken, die nur ihr Blut sein konnten, waren auf ihrer Stirn und um ihren Mund zu sehen. Ein dritter Mann stand vor der Kamera und rief mit dickem deutschen Akzent: »Die hat sich ganz schön gewehrt!« Der Mann schüttelte spottend den Zeigefinger. »Hör' auf, denen zu helfen, Junge. Wir können sämtlichen Webtraffic tracken, also lass es. Wenn du es tust, dann kriegst du sie in einem Stück wieder …« Ein fieses Lachen. »Mehr oder weniger.«

Der Videoschnipsel begann von vorn.

»Sie hat den zweiten Dan in Karate«, schluchzte Ben. »Ich hätte nicht gedacht, dass irgendwer sie sch-schlagen könnte, mei-meine große Schwester.«

Drake legte einen Arm um Ben, als sein junger Freund zusammenbrach. Sein Gesichtsausdruck – Kennedy sah ihn, auch wenn er nicht für sie gedacht war – zeigte reinen, auf dem Schlachtfeld geborenen Hass.

KAPITEL 20

NEW YORK

Abel Frey, der weltbekannte deutsche Modedesigner, Multimillionär und Besitzer des berüchtigten 24-Stunden-Partyschlosses – *La Verein* – saß Backstage im Madison Square Garden und sah seine Helfershelfer herumwuseln wie die schmarotzenden Ratten, die sie ja auch waren.

Während der Sonnenwende oder wenn gerade nichts zu tun war, konnte seine Belegschaft bequem innerhalb der Mauern seines geräumigen Heims in den Alpen wohnen – von weltbekannten Modells über Popstars, die er einlud, bis zu den Lichttechnikern und der Security – die Partys dort dauerten Wochen. Aber wenn eine Tour lief und der Name Frey im Scheinwerferlicht stand, dann wuselten sie herum und mühten sich und versuchten jeden seiner Wünsche zu erfüllen. Wenn er am einen Tag eine Show in York in England machen wollte und am nächsten eine in New York – dann sorgten seine Leute dafür, dass sie stattfanden.

Die Bühne nahm langsam Form an. Der Catwalk war halb aufgebaut. Sein Lichtdesigner schloss sich gerade mit der Crew des Madison Square Garden kurz und versuchte mit ihnen ein Magic Sheet zu entwerfen – einen Plan für eine Kombination aus Lightshow und Musik – für die zwei Stunden andauernde Show. Frey hatte vor, den ersten Entwurf richtig zu hassen und die Bastarde ordentlich ins Schwitzen zu bringen und von vorn anfangen zu lassen.

Supermodels liefen hin und her, mehr oder weniger bekleidet. Der Backstagebereich bei einer Modenschau war das

Gegenteil einer Bühnenshow – weniger Material statt mehr war gefragt – und diese Models, zumindest diejenigen, die mit ihm in La Verein lebten, wussten, dass er das alles schon mal gesehen hatte.

Die Angst trieb sie an, dieses Schlachtvieh. Angst, Gier, Maßlosigkeit und all die anderen wundervollen Sünden, die direkt durch die Pforten der Hölle führten. Normale Männer und Frauen waren dadurch den Reichen und Mächtigen ausgeliefert – von den Catwalk-Queens von *Victoria's Secret* über die osteuropäischen Eisskulpturen bis zum echten Abschaum seiner glücklichen Belegschaft –, sämtliche gierigen Blutsauger.

Aber diese öffentliche Persönlichkeit war nicht mehr als ein geschickter Schwindel. Eine Millionen Dollar schwere Täuschung, um seine einzige wahre Obsession zu verbergen. Ein Gesicht für die Öffentlichkeit, um zu verbergen, was er mit Blut und Leichen so sorgsam und so lange kultiviert und aufgebaut hatte.

Frey sah Milo hereinkommen. Der Amerikaner wirkte nicht erfreut. »Hier hinten!« Er nickte in Richtung von Freys improvisiertem Büro.

Freys Gesichtszüge verhärteten sich, als sie ungestört waren. »Was ist passiert?«

»Frag' lieber, was *nicht* passiert ist. Wir haben den Hubschrauber verloren, ich hab gerade so mit zwei anderen zusammen meinen Arsch retten können. Die hatten SWAT, den SSG, Drake und irgendeine Frau. Es war die Hölle da drin, Mann.« Milos Auslassungen beleidigten buchstäblich Freys kultivierte Ohren. Der Trottel hatte ihn gerade mit *Mann* angesprochen.

»Das Artefakt?«

»An Myles verloren.« Milo grinste.

»*Die* Forn Sidr *haben es*?« Frey umklammerte vor Wut die Armlehnen seines Stuhls, die sich verbogen.

Milo tat so, als bemerke er es nicht, und schien sich in seiner Haut nicht ganz wohlzufühlen. Frey plusterte sich auf vor lauter Ego. »Erbärmlich!« Er schrie so laut, dass Milo zusammenzuckte. »*Ihr nutzlosen Vollidioten habt gegen ein paar Bullen den Kürzeren gezogen!*«

Speichel flog von Freys Lippen und bespritzte den Tisch, der die beiden trennte. »*Weißt du, wie lange ich auf diesen Moment gewartet habe? Auf diesen* Zeitpunkt? *Weißt du das?*«

Er konnte sich nicht mehr beherrschen und schlug dem Mann der amerikanischen Special Forces ins Gesicht. Milos Kopf ruckte zur Seite und seine Wange färbte sich rot, aber das war die einzige Reaktion, die er zeigte.

Frey zwang sich selbst zur Ruhe, legte sie um sich wie einen Kokon. »Mein Leben«, sagte er mit der Art Selbstbeherrschung, wie sie seiner Meinung nach nur Aristokraten gegeben war, »ist der Idee gewidmet – nein, *verschrieben* –, dieses Grab zu finden ... das Grab der Götter. Aber wir brauchen die neun Teile! Das Modehaus bedeutet im Vergleich gar nichts. Ich werde dieses Grab – Stück für Stück – in mein Schloss transportieren lassen. Ich werde die echten Knochen der Götter besitzen. Ich werde ein Herrscher sein«, sagte er und wedelte mit der Hand in Richtung Tür, »und ich meine nicht, Herrscher über diese Idioten. Ich kann einen anständigen Mann zwingen, bis zum Tod in meiner Arena zu kämpfen, aber das macht mich nicht zum Herrscher. Verstehst du?«

Freys Stimme triefte vor intellektueller Überlegenheit. Milo nickte nur, aber seine Augen waren ausdruckslos. Frey wertete es unzutreffend als Dummheit. Er seufzte.

»Nun, was hast du sonst noch für mich?«

»Das.« Milo stand auf und tippte ein paar Sekunden auf der Tastatur von Freys Laptop herum. Ein Live-Feed war zu sehen, der genau einen Ausschnitt in der Nähe des naturhistorischen Museums zeigte.

»Wir haben ein paar Männer, die sich als Fernsehcrew ausgeben, auch wenn sie die Fassade nicht lange werden aufrechterhalten können. Sie haben ein Auge auf Drake und seine Leute. Auch auf das SWAT-Team und wer immer von der SSG übrig ist, und schau, ich glaube das …«, er tippte leicht auf das Display und hinterließ unerwünschte Schweißspuren und Gott weiß was sonst noch, »… ist ein SAS-Team.«

»Glaubst du …?«, erwiderte Frey. »Du willst mir also sagen, dass wir es jetzt mit einem internationalen Wettrennen zu tun haben? Und wir haben nicht mehr die allerbesten Ressourcen.« Er seufzte. »Hat allerdings bisher auch keinen großen Unterschied gemacht.«

Milo lächelte seinen Boss wissend an. »Du weißt, dass es das hat.«

»Ja. Deine Freundin, Alicia Myles. Es ist unsere beste Chance, sie im Camp dieser Kultisten zu haben. Und ihre Zeit wird kommen. Hoffentlich denkt sie daran, für wen sie arbeitet.«

»Ich glaube, sie denkt eher an das *Geld*«, entgegnete Milo nicht ganz grundlos.

Freys Augen leuchteten. »Das werde ich nicht vergessen.«

»Wir müssen uns auch noch um Ben Blakes Schwester kümmern, an deren Fersen wir uns geheftet haben, als sie im Netz rumgeschnüffelt hat.«

»Gut. Bringt sie zum Schloss. Wir kehren bald wieder dorthin zurück.« Er machte eine Pause. »Und check die mal alle durch. Ich will mehr über deren Hintergrund wissen, angefangen mit der Frau. Kommt mir irgendwie bekannt vor. Wer ist sie?«

Milo sah sich das Gesicht an und zuckte die Achseln. »Keine Ahnung.«

»Dann *finde es raus!*«

Milo rief die *Fernsehcrew* an. »Benutzt die Gesichtserkennungssoftware bei Drakes *Freundin*«, knurrte er.

Vier stille Minuten später bekam er die Antwort. »Kennedy Moore«, sagte er zu Frey. »Ein Cop aus New York.«

»Ja. *Ja.* Ich vergesse nie irgendwelche Gräueltaten, und sie war die zentrale Figur bei dem Schlamassel mit dem Serienkiller in New York. Rutsch mal, Milo. Lass mich arbeiten.«

Frey googelte den Namen und folgte ein paar Links. In weniger als zehn Minuten wusste er alles und sein Grinsen wurde breiter und noch boshafter. Eine grandiose Idee hatte gerade in seinem Geist die Pubertät hinter sich gelassen.

»Kennedy Moore«, er konnte es sich nicht verkneifen, den Soldaten zu belehren, »war eine von New Yorks Besten. Sie ist im Moment beurlaubt. Sie hat einen korrupten Cop verhaftet und dafür gesorgt, dass er im Knast landete. Seine Verurteilung hat dazu geführt, dass ein paar der Leute freigelassen wurden, bei deren Verurteilung *er* geholfen hatte, wohl wegen einer gebrochenen Beweiskette.« Frey machte eine Pause. »Ein großartiger Anwalt hat einem Mann namens Thomas Kaleb zur Freiheit verholfen – *der schlimmste Serienkiller in der Geschichte der nördlichen USA*, steht hier. So, so. Das ist ja heftig.«

Milo verzog das Gesicht. »Der Kerl tötet wahllos«, sagte er.

Frey lächelte ihn an. »Du hast doch selbst mehr als genug Unschuldige erledigt, oder etwa nicht?«

»Nur bei der Ausübung meines Jobs. Ich bin Soldat.«

»Du *warst* Soldat. Und die Grenzen sind fließend, oder? Egal. Zurück zu unserer Aufgabe. Dieser Kaleb hat seit seiner Freilassung zwei *weitere unschuldige Opfer* umgebracht. Eindeutig das Resultat gewisser ethischer Prinzipien und moralischer Werte, würde ich sagen, oder Milo? Wie auch immer, Kaleb ist mittlerweile untergetaucht.«

Milo wandte sich dem Bildschirm zu, sah Kennedy Moore an. »Noch zwei? Sie wird sich selbst die Schuld geben.«

Frey lachte nun. »Du bist nicht so abgestumpft, dass du das nicht verstehst, was? Stell' dir ihre Trauer vor. Stell' dir ihre Qual vor! Stell' dir vor … wir würden Kaleb zuerst finden.«

Milo war fasziniert und trotz seines eigenen Versagens grinste er wie ein irrer Clown.

»Ich hab einen Plan.« Frey kicherte vergnügt. »Oh, und was für einen Plan.«

KAPITEL 21

NEW YORK

Im mobilen Hauptquartier herrschte das Chaos. Drake, Kennedy und Ben folgten Torsten Dahl und dem aufgebrachten SWAT-Kommandanten die Stufen hinauf und durch die Unordnung. Sie bahnten sich ihren Weg durch zwei Abteile, bevor sie in der relativen Ruhe einer kleinen Nische am Ende des Blechcontainers stehen blieben.

»Wir haben einen Anruf gekriegt.« Der SWAT-Kommandant warf seine Waffe wütend auf den Boden. »Wir haben einen Anruf gekriegt und fünfzehn Minuten später sind drei meiner Männer tot! Was zur …?«

»Drei?«, entgegnete Dahl. »Wir haben sechs verloren. Der Respekt erfordert, dass wir einen Moment …«

»Scheiß auf den Respekt.« Der Mann vom SWAT-Team war stocksauer. »*Sie* sind doch hier in *meinem* Revier, Sie englisches Arschloch. Sie sind genauso schlimm wie die Terroristen!«

Drake hielt die Hand hoch. »Eigentlich *bin ich* das englische Arschloch. Der Typ hier ist Schwede.«

Der Amerikaner sah verwirrt aus. Drake drückte Bens Schulter fester. Er spürte, dass der junge Mann zitterte. »Wir haben geholfen«, sagte er zu dem SWAT-Kerl. »*Sie* haben geholfen. Es hätte viel schlimmer sein können.«

Und dann schlug ironischerweise der Hammer des Schicksals zu. Das Hauptquartier wurde in einen Kugelhagel gehüllt. Jeder warf sich zu Boden. Metallische Pings hallten von den Wänden. Bevor der Beschuss aufgehört hatte, stand der SWAT-Kommandant auf. »Es ist kugelsicher«, sagte er etwas verschämt.

»Wir müssen hier raus.« Drake blickte sich nach Kennedy um, sah sie aber nicht.

»*Direkt* in die Schusslinie?«, fragte der SWAT-Kommandant. »Wer zur Hölle *sind* Sie?«

»Es ist nicht so, dass ich Ihre Gesellschaft nicht genießen würde oder mich die Kugeln stören«, sagte Drake. »Es ist mehr die raketengetriebene Granate, die demnächst folgen könnte.«

Drake trat ins Freie und sah einige der Streifenwagen, die mit quietschenden Reifen in die Richtung rasten, aus der die Schüsse gekommen waren. Bewaffnete flankierten die Gruppe aus Männern und Frauen.

Er sah sich erneut nach Kennedy um, aber sie schien verschwunden zu sein.

Dann war plötzlich ein neues Gesicht in ihrer Gruppe zu sehen. Ein Dienststellenleiter, wie anhand der drei Sterne auf seiner Uniform deutlich wurde, und als wäre das nicht genug, folgte hinter ihm noch ein Mann, der die seltenen fünf Sterne des Police Commissioners trug. Drake wusste, das war der Mann, mit dem er sprechen sollte. Terrorabwehr fiel in den Aufgabenbereich eines Police Commissioners.

Das Walkie-Talkie des SWAT-Kommandanten krächzte. »Alles gesichert. Wir haben hier eine Waffe auf einem Dach, die von einer Fernsteuerung kontrolliert wurde. Sie diente nur der Ablenkung.«

»Natürlich tat sie das.« Drake dachte einen Moment an die Kultisten und die Deutschen, die ihren Vorsprung mit den Gefangenen stetig vergrößerten.

Torsten Dahl wandte sich an den Neuankömmling. »Sie sollten wirklich mit meinem *Statsministern* sprechen.«

»Ist schon erledigt«, sagte der Commissioner. »Sie steigen in den nächsten Flieger.«

»Nein, warten Sie«, schaltete Drake sich ein und hielt Ben zurück, der vorwärts stürmen wollte. »Sie verstehen nicht …«

»Nein, nein.« Der Commissioner biss die Zähne zusammen. »Tue ich nicht. Und ich meine, Sie steigen in den nächsten Flieger *nach Washington, D.C.* Der Capitol Hill würde wohl gern Ihre Meinung zu der Sache hören.«

Der Flug dauerte neunzig Minuten. Drake hatte sich Sorgen über Kennedys mysteriöses Verschwinden gemacht, bis zu dem Moment, als sie, kurz bevor der Jet startete, wieder auftauchte.

Sie kam atemlos den Gang entlanggerannt.

»Ich dachte, wir hätten dich verloren«, sagte Drake, dem ein Stein vom Herzen fiel, was er sich bei ihrem Wiedersehen aber nicht anmerken lassen wollte.

Kennedy antwortete nicht. Stattdessen ließ sie sich auf den Fensterplatz fallen, nicht nahe genug, um sich zu unterhalten. Drake stand auf, um der Sache auf den Grund zu gehen, aber blieb stehen, als sie sich mit kreidebleichem Gesicht von ihm wegdrehte.

Wo hatte sie gesteckt und was war dort passiert?

Telefonate oder E-Mails schreiben war während des Fluges nicht erlaubt. Es gab auch kein Fernsehen. Sie flogen in völliger Stille. Ein paar Wachmänner beobachteten sie, aber redeten nicht mit ihnen.

Drake hätte alles einfach an sich vorbeiziehen lassen können. Seine Ausbildung hatte ihn darauf vorbereitet, Stunden, Tage und Monate auf etwas zu warten. Sich vorzubereiten.

zu beobachten. Für ihn konnte eine Stunde in einer Millisekunde vergehen. Während des Fluges bot man ihnen Plastikfläschchen mit Drinks an und Drake zögerte mehr als nur einen Moment lang.

Der Whisky leuchtete, der bernsteinfarbene Zaubertrank des Verderbens, die Waffe der Wahl, als es ihm das letzte Mal richtig dreckig ging – als Alyson gestorben war. Er erinnerte sich nur zu gut an den Schmerz, an die Verzweiflung, und er sah immer noch die Flasche an.

»Hier nicht, danke.« Ben war aufmerksam genug, die Stewardess wegzuschicken. »In den USA stehen wir eher auf Mountain Dew. Können Sie uns davon was bringen?«

Ben versuchte Drake aus seiner Starre zu holen, indem er sich benahm wie der typische Nerd. Er lehnte sich in den Gang, sah der Stewardess hinterher, die mit wiegenden Hüften zu ihrer Getränkestation zurückging.

Er wurde rot, als die Stewardess sich umdrehte und sah, dass er sie anstarrte. Nach einer Sekunde sagte sie: »Wir sind hier nicht bei *Hooters*, Junge.«

Ben versank in seinem Sitz. »Oh, Mist.«

Drake schüttelte den Kopf. »Na dann, prost, Kumpel. Deine ständige Demütigung erinnert mich auf spaßige Weise daran, dass ich nicht einmal in meinen jungen Jahren deinen Level an Unreife erreicht habe.«

»Bullshit.«

»Ehrlich – danke.«

»Keine Sorge.«

»Und, Karin … sie wird okay sein, das verspreche ich.«

»Wie kannst du das versprechen, Matt?«

Drake stockte. Sein angeborenes Bedürfnis, anderen zu helfen, hatte das Wort ergriffen, nicht sein gesunder Menschenverstand.

Die neue Fassade, die er aufrechtzuerhalten versuchte, könnte Karin nie retten … der alte Soldat hingegen – der würde es vielleicht fertigbringen.

Ein weiterer Grund, sich nicht mehr zu sträuben und es einfach geschehen zu lassen.

»Sie werden ihr noch nichts tun«, sagte er. »Und wir haben bald mehr Hilfe, als du dir vorstellen kannst.«

»Woher *weißt* du, dass sie ihr nicht wehtun werden?«

Drake seufzte. »Eine wohlbegründete Einschätzung, ich spreche aus Erfahrung. Wenn sie sie töten wollten, hätten sie es gleich getan, richtig? Ohne großes Aufheben. Aber das haben sie nicht. Also …«

»Ja?«

»Die Deutschen wollen sie aus einem bestimmten Grund. Die werden sie am Leben lassen.« Drake glaubte, sie hatten sie vielleicht mitgenommen, um sie ungestört verhören zu können.

Ben rang sich ein Lächeln ab.

Drake spürte, wie das Flugzeug in den Sinkflug überging und ließ die Fakten noch einmal im Kopf Revue passieren. Jetzt, wo sein kleines Team am Auseinanderbrechen war, musste er mehr als je zuvor seinen Mann stehen und die anderen beschützen.

Kaum zwei Minuten nach Verlassen des Flugzeugs wurden Drake, Ben, Kennedy und Dahl durch eine Reihe an Türen geleitet und in einem lautlosen Aufzug nach oben gefahren. Man führte sie einen Korridor mit dickem Teppichboden und dunkelblauer Wandverkleidung entlang und schließlich durch eine schwere Tür, die, wie Drake bemerkte, diskret hinter ihnen abgeschlossen wurde. Sie fanden sich in einer Lounge der ersten Klasse wieder. Sie war leer, abgesehen von ihnen selbst und acht anderen Leuten: Fünf bewaffnete Wachen und drei Anzugträger – zwei Frauen und ein älterer Mann.

Der Mann kam auf sie zu. »Jonathan Gates«, sagte er leise. »Verteidigungsminister.«

Drake war aufrichtig geschockt. Der Minister war möglicherweise der fünfte oder sechste in der Reihe der möglichen Präsidenten. Er atmete tief durch und trat vor, bemerkte, dass die Wachen in Angriffshaltung gingen, und hielt die Hände nach oben.

»Wir sind hier alle Freunde«, sagte er. »Zumindest ... glaube ich das.«

»Ich glaube, Sie haben recht.« Der Verteidigungsminister trat vor und streckte ihm die Hand entgegen. »Um ein wenig Zeit zu sparen, bin ich bereits über die Ereignisse in Kenntnis gesetzt worden. Die Vereinigten Staaten sind willens und in der Lage, Ihnen zu helfen. Ich bin hier, um ... diese Hilfe zu *ermöglichen*, da diese Krise weit internationaler ist, als die meisten, mit denen wir uns in letzter Zeit herumschlagen mussten.«

Eine der Frauen bot allen Anwesenden Softdrinks an. Die Getränke brachen das Eis ein wenig. Drake und Ben blieben in der Nähe von Gates stehen und nippten an ihren Diet-Mountain-Dews. Kennedy trat ans Fenster und sah hinaus auf die Flugzeuge, die an die Terminals rollten, und hing anscheinend ihren eigenen Gedanken nach. Torsten Dahl versank mit einem Evian in einem bequemen Sessel, die Körpersprache betont defensiv.

»Meine Schwester ...« Ben redete als Erster. »Können Sie ihr helfen?«

»Die CIA hat Interpol verständigt, aber wir haben noch keine Spur von den Deutschen.« Der Minister schwieg einen Moment, und als er bemerkte, dass Ben sehr beunruhigt war und es ihm nicht leichtfiel, ein Mitglied der Regierung anzusprechen, fügte er hinzu: »Wir versuchen *alles*, mein Junge. Wir *werden* diese Leute finden.«

»Meine Eltern wissen es noch nicht.« Ben sah unwillkürlich nach unten auf sein Handy. »Aber es wird nicht mehr lange dauern …«

Jetzt trat die zweite Frau nach vorn – aufgeweckt, selbstsicher und viel jünger, sah sie aus, als würde sie eine gute künftige Ex-Frau eines Ministers abgeben. Ein wahres Raubtier, sagte sich Drake, oder die *politische* Version von Alicia Myles.

»Mein Land ist einfach nur realistisch, Mr. Dahl, Mr. Drake. Wir wissen, wir sind nicht auf dem neuesten Stand, und uns ist klar, was auf dem Spiel steht. Ihr SAS-Team hat die Operationserlaubnis erhalten. Ebenfalls der schwedische SSG. Wir haben ein Delta-Team, das zur Unterstützung bereitsteht. Zugegeben, normalerweise alles nicht unbedingt die dicksten Freunde, aber durch die Notwendigkeit vereint, glaube ich. Und das hat es schon früher gegeben. Die International Security Assistance Force ist im Moment in Afghanistan im Einsatz und besteht aus Kräften der USA, Großbritanniens, vieler NATO-Länder und anderen. Und trotz der Unterschiede läuft das sehr gut. Im Moment müssen wir nur ein paar Zahlen zu dieser Gleichung hinzufügen …« Sie wackelte mit den Fingern. »Koordinaten.«

»Und Professor Parnevik?«, fragte Dahl, der zum ersten Mal das Wort ergriff, seitdem das Meeting begonnen hatte. »Welche Neuigkeiten gibt es von den *Forn Sidr*?«

»Haftbefehle werden bereits für alle bekannten Mitglieder des Kultes ausgestellt«, sagte der Minister ein wenig steif. »Das ist eine knifflige diplomatische Situa…«

»Nein!«, rief Drake. Jeder im Raum sah ihn an. Er atmete aus, um sich zu beruhigen. »Nein, Sir. Das ist der falsche Ansatz. Die Sache ist vor was … drei Tagen angelaufen? Das Timing ist hierbei entscheidend, besonders jetzt. In den nächsten paar Tagen«, sagte er, »werden wir gewinnen oder verlieren.«

Minister Gates warf ihm einen amüsierten Blick zu. »Ich habe geahnt, dass in Ihnen immer noch der *Soldat* steckt, Drake. Aber nicht unbedingt anhand dieser Reaktion.«

»Ich wechsle nach Bedarf zwischen Soldat und Zivilist.« Drake zuckte mit den Achseln und versuchte den inneren Konflikt auszublenden. »Das sind die Vorteile, wenn man mal in der Armee *war*.«

»Hm, ja. Okay, wenn es Sie beruhigt, die Haftbefehle werden nicht viel helfen. Colby Taylor ist aus seiner Villa in Kanada verschwunden, zusammen mit dem Großteil der Belegschaft. Mein Tipp ist, dass er das schon lange Zeit geplant hat und jetzt diesen Plan ausführt. Im Grunde … ist er untergetaucht.«

Drake schloss die Augen. »Und irgendwelche *guten* Nachrichten?«

Die jüngere Frau antwortete: »Wir bieten Ihnen die gesamten Ressourcen der Kongressbibliothek, um bei Ihren Recherchen zu helfen.« Ihre Augen strahlten. »Die größte Bibliothek der Welt. 32 *Millionen* Bücher. Seltene Ausgaben. Und die World Digital Library.«

Ben sah sie an, als hätte sie eben zugestimmt, bei einem Prinzessin-Leia-Cosplay-Wettbewerb mitzumachen.

»Sämtliche Ressourcen? Also könnten Sie – theoretisch – herausfinden, welcher Deutsche manisch besessen von nordischer Mythologie ist? Sie könnten alte Texte über Odin und dieses Grab der Götter finden. Sachen, die man nicht im Internet findet?«

»Technisch gesehen, ja, und das mit einem Knopfdruck«, sagte die Frau. »Und wenn das nicht funktioniert, haben wir immer noch ein paar *sehr* alte Bibliothekare.«

Bens Augen leuchteten hoffnungsvoll, als er Matt ansah. »Bringen Sie uns dahin.«

Die Kongressbibliothek wurde in den frühen Sonntagmorgenstunden für sie aufgeschlossen. Mit voller Beleuchtung und allen Mitarbeitern zu ihrer Verfügung war die größte Bibliothek der Welt auf jeden Fall beeindruckend. Zuerst hatte Drake die Architektur und die Atmosphäre des Ortes an ein Museum erinnert, aber als er sich die endlosen Reihen an Bücherregalen und die geschwungenen Lesebalkone ansah, gewöhnte er sich bald an das respekteinflößende Ambiente und kam sich weniger wie ein Fremdkörper vor.

Während Drake etwas durch die Gänge schlenderte, verschwendete Ben keine Zeit und war sofort im Recherchemodus. Er setzte sich auf einen der Balkone, fuhr einen Laptop hoch und schickte den Commander der schwedischen Spezialeinheit auf die Suche nach Kaffee und Keksen.

»Das ist ein ehrfurchteinflößender Ort«, sagte Drake, als er einmal im Kreis gegangen war. »Da bekommt man Respekt vor der Geschichte.«

Ben massierte sich die Nasenwurzel. »Ich weiß gar nicht, wo ich anfangen soll«, gestand er. »Ich muss meine Gedanken sortieren, Kumpel.«

Torsten Dahl klopfte mit den Fingern auf das Geländer, das um den Balkon verlief. »Wenn das auf Englisch heißt, dass man *nicht weiß, wo einem der Kopf steht*, dann fangen Sie am besten mit etwas an, das Sie kennen«, sagte er mit seinem angelernten Oxford-Akzent. »Fangen Sie mit der Legende an.«

Drake warf dem Schweden einen amüsierten Blick zu, während er Kaffeetassen und Muffins verteilte. Die sorgfältige Prozedur wirkte ein wenig merkwürdig für einen Mann, den er mittlerweile als sehr fähigen Soldaten kennengelernt hatte.

»Richtig.« Ben sah auf das Display. »Nun, wir kennen das Gedicht. Es besagt mehr oder weniger, wer immer das Grab der Götter entweiht, wird das Höllenfeuer auf die Erde bringen. Und das ist buchstäbliches *Feuer*. Unser Planet wird brennen. Wir wissen auch, dass diese Legende Parallelen in der Geschichte hat, zu Legenden, die man über viele andere Götter überliefert hat.«

»Was wir nicht wissen«, sagte Dahl mit einem schmalen Lächeln, »ist wieso? Oder wie?«

»Feuer«, meinte Drake knapp. »Der Junge hat es eben gesagt.«

Ben schloss die Augen. Dahl wandte sich mit einem angespannten Lächeln Drake zu. »Das nennt man Brainstorming«, sagte er. »Sich nur durch die Fakten zu graben, kann oft auch die Wahrheit verbergen. Ich meine – wie die Katastrophe ausgelöst wird. Also helfen Sie mit oder gehen Sie.«

Drake nippte am Kaffee und blieb ruhig. Diese beiden Männer hatten Menschen verloren und er sollte ihnen ein wenig Raum zum Atmen lassen. Er schlenderte zur Brüstung und sah darüber, ließ den Blick durch den runden Saal schweifen, registrierte, wo die Belegschaft und die amerikanischen Agenten standen. Kennedy saß zwei Stockwerke unter ihnen und tippte wie besessen auf einem Laptop herum, isoliert durch ihre eigene … *was*?, fragte sich Drake. *Schuld*? *Angst*? *Depression*? Damit kannte er sich bestens aus und würde sicher keine Predigten deswegen halten.

Das Gefühl versetzte ihn zurück in die Zeit, als er sich das erste Mal bei der Armee verpflichtet hatte. Seine Eltern waren gestorben, als er noch jung war, und sein Onkel, der sich um ihn kümmerte, starb an Drakes achtzehntem Geburtstag. Schicksal, Zufall und die Qual der Wahl standen ihm damals wie kampfbereite Krieger gegenüber, und am nächsten Tag hatte er sich verpflichtet, wild entschlossen, etwas in der Welt zu bewirken, egal wie. Diese Entscheidung hatte ihn zum Mann gemacht, die Armee ihm den letzten Feinschliff verpasst.

»Die Legende«, sagte Ben, »deutet darauf hin, dass *allein* die Entweihung von Odins Grab die Feuerflüsse auslösen wird. Letzten Endes bedeutet es, *Hände weg*. Aber es wird nicht gesagt, *wann* das passiert oder wo das Grab liegt.«

Drake runzelte die Stirn. Feuerflüsse? Er hatte die Formulierung erst neulich irgendwo gehört. »Wieso hast du das so formuliert?«, fragte er. »Feuerflüsse?«

»Keine Ahnung. Vielleicht, weil ich es leid bin, zu sagen, *das Höllenfeuer bricht hervor* und *das Ende ist nah*. Das hört sich an wie aus einem Hollywood-Trailer.«

»Also haben Sie stattdessen *Feuerflüsse* gesagt?« Dahl zog eine Braue hoch. »Wie Lava?«

Drake schnippte mit den Fingern. »Der Vulkan in Island, richtig?« Er sah den Schweden wie zur Bestätigung an.

»Sehen Sie, nur weil ich aus Skandinavien bin, heißt das nicht, dass ich alles weiß über …«

»Ja.«

Die Assistentin des Verteidigungsministers schien wie aus dem Nichts aufzutauchen, sie hatte eben noch neben einem Bücherregal in der Nähe gestanden. »Auf der südöstlichen Seite von Island. Die gesamte Welt kennt ihn. Laut neuesten Forschungen im Auftrag der Regierung steht er wohl kurz vor einem kleineren Ausbruch.«

Ben hielt die Hände in die Luft. »Hören Sie, wir sollten uns nicht ablenken lassen. Der Vulkan kann warten. Wir brauchen sämtliche Informationen über Odin, die wir finden können.« Er markierte mehrere Dinge auf dem Bildschirm. »Das, das und *wow*, auf jeden Fall das. Die Völuspá – in der Odin von seinen Besuchen bei der Seherin berichtet.« Ben kniff die Augen zusammen. »Die Legende erwähnt sie ständig. Das kann kein Zufall sein.«

»Besuche?«

Drake verzog das Gesicht.

Ben zuckte die Achseln. »Die Seherin erscheint in den Darstellungen, den Ritzzeichnungen, in der akademischen Geschichtsschreibung, in den nordischen Sagen. Sie war in der Höhle des Weltenbaums zu sehen und sie war die *Einzige*, die Odins sämtliche Geheimnisse erfahren hat und buchstäblich die ganze Zeit bei ihm war, als er am Weltenbaum hing. Sie ist sehr wichtig für die gesamte Geschichte, Matt.«

Gates' Assistentin lehnte sich über Ben, klickte ein paar Mal mit der Maus auf den Bildschirm, gab ein Passwort ein und tippte eine Zeile. Ihr Hosenanzug war das Gegenteil von dem Kennedys. Geschmackvoll designt, um ihre Figur zu betonen und nicht zu verbergen. Ben machte große Augen und seine Sorgen waren einen Moment vergessen.

Drake formte lautlos mit den Lippen die Worte: *Starr nicht so.*

Ben zeigte ihm den Mittelfinger, gerade als die Assistentin sich aufrichtete. Zum Glück sah sie ihn nicht.

»Man wird Ihnen das alles in fünf Minuten bringen«, sagte sie.

»Danke, Miss.« Drake zögerte. »Sorry, ich weiß Ihren Namen nicht.«

»Nennen Sie mich Hayden«, sagte sie. »Hayden Jaye. FBI-Verbindungsoffizierin für Mr. Gates.«

Die Bücher wurden ein paar Minuten später auf Bens Schreibtisch gestellt und er nahm sofort eines in die Hand, das den Titel *Völuspá* trug und sich auf Odins Seherin bezog. Er blätterte wie besessen durch die Seiten; wie ein Raubtier, das Blut gewittert hat. Dahl nahm ein anderes der Bücher und Drake ein drittes. Hayden setzte sich direkt neben Ben und sah sich den Text mit ihm gemeinsam an.

Ben rief: »Ich hab's! Das fehlende Verbindungsglied ist Heiði! Die verfluchte Heiði! Das Buch folgt – ich zitiere: Den Reisen von Odins geliebter Seherin, *Heiði*.«

»Meinen Sie das Kinderbuch?« Dahl erinnerte sich offenbar an seine Schulzeit.

Drakes Blick war ausdruckslos. »Ich muss sagen, ich bin mehr so der Heidi-Klum-Fan.«

»Ja, das Kinderbuch! Ich nehme an, die Legende von Heiði und ihren Reisen hat sich mit den Jahren von der nordischen Sage in die skandinavischen Mythen integriert und dann hat eine Schriftstellerin aus der Schweiz beschlossen, diese Märchengeschichte als Basis für ein Kinderbuch zu verwenden. Heiði war eine Seherin und die erste, die in der *Lieder-Edda* erwähnt wird, einer der besten Quellen, um die nordische Mythologie zu studieren. Es ist eine Prophezeiung, in der alles erwähnt wird, von den Göttern von Asgard bis zur Fesselung von Loki und sogar Ragnarök. Ihre Reisen sind in der Prophezeiung ebenfalls dokumentiert, einige davon landeten auch in dem Buch.«

»Nun, was steht drin?« Drake spürte, wie sich sein Herzschlag beschleunigte.

Ben las einen Moment. »Oh, da steht eine Menge.« Er las weiter. »Da steht so gut wie alles.«

KAPITEL 22

WASHINGTON, D.C.

Kennedy Moore starrte auf ihren Bildschirm und nahm nicht wahr, was sie vor sich sah. Sie dachte darüber nach, wie erbarmungslos das Leben einen unter seinem herzlosen Absatz zerquetschen konnte. Oft war ein Tag so glückerfüllt, dass man Schönheit in fast allem sah, und am nächsten wurde man von der Eiseskälte der Welt erdrückt.

Während der Fahrt durch New York war sie gut gelaunt gewesen. Zufrieden mit sich selbst und ein wenig angetan von Matt Drake.

Wie pervers, hatte sie sich gescholten. Aber sagte nicht einmal jemand, dass Fortschritt erst unter großem Druck entsteht? Irgendwas in der Art.

Dann war der Professor gekidnappt und Ben Blakes Schwester entführt worden. Und Kennedy war entschlossen auf das mobile Hauptquartier zugegangen, im Kopf klar und voll bei der Sache, alle ihre Gedanken darauf konzentriert, dieses Durcheinander zu bewältigen.

Aber als sie die Treppe hochgehen wollte, war Lipkind aus der Menge aufgetaucht und hatte sie aufgehalten.

»Captain?«

»Moore. Wir müssen reden. Jetzt.«

»Kommen Sie rein.« Kennedy deutete auf die mobile Einsatzzentrale. »Wir können jede Hilfe brauchen.«

»Es geht nicht um das Museum, Moore. Mein Wagen steht in der Richtung.«

Er ging durch die Menge voran.

Sein kerzengerader Rücken wirkte wie eine stumme Anschuldigung. Kennedy musste sich sputen, um ihn einzuholen.

»Was ist passiert, Captain?«

»Steigen Sie ein.«

Der Wagen war leer, abgesehen von ihnen beiden. Der Straßenlärm war gedämpft, die Welt draußen mit ihren erschütternden Ereignissen für einen Moment sich selbst überlassen.

Kennedy drehte sich in ihrem Sitz halb herum, um sich Lipkind zuzuwenden. »Sagen Sie es mir nicht … bitte sagen Sie nicht, dass …«

Ihre brechende Stimme ließ Lipkinds strengen Gesichtsausdruck verschwinden und die Wahrheit stand ihm ins Gesicht geschrieben, noch bevor er die Worte gesprochen hatte.

Aber er sprach es aus und jedes Wort war ein weiterer Gifttropfen auf ihrer bereits schwarzen Seele.

»Kaleb hat wieder zugeschlagen. Es ist sein Modus Operandi, bis in jede Einzelheit. Wir hatten einen Monat Gnadenfrist – dann kam gestern Nachmittag der Anruf. Ein Mädchen … ein Mädchen aus Nevada«, seine Stimme klang belegt. »War neu in der Stadt. Studentin.«

»Nein, bitte … woher wissen Sie, dass er es war und nicht ein kranker Nachahmungstäter?«

Lipkind verengte die Augen. »Jemand hat ihn gehört, kurz bevor … kurz vor dem Ende. Wissen Sie, das Geräusch, das er macht: dieses irre, furchtbare Kreischen. Wie ein Schwein, das abgestochen wird. Jemand hat es gehört.«

Kennedy spürte die Tränen in ihre Augen steigen. Es war eine Information über Kaleb gewesen, die sie nie öffentlich gemacht hatten – das furchtbare Geschrei, das er anstimmte, wenn sein Opfer starb. »Nein …«

»Ich wollte nur, dass Sie es wissen, bevor Sie es durch die Medien erfahren.«

»Nein.«

»Es tut mir leid, Moore.«

»Ich will wieder dabei sein. Lassen Sie mich zurückkommen, Lipkind. *Holen Sie mich zurück.*«

Lipkind biss sich auf die Unterlippe, ein sicheres Zeichen, dass er unter Stress stand. »Noch nicht. Selbst, wenn ich wollte, würden es meine Vorgesetzten nicht erlauben. Das wissen Sie.«

»Weiß ich das? Weiß irgendwer, was ein Politiker denkt? Seit wann machen die denn was richtig?«

»Wohl wahr.« Lipkinds brummiger Ton verriet, was er darüber dachte. »Aber Befehle sind Befehle. Und meine haben sich nicht geändert.«

»Lipkind, das … macht mich *total fertig*.«

Er schluckte trocken. »Warten Sie einfach noch ein wenig ab. Sie kommen schon zurück.«

»Ich mache mir nicht um *mich* Sorgen! Sondern um seine verdammten *Opfer*! Deren *Familien*!«

»Ich mir auch, Moore. Glauben Sie mir.«

Nach einem Augenblick fragte sie: »Wo?« Das war alles, was sie tun konnte, alles, was sie fragen konnte, alles, woran sie denken konnte.

»Moore. Das ist nichts, wofür Sie Buße tun müssen. Es ist nicht Ihre Schuld, dass dieser Psycho ein beschissener Psycho ist.«

»Wo?«

Lipkind sah, wie wichtig ihr das war und gab ihr die Adresse.

Eine offene Baustelle. Drei Blocks südlich von Ground Zero. Ein Bauunternehmen namens Sanstone Holdings.

Kennedy kam nach zwanzig Minuten dort an, sah das flatternde Tatortabsperrband im dritten Stock des offenen Rohbaus und schickte das Taxi weg. Sie stand vor dem Gebäude und starrte es mit müden Augen an. Der Ort war verlassen, zwar immer noch ein Tatort, aber es war später Nachmittag an einem Samstag und der Vorfall über 24 Stunden her.

Kennedy kickte ein paar Steinchen aus dem Weg und betrat die Baustelle. Sie ging die offenen, roh betonierten Treppen in den dritten Stock und lief über den Betonboden.

Eine steife Brise zerrte an ihrer Bluse. Wenn ihr Haar nicht zusammengebunden gewesen wäre, hätte es wie besessen um ihren Kopf geweht. Von diesem Punkt aus konnte sie in drei Richtungen über die Stadt sehen, eine Aussicht, die normalerweise atemberaubend gewesen wäre, aber dem Anlass völlig unangemessen wirkte.

Sie dachte an den Odin-Fall und besonders an Matt Drake. Sie wollte zurück ins Gefecht, zurück zu ihm, aber sie war sich nicht sicher, ob sie den Mumm dazu hatte.

Sie lief über den staubigen Betonboden, umrundete Schutthaufen und die Werkzeuge der Bauarbeiter. Der Wind zerrte an ihren Ärmeln, ihren Hosen, blähte ihre Kleidung auf. Sie blieb an der Stelle stehen, wo man laut Lipkind die Leiche gefunden hatte. Anders als im Fernsehen wurden die Leichen normalerweise nicht mit Kreide umrandet – man fotografierte sie, bevor die genaue Position von verschiedenen Fixpunkten aus ermittelt wurde.

Aber das war egal, sie wollte nur möglichst nahe an der Stelle sein. Um sich nach unten zu beugen, auf die Knie zu gehen, die Augen zu schließen und zu beten. Sie fühlte sich … zerstört.

Und der ganze Horror kam zurück, die Bilder flackerten in schwindelerregender Abfolge vor ihrem geistigen Auge vorüber – der Moment, als sie gesehen hatte, wie Chuck Walker das dreckige Geld eingesteckt hatte. Der Knall, als der Hammer des Richters das Urteil verkündete. Das ausdruckslose Starren ihrer Kollegen, die schrecklichen Zeichnungen, die an ihrem Spind erschienen waren – an der Motorhaube ihres Autos befestigt – an der Tür ihres Apartments.

Der Brief, den sie von dem Serienkiller bekommen hatte, in dem er ihr für die Hilfe gedankt hatte.

Und nun? Was kam als Nächstes? Sie musste für diesen neuen Mord Buße tun, sie fühlte sich verantwortlich, wie eine Komplizin von Thomas Kaleb.

Es war nicht ihre Schuld, aber sie wollte die Vergebung der Toten und der Trauernden erlangen.

KAPITEL 23

WASHINGTON, D.C.

»Das hier ist besonders erhellend.« Ben verhaspelte sich fast vor Aufregung. »Hier steht: *Während er noch am Weltenbaum hängt, sagt eine Völva zu Odin, sie kenne viele seiner Geheimnisse –, dass er sich selbst an Yggdrasil geopfert hatte und neun Tage und neun Nächte im Streben nach Wissen gefastet hatte.* Sie sagte ihm, sie weiß, wo seine Augen versteckt sind und wie er sie im Tausch gegen mehr Wissen geopfert hat.«

»Odin, der Weise«, unterbrach Dahl. »Parnevik sagte, er wurde als der weiseste aller Götter angesehen.«

»Seine Geheimnisse einer Frau anzuvertrauen, ist niemals weise«, murmelte Drake.

Ben verdrehte die Augen. »Odin fastete am Weltenbaum mit einem Speer in der Seite, wie Christus am Kreuz. Heiði sagte, Odin habe ihr im Delirium verraten, wo seine *Begleiter* versteckt waren, und sie solle diese – seine *Teile* – in alle Winde verstreuen und seinen Körper in das Grab legen, um … um auf das Ende aller Zeiten zu warten.«

Ben grinste Drake an. »Ich habe vielleicht nicht die Suche nach der sagenumwobenen Klitoris vollendet, mein Freund, aber meine Arbeit hier ist *erledigt.*« Dann erinnerte sich Ben wieder daran, wo er war, und an die Frau, die neben ihm stand. Er griff sich an die Nasenwurzel. »Verflucht.«

Dahl verzog keine Miene. »Meines Wissens – das sich nur auf das beschränkt, was ich mir angehört habe, wenn Parnevik seine Vorträge hielt – wurden die Völvur, wie die ägyptischen Pharaonen, immer in reich ausgestatteten Gräbern mit wertvollen Grabbeigaben bestattet. Pferde, Wägen, Geschenke aus weit entfernten Ländern. Sie wurden als königlich betrachtet, nehme ich an, denn sie waren ja die Gefährten der nordischen Götter.«

Hayden sah Ben schief von der Seite an. »Wenn wir Ihrer Geschichte logisch weiterfolgen, Mr. Blake, dann nehme ich an, die Erzählungen von Heiðis sogenannten *Reisen* sind in Wahrheit eine Schilderung, wo alle Teile von Odin verstreut … oder versteckt wurden. Von ihr.«

»Nennen Sie mich Ben. Und ja, Sie haben recht.«

Drake sprang seinem Freund bei. »Das spielt allerdings keine Rolle mehr. Alle Teile wurden gefunden, abgesehen von den Walküren und …« Er stockte.

»*Den Augen*«, sagte Ben mit einem breiten Grinsen. »Wenn wir die Augen finden, dann können wir das Ganze aufhalten *und* haben etwas zum Verhandeln im Austausch für Karin.«

Drake, Dahl und Hayden blieben stumm, bis Drake sagte: »Die Walküren sind auch noch irgendwo da draußen, Blakey. Wo wurden die entdeckt? Es muss doch was in einer alten Zeitung stehen oder so.«

»Heiði ist die *Quelle* der Legende und der Erzählung von Ragnarök«, überlegte Ben, der immer noch recherchierte. »Odin muss ihr Anweisungen gegeben haben, bevor er in Ragnarök gestorben ist.«

Drake bat Dahl und Hayden zur Seite. »Die Walküren«, sagte er. »Erinnern Sie sich, dass es keinerlei Informationen darüber gab, Dahl? Und daher eine mögliche Straftat vorliegt? Gibt es eine Chance, dass sich Interpol mit der CIA absprechen könnte und die mal ihr Glück versuchen?«

»Ich werde es autorisieren«, sagte Hayden. »Wie Sie sagen, es muss irgendwo einen Anfang geben. Und ich schaue mir an, was unsere Techniker über die Deutschen herausgefunden haben. Wie Ihr süßer kleiner Freund hier *angedeutet* hat – eine elektronische Spur sollte uns zu ihnen führen.«

»Süß?«, Drake lächelte sie an. »Er ist mehr als das. Diplom in Fotografie. Leadsänger in einer Band. Familienmensch und«, er zuckte die Achseln, »ja … mein Freund.«

Hayden lächelte und ging. Drake starrte ihr nach, sowohl verwirrt als auch angenehm überrascht. Er hatte sich in ihr getäuscht. Sie war schwerer zu durchschauen als Kennedy.

Drake hatte sich immer was darauf eingebildet, wie gut er Menschen einschätzen konnte. Hatte er nachgelassen? Hatten die Jahre als Zivilist ihn weich werden lassen? In seinem Inneren spürte er eine leichte Verschiebung der Perspektive. Nicht forciert, sondern ganz natürlich. Es war Zeit, sich ein paar Dinge über sich selbst einzugestehen, Wahrheiten, die er versteckt hatte. Die wichtigste davon, dass Alyson immer recht gehabt hatte – er war Soldat, durch und durch.

Er erschrak, als eine Stimme neben seinem Ohr fragte: »Was ist das?«

Kennedy!

»Verdammt!« Er zuckte zusammen und versuchte es zu verbergen, indem er sich dehnte und streckte.

Die New Yorker Polizistin durchschaute ihn spielend. »Ich habe gehört, der SAS ist nie auf feindlichem Territorium in einen Hinterhalt geraten. Ist dir sicher auch nie passiert, oder?«

»Was ist los?«, fragte Ben abwesend.

»Das.« Kennedy beugte sich vor und tippte auf einer Seite des Monitors auf eine Reihe kleiner Icons, die hinter einem Haufen an Manuskript-Symbolen verborgen waren.

Ben legte die Stirn in Falten. »Das sind Bild-Icons. Die Suche vergleicht sie mit einigen der vielen Bilder, die man hier in Büchern über Odin findet.«

Während Kennedy sich aufrichtete, löste sich ihr Haar und fiel ihr über die Schultern. Drake betrachtete die Haarflut, die sich fast bis zu ihrem Po ergoss.

»Wow. Das ist eine Menge Haar.«

»Schnauze, Freak.«

Ben doppelklickte auf mehrere der Bilder-Icons. Bei jedem Klick erfüllten lebhafte Farben den Bildschirm und Text und auffällige Kacheln schienen sie anzuspringen. *Odin und Thor. Odin auf seinen Walküren. Odin und die Seherin zusammen in Ragnarök*. Und darunter jeweils ein paar Zeilen erklärender Text.

Ben machte bei jedem Bild eine Pause und las laut vor. Kennedy bat ihn, beim letzten Bild anzuhalten und den kurzen Text noch einmal vorzulesen.

»Dieses Bild, von Lorenzo Bakke aus dem Jahr 1795, wurde aus der Privatsammlung von John Dillinger 1934 beschlagnahmt und basiert angeblich auf einem älteren Bild, das die Begleiter des nordischen Gottes Odin zeigt, die in einer bestimmten Reihenfolge an der Stelle ausgelegt sind, an der Odin gestorben ist – das mystische Schlachtfeld von Ragnarök. Seine Lieblingsseherin blickt darauf und weint.«

Kennedy sagte: »Das könnte ein Plan sein … dafür, wie man die Teile arrangieren muss.«

KAPITEL 24

WASHINGTON, D.C.

»Davon sollten wir uns ein paar Kopien machen lassen.« Stets umsichtig, nahm Drake ein paar Schnappschüsse mit seinem Handy auf. Ben hatte ihm geraten, immer eine gute, funktionierende Kamera griffbereit zu haben, und das hier war eine unerwartete Goldader. »Alles, was wir jetzt noch brauchen, sind die Walküren, die Augen und eine Karte, auf der Ragnarök eingezeichnet ist.« Er hielt abrupt inne, von einer Erinnerung wie von einem Blitz getroffen.

»Was?«, fragte Ben.

»Bin mir nicht sicher. Eine Erinnerung. Vielleicht etwas, das wir in den letzten paar Tagen gesehen haben, aber wir haben so viel gesehen, dass ich es nicht näher eingrenzen kann.«

»Vielleicht hattest du recht«, sagte Dahl. »Es könnte sein, dass ein moderner Dillinger sich ebenfalls eine sehr private Sammlung zugelegt hat.«

»Schau hier.« Ben las weiter. »Hier steht, dass dieses bestimmte Bild einzigartig ist, was man erst in den frühen Sechzigern herausfand, woraufhin es in einer Ausstellung über nordische Mythologie gezeigt und dann auf eine kleine Welttournee geschickt wurde. Danach ließ das Interesse nach und man hat das Bild ins Archiv geräumt und traurigerweise vergessen. Bis heute.«

»Gut, dass wir einen Cop dabei haben.« Drake machte einen Versuch, Kennedys Selbstvertrauen zu steigern, er konnte immer noch nicht einschätzen, was ihr wohl im

Kopf herumspukte, nachdem sie nach New York zurückgekehrt war.

Kennedy band sich die Haare zusammen, zögerte dann. Nach einem Moment steckte sie die Hände in die Taschen, als wollte sie sie ruhigstellen. »Durchhaltevermögen *ist* das Beste«, sagte sie. »In neun von zehn Fällen löst man einen Fall durch Routinearbeit.«

Drake tippte ihr auf die Schulter. »Wie wäre es, wenn du das Gemälde holst und es hierherbringst? Möglicherweise gibt es etwas, das wir auf dem Foto nicht sehen. Mein alter Kumpel Dahl und ich werden mal die finsteren Ecken der Kunstsammlerszene unter die Lupe nehmen. Vielleicht ein paar Bäume schütteln und gucken, was runterfällt.« Er verstummte und grinste. »*Noch mehr Bäume.*«

Kennedy stöhnte, bevor sie davonging.

Dahl sah ihn mit zusammengekniffenen Augen an. »Wo fangen wir an?«

»Wir fangen mit den Walküren an«, sagte Drake. »Sobald uns unser freundlicher Computerzwerg hier gesagt hat, wo und wann sie entdeckt wurden, damit wir sie aufspüren können.«

»Polizeiarbeit?«, fragte Dahl. »Sie haben eben unseren besten Detective weggeschickt.«

»Sie braucht gerade ein wenig körperliche Ablenkung, nicht mentale. Sie ist ziemlich mit den Nerven runter.«

Ben sagte: »Die Walküren wurden neben anderen Schätzen im Grab einer Wikingerseherin, einer Völva, entdeckt. 1945 in Schweden.«

»*Heiðis* Grab?«, fragte Drake.

»Muss es wohl gewesen sein. Eine gute Möglichkeit, die Teile zu verstecken. Einen Helfer beauftragen, sie mit einem zu begraben, wenn man tot ist. Die Walküren waren angeblich Odins adoptierte Töchter und treten als wunderschöne Kriegerinnen auf geflügelten Pferden in Erscheinung. Sie durchstreiften die Schlachtfelder und transportierten die größten Helden unter den Gefallenen in die Hallen von Walhalla. Das war notwendig, weil Odin nur die besten Krieger brauchte, um an seiner Seite im Ragnarök zu kämpfen. Die berühmteste Walküre ist Brunhilde, die man vor allem aus Wagners Ringzyklus kennt.«

»Schick den Artikel mal auf den anderen Computer.« Drake und Dahl setzten sich nebeneinander, für einen Moment nervös.

Die Uhr tickte. Das wusste Drake. Für Karin. Für Parnevik. Für ihre Feinde und für die gesamte Welt. Er hackte wie besessen auf der Maschine herum, durchsuchte die Archive des schwedischen Museums und versuchte herauszufinden, wann die Walküren aus ihrem Inventar verschwunden waren.

»Vermuten Sie, dass es jemand war, der dort arbeitet?«, fragte Dahl.

»Wenn ich raten müsste – ein schlecht bezahlter Museumswärter oder ein Kurator, der erpresst wurde … so was in der Art. Die haben vielleicht gewartet, bis man die Walküren ins Museumsdepot brachte und sie dann heimlich, still und leise weggeschafft. Das merkt jahrelang keiner, wenn es überhaupt jemals auffällt.«

»Oder ein Raub.« Dahl zuckte die Achseln. »Wir müssen über 60 Jahre durchforsten.« Er seufzte und drehte den Ehering, den er übergestreift hatte, nachdem sie in die Bibliothek gekommen waren. Drake zögerte einen Moment. »Verheiratet?«

»Und Kinder.«

»Vermissen Sie sie?«

»Jede Sekunde.«

»Gut. Vielleicht sind Sie doch nicht so ein Idiot, wie ich am Anfang gedacht habe.«

»Lecken Sie mich, Drake.«

»Da haben wir es doch schon. Anscheinend gab es keinen Raub. Aber sehen Sie – die Walküren sind 1991 auf eine *Rundreise* gegangen, als Teil der PR-Kampagne des Swedish Heritage Trust. *1992 fehlten sie dann im Katalog des Museums*. Was sagt uns das?«

Dahl schürzte die Lippen. »Dass jemand, der mit der Rundreise zu tun hatte, beschlossen hat, sie zu stehlen?«

»Oder … jemand, der sie auf dieser Tour *gesehen* hat.«

»Okay, das ist noch wahrscheinlicher.« Dahl nickte. »Also, wo hatte die Tour überall Station gemacht?« Seine Finger tippten viermal auf den Bildschirm. »England, New York, Hawaii, Australien.«

»Verdammt. Das grenzt es ja wirklich ein«, sagte Drake mit sarkastischem Tonfall.

»Nein, warten Sie«, meinte Dahl. »Das tut es. Der Diebstahl der Walküren musste gut geplant und durchgeführt werden. Er musste perfekt sein. Das stinkt nach organisiertem Verbrechen.«

»Wenn Sie schlauer wären, würden Sie …«

»*Hören* Sie. Damals in den Neunzigerjahren fing die serbische Mafia an, ihre Klauen in die schwedische Unterwelt zu bohren. Sie hatten überall die Finger drin. In weniger als einem Jahrzehnt haben sich die Schutzgelderpressungen verdoppelt und bis heute gibt es Dutzende organisierter Banden im ganzen Land. Einige nennen sich selbst Bandidos. Andere, wie ein Chapter der Hell's Angels, sind einfach Bikergangs.«

»Sie sagen, die serbische Mafia hat die Walküren?«

»Nein, ich sage, sie haben den Diebstahl ausgeheckt und sie hinterher für Geld verkauft. Vielleicht sogar auf Bestellung. Das hätte damals durchaus Sinn ergeben. Sie waren die einzigen mit den Connections, um so etwas durchzuziehen, sowohl zuhause in Schweden als auch hier. Diese Leute stecken einfach *überall* drin, nicht nur in der Schutzgelderpressung. Die wären sich auch nicht zu schade für internationalen Schmuggel.«

»Okay. Also, wie finden wir heraus, wer sie gekauft hat?«

Dahl entsperrte sein Handy. »*Wir* gar nicht. Aber zumindest drei der alten Gangsterbosse sitzen in Oslo hinter Gittern.« Er ging ein Stück weg, um zu telefonieren.

Drake rieb sich die Augen und lehnte sich zurück. Er sah auf die Uhr und war überrascht, weil es schon fast sechs Uhr morgens war. Wann hatte er das letzte Mal geschlafen? Es kam ihm vor, als hätte er vor nur wenigen Augenblicken sein Kameraequipment für den großen Auftritt des Schilds vorbereitet. Die Achterbahnfahrt der Emotionen an diesem Abend hatte zumindest dafür gesorgt, dass er sich nicht mehr mit einer bestimmten Zeit in seiner Vergangenheit beschäftigt hatte. Die Erinnerung an Alyson war eindeutig in den Hintergrund gedrängt worden, wenn auch nur für den Moment. Er war schon immer mehr der Macher gewesen, der Mann, der die schnellen Entscheidungen traf, zumindest bis zu ihrem Tod und seinem anschließenden Ausscheiden aus der Armee. Vielleicht hatten ihm deswegen die Tage als Zivilist nicht wirklich viel gegeben und er hatte so lange gebraucht, einen neuen Beruf oder eine Nische im Leben zu finden. Ein plötzliches Geräusch riss ihn aus seinen Gedanken und er sah sich um, als Hayden zurückkam.

Die Sekretärin des Verteidigungsministers sah niedergeschlagen aus. »Sorry, Jungs. Kein Glück mit den Deutschen.«

Ben drehte den Kopf, die anstrengende Recherche und die langen Tage, die sie nun schon unterwegs waren, zeigten sich deutlich in seinen Augen und dem Gesicht. »*Gar keines?*«

»Noch nicht, es tut mir leid.«

»Aber wieso? Der Typ muss irgendwo sein.« Tränen füllten seine Augen, als er Drake ansah. »Oder nicht?«

»Ja, Mann, muss er. Vertrau' mir, wir werden ihn finden.« Er klopfte seinem Freund auf den Arm und sah Hayden bittend an, hoffte auf einen Durchbruch. »Wir müssen mal verschnaufen und uns ein paar Sandwichs holen, was Gescheites zwischen die Beißerchen«, sagte er mit breitem Yorkshire-Dialekt.

Hayden schüttelte den Kopf, als hätte er eben Japanisch gesprochen. »Wie bitte?«

KAPITEL 25

LAS VEGAS

Alicia Myles sah den Multimilliardär Colby Taylor an, der auf dem weitläufigen Fußboden eines seiner vielen Apartments saß, die er über Scheinfirmen gekauft hatte. Dieses hier befand sich 22 Stockwerke über dem Las Vegas Boulevard. Eine Wand war vollständig aus Glas und bot eine fantastische Aussicht auf den Bellagio-Brunnen und die goldenen Lichter des Eiffelturms.

Colby Taylor würdigte sie keines Blickes. Er betrachtete fasziniert seine neueste Errungenschaft: Odins Wölfe. Es waren massive, hölzerne Schnitzereien, die Tiere selbst bis ins kleinste Detail ausgearbeitet. Jedes der Artefakte ließ sich in vier Teile zerlegen. Colby konnte sich nicht zurückhalten, sie alle zusammenzusetzen.

»Ein Teil meines Lebenswerks«, flüsterte er.

Alicia schlenderte zu ihm hinüber, zog dabei ein Kleidungsstück nach dem anderen aus, bis sie nackt war, und beugte sich dann nach unten, bis ihre Augen mit seinen auf einer Höhe waren.

Geld und Gefahr machten sie als einziges wirklich an. Das Geld von Colby Taylor – Milliardär und größenwahnsinnig – und die Gefahr, die aus der erfreulichen Tatsache herrührte, dass Milo, der große, kräftige Schlägertyp aus Vegas, sie *wirklich* liebte.

»Machst du mal eine Pause, Boss?«, fragte sie mit rauchiger Stimme.

Taylor sah ihr in die Augen. »Sieht so aus.«

Alicia wandte den Blick ab und betrachtete die glitzernden Lichter des Las Vegas Strips, die sich unter ihr ausbreiteten. »Lass dir Zeit. Wenn du kannst.«

»Wie läuft es mit Parnevik?« Taylor unterlegte seine Frage mit Stöhnen.

»Sobald du fertig bist«, antwortete Alicia abgehackt mit englischem Akzent. »Ich werde alles aus ihm herauskriegen, was wir brauchen.«

»Information ist Macht, Myles. Wir müssen wissen, was die wissen. Im Moment sind wir ihnen einen Schritt voraus. Aber die Walküren und die Augen – das sind die … wahren Beutestücke.«

Alicia blendete alles aus. Das Gerede. Das Gestöhne. Die Besessenheit. Sie lebte vielleicht für die Gefahr und das Geld, aber sie hatte keine Agenda, abgesehen vom ständigen Nervenkitzel. Für sie war der Weg wichtiger als das Ziel. Die Gegenwart verdrängte die Vergangenheit, ließ all den hässlichen Lärm verschwinden. Sie hatte die Fähigkeiten und den Charme, sich zu nehmen, was immer sie wollte, und das tat sie – jeden Tag, ohne nachzudenken oder zu bedauern. Ihre Tage als Elitemitglied der britischen Armee waren nur die Vorbereitung gewesen. Ihre Missionen in Afghanistan und im Libanon bestenfalls Hausaufgaben.

Das hier war *ihr* Spiel, ihr Weg zur Unabhängigkeit. Mit Colby Taylor und seiner Privatarmee hatte sie viel Spaß, aber die Deutschen würden ihr mehr Geld bieten – Abel Frey verfügte über wirkliche Macht, nicht Colby Taylor. Dann noch der Nervenkitzel, Milo in der Nähe zu haben. Ihre Zukunft erschien ihr wie ein großartiges Feuerwerk am Horizont.

Sie ließ den Blick über den Strip schweifen, wusste, welche Macht in den glitzernden Lichtern und großen Casinos schlummerte, und sie genoss die gelegentliche Ablenkung, die Colby Taylor ihr bot, während sie gleichzeitig über Matt Drake nachdachte und die Frau, mit der sie ihn gesehen hatte.

Sie ging in das Gästeschlafzimmer des Apartments, wo Professor Parnevik immer noch ausgestreckt an das Bett gefesselt war, wie sie ihn zurückgelassen hatte. Mit vor Begeisterung geröteten Wangen rief sie *Geronimo!* und sprang auf die Matratze, landete neben dem alten Mann.

Sie hüpfte auf den Knien auf dem Bett herum und riss das silberne Gaffa-Tape von seinen Lippen. »Sind Sie bereit, Ihr Herz auszuschütten, Prof?« Sie lachte wie eine Irre und sprang vom Bett. Der verängstigte Blick des Professors folgte ihren kraftvollen Bewegungen, stachelte sie noch mehr an. Sie lächelte, drehte sich im Kreis, dachte nach.

Dann setzte sie sich schließlich auf die Brust des alten Mannes, nahm ihm fast den Atem und holte eine Rosenschere hervor.

»Zeit, sich zu entscheiden«, sagte sie vergnügt. »Ehrlich, Mann. Es ist mir wirklich egal. Ich bin nur hier, um mich an Blut und Chaos zu erfreuen.«

»Was … was wollen Sie … wissen?« Parneviks Akzent wurde durch seine Angst stärker.

»Erzählen Sie mir von Matt Drake und der Frau, die mit ihm zusammenarbeitet.«

»Drake? Ich … ich verstehe nicht ganz … wollen Sie nicht etwas über – Odin wissen?«

»Der ganze nordische Scheiß ist mir egal. Ich bin nur dabei, weil es aufregend ist.« Sie ließ die Rosenschere auf- und zuschnappen.

»Ähh … Drake ist nur zufällig hineingezogen worden.«

Alicia spürte, wie sich Eiseskälte in ihr breitmachte. Sie verlagerte vorsichtig ihr Gewicht auf Parneviks Körper und hielt ihm die Klingen vor die Nase.

»Eine letzte Chance. Hören Sie auf, Zeit zu schinden, alter Mann.«

»Nein! Nein! Bitte!« Jetzt wurde sein Akzent so stark und seine Worte verzerrt, dass sie ihn kaum verstehen konnte. Sie runzelte die Stirn. »Sie hören sich wie ein Fernsehkoch an. Blablabla.«

»Seine Frau – sie ist gestorben!«, sprudelte es aus Parnevik hervor und seine Augen rollten panisch in den Höhlen hin und her. »Sein Freund hat eine Schwester, die uns hilft! Die Frau – das ist Kennedy Moore, eine Polizistin aus New York. Sie ist daran schuld, dass ein Serienkiller wieder freikam!«

Alicia ließ die Schere sinken. »Besser. Sehr viel besser, Prof. Was noch?«

»Sie … sie ist … *unfreiwillig* beurlaubt. Sehen Sie, dieser Serienkiller – der hat wieder gemordet.«

»Und?«

»Bitte. Ich kann sehen, dass Drake ein guter Mann ist!«

Alicia steckte die Rosenschere weg. »Nun, er wirkt zumindest so. Aber ich hab mir zusammen mit ihm beim SRT jeden Tag eine blutige Nase geholt, nicht Sie. Ich weiß, welche Geister Matt Drake verfolgen, und ich habe die Antwort darauf.«

Es gab einen Schrei und einen Knall und dann steckte Colby Taylor seinen Kopf durch die Tür.

»Myles! Ich habe gerade einen Anruf von unserem Verbündeten in der schwedischen Regierung bekommen. Sie haben herausbekommen, wo die Walküren sind. Wir müssen uns beeilen. *Jetzt!*«

Alicia drehte den alten Mann ohne große Mühe um und setzte sich auf seinen Rücken. Während er jammerte, stach sie ihn mit einer Impfpistole, ein Injektionsgerät ohne Nadel, und injizierte einen Miniaturtracker direkt unter seiner Haut.

Plan B, dachte Alicia, immer noch durch und durch Soldat.

KAPITEL 26

WASHINGTON, D.C.

Als Torsten Dahls Handy klingelte, hatte Drake gerade knusprige Baconstreifen im Mund. Er spülte sie mit einem frischen Kaffee herunter und hörte gebannt zu, um herauszufinden, wer am anderen Ende der Leitung war.

»Ja, *Statsministern.*« Dahls Teil der Unterhaltung bestand aus einer ausdruckslosen Aneinanderreihung von »ich verstehe«, Zustimmung und respektvoller Stille. Zum Schluss sagte er: »Ich werde Sie nicht enttäuschen, Sir.«

»Und?«

»Meine Regierung hat einem dieser serbischen Mistkerle eine beträchtliche Reduzierung seiner Strafe versprochen, wenn er uns hilft, aber wir haben bereits die Bestätigung.« Drake konnte sehen, dass Dahl hinter seiner konservativen Fassade am liebsten laut gejubelt hätte.

»Und?«

»Noch nicht. Trommeln wir erst alle zusammen.« Wenige Augenblicke später hatte man Ben von seinem Laptopbildschirm losgeeist, Hayden saß bereits und Kennedy stand erwartungsvoll neben Drake, das lange Haar noch immer offen.

Dahl holte Luft. »Kurzversion: Der Anführer der serbischen Mafia in Schweden in den Neunzigern – ein Mann, der momentan in Haft ist – hat die Walküren seinem US-amerikanischen Gegenstück geschenkt, als Geste des guten Willens. So erhielt 1994 ein Mann namens Davor Davic die Walküren. 1999 ist Davor als Mafiaboss zurückgetreten und hat die Kontrolle seinem Sohn Blanka übergeben. Dann hat er sich an dem Ort zur Ruhe gesetzt, den er mehr liebte als jeden anderen in der Welt – selbst als sein Heimatland.«

Dahl machte eine Pause. »*Hawaii.*«

KAPITEL 27

NEW YORK, USA

Abel Frey sah aus dem Fenster seines Penthouse auf die Millionen winziger Ameisen, die auf den Gehsteigen unter ihm durcheinander wuselten. Anders als Ameisen waren die Menschen jedoch nutzlos, ziellos, und ihnen fehlte die Vorstellungskraft, über ihre winzigen Leben hinauszublicken. Den Begriff »kopflos wie die Hühner«, dachte er, hatte sicher ein Mann ersonnen, der ebenso weit oben gestanden hatte, während er den ernüchternden Sumpf der Menschheit betrachtete.

Frey hatte sich stets gern seinen Fantasien hingegeben. Er hatte vor langer Zeit gelernt, dass alles *langweilig* wurde, wenn man tun konnte, wonach einem der Sinn stand. Man musste sich neue, umfassendere und unterhaltsamere Hobbys zulegen.

Daher die Kampfarena. Daher das Modebusiness – einst die Fassade für einen internationalen Schmuggelring war es nun eine Möglichkeit, sein Interesse am Grab der Götter zu verbergen.

Sein Lebenswerk. Eines der größten Mysterien aller Zeiten.

Immer, wenn er dachte, der Wahrheit nähergekommen zu sein, hatte er entdeckt, dass das Rätsel viel größer war, als er sich vorgestellt hatte. Eigentlich undenkbar. Das Grab der Götter konnte nicht Antworten auf alles bereithalten, was er sich jemals erträumt hatte, oder?

Der Schild war makellos, ein Kunstwerk, und neben der verschlüsselten Karte auf der Oberfläche, war da der rätselhafte Satz auf dem Rand. Sein persönlicher Archäologe war bereits mit einer intensiven Analyse beschäftigt. Und der Wissenschaftler, der für ihn arbeitete, versuchte eine weitere Überraschung zu entschlüsseln – der Schild enthielt ein merkwürdiges Material, zweifelsohne ein Metall, aber fester und dennoch erstaunlich leicht. Wissenschaftler hatten es mit dem mysteriösen Starlite verglichen, das in den Siebzigern erfunden wurde und anschließend verloren ging. Aber wäre ein Schild, der gefertigt war, um solch hohen Temperaturen zu widerstehen, nicht wahrlich eine Waffe der Götter? Frey war glücklich und frustriert zugleich, als sich zeigte, dass das Rätsel um Odin und das Grab weit umfassender war, als er sich je ausgemalt hatte.

Er war nicht die Sorte Mann, die sich gern hetzen ließ. Er wollte sich länger damit befassen, den Schild so gründlich untersuchen, wie er es verdient hatte. Aber die Welt drehte sich weiter und es gab mittlerweile ein internationales Wettrennen. Am liebsten hätte er sich wieder nach La Verein zurückgezogen und – während seine falschen Freunde Partys feierten – mit ein paar wenigen Auserwählten die Mysterien der Götter analysiert.

Er grinste in den leeren Raum. Vielleicht würde er, wenn er erst einmal zuhause war, ein paar männliche Models in der Arena gegeneinander antreten lassen, ihnen einen Weg in die Freiheit anbieten. Oder noch besser, ein paar seiner *Gefangenen* aufeinanderhetzen. Ihr Unwissen und ihre Verzweiflung boten stets ein unterhaltsameres Spektakel als ein paar verwöhnte Sklaven.

Er bekam eine E-Mail. Ein Video-Feed erschien auf dem Bildschirm, der die neue Gefangene, Karin Blake, auf ihrem Bett sitzend zeigte.

»Endlich.«

Frey sah sie zum ersten Mal. Miss Blake war offensichtlich recht gefährlich. Sie hatte jeden der drei Söldner verletzt, die er losgeschickt hatte, um sie zu entführen. Einen sogar schwer. Sie war intelligent, vielleicht sogar ein Genie, und man hatte sie gerade in La Verein in ihre Zelle gesperrt, wo sie bis zu Freys Rückkehr bleiben sollte.

Das Blut der Unschuldigen – nährte seine ewige Glückseligkeit. Sie hatte kurze blonde Haare, einen Pony und große Augen – auch wenn Frey die Farbe bei der schlechten Auflösung nicht erkennen konnte.

In diesem Moment platzte der Brutalo Milo durch die Tür, das Handy in der Hand. »Sie ist es«, rief er. »Alicia!« Er hatte ein albernes Grinsen auf dem idiotischen Gesicht.

Frey verbarg seine Emotionen. »Ja? Hallo? Ja, schieß los. Das letzte Teil in New York, das hätte *meines* sein müssen.« Er vertraute der Engländerin nicht im Mindesten, nachdem sie den Plan geändert hatte.

Er hörte ihr zu, lächelte, als sie den nächsten Fundort verriet, und legte die Stirn in Falten, als er erfuhr, dass die Schweden und ihre Begleiter bereits auf dem Weg waren. Ein breites Grinsen, als sie ihm versprach, bald beide der kanadischen Teile in seine gierigen Hände zu legen.

Dann hätte er drei der Artefakte und einen klaren Vorteil. Odins Grab wäre fast in Reichweite.

»Hawaii?«, fragte Milo, als das Gespräch beendet war.

»Hawaii.«

KAPITEL 28

OAHU, HAWAII

Am 12. September wurde die Mittagssonne auf Hawaii von einem dunklen Schauer aus »Quallen«-Fallschirmen verdunkelt – den typischen Fallschirmen des amerikanischen Militärs. In einer einzigartigen Operation landeten Soldaten der Delta-Force zusammen mit dem schwedischen SSG und dem britischen SAS – und einer New Yorker Polizistin – auf einem abgelegenen Strand an der nördlichen Küste der Insel.

Drake kam im Laufschritt auf dem Strand an – der Sand federte seinen Aufprall ab – öffnete die Schnellverschlüsse des Fallschirms, der an ihm zerrte, und sah sich hastig nach Kennedy um. Sie landete zwischen ein paar der Delta-Jungs, stürzte bei der Landung auf ein Knie, rappelte sich aber schnell wieder auf.

Ben blieb im Flugzeug und setzte seine Recherchen mithilfe von Hayden fort, der jungen Assistentin des Verteidigungsministers, die sie in der Bibliothek getroffen hatten und die als amerikanische »Beraterin« der Mission fungierte.

Drakes Erfahrung nach waren Berater häufig besser ausgebildete Versionen ihrer Vorgesetzten – Spione im Schafspelz sozusagen, aber Hayden wirkte mit ihrer umgänglichen und hilfsbereiten Art auf ihn wie eine willkommene Ausnahme.

Sie rannten unter der heißen hawaiianischen Sonne über den Strand, zusammen mit 30 bestens ausgebildeten Soldaten der Special Forces, bis sie eine leichte Steigung erreichten, die von einer Reihe Bäume gesäumt wurde, die ihnen Deckung boten.

Hier hielt Torsten Dahl sie auf. »Ihr wisst alle, wie wir vorgehen. Leise und schnell. Der Tresorraum ist das Ziel. Los!«

Sie hatten beschlossen, die Villa des serbischen Ex-Mafiabosses zu attackieren. Die Uhr tickte – ihre Rivalen kannten vielleicht schon den Aufbewahrungsort der Walküren und bei diesem Wettrennen konnte jeder Vorteil entscheidend sein.

Davor Davic war kein gnädiger Boss gewesen. Dem ehemaligen Mafiaboss würde genauso wenig Gnade erwiesen werden.

Sie erreichten die Kuppel des Hangs und eine Straße, die direkt zu Davics privater Einfahrt führte. Kein Lüftchen rührte sich. Man platzierte eine Sprengladung und in weniger als einer Minute waren die hohen Eisentore nur noch ein Haufen verbogenes Metall. Sie sprinteten hindurch und verteilten sich auf dem Gelände. Drake ging hinter einer dicken Palme in Deckung und beobachtete den imposanten Rasen, der zu einigen glänzenden Marmorstufen führte. An deren Ende war der Eingang zu Davics Villa. Auf beiden Seiten davon stand eine bizarre Ansammlung von Statuen und hawaiianischen kulturellen Schätzen, sogar eine Moai-Figur von den Osterinseln.

Keinerlei Aktivität war zu sehen.

Der Pensionär der serbischen Mafia schien sich in Sicherheit zu wiegen.

Ein SAS-Mann, den er kannte, das Gesicht zur Hälfte von einem schwarzen Halstuch verborgen, schlüpfte hinter Drake auf das Grundstück.

»Sei gegrüßt, alter Kumpel. Schöner Tag für die Aktion, was? Direktes Sonnenlicht auf den Zielfernrohren, prima. Wells lässt grüßen.«

»Sam? Tut verdammt gut, dich zu sehen, Alter.« Drake hatte seinen Freund seit sieben Jahren nicht gesehen und Sam war sein bester Kumpel in der Neunten Division gewesen. Sie hatten viel zusammen erlebt und ihre Kameradschaft reichte tief. Eine Freundschaft, die man nur zu Männern entwickelte, neben denen man gekämpft und mit denen man gemeinsam dem Tod ins Angesicht gesehen hat, eine Kameradschaft, die es nur zwischen Soldaten gab. »Wo steckt Wells, der alte Narr?« Drake versuchte seine gute Laune für später zu verwahren und wendete den Blick nicht von dem Garten ab.

»Er sagt, er meldet sich bald. Außerdem würdest du ihm noch ein paar Geschichten über Mai schulden.«

»Damit lässt er einfach nicht locker. Ich weiß nicht mal, wo Mai heute ist.«

»Wer ist Mai?«, fragte Kennedy. Sie hatte sich die Haare wieder zurückgebunden und trug eine formlose Armeeuniform über ihrem Hosenanzug. Sie war mit zwei Glocks bewaffnet.

Drake trug wie üblich keine Waffe, abgesehen von seinem alten Special-Forces-Kampfmesser.

Sam sagte: »Mai Kitano ist eine alte Flamme von Drake. Aber wer sind eigentlich Sie?«

»Wir müssen uns konzentrieren. Wir stehen kurz davor, einen der größten zivilen Angriffe in der Geschichte zu starten.«

»Zivil?« Kennedy runzelte die Stirn. »Wenn dieser Davic Zivilist ist, dann *bin ich* der Hintern von Claudia Schiffer.«

Das Delta-Team blieb an der Treppe stehen. Drake verließ die Deckung, sobald sie die Stufen betraten, und rannte über den offenen Platz. Als er die Hälfte der Strecke zurückgelegt hatte, hörte er Schreie.

Mehrere Männer erschienen oben an der Treppe, manche im Anzug, andere in Boxershorts und T-Shirts mit abgeschnittenen Ärmeln.

Sechs Schüsse erklangen in schneller Folge. Sechs Körper stürzten leblos die Stufen hinab. Das Delta-Team war auf der Hälfte der Treppe und bisher hatte niemand sie angegriffen. Von vorn hörte man drängende Schreie. Drake erreichte das untere Ende der Stufen und schlug sich auf die rechte Seite, wo das Treppengeländer aus Stein eine Kurve beschrieb und etwas bessere Deckung bot.

Ein lauter Schuss erklang, was bedeutete, dass er von den Serben gekommen war. Drake drehte sich um, weil er nach Kennedy sehen wollte, dann hastete er zwei Stufen auf einmal die Treppe hinauf.

Dahinter führte ein kurzer Kiesweg zum Eingang der Villa, der sich in der Mitte zwischen den beiden Flügeln des Gebäudes befand. Bewaffnete Männer kamen aus den offenen Türen und den Fenstern neben dem Eingang, die vom Boden bis zur Decke reichten.

Dutzende von ihnen.

Der Angriff hatte sie überrascht – aber sie hatten sich schnell gesammelt. Vielleicht waren sie doch nicht so fett und faul geworden. Drake sah, was auf sie zukam, und ging zwischen den Statuen in Deckung. Er zog Kennedy mit sich hinter das Standbild von den Osterinseln.

Eine Sekunde später erklang Gewehrfeuer. Die Wachen schossen wild in alle Richtungen. Drake ließ sich auf den Bauch fallen, als mehrere Kugeln die Statue mit dumpfen Schlägen trafen.

Die Wachen stürmten vorwärts. Das waren bezahlte Schlägertrupps, die man wegen ihres hirnlos bulligen Auftretens ausgewählt hatte und nicht aufgrund ihrer intellektuellen

Fähigkeiten. Sie rannten direkt in das sorgsam vorbereitete Sperrfeuer des Delta-Teams. Blut spritzte, Männer stürzten in Todeskrämpfen zu Boden.

Hinter ihnen zersplitterte Glas.

Weitere Schüsse wurden aus den Fenstern der Villa abgefeuert. Ein Soldat des Delta-Teams bekam eine Kugel in den Kopf und stürzte tödlich getroffen zu Boden.

Zwei der Wachmänner hatten sich hinter die Statuen gerettet, einer davon leicht verletzt. Drake zog lautlos sein Messer und wartete, bis einer von ihnen die Deckung verließ.

Das Letzte, was der verwundete Serbe sah, war sein eigenes Blut, als Drake seinem Leben ein Ende setzte. Kennedy feuerte auf den zweiten Serben, verfehlte ihn und sprang dann in Deckung, als er seine Waffe hob.

Der Schlaghahn hieb ins Leere.

Kennedy erhob sich wieder. Der Wachmann versuchte sie mit einem Schwinger zu erwischen, alle Muskeln angespannt.

Kennedy wich nach hinten aus und sprang nach vorn, als sein Schwung ihn die Deckung gekostet hatte. Ein schneller Kick in die Hoden und ein Ellbogen ins Genick ließen ihn zu Boden gehen. Er rollte sich zur Seite, hatte plötzlich eine Klinge in der Hand, schwang sie in weitem Bogen. Kennedy zuckte weit genug zurück, um die tödliche Messerspitze an ihrer Wange vorbeizischen zu lassen, bevor sie ihre angespannten Finger in seine Luftröhre rammte. Sie zerriss das weiche Gewebe im Hals. Der Mann schnappte nach Luft und kollabierte.

Sie drehte sich weg. Er war erledigt. Sie hatte nicht vor, ihm beim Sterben zuzusehen.

Drake beobachtete sie. »Nicht schlecht.«

»Vielleicht hörst du jetzt damit auf, mich für verweichlicht zu halten.«

»So was würde ich doch niemals …« Er unterbrach sich. *Hatte er?* Wie dem auch sei, es sollte nicht wieder passieren. Er überspielte sein schlechtes Gewissen mit männlichem Gepolter. »Gibt doch nichts Besseres, als einer Frau zuzusehen, wie sie einen Bösewicht verprügelt.«

»Wie du meinst.« Kennedy schlich hinter einen Totempfahl, ein weiteres Ausstattungsstück der Villa, das fehl am Platze wirkte, und beobachtete das Geschehen.

»Wir teilen uns auf«, sagte sie zu ihm. »Du versuchst, den Tresorraum zu finden. Ich gehe hinten rum.«

Er versuchte sein Zögern zu verbergen, was ihm fast gelang. »Bist du sicher?«

»Hey, Holzkopf, ich bin hier der Cop, falls du das vergessen hast? Du bist der Zivilist. Mach' gefälligst, was man dir sagt.«

Drake sah zu, wie Kennedy nach rechts schlich und sich auf den Weg zum Hintereingang der Villa machte, wo auf den Satellitenaufnahmen ein Helipad und mehrere niedrige Gebäude zu sehen gewesen waren. Das SAS-Team war bereits an Ort und Stelle und infiltrierte das Haus in diesem Moment.

Er starrte ihr nach, stockte dann. Demut und Unsicherheit kollidierten in seinem Kopf und schufen einen Wirbelsturm des Selbstzweifels. So viele Jahre, seit Alyson nicht mehr da war. Tausende Tage, in denen er völlig neben der Kappe gewesen war, konstant betrunken, pleite, und dann der langsame Kampf zurück in die Normalität.

In der er noch lange nicht wieder angekommen war.

Plan B – der Job, den sie zu erledigen hatten. Er sollte sich darüber freuen, dass seine militärischen Instinkte zurückkehrten und das Zivilleben hinter sich ließen. Er nahm beiden Wachen ihre Waffen ab und schlich zwischen den Statuen hindurch, bis er auf dem Kiesweg angekommen war. Er bemerkte drei Ziele in drei verschiedenen Fenstern und feuerte schnell nacheinander drei kurze Salven ab.

Zwei Schreie und ein Kreischen. Nicht schlecht. Als der letzte Mann den Kopf wieder herausstreckte und nach dem Angreifer suchte, ließ Drake ihn heftig dafür bezahlen.

Dann rannte er und schlitterte das letzte Stück auf den Knien, kam an der Außenwand der Villa zum Stillstand, den Kopf gegen die rauen Steine gedrückt. Er warf einen Blick zurück auf das Delta-Team, das sich beeilte, zu ihm aufzuschließen. Er gab dem Anführer ein Zeichen. »Mitten durch.« Drake nickte in Richtung der Tür, dann nach rechts. »Der Tresorraum.«

Sie betraten das Haus einer hinter dem anderen, Drake als Letzter, und hielten sich dicht an der Wand. Eine große, gusseiserne Wendeltreppe führte spiralförmig in den ersten Stock der Villa.

Während sie an der Wand entlang schlichen, kamen mehr Serben von dem Balkon im oberen Stockwerk, direkt über ihnen. Von einem Moment auf den anderen saß das Delta-Team wie auf dem Präsentierteller.

Da er nirgendwohin konnte, ließ sich Drake auf ein Knie fallen und eröffnete das Feuer.

Kennedy sprintete zu den Bäumen, die vor der Außenmauer der Villa standen. Schnell hatte sie die Rückseite des Hauses erreicht, wo ein gesichtsloser SAS-Soldat sich vor ihr auf den Bauch fallen ließ.

Wie das Kaninchen vor der Schlange stand sie still und starrte auf den Lauf der Waffe. Zum ersten Mal seit Monaten dachte sie nicht mehr an Thomas Kaleb.

»Scheiße!«

»Ist okay«, sagte eine Stimme neben ihrem Ohr. Sie spürte die kalte Klinge, die nur Millimeter entfernt war.

»Das ist Drakes Vögelchen.«

Der Kommentar ließ ihre Angst verschwinden. »Ich bin *nicht* Drakes Vögelchen. Was auch immer das heißen soll.«

Der Mann stand lächelnd vor ihr. »Nun, um einen gebräuchlichen Amerikanismus zu verwenden, Miss Moore – *wie auch immer*. Ich würde mich ja ausgiebig vorstellen, aber das ist weder die richtige Zeit noch der richtige Ort. Sie können mich Wells nennen.«

Kennedy erkannte den Namen, aber sie sagte nichts, als neben ihr ein Team britischer Soldaten auftauchte, das sich in Bewegung setzte. Es war gruselig, sie so ohne Vorwarnung auftauchen zu sehen. Wie verdammt noch mal machten die das? Auf dem hinteren Teil von Davics Grundstück gab es eine riesige Terrasse, die mit indischem Sandstein eingefasst war und einen Swimmingpool in olympischer Wettkampfgröße beherbergte, umgeben von Sesseln und weißen Pavillons und mehreren niedrigen, hässlichen Gebäuden, die nicht zum restlichen Dekor passen wollten. Neben dem größten war ein rundes Helipad, inklusive des dazugehörigen Hubschraubers.

Nachdem sie jahrelang in New York im Einsatz gewesen war, überlegte Kennedy, ob Verbrechen sich doch auszahlte.

Es zahlte sich zumindest für diese Typen aus und für Kaleb. Es hätte sich auch für Chuck Walker gelohnt, wenn sie nicht gesehen hätte, wie er das Bündel Scheine einsteckte.

Der Job ist es wert, dachte sie. Die Menschen, die sie rettete, die Leben, die sie zum Guten verändert hatte, die Kinder, die aufwachsen konnten und ihre Träume verfolgen … *das* allein war schon all den Ärger und die Sorgen wert.

Die Liegestühle waren belegt gewesen. Mehrere Männer und Frauen in Badesachen standen herum, wirkten wie vor den Kopf gestoßen und hielten ihre Kleidung an sich gepresst, um sich so weit wie möglich zu bedecken.

»Diese Leute … nennen wir sie mal *Gäste* … sind vermutlich kein Teil der serbischen Bande.«

Wells sprach leise in ein Kehlkopfmikrofon: »Schafft sie hier weg.« Er nickte den drei Männern zu, die vorangingen. »Der Rest von euch geht auf die andere Seite dieser Gebäude.«

Während die Gruppe sich aufteilte, passierten mehrere Dinge gleichzeitig. Der Rotor des Helikopters setzte sich in Bewegung und der Lärm der Turbinen übertönte augenblicklich das Geschrei der Menschen in der Nähe. Dann hörte man ein tiefes Dröhnen, wie das Geräusch eines Rolltores, gefolgt vom plötzlichen Aufheulen eines PS-starken Motors. Um die Ecke der abgelegenen Seite des niedrigen Gebäudes raste ein weiß-metallenes Geschoss, ein Audi R8, der rasant beschleunigte.

Als er die Terrasse erreicht hatte, war er wie eine tödliche Kugel – die eine Tonne wog. Er pflügte durch die geschockten SAS-Männer, die durch die Luft flogen. Dahinter folgte ein zweiter Wagen, schwarz und größer.

Die Rotoren des Helikopters beschleunigten, die Turbinen heulten auf. Die ganze Maschine erzitterte, als sie kurz davor war, abzuheben.

Kennedy war benommen und hörte, wie Wells Befehle bellte. Sie zuckte zusammen, als die verbliebenen SAS-Soldaten das Feuer eröffneten.

Im Garten herrschte blankes Chaos.

Soldaten feuerten auf den rasenden Audi. Die Kugeln durchschlugen die Karosserie, die Kotflügel und die Türen. Das Auto raste auf die Ecke des Hauses zu und bremste in letzter Sekunde, um die enge Kurve zu schaffen.

Kies schoss unter den Reifen hervor wie winzige Raketen.

Eine Kugel schlug durch die Windschutzscheibe, zerstörte sie. Der Wagen erstarb mitten in der Fahrt. Der Motor verstummte, als der Fahrer hinter dem Steuer zusammensackte.

Kennedy rannte mit der Waffe im Anschlag auf den Wagen zu. »*Keine Bewegung!*«

Bevor sie ihn erreicht hatte, war offensichtlich, dass der Fahrer der einzige Insasse war. Es war niemand Besonderes.

Ein Ablenkungsmanöver.

Der Helikopter war knapp einen Meter aufgestiegen und drehte sich langsam. Einer der SAS-Soldaten rief etwas, blieb dabei aber relativ ruhig. Das zweite Wagen, ein schwarzer, viertüriger Cadillac, schoss nun durch das flache Ende des riesigen Pools, die Reifen ließen das Wasser wie einen Mini-Tsunami in alle Richtungen spritzen. Die Fenster waren dunkel getönt. Unmöglich zu sagen, wer darin saß.

Ein dritter Motor wurde gestartet, dieser noch außer Sichtweite.

Soldaten feuerten auf den Caddy und erledigten den Fahrer. Der Wagen schleuderte, das Heck knallte in den Pool. Wells und drei andere Soldaten rannten darauf zu und schrien. Kennedy behielt den Helikopter im Auge, aber wie der Caddy besaß er ebenfalls getönte Scheiben.

Das war alles Teil eines ausgeklügelten Fluchtplans, vermutete Kennedy.

Aber wo war der echte Davor Davic?

Der Helikopter hob ab. Der SAS hatte langsam die Nase voll, Warnungen herumzuschreien, und schoss auf den Heckrotor. Die riesige Maschine trudelte. Ein Soldat zielte sorgfältig mit einem Granatwerfer.

Wells erreichte den Caddy und feuerte. Kennedy hörte über ihr Funkgerät, dass Davic noch immer nicht geschnappt wurde. Nun kam das dritte Auto um die Ecke geschossen, der Motor röhrte wie bei einem teuren Supercar, aber es war ein Bentley. Groß und klotzig, als wolle er sagen: *Kommt mir nicht in die Quere!*

Kennedy sprang zwischen die Bäume. Mehrere Soldaten taten es ihr gleich. Wells wirbelte herum und feuerte drei schnelle Schüsse ab, die von den Seitenfenstern abprallten.

Kugelsicheres Glas!

»Das ist der Wichser!«, schrie Wells. »Das ist Davic in dem Auto.«

Die Worte kamen einen Sekundenbruchteil zu spät, um den Helikopter zu retten – die Granate war bereits abgefeuert – das Explosivgeschoss detonierte an der Unterseite des Hubschraubers. Er zerbarst und Metalltrümmer wurden überallhin geschleudert. Der verbeulte Haufen Stahl krachte in den Pool und verdrängte mit einem gewaltigen Platschen tausende Liter Wasser.

Kennedy wartete, bis der getunte Bentley an ihr vorbeigeschossen war und rannte dann hinterher. Eine schnelle Einschätzung der Lage sagte ihr, dass es nur eine Chance gab, den fliehenden Serben einzufangen.

Wells sah es im selben Moment und trat in Aktion. Der R8 war ein Totalschaden, aber der Caddy funktionierte noch, die Räder standen nur wenige Zentimeter unter Wasser auf den Marmorstufen des Pools.

Wells und zwei seiner Soldaten rannten auf den Caddy zu. Kennedy beschleunigte ihre Verfolgungsjagd, entschlossen, ebenfalls einen Platz abzukriegen. Im selben Moment hörte sie ein beunruhigendes Zischen in der Luft, als wäre ein Wirbelwind vorbeigezogen, und plötzlich explodierte eine Ecke von Davics Haus.

»*Scheiße!*« Wells warf sich zu Boden. Trümmer flogen durch die Luft, platschten in den Pool und knallten auf die Terrasse. Kennedy stolperte. Sie drehte sich in Richtung der Klippen um.

Ein neu angekommener schwarzer Helikopter schwebte dort in der Luft. Eine Gestalt winkte aus der Tür.

»Hat euch das gefallen?«

Wells hob den Kopf. »Alicia Myles? Was zur Hölle machst du?«

»*Ich hätte dir auch die Rübe wegschießen können, du alter Penner. Du schuldest mir was.*« Alicia lachte, als der Helikopter einen Moment aufstieg, bevor er abdrehte, um den Bentley zu verfolgen.

Die Kultisten – die *Forn Sidr* – waren hier.

Drake rollte sich nach vorn, einen Wimpernschlag, bevor sich die Wand hinter ihm in Schweizer Käse verwandelte. Mindestens eine Kugel verfehlte ihn so knapp, dass er sie pfeifen hören konnte. Er war so schnell unterhalb des Balkons wie der Rest des Delta-Teams. Dort angekommen, zielte er nach oben und eröffnete das Feuer. Wie erwartet, war der Boden des Balkons relativ dünn. Der Beschuss von oben verebbte, als Kugeln ihre Ziele fanden und man Schreie hörte.

Der Kommandant des Delta-Teams gab das Signal, in Richtung des Tresorraums zu gehen. Sie rannten durch zwei opulent möblierte Zimmer, dann wies er alle an, stehenzubleiben. Die Satellitendaten hatten ihnen gezeigt, dass hier ein versteckter, unterirdischer Raum war.

Blendgranaten wurden hineingeworfen. Die amerikanischen Soldaten folgten, schrien, um die Verwirrung noch zu vergrößern. Dennoch tauchten sofort ein halbes Dutzend serbischer Wachen auf, die sie in einen Nahkampf verwickelten. Drake atmete durch und ging hinein. Chaos und Verwirrung erfüllten den Raum. Er sah sich mit einem riesigen Wachmann konfrontiert, der grinste, rülpste und dann auf ihn zustürmte, um ihn zu packen.

Drake trat schnell einen Schritt zur Seite, landete einen Schlag auf dessen Nieren und rammte die Hand wie eine Speerspitze in den Solarplexus. Der Goliath verzog keine Miene.

Drake wich zurück, umrundete vorsichtig seinen Gegner, der unbeweglich stehen blieb. Der Serbe war gewaltig: Eine Fettschicht über soliden Muskeln, mit einer Stirn, die hart genug wirkte, um damit zehn Zentimeter dicke Betonplatten zu zertrümmern. Der Mann pflügte vorwärts, die Arme ausgebreitet. Ein Fehler und Drake würde zu Tode gequetscht werden, ausgedrückt und aufgeplatzt wie eine Weintraube. Er wich mit ein paar raschen Schritten zur Seite aus, täuschte nach rechts an und landete dann drei schnelle Jabs.

Auge. Ohr. Kehle.

Alle drei Schläge fanden ihr Ziel. Der Serbe kniff vor Schmerz die Augen zu. Drake vollführte eine riskante Rolle um die eigene Achse in einen Sprungkick, der genug Wucht entfaltete, selbst diesen Brontosaurier von den breiten Füßen zu holen.

Der Mann krachte zu Boden, als wäre eine Lawine niedergegangen. Bilder fielen von der Wand. Sein Kopf schlug auf und er wurde bewusstlos.

Drake ging weiter in den Raum. Zwei der Delta-Jungs lagen am Boden, aber alle der Serben waren neutralisiert worden. Eine breite Tür in der östlichen Wand war aufgeschwungen und die meisten der Amerikaner standen vor der Öffnung, wichen aber langsam zurück, gaben erschrockene Flüche von sich.

Drake schloss rasch zu ihnen auf, unfähig, sich auszumalen, was einen Delta-Soldaten in Panik versetzen könnte. Zuerst sah er nur ein paar Steinstufen, die in eine hell erleuchtete unterirdische Kammer führten.

Als Nächstes sah er einen schwarzen Panther, der langsam die Treppe hinaufkam, die hochgezogenen Lefzen enthüllten rasiermesserscharfe Fänge.

»Fuuuuuck …«, sagte einer der Amerikaner lang gezogen. Dem konnte sich Drake nur anschließen.

Der Panther fauchte, als er zum Sprung ansetzte. Drake wich zurück, als das Biest durch die Luft sprang, hundert Pfund tödlicher Muskeln in Raserei. Er landete auf der oberen Stufe, bereit zum Sprung, die hypnotischen grünen Augen ließ er nicht von den zurückweichenden Soldaten.

»Ich hasse es, das zu tun«, sagte der Delta-Kommandant, als er die Waffe anlegte und zielte.

»Warten Sie!« Drake sah etwas unter den Lichtern glänzen. »Warten Sie einfach. Keine Bewegung.«

Der Panther pirschte vorwärts. Das Delta-Team hatte ihn im Visier, während er zwischen ihnen hindurchlief und auf dem Weg nach draußen verächtlich an einem der regungslosen Serben schnüffelte.

»Was zur …?« Einer der Amerikaner sah Drake zweifelnd an.

»Haben Sie das nicht gesehen? Er hat ein diamantbesetztes Halsband getragen. Eine solche Katze, die in einem Haus wie diesem lebt, ist *vermutlich* darauf dressiert, nur anzugreifen, wenn sie die Stimme ihres Herrchens hört.«

»Clever. Ich hätte es gehasst, ein solches Tier zu töten.« Der Delta-Kommandant machte eine Handbewegung in Richtung der Serben. »Diese Arschlöcher hier hingegen könnte ich den ganzen Tag einfach nur aus Spaß umlegen.«

»Trotzdem«, fügte Drake hinzu, »sollten Sie ihn im Auge behalten.«

Sie gingen die Stufen hinab und ließen zwei Männer oben als Wachen zurück. Drake erreichte den Boden des Tresorraumes als Dritter, und was er sah, ließ ihn verwundert den Kopf schütteln.

»Wie durchgeknallt sind diese Typen eigentlich?«

Der Raum war vollgepackt mit Dingen, die man bestenfalls als persönliche Trophäen bezeichnen konnte. Gegenstände, die Davor Davic für wertvoll hielt, weil sie – in seiner verdrehten Wahrnehmung – für *andere Menschen* wertvoll waren. Überall standen Vitrinen herum, große und kleine, quer durcheinander.

Ein Kieferknochen eines T-Rex. Auf einem Schild stand: *Aus der Sammlung von Edgar Fillion – überreicht für sein Lebenswerk.* Daneben war auf einem Bronzesockel eine gruselige, mumifizierte Hand ausgestellt, durch eine Inschrift als *Bezirksrichter Nr. 3* ausgewiesen.

Und noch viele weitere. Während Drake die Vitrinen inspizierte und versuchte, sich in diese Faszination für das Morbide hineinzuversetzen und den Schwerpunkt der

Sammlung zu würdigen, erspähte er endlich die fantastischen Artefakte, nach denen sie suchten.

Die Walküren: Zwei leuchtend weiße Statuen, die auf einen runden Steinblock standen. Beide Skulpturen waren etwa 1,50 Meter hoch, aber vor allem die verblüffende Detailverliebtheit erstaunte Drake. Zwei füllige Frauen, nackt wie die mächtigen Amazonen des Altertums, beide mit gespreizten Beinen, als würden sie auf etwas reiten. Vermutlich ein geflügeltes Pferd, dachte Drake. Ben hätte mehr gewusst, aber er erinnerte sich, dass die Walküren sie nutzten, um von einer Schlacht zur nächsten zu reisen. Er betrachtete die muskulösen Gliedmaßen, die klassische Knochenstruktur und die ungewöhnlichen geflügelten Helme.

»Shiiiit!«, rief einer der Delta-Soldaten aus. »Ich wünschte, ich hätte so ein Sixpack.«

Was allerdings auffallender war, beide Walküren deuteten mit der linken Hand nach oben auf irgendein unbekanntes Wunder. *Sie zeigen,* dachte Drake, *direkt auf den Eingang zum Grab der Götter. Irgendwo in der Nähe von Ragnarök.*

In diesem Moment versuchte einer der Soldaten eines der Stücke aus einer Vitrine zu holen. Ein lauter Alarm erklang und ein stählernes Gitter sauste am Ende der Treppe nach unten und versperrte ihnen den Ausgang.

Die Amerikaner griffen sofort nach ihren Gasmasken. Drake schüttelte den Kopf. »Keine Sorge. Irgendetwas sagt mir, dass Davic die Sorte Abschaum ist, der seine Diebe gern lebend und unversehrt fängt.«

Der Delta-Commander beäugte die immer noch vibrierenden Gitterstäbe. »Blast diese Stängel weg.«

Kennedy starrte mit offenem Mund dem Helikopter und dem davonrasenden Bentley hinterher. Wells fehlten anscheinend ebenfalls die Worte, während er in den Himmel sah.

»Scheiße«, hörte Kennedy ihn schnaufen. »Ich hab sie verdammt noch mal ausgebildet. Wie kann sie es *wagen*, zur Verräterin zu werden?«

»Dann ist es ja gut, dass sie weg ist.« Kennedy kontrollierte, ob ihre Haare noch fest zurückgebunden waren, nach all der Action, und sie sah weg, als sie bemerkte, dass ein paar der Soldaten sie musterten. »Sie war im Vorteil. Wenn Drake und das Delta-Team die Walküren gesichert haben, können wir vielleicht unbemerkt abhauen, während Alicia mit Davic beschäftigt ist.«

Wells sah aus, als müsse er sich zwischen zwei gleichermaßen attraktiven Optionen entscheiden, doch er blieb stumm, während sie um das Haus herumrannten. Sie sahen Alicias Helikopter wenden, um sich dem Bentley direkt in den Weg zu stellen. Schüsse wurden abgefeuert, die an dem davonrasenden Auto abprallten. Dann bremste der Wagen plötzlich scharf und kam in einer Kieswolke zum Stehen.

Etwas wurde aus dem Fenster geschoben.

Der Hubschrauber machte einen plötzlichen Sinkflug. Der Pilot schien einen fast übernatürlichen Gefahrensinn zu besitzen und die RPG feuerte über den Helikopter hinweg. Als die Kufen den Boden berührten, strömten die kanadischen Kultisten aus den Türen. Ein Feuergefecht brach aus.

Kennedy glaubte, Alicia Myles zu sehen, eine zierliche Gestalt in einem Körperpanzer, die sich wie die sprichwörtliche Löwin ins Getümmel stürzte. Ein Biest, gezüchtet für den Kampf, das sich vollkommen der Gewalt und Raserei hingab. Trotz ihrer Ausbildung spürte Kennedy, wie ihr das Blut in den Adern gefror.

Verspürte sie tatsächlich *Angst*?

Aus der anderen Seite des Helikopters stürzte eine dünne Gestalt hervor. Sie erkannte ihn sofort.

Professor Parnevik!

Er humpelte in ihre Richtung, zuerst zögerlich, dann mit neu gefundener Entschlossenheit und letztlich auf allen vieren krabbelnd, weil die Kugeln über ihm dahin zischten, eine davon nur Zentimeter an seinem Schädel vorbei.

Parnevik kam nahe genug, dass das SAS und Kennedy ihn in Sicherheit ziehen konnten. Die Kultisten waren mit kämpfen beschäftigt und schienen es nicht zu bemerken.

»Okay«, sagte Wells und nickte in Richtung des Hauses. »Bringen wir das zu Ende.«

Drake half, die Walküren aus dem Trophäenraum zu schleppen, während ein paar Männer eine kleine Menge Sprengstoff an den Gitterstäben anbrachten. Sie liefen auf einem schmalen Pfad durch die Exponate und sahen sie lieber nicht zu genau an. Einer der Delta-Soldaten war vor ein paar Minuten von einer morbiden Inspektionstour zurückgekommen und hatte erzählt, dass am Ende des Raumes ein schwarzer Sarg stand, dessen Deckel zugenagelt war.

Die Neugier hatte genau zehn Sekunden lang angehalten. Es brauchte die Logik eines Soldaten, sie zu unterdrücken. Je weniger man wusste …

Das war nicht mehr Drakes Logik. Aber selbst wenn nicht, hatte er wirklich kein Interesse daran, zu erfahren, wieso ein ehemaliger Mafiaboss einen schwarzen Sarg in seinem persönlichen Museum ausstellt. Er war sogar froh, dass er wie ein gewöhnlicher Zivilist zusammenzuckte, als die Gitterstäbe aufgesprengt wurden.

Sie bewegten sich zum Ausgang.

Von oben hörte man Gewehrfeuer. Die beiden Delta-Soldaten, die Wache gehalten hatten, stürzten von Kugeln durchsiebt die Stufen hinab. Eine Sekunde später erschien ein Dutzend Männer mit Maschinenpistolen am oberen Ende der Treppe.

In die Zange genommen, in der Unterzahl und von einem höheren Punkt aus mit Waffen bedroht, hatte der Rest des Delta-Teams die schlechteren Karten und war verwundbar. Drake bewegte sich langsam auf eine Vitrine zu, die Deckung bot, und versuchte nicht darüber nachzudenken, wie dämlich es war, so überrascht zu werden und das es dem SAS *nicht* passiert wäre. Er vertraute darauf, dass diese Gegner nicht verrückt genug waren, auf die Walküren zu schießen.

Einige nervenzerfetzende Augenblicke lang passierte gar nichts und es herrschte drückendes Schweigen, bis eine Gestalt die Treppe herabkam – ein Mann, der in Weiß gekleidet war und eine Maske vor dem Gesicht trug.

Drake erkannte ihn sofort. Derselbe Mann, der den Schild auf dem Laufsteg in York an sich genommen hatte. Der Mann, den er in Uppsala gesehen hatte.

»Dich *kenne* ich doch«, sagte er flüsternd, dann lauter: »Die verdammten *Deutschen* sind da.«

Der Kerl hob eine 45er und wedelte damit herum. »Lasst alle sofort die Waffen fallen, ihr Idioten.«

Eine arrogante Stimme. Die Stimme von jemandem, der sich nicht die Hände schmutzig machte, der über Macht in der realen Welt verfügte. Die Art Macht, die schriftlich festgelegt ist und einem in exklusiven Klubs – nur für

Mitglieder – verliehen wird. Die Sorte Mann, der keine Ahnung von echter Arbeit und Schinderei hatte.

Die Soldaten der Delta-Force hielten ihre Waffen mit bedrohlichem Schweigen.

Der Mann schrie erneut, seine Herkunft hatte ihn ignorant gegenüber der Gefahr gemacht.

»Seid ihr taub? Ich sagte *sofort*!«

Ein Mann erwiderte in breitem Texanisch: »Kannste vergessen, Arschloch.«

»*Aber … aber …*«, stammelte der Mann verwundert und riss sich dann die Maske vom Gesicht.

»Das *werdet* ihr!«

Drake war überrascht, als er Abel Frey erkannte, den deutschen Modeschöpfer. Der Schock pulsierte durch Drakes Adern wie Gift. Es war nicht rational. Das war, als würde man Taylor Swift oder Miley Cyrus da oben stehen sehen, die kichernd verkünden, dass sie die Weltherrschaft übernehmen wollen.

Frey sah Drake in die Augen. »Und Sie, Matt Drake!« Die Hand mit der Waffe darin zitterte. »Sie haben mich fast *alles* gekostet! Ich werde mir Ihre Polizistin vornehmen. *Das verspreche ich!* Und sie wird dafür bezahlen! Oh, und wie sie bezahlen wird!«

Bevor die Worte noch verhallt waren, zielte Frey mit der Waffe zwischen Drakes Augen und feuerte.

Kennedy stürzte in den Raum und sah die SAS-Soldaten auf die Knie gehen und ein Zeichen geben, dass alle ruhig sein sollten. Sie sah vor sich eine Gruppe maskierter Männer in Körperpanzern, die ihre Waffen auf das gerichtet hatten, was nur Davor Davics geheime Schatzkammer sein konnte.

Zum Glück waren die Männer zu beschäftigt, um sie zu bemerken.

Wells sah sie an und formte lautlos das Wort: »Wer?«

Kennedy bedachte ihn mit einem verwirrten Gesichtsausdruck. Sie hörte jemanden schimpfen, sah ihn im Profil, die 45er, die er hielt und mit der er unbeholfen herumwedelte. Als sie vernahm, wie er den Namen *Matt Drake* schrie, wusste sie genau wie Wells, was passieren würde und ein paar Augenblicke später eröffneten die Soldaten das Feuer.

Während der folgenden sechzig Sekunden dauernden Schießerei sah Kennedy hilflos alles wie in Zeitlupe. Der Mann in Weiß feuerte die Waffe ab. Ihr eigener Schuss folgte einen Sekundenbruchteil später, riss seinen Mantel zur Seite, als das Geschoss durch das hängende Material jagte. Er drehte sich um und wirkte schockiert, was die pausbäckigen, schlaffen Züge noch betonte.

Ein verweichlichter Schnösel.

Dann eröffneten die maskierten Männer das Feuer. Die Soldaten des SAS feuerten wohlplatzierte Schüsse ab, bedacht und präzise. Weiterer Beschuss folgte aus dem Inneren der Schatzkammer. Sie hörte amerikanische Stimmen. Deutsche Stimmen. Englische Stimmen.

Ein einziges Chaos. Sie traf zwei Deutsche – andere fielen ebenso. Der Kerl in Weiß schrie und gestikulierte. Seine Mannschaft trat hastig den Rückzug an. Kennedy sah, wie die Männer ihm Deckung gaben und dabei starben. Wie Schorf, der von einer Wunde bröselt, doch die Wunde bleibt. Am Ende entkam er in einen der hinteren Räume, seine Wachmannschaft dezimiert, geradeso mit dem Leben davongekommen.

Kennedy sprintete den Korridor entlang, hatte einen ungewohnten Klumpen im Hals, einen Eiszapfen im Herzen, und ihr war nicht klar, wie besorgt sie gewesen war, bis sie Drake lebend sah und die Erleichterung wie eine kühle Brise über sie hinweg strich.

Drake rappelte sich vom Boden auf, dankbar, dass Abel Freys Zielsicherheit genauso unterentwickelt war wie sein Realitätssinn. Als Erstes sah er Kennedy, die die Stufen hinab hastete; als Zweites ihr Gesicht, als sie auf ihn zurannte.

»Ich bin so froh, dass dir nichts passiert ist!«, rief sie und umarmte ihn, bevor ihr wieder ihre Reserviertheit einfiel.

Drake sah Wells wissenden Blick, bevor er die Augen schloss. Er hielt sie einen Moment, spürte ihren schlanken Körper, die Muskeln, das flatternde Herz so nah an seinem. Ihr Kopf lag an seinem Hals, ein wunderbares Gefühl durchfuhr ihn.

»Jup, ich bin okay. Und du?«

Sie löste sich von ihm, lächelte.

Wells kam zu ihnen. »Drake. Seltsam, sich hier wiederzutreffen, alter Kumpel. Es gibt ein paar Dinge, die du wissen solltest. Dinge über Mai.«

Drake war für einen Moment aus der Spur. Mit dem, was Wells gesagt hatte, hatte er als Allerletztes gerechnet. Nach einer Sekunde bemerkte er Kennedys verblassendes Lächeln und ergriff die Initiative. »Die Walküren.« Er zeigte mit dem Finger in die Richtung. »Komm schon, solange wir noch die Chance haben. Jagen wir die Deutschen?«

»Das ist das reinste Chaos da draußen, Mann. Wir können froh sein, dem Ganzen überhaupt etwas abzugewinnen.«

»Verstanden.«

Der Delta-Commander gab bereits Befehle und winkte sie zu sich. »Das ist hier nichts für Schlafmützen, Jungs. Wir sollten mal die Hufe schwingen. Ich hab langsam die Schnauze voll von unserem Hawaii-Urlaub.«

KAPITEL 29

HAWAII

Drake, Kennedy und der Rest des Angriffsteams trafen sich mit Ben und Hayden einige Stunden später auf einer Militärbasis in der Nähe von Honolulu.

Zeit verging. Für den bürokratischen Teil war Hayden zuständig. Wogen wurden geglättet. Regierungen stritten, schmollten und starteten dann endlich Gespräche. Aufgescheuchte Bürokraten wurden mit dem politischen Äquivalent von Milch und Honig ruhiggestellt.

Und die Aufgabe, die vor ihnen lag, rückte unaufhaltsam näher.

Diejenigen, die sich tatsächlich die Finger schmutzig machten, redeten, sorgten sich, schmiedeten Pläne und schliefen in einer Reihe von Gebäuden mit schlechter Klimaanlage in der Nähe von Pearl Harbor. Als Drake zurückkam, verriet ihm Bens unterkühlte Begrüßung, dass sie wenig Fortschritte gemacht hatten auf der Jagd nach dem nächsten Artefakt von Odin – den Augen. Drake verbarg seine Überraschung. Er war felsenfest davon ausgegangen, Bens Wissen und Motivation hätten das Rätsel schon geknackt.

Hayden, die clevere Assistentin des Verteidigungsministers, hatte ihm geholfen, aber bisher hatten sie nichts.

Ihre einzige Hoffnung war, dass ihre Konkurrenz – die kanadische *Forn Sidr* und die Deutschen – ihnen nicht weit voraus war.

Ben konnte sich nicht mehr auf seine Aufgabe konzentrieren, als Drake ihm erzählte, was sie erfahren hatten.

»*Abel Frey*? Der deutsche Modeschöpfer ist ein krimineller Mastermind? Du verarschst mich.«

»Ehrlich, Mann. Würde ich dich anlügen?«

»Soll das ein Zitat von DinoRock sein oder Whitesnake? Du weißt doch, dass unsere Band ein Problem hat, deren Musik zu spielen, und das ist nicht lustig. Ich kann es einfach nicht glauben … Abel Frey?«

Drake seufzte. »Wie oft soll ich es denn noch sagen? Ja, Abel Frey.«

Kennedy schaltete sich ein. »Hört sich wie Bullshit an, aber es stimmt. Der Typ lebt völlig zurückgezogen. Hat ein Schloss in den Alpen, man nennt es das *Party-Chateau*. Supermodels. Geld. Das Leben eines Superstars.«

»Auf gewisse Weise die perfekte Tarnung«, überlegte Ben.

»Ist einfach, Außenstehende zu täuschen, wenn man berühmt ist«, stimmte Drake zu. »Man kann sich aussuchen, wo man gerade auf der Welt hin will. Schmuggeln muss für so jemanden wirklich einfach sein.«

Torsten Dahl kam in dem Moment zu ihnen herüber. »Diese Sache mit Abel Frey … man hat entschieden, das erstmal nicht an die große Glocke zu hängen. Wir beobachten und warten, lassen sein Schloss überwachen, aber stehen ihm nicht im Weg, falls er etwas weiß, was wir nicht wissen.«

»Hört sich oberflächlich betrachtet gut an«, meinte Drake, »aber …«

»Aber er hat meine Schwester«, zischte Ben.

Hayden hielt eine Hand hoch, wie um ihn zu beruhigen. »Dahl hat recht, Ben. Karin ist sicher … fürs Erste.«

Drake kniff die Augen zusammen, sagte aber nichts. Zu protestieren hätte wenig geholfen, außer seinen Freund weiter abzulenken. Hayden war erneut für ihn undurchschaubar.

Machte sie sich Sorgen um Ben oder hatte sie nur die Bedenken ihrer Regierung im Kopf?

In jedem Fall war die Lösung dieselbe. Warten.

Drake wechselte das Thema. Er tastete sich vor. »Wie geht es deiner Mom und deinem Dad?«, fragte er behutsam. »Wissen die schon Bescheid?«

Ben seufzte gequält. »Nein, Kumpel. Beim letzten Anruf haben sie sie erwähnt, aber ich hab gesagt, sie hat einen zweiten Job. Das hilft vielleicht eine Weile, Matt, aber nicht lange.«

»Ich weiß.« Drake beäugte Wells und Hayden. »Als Anführer solltet ihr beide behilflich sein.« Dann, ohne auf eine Antwort zu warten, sagte er: »Also, was gibt es Neues von Heiði und Odins Augen?«

Ben schüttelte angeekelt den Kopf. »Eine Menge«, beschwerte er sich. »Es gibt überall kleine Brocken an Informationen. Hier – hör dir das an: Um aus Mimirs Quelle zu trinken – dem Brunnen der Weisheit in Walhalla – muss jeder ein bedeutendes Opfer bringen. Odin opferte seine *Augen*, was die Bereitschaft symbolisieren soll, Wissen über Gegenwart und Zukunft zu erlangen. So etwas wie Zeitreisen. Er konnte möglicherweise durch die Zeit springen. Vielleicht konnten das alle Götter. Als er aus der Quelle trank, sah Odin sämtliche Prüfungen, die den Menschen und Göttern in alle Ewigkeit auferlegt sind. Er sah die Zukunft. Möglicherweise hat er sie sogar besucht? Vielleicht hat das etwas damit zu tun, wieso alle Götter gestorben sind. Wie dem auch sei, hier steht, dass Mimir Odins Augen als Opfergabe akzeptierte und sie liegen immer noch dort. Als Symbol für das, was selbst ein Gott zahlen muss, um einen Blick auf die ultimative Weisheit zu erhaschen.«

»Okay«, Drake zuckte die Achseln. »Das übliche historische Blabla also, ja?«

»Stimmt, aber das hört sich *alles* so an. Die *Lieder-Edda*, die *Saga von Flenrich*, und ein anderer Titel lautete wohl nach meiner Übersetzung: *Die vielen Pfade der Heiði*. Sie erklären, was passiert ist, aber sie sagen uns nicht, wo die Augen nun sind, nur, dass sie mit Walhalla in Verbindung stehen. Die Augen sollen angeblich dort sein, aber wir wissen auch, dass Odin alle seine Gefährten der Heiði überlassen hat.«

»Sie sind *in* Walhalla?« Kennedy verzog das Gesicht.

»Das ist das nordische Wort für den Himmel.«

»Also besteht eher keine Chance, dass *wir* sie jemals finden.«

»Wessen Himmel?«, fragte Dahl. »Es gibt angeblich viele.«

Drake dachte nach. »Und da gibt es sonst nichts? Komm schon, Kumpel, das ist das letzte Teil, und alles, was wir haben, ist ein Verweis auf Walhalla!«

»Ich habe Heiðis Pfade – ihre Reisen – nachverfolgt. Sie besucht die Orte, von denen wir wissen, und kehrt dann nach Hause zurück. Das ist ja nicht wie auf der PlayStation. Keine Nebenquests, keine versteckten Belohnungen, keine alternativen Lösungswege, nix.«

Kennedy setzte sich neben Ben, öffnete ihren Pferdeschwanz und schüttelte die Haare aus. »Könnte sie zwei Teile an einem Ort versteckt haben?«

»Möglich, aber die Theorie passt nicht so recht zu dem, was wir bisher wissen. Die anderen Hinweise deuten alle darauf hin, dass jedes Teil an einem einzelnen Ort versteckt ist.«

»Du sagst also, *das* ist unser Hinweis?«

»Der Hinweis muss Walhalla sein«, sagte Drake schnell. »Es ist der einzige Begriff, der auf einen Ort hinweist. Und du hattest doch erwähnt, dass Heiði Odin gesagt hat, sie wisse, wo *seine Augen versteckt sind*, denn er hat ihr alle Geheimnisse verraten, als er am Kreuz hing.«

»Baum.« Torsten Dahl meldete sich zu Wort. Der Schwede sah erschöpft aus, abgekämpfter durch die Bürokratie seines Jobs als durch die körperliche Anstrengung. »Odin hing am Weltenbaum.«

»Oha«, murmelte Drake. »Selbe Story.« Er sah zu Ben, der gerade etwas trank. »Ist das Kaffee?«

»Kona.« Dahl sah selbstzufrieden aus. »Das Beste, was Hawaii zu bieten hat.«

»Ich dachte, das sei Dosenfleisch«, sagte Kennedy herablassend.

»Dosenfleisch ist sehr beliebt in Hawaii«, meinte Dahl. »Aber Kaffee schlägt alles. Und Kona Macadamia Nut ist der beste, zumindest meiner Meinung nach.«

»Du sagst also, Heiði wusste, wo Walhalla ist?« Hayden gab ihr Bestes, verwirrt statt skeptisch zu schauen, während Drake jemandem winkte, er solle mehr Kaffee bringen.

»Ja, aber Heiði war ein Mensch. Keine Göttin. Also wäre das, was sie erlebt hat, ein *irdisches* Himmelreich?«

»Sorry, Kumpel«, sagte Kennedy. »Vegas wurde erst 1905 gegründet.«

»*Für eine Wikingerin*«, fügte Drake hinzu und versuchte nicht zu grinsen.

Stille folgte. Drake sah zu, wie Ben geistig eine Liste mit allem abhakte, was er bisher herausgefunden hatte. Kennedy schürzte die Lippen. Hayden nahm ein Tablett mit Kaffeetassen entgegen. Wells hatte sich schon lange in eine Ecke zurückgezogen und tat, als würde er schlafen. Drake erinnerte sich daran, was er gesagt hatte: *Es gibt ein paar Dinge, die du wissen solltest. Dinge über Mai.*

Dafür wäre vielleicht später Zeit, wenn überhaupt.

Ben lachte und schüttelte den Kopf. »Das ist einfach. Der Himmel einer Person ist … ihr Zuhause.«

»Der Ort, wo sie gelebt hat? Ihr Dorf. Ihre Hütte«, bestätigte Drake.

»Mimirs Quelle liegt *in* Heiðis Dorf!« Kennedy sah sich um und die Begeisterung stand ihr ins Gesicht geschrieben, dann gab sie Drake spielerisch einen Knuff. »Gar nicht schlecht für einen Soldaten.«

»Das Gehirn ist wieder nachgewachsen, seit ich ausgeschieden bin.« Drake sah, dass Wells leicht zusammenzuckte. »War die beste Entscheidung meines Lebens.«

Torsten Dahl stand auf. »Dann auf nach Schweden, um das letzte Teil zu finden.« Er schien zufrieden, in sein Heimatland zurückzukehren. »Also … woher stammte Heiði?«

»Ostergotland«, sagte Ben, ohne nachzusehen. »Ebenfalls die Heimat von Beowulf und Grendel – der Ort, wo man sich immer noch erzählt, dass Monster nachts die Gegend unsicher machen.«

KAPITEL 30

LA VEREIN, DEUTSCHLAND

La Verein, das Party-Chateau, lag südlich von München in der Nähe der bayrischen Grenze.

Wie eine Festung residierte es auf halber Höhe an einem sanft ansteigenden Berghang, die Mauern trugen Zinnen und hatten sogar an mehreren Stellen kleine Schießscharten. Runde Türme standen auf jeder Seite des Torbogens. Eine breite Zufahrtsstraße bot genügend Platz, um mit teuren Wagen vorzufahren und die neuesten Stars und Sternchen anzuliefern, während die handverlesenen Paparazzi sich hinknieten, um Fotos zu schießen.

Abel Frey schlenderte zwischen den Partygästen hindurch, schüttelte einigen der wichtigeren Besucher die Hand und stellte sicher, dass sich die Models gut benahmen. Ein Stirnrunzeln hier, ein Murmeln dort, selbst ein gelegentlicher Witz, sorgten dafür, dass sie alle seine Erwartungen erfüllten.

Er tat so, als würde er die dünnen weißen Linien übersehen, die in den privaten Alkoven auf niedrigen Glastischen ausgelegt waren, wo sich die Managertypen mit Röhrchen in den Nasen nach vorn beugten, zusammen mit berühmten jungen Schauspielern und Schauspielerinnen, von denen viele dasselbe taten. Der zu Kopf steigende Geruch sich steigernder Erregung durchdrang den Raum. Riesige Plasmafernseher waren auf Musik- und Modesender eingestellt, manche zeigten Sport. Livemusik wummerte durch das Chateau.

Der Modedesigner verließ die Party, ohne dass es jemand mitbekam, stieg eine breite Treppe hinauf und betrat einen ruhigeren und abgeschirmten Flügel des Schlosses. Eine weitere Treppe und seine Wachen verschlossen eine Panzertür hinter ihm, die sich nur durch eine Kombination aus einer Nummernfolge und Stimmerkennung wieder öffnen ließ. Er betrat einen Raum, der mit Kommunikationsausrüstung und einer Reihe hochauflösender Bildschirme bestückt war.

Einer der Computer-Nerds, denen er die Leitung anvertraut hatte, sagte: »Gutes Timing, Sir. Alicia Myles hat sich eben über Satellitentelefon gemeldet.«

»Ausgezeichnet. Verschlüsselt?«

»Natürlich, Sir.«

Frey nahm den Hörer, der ihm gereicht wurde, und verzog die Lippen, als er gezwungen war, den Mund so nahe dahin zu bringen, wo sein Lakai bereits seine Spucke verspritzt hatte.

»Myles, das sind hoffentlich gute Neuigkeiten. Ich hab ein Haus voller Gäste, um die ich mich kümmern muss.« Die bequeme Lüge kam ihm nicht einmal fabriziert vor. Es war eben das, was diese niederen Chargen hören mussten.

»Sie sind gut. Sogar einen Bonus wert, würde ich sagen«, erklang die Stimme mit dem vornehmen englischen Akzent. »Ich hab die Webadresse und das Passwort für Parneviks Trackingseite.«

»Alles Teil des Deals, Myles. Alles Teil des Deals.«

»Leider muss ich schnell machen. Logge dich auf www Punkt locate the pro Punkt co Punkt uk ein und gib das kleingeschriebene Passwort *bonusmyles007* ein.« Ein Lachen. »Da sollte eine Standard-Trackingseite aufgehen. Parnevik ist Nummer vier auf der Liste. Damit müsstest du ihn überallhin verfolgen können.«

Abel Frey applaudierte ihr im Stillen. Alicia Myles war die beste Einsatzkraft, die er je verpflichtet hatte. »Gut genug, Myles. Wenn die Augen gesichert sind, dann kannst du loslegen. Komm zu uns zurück und bring' die Teile von den *Forn Sidr* mit. Dann können wir uns … unterhalten.«

Die Verbindung wurde unterbrochen. Frey legte das Handy weg, für den Moment zufrieden. »Okay«, sagte er. »Werft die Maschine an. Wir folgen ihnen zum letzten Teil.« Es war endlich zum Greifen nahe, wie all die anderen Teile, wenn sein Plan zum Ende so verlief, wie er es sich erhoffte. »Milo weiß, was zu tun ist.«

Er sah auf die kleine Reihe an Fernsehmonitoren.

»Wer ist Gefangener Nummer sechs – Karin Blake?«

Der Computerexperte strich sich durch den Bart, bevor er in eine Richtung wedelte. Frey lehnte sich vor, um einen genaueren Blick auf das blonde Mädchen zu werfen, das mit den Knien unter dem Kinn auf dem Bett saß.

Sie gehörte nun ihm.

»Stellen Sie den Video-Feed sofort zu meinem Zimmer durch. Sagen Sie dann dem Koch, er soll mir das Essen bringen. Ich will, das zehn Minuten später mein Kampfsportexperte …« Er hielt inne und überlegte.

»Sean Thomas?«

»Ja, genau der. Er soll da reingehen und herausfinden, wie gut sie wirklich ist.«

»Und Gefangener Nummer sieben, der ganz *spezielle*?«

»Behandeln Sie ihn wie einen König! Er soll nur das Beste bekommen. Er kann uns bald zeigen, was er wirklich drauf hat …«

KAPITEL 31

DER LUFTRAUM ÜBER SCHWEDEN

Das Flugzeug ruckte. Kennedy Moore schreckte hoch, erleichtert, dass sie durch die Turbulenz geweckt worden war und der anbrechende Tag die Schrecken der Nacht verjagte.

Kaleb existierte in ihren Träumen genauso wie im echten Leben, aber in der Nacht tötete er sie immer und immer wieder, während er ihre Qual und den Horror in ihren Augen betrachtete, bis der letzte Funken darin erloschen war.

Plötzlich aufgeschreckt und aus dem Vorhof der Hölle entkommen, sah sie sich mit aufgerissenen Augen in der Kabine um. Es war ruhig; Zivilisten und Soldaten hielten ein Nickerchen oder unterhielten sich mit gedämpften Stimmen. Selbst Ben Blake war eingeschlafen, den Laptop im Arm, die Sorgenfalten nicht völlig vom Schlaf ausgelöscht und in seinem jungenhaften Gesicht auf tragische Weise fehl am Platze.

Dann fiel ihr Blick auf Drake, der sie ebenfalls ansah. *Seine* Sorgenfalten verliehen einem bereits markanten Gesicht nur noch mehr Charakter. Die Ehrlichkeit und Selbstlosigkeit standen ihm ins Gesicht geschrieben, unmöglich zu verbergen, aber der Schmerz hinter seiner gelassenen Fassade sorgte dafür, dass sie ihn am liebsten getröstet hätte … die ganze Nacht.

Sie lächelte kaum merklich. Noch ein paar Anspielungen an DinoRock. Drakes anscheinend beliebter Zeitvertreib war eine willkommene Abwechslung. Es dauerte einen

Moment, bevor ihr klar wurde, dass ihr inneres Lächeln wohl in ihren Augen zu sehen war, denn er lächelte sie an.

Und zum ersten Mal in all den Jahren, seit Beginn ihrer Ausbildung auf der Akademie, bereute sie es, dass ihr Beruf es erfordert hatte, ihre Persönlichkeit zu entsexualisieren. Sie wünschte, sie könnte ihr Haar in genau der richtigen Weise zurückwerfen. Sie wünschte, dass sie etwas mehr Selma Blair in sich hätte und weniger Sandra Bullock. Dennoch war ziemlich offensichtlich, dass Drake sie mochte.

Sie erwiderte sein Lächeln, aber in dem Moment ruckte das Flugzeug erneut und alle wurden wach. Eine Durchsage des Piloten informierte sie, dass sie eine Stunde von ihrem Ziel entfernt waren. Ben streckte sich und lief schlurfend wie ein Zombie zum Kaffeewagen, um sich etwas von dem verbliebenen Kona-Kaffee zu holen. Torsten Dahl stand auf und sah sich um.

»Zeit, den Bodenradar einzuschalten«, sagte er mit einem dünnen Lächeln.

Ihre Route führte sie über Ostergotland und über mehrere Stellen hinweg, an denen laut Professor Parnevik und Ben Heiðis Dorf gewesen sein könnte. Der arme Professor litt noch immer Schmerzen aufgrund von Alicia Myles' unsanfter Behandlung, aber er war vergnügt wie ein Hundewelpe, als er ihnen sagte, was er über die Karte gehört hatte, die auf Odins Schild eingraviert war. Angeblich der Weg nach Ragnarök.

Bisher hatte es niemand geschafft, die Karte zu übersetzen oder daraus schlau zu werden. Oder war das nur ein weiteres Ablenkungsmanöver von Alicia Myles und ihrer fanatischen Crew?

Sobald der Flieger das Gebiet erreichte, das Dahl grob eingegrenzt hatte, zeigte er auf das Bild auf den Displays des Flugzeugs. Der Georadar sendete kurze Radioimpulse in den Boden aus. Wenn diese auf ein vergrabenes Objekt trafen, auf eine dichtere Erdschicht oder einen Hohlraum, wurde das auf dem Bildschirm dargestellt. Zuerst schwer zu erkennen, aber mit Erfahrung sehr einfach.

Kennedy schüttelte verwundert den Kopf. »Ein Bodenradar? Die schwedische Armee hat wohl alles zur Verfügung?«

»Das ist ein wesentlicher Bestandteil der Ausrüstung«, erklärte Dahl ernsthaft. »Wir haben eine Hybridversion dieser Maschine, die Landminen und unterirdische Leitungen aufspürt. Absolut Hightech.«

Die Morgendämmerung am Horizont war von ein paar grauen Wolken verscheucht worden, als plötzlich Parnevik aufschrie. »Da! Das Bild könnte eine alte Wikingersiedlung sein. Die Charakteristika stimmen. Man sieht die runde Eingrenzung – das war eine Schutzmauer – und die rechteckigen Objekte innerhalb? Das sind kleine Häuser.«

»Dann sollten wir das größte Haus finden …«, stimmte Ben schnell ein.

»Nein«, sagte Parnevik. »Das wäre das gemeinschaftliche Langhaus – wo sich alle trafen oder Feste feierten. Heiði, sollte sie *wirklich* dort gewesen sein, hätte das zweitgrößte Haus besessen.«

Die Bilder zeigten mehr Details, als das Flugzeug langsam sank. Die Siedlung war bald bis auf mehrere Meter unter der Erde deutlich erkennbar und das zweitgrößte Gebäude wurde ebenfalls sichtbar.

»Sehen Sie das?« Dahl zeigte auf einen minimal dunkleren Fleck, den man leicht hätte übersehen können, wenn man nicht wusste, wonach man Ausschau halten musste. »Das bedeutet, es gibt einen *Hohlraum,* und zwar unter Heiðis Haus.« Er drehte sich um. »Sie hat ihr Haus direkt über Mimirs Quelle gebaut.«

KAPITEL 32

OSTERGOTLAND, SCHWEDEN

Sobald sie gelandet und durch mehrere Meilen feuchtes Grasland gewandert waren, gab Dahl den Befehl, anzuhalten.

Drake sah sich um und musterte, was man nur als bunt zusammengewürfelten Haufen bezeichnen konnte. Die Schweden und das SSG waren durch Torsten Dahl und drei seiner Männer vertreten, das SAS durch Wells und zehn Soldaten. Einer war verletzt in Hawaii zurückgelassen worden. Das Delta-Team bestand nur noch aus sechs Leuten. Und dann waren da Ben, Parnevik, Kennedy und er selbst. Hayden war im Flugzeug geblieben.

Alle wirkten besorgt. Die Tatsache, dass das Flugzeug voll betankt, bewaffnet und mit den Artefakten an Bord – dem Speer und den Walküren – auf sie wartete, bereit, sie überall in der Welt hinzufliegen, ließ die Situation nur noch ernster erscheinen.

»Wenn es etwas hilft«, sagte Dahl, als ihn alle erwartungsvoll ansahen. »Ich glaube nicht, dass sie uns dieses Mal folgen können. Aber sie werden sicher langsam unruhig. Abel Frey hat nur den Schild. Die Kultisten haben das Pferd und die Wölfe.«

Er zeigte nach vorn. »Also an die Arbeit. Wir benutzen zuerst etwas Sprengstoff, um vielleicht einen Meter freizulegen, und dann heißt es schaufeln.«

»Seien Sie vorsichtig.« Parnevik rang die Hände. »Wir wollen nicht, dass es einstürzt.«

»Keine Sorge, Professor«, sagte Dahl gut gelaunt. »Mit all den verschiedenen Kräften, die hier versammelt sind, haben wir, glaube ich, eine recht erfahrene Truppe beisammen.«

Es gab ein wenig grummeliges Gelächter. Drake sah sich die Umgebung an. Sie hatten in einiger Entfernung Wachen auf mehreren der Hügel platziert, die den Ort umgaben, an dem das Bodenradar ein altes Wachhaus gezeigt hatte. Wenn das eine gute Stelle für die Wikinger gewesen war, war es vielleicht auch gut genug für sie …

Im flachen Land um sie herum regte sich nichts. Die sanfte Brise schaffte es kaum, die kleine Baumgruppe in Bewegung zu setzen, die östlich ihrer Position stand. Ein leichter Nieselregen setzte ein und versiegte dann, ohne einen zweiten Anlauf zu unternehmen.

Bens Handy klingelte. »Dad? Bin gerade beschäftigt. Ich rufe dich später an.« Er klappte das Handy zu und sah Drake an. »Mir läuft langsam die Zeit davon«, murmelte er. »Sie wissen schon, dass irgendwas nicht stimmt. Nur nicht was.«

Drake nickte und betrachtete, ohne mit der Wimper zu zucken, die erste Explosion. Grassoden und Dreck wurden hochgeschleudert. Sofort folgte ein weiterer, tieferer Donnerschlag und eine zweite Staubwolke erhob sich gen Himmel.

Mehrere Männer drängten voran, hielten ihre Schaufeln, wie man ein Gewehr halten würde. Eine surreale Szene.

»Seien Sie vorsichtig«, warnte Parnevik. »Wir wollen ja nicht, dass irgendwer nasse Füße kriegt.« Er lachte, als wäre das der beste Witz aller Zeiten.

Eine deutlichere Aufnahme des Bodenradars hatte einen schmalen Hohlraum unter Heiðis Haus gezeigt, möglicherweise ein Schacht, der zu einer größeren Höhle führte. Offensichtlich war da unten mehr als nur ein Brunnen und das Team ging lieber vorsichtig vor. Es dauerte eine Stunde behutsamer Grabarbeiten und mehrerer Pausen, in denen Parnevik sich gut gelaunt die ausgegrabenen Artefakte ansah, bevor sie auf den Hohlraum stießen.

Ben, der noch keine Zeit gehabt hatte, die Bedeutung von Odins Augen genauer zu recherchieren, fragte den Professor, ob er mehr darüber wusste. Parnevik sah erfreut aus, etwas beitragen zu können. »Bei Odins Suche nach Weisheit erhoffte er sich Rat von jemandem, der damals als eines der weisesten aller Wesen galt – Mimir. Aber es gab einen Preis, den man für Mimirs Rat zahlen musste, einen schrecklichen Preis. So schrecklich, dass Odin fast seine Suche nach der ultimativen Weisheit aufgab – der Macht, in die Vergangenheit und die Zukunft zu sehen – und nach Asgard zurückkehrte. Aber er ging doch weiter, traf Mimir und trank aus einem großen Horn, das mit Wasser aus der Quelle gefüllt war, obwohl Mimir ihn warnte und versichert: *Alle, die kamen, um von dieser Quelle zu trinken, weigerten sich, den Preis zu zahlen.* Aber Odin war auf einer Mission, einer Mission, die Welt zu retten. Er machte keinen Rückzieher. Er trank und die Zukunft enthüllte sich vor ihm, klar wie ein Gebirgsbach. Er sah all die Herausforderungen und Probleme, denen sich Menschen und Götter in der Zukunft stellen mussten. Aber er sah auch, wieso diese Probleme auf sie warteten – dass sie die Menschen stärker machen würden und besser vorbereitet auf das, was kommen sollte. Danach hob der große Gott seine Hand an sein Gesicht und riss sich die Augen heraus, wobei er schreckliche Schmerzen litt. Aber er gab keinen Mucks von sich. Der Vater aller Götter neigte dann den Kopf und ging, nun weiser als jedes Wesen jemals sein konnte … und blind.«

Drake versuchte unterdessen, seine Gedanken zu ordnen. Im Moment fühlte es sich so an, als wäre er auf einer

Achterbahnfahrt ohne Bremsen. Schlaf und Ruhe gehörten der Vergangenheit an. Und er hatte sich mittlerweile daran gewöhnt, Befehle auszuführen, statt selbst die Initiative zu ergreifen. Aber so ruhig und konzentriert, wie in den letzten Tagen, hatte er sich nicht mehr gefühlt, seitdem er aus der Armee ausgeschieden war. Die geistige Klarheit war zurückgekehrt. Er vermisste York, er vermisste seinen neuen Job, aber alles schien einfacher, wenn man gegen einen bekannten Feind kämpfte. Anscheinend hatte ihm die Armee mehr gefehlt, als er gedacht hatte.

Zwei Dinge wusste er zumindest sicher – sie waren von Anfang an im Hintertreffen gewesen und sind von ihren Feinden dazu gezwungen worden, auf Situationen zu *reagieren*, statt sie selbst zu schaffen. Das lag daran, dass sie erst als Letzte in das Rennen eingestiegen waren.

Zeit, aufzuholen. Besonders, da sie die einzigen in diesem Wettrennen zu sein schienen, die das Grab der Götter *bewahren* und nicht plündern wollten.

Also glaubst du an Geistergeschichten?, flüsterte eine greise Stimme in seinem Kopf. Götter. Odin. Uralte Gräber.

Nein, antwortete er. *Aber ich glaube an alte Geistergeschichten* …

Doch die schrecklichsten Teile seiner Vergangenheit waren keine Geistergeschichten. Während einer der letzten Missionen als Mitglied des geheimnisvollen SRT, waren er und drei andere Angehörige seines Teams – darunter Alicia Myles – über ein abgelegenes Dorf im Nord-Irak gestolpert, dessen männliche Einwohner gefoltert und massakriert worden waren. Sie hatten das Offensichtliche angenommen, aber als sie genauer nachforschten … fanden sie britische und französische Soldaten vor, die immer noch dabei waren, ein Verhör abzuhalten.

Was folgte, hatte den Rest von Matt Drakes Tagen in der Armee überschattet. Blind vor Wut hatten er und zwei andere Mitglieder des Teams ihre Entdeckungen an die Vorgesetzten gemeldet.

Doch man sagte ihnen nur, sie sollten mit der Mission weitermachen, zu der sie ausgeschickt worden waren, und das Chaos ignorieren.

Drake hatte mitbekommen, wie jemand sagte: »Schattenelite.«

Alicia Myles – damals waren sie befreundet gewesen – war nur dagestanden und hatte zugesehen, ohne irgendeine Entscheidung zu treffen. Sie konnte die Folter nicht aufhalten und sie konnte nicht helfen, die Folterer zur Strecke zu bringen. Aber sie folgte den Befehlen ihres befehlshabenden Offiziers.

Matt Drake hatte man befohlen, einfach weiterzumachen.

Also los.

Danach war das Leben für ihn als Soldat vorbei gewesen. Ja, die Verhöre dienten vielleicht einem höheren Zweck, aber wie sollte Abschlachten jemals weiteres Abschlachten verhindern? Und dann, kurz vor der nächsten und für ihn letzten Mission – einer Suche rund um das Haus einer Geheimgesellschaft in Wien – war Alyson gestorben. Drake hatte keine Gelegenheit gefunden, ihr von der Entscheidung zu erzählen, das Regiment zu verlassen. Seinen Abschied zu nehmen, hatte die furchtbaren Erinnerungen jedoch keineswegs gemildert.

Er fragte sich: War eine gute Entscheidung, die man vor Jahren getroffen hatte, immer die beste Entscheidung für alle Zukunft? Die Zeiten und Ansichten änderten sich und auch die Menschen.

Dann sah er, dass ihm Kennedy gegenüberstand, ihn anlächelte, wie sie es im Flugzeug getan hatte. Sie trug die Haare offen und grinste schelmisch.

Er grinste zurück. Torsten Dahl rief: »Machen Sie eine Tiefenmessung! Wir brauchen einen Anhaltspunkt für die Bremsgeräte.«

Als Ben ihn fragte, was ein Bremsgerät bewirkte, grinste er nur. »Stellen Sie sich einen Bungeesprung vor, bei dem Sie nicht wieder nach oben schnellen. Das Bremsgerät verhindert, dass Sie sich den Schädel auf dem Boden einschlagen.«

»Cool.«

Drake sah seinen alten Kommandanten näherkommen und nahm den angebotenen Kaffee an. Dieses Gespräch hatte sich schon eine Weile angekündigt. Drake wollte es hinter sich bringen.

»Irgendwelche Neuigkeiten von Mai?«, fragte er und hielt die Tasse vor die Lippen, sodass niemand sah, wie er die Frage stellte.

»Hmm?«

»Erzähl's mir einfach.«

»Hey, Mann. Nachdem *du* ja nicht viel von dir hören lässt, was deine *Miss Kitano* angeht, solltest du kaum damit rechnen, dass *ich* dir einen Freifahrtschein gebe, oder?«

Drake verkniff sich ein Lächeln. »Du kannst ganz schön nerven, schon gemerkt?«

»Dadurch bin ich den anderen immer eine Nasenlänge voraus. Also, erzähl' mir mal von einer ihrer Undercover-Missionen – egal welcher.«

»Vielleicht vermassle ich dir einfach die Tour und erzähle dir irgendwas Zahmes«, entgegnete Drake. »Oder du könntest warten, bis das alles vorbei ist, und ich warte mit den richtig guten Geschichten auf … du weißt schon welche.«

»Tokio CosCon?«

»Tokio CosCon. Der Tag, an dem Mai Kitano offiziell zur Legende wurde. Als sie auf Japans größter Cosplay-

Convention undercover war, um die Fuchu-Triade zu infiltrieren und zu überführen, die damals alles unter der Fuchtel hatte.«

Wells sah aus, als stünde er kurz vor einem Schlaganfall. »Oh verdammt, Drake. Okay, aber du schuldest mir was.« Er schnaufte. »Wir haben gehört, dass die Japaner sie einfach ohne Vorwarnung aus Hongkong abgezogen und damit das Cover völlig ruiniert haben, das sie sorgfältig seit *zwei Jahren* aufgebaut hatte.«

Drake sah ihn mit offenem Mund ungläubig an. »Das haben die Japaner Mai angetan? Wieso?«

»Ist das nicht offensichtlich?«

Drake dachte darüber nach. »Eine Soldatin vom Format Mais würde das nicht zulassen. Das ist nur denkbar, wenn sie es selbst arrangiert hat. Aus persönlichen Gründen. Sie ist die Beste, die sie haben. Die Beste, die sie jemals hatten.«

»Wir haben in den letzten fünfzehn Stunden mehrere Anrufe von ihrem Justizministerium bekommen, genauso wie die Amerikaner. Sie schenken *uns* reinen Wein ein – sie haben schon Späher nach La Verein vorausgeschickt, denn das ist die einzige Verbindung, die sie zu diesem ganzen Schlamassel haben. Wir haben höchstens noch ein paar Stunden, bevor wir denen ebenfalls sagen müssen, was Sache ist. Aber *sie wissen nicht, wo Mai ist.*«

Drake zog die Augenbrauen hoch. »Eine Schande. Mai wäre jetzt eine fantastische Unterstützung.«

»Zugegeben, Kumpel, aber Regierungen sind nun mal Regierungen, und wenn die Welt auch am Abgrund steht, sie lieben ihre kleinen Spielchen, oder nicht?«

Drake zeigte auf das Loch im Boden. »Wollt ihr euch schmutzig machen? Hier ist eure Chance.«

Drakes Bremsgerät war auf 40 Meter eingestellt. Ein Klettergurt mit Schnellverschlüssen wurde ihm zusammen mit einem Rucksack in die Hand gedrückt. Er setzte sich den Kletterhelm mit der integrierten Stirnlampe auf den Kopf und stöberte durch den Rucksack. Eine große Taschenlampe, ein Sauerstofftank, Waffen, Essen, Wasser, Funkgerät, Erste-Hilfe-Set – alles, was man als Höhlenforscher so brauchte. Er zog ein Paar dicke Handschuhe über und näherte sich dem Rand des Lochs.

»Geronimo?«, fragte er Kennedy, die mit Ben und dem Professor oben blieb.

»Oder halt deine Füße fest, streck' den Hintern raus und hoffe auf das Beste«, meinte sie.

Drake grinste sie übermütig an. »Dafür haben wir ja hoffentlich später noch Zeit«, sagte er und sprang in die Dunkelheit.

Sofort spürte er, wie das Blue-Diamond-Abseilgerät seinen Dienst verrichtete. Das kleine Rädchen im Inneren tickte hunderte Male in der Sekunde. Je tiefer er kam, desto langsamer wurde er. Die Seiten des Brunnens – der glücklicherweise trocken war – sausten wie in kaleidoskopischen flüchtigen Bildern vorbei, wie ein alter Schwarz-Weiß-Film. Schließlich verlangsamte das Abseilgerät seinen Abstieg zu einem Kriechen und Drakes Stiefel stießen sachte an harte Felsen. Er betätigte den Verschluss und das Abseilgerät löste sich vom Klettergurt. Drake sah sich kurz an, wie man es für den Aufstieg präparierte und ging dann zu Dahl und dem halben Dutzend Männer, die auf ihn warteten.

Der Boden knirschte bedenklich unter seinen Stiefeln, aber er schritt weiter durch mumifizierten Unrat.

»Verglichen mit dem, was man auf dem Bild des Bodenradars gesehen hat, ist diese Höhle merkwürdig klein«, sagte

Dahl. »Vielleicht eine Fehlkalkulation. Schwärmt aus und sucht nach einem Tunnel oder so etwas. Und seid vorsichtig, wo ihr hintretet. Hier unten hat seit vielen Jahren niemand auch nur einen Fuß hingesetzt.«

Der Schwede zuckte die Achseln. Drake wanderte langsam durch die Höhle, betrachtete die ungleichmäßigen Wände und zitterte, obwohl man ihm einen schweren Mantel gegeben hatte. Tausende Tonnen Felsen und Erde türmten sich über ihm auf und er wollte noch weiter nach unten. Genau der richtige Zeitvertreib für einen Soldaten.

Dahl unterhielt sich mit Parnevik über ein Bildtelefon. Der Professor machte mit lauter Stimme so viele *Vorschläge*, dass Dahl das Teil nach zwei Minuten auf *stumm* schaltete. Die Soldaten schoben sich durch die Höhle, stießen hier und dort an, bis einer der Delta-Jungs rief: »Ich hab hier eine Zeichnung. Ziemlich klein allerdings.«

Dahl stellte das Bildtelefon wieder auf *laut*. Parneviks penetrante Stimme war deutlich zu vernehmen und verstummte erst, als Dahl das Smartphone vor die Mauer hielt.

»Sehen Sie das?«

»Ja! *Det er bra! Bra!*« Parnevik vergaß in der Aufregung sein Englisch. »Der *Valknut*. Der Knoten der erschlagenen Krieger. Es ist ein Symbol für Odin, das dreifache Dreieck oder die Borromäischen Dreiecke, die in Verbindung stehen mit der Idee des glorreichen Todes im Kampf.«

Drake sah nachdenklich aus. »Erinnert mich an die guten alten Zeiten.«

»Das Symbol ist oft auf *Bildsteinen* zu finden, die den Tod heldenhafter Krieger darstellen, die entweder mit dem Boot oder auf dem Rücken eines Pferdes nach Walhalla reisen. Das untermauert weiter die Vorstellung, dass wir eine Art irdisches Walhalla gefunden haben.«

»Sorry, wenn ich Ihnen da in die Parade fahren muss, Kumpel«, sagte ein Staff Sergeant unverblümt, »aber diese Mauer ist so dick wie meine Schwiegermutter. Da ist nichts dahinter.«

Sie traten alle einen Schritt zurück und ließen ihre Stirnlampen über die unversehrte Oberfläche streichen.

»Es *muss* eine falsche Wand sein«, schrie Parnevik beinahe vor Aufregung. »So muss es einfach sein!«

»Warten Sie«, hörte Drake die junge Stimme von Ben sagen. »Hier steht, dass der Valknut auch der Todesknoten genannt wird – ein Symbol, das für Odins Anhänger stand, die häufig dazu neigten, eines gewaltsamen Todes zu sterben. Ich glaube, es könnte eine *Warnung* sein.«

»Quatsch.« Drake seufzte aus ganzem Herzen.

»Mal so ein Gedanke«, fiel Kennedy ein. »Wie wäre es, wenn wir *alle* Wände noch mal genau absuchen. Wenn wir weitere Valknuts sehen und eine Wand ohne – dann würde ich die nehmen.«

»Du hast leicht reden«, murmelte Drake. »Wenn man so da oben herumsteht.«

Sie teilten sich auf und suchten die Wände Zentimeter um Zentimeter ab. Sie wischten uralten Staub weg, wedelten Spinnweben fort, kratzten mit den Stiefeln am Schimmel. Am Ende fanden sie drei weitere Valknuts.

»Großartig«, sagte Drake. »Das sind vier Wände und vier Knoten. Was zur Hölle machen wir jetzt?«

Einer der Soldaten tippte auf Parneviks Bild auf dem Display. »Nun, ich weiß ja nicht, wie es euch geht, aber den hier höre ich mir nicht länger an.« Er kniete sich hin und presste die Hand gegen einen Valknut.

»Warten Sie«, sagte Bens Stimme. »Die Augen sind in Mimirs Quelle, nicht ...«, seine Stimme war plötzlich verrauscht und dann wurde das Display schwarz. Dahl schüttelte das Telefon, schaltete es aus und wieder an, aber es brachte nichts.

»Weiß irgendjemand, was er sagen wollte?«

Der Boden knirschte und krachte unter ihren Füßen und Drake hatte den Eindruck, dass es lauter wurde. Er rief den anderen Soldaten zu, sie sollten die Todesknoten nicht anfassen.

Dann ging das Bildtelefon wieder an und Bens Gesicht füllte das Display. »Ich weiß nicht, was da eben passiert ist. Aber – die Augen sind in Mimirs Quelle, nicht in der Höhle darunter. Verstanden?«

»Ja, also sind wir auf dem Weg nach unten daran vorbeigekommen?«

»Ich glaube ja.«

»Aber wieso?«, fragte Dahl ungläubig. »Wieso sollte man dann überhaupt diese Höhle schaffen? Der Bodenradar hat deutlich gezeigt, dass *unter* dem Hohlraum ein weiterer, größerer ist. Das Artefakt wird doch sicher dort unten sein.«

»Außer …« Drake spürte, wie es ihm eiskalt den Rücken herunterlief, als er sich an die Höhle des Weltenbaumes erinnerte und die vielen Fallen. »Außer es ist eine *Falle*.«

Dahl sah verunsichert aus. »Wie das?«

»Die Valknuts? Der *Hohlraum* unter uns? Was, wenn es eine Fallgrube ist?«

»Das bedeutet, dass Sie auf einem Boden aus hartem Lehm stehen!«, schrie Parnevik entsetzt. »Es braucht einen Auslöser, um ihn zu zerschmettern, aber ich schlage vor, dass Sie sofort da abhauen!«

Sie starrten sich einen Moment an, die Zeit schien stehen zu bleiben, als sie sich ihrer Sterblichkeit schmerzlich bewusst wurden. Sie wollten alle unbedingt überleben. Und dann ging alles sehr schnell. Der kniende Soldat hatte eine Kettenreaktion ausgelöst. Was zuerst nur wie ein kleiner Riss in dem betonharten Boden ausgesehen hatte, war das erste Anzeichen, dass die Bodenplatte nachgab. Das merkwürdig reißende Geräusch war nicht der Fels gewesen, der sich verschob, sondern der Boden, der langsam von einem Ende zum anderen auseinanderbrach.

Mit einem gewaltigen Abgrund unter ihren Füßen …

Sechs Männer sprangen verzweifelt auf zwei Seile mit Aufstiegshilfe zu. Als sie wieder festen Boden unter den Füßen hatten und noch am Leben waren, rief Dahl alle lautstark zur Ordnung.

»Ihr beiden geht zuerst. Und nicht zu langsam, um unser aller Leben willen.«

»Nein, keine Hetze auf dem Weg nach oben«, kommentierte Parnevik, »passen Sie besonders auf Ihre Umgebung auf. Wir wollen ja nicht das Artefakt übersehen.«

»Seien Sie kein Narr, Parnevik.« Dahl war außer sich vor Anspannung. Drake hatte ihn noch nie so gesehen. »Die letzten beiden werden beim Aufstieg danach suchen«, sagte er und sah Drake an. »Das heißt, du und ich, Kumpel.«

Wieder krächzte das Telefon und erstarb. Dahl schüttelte es, als wollte er es erwürgen.

Es dauerte drei Minuten, bis die ersten beiden oben waren. Dann weitere drei für das zweite Paar. Drake dachte über alles nach, was in sechs Minuten passieren konnte – entweder das ganze Leben zog an einem vorbei oder es passierte gar nichts. Für ihn war es Letzteres. Nur knirschender Lehmboden, das Ächzen sich verschiebender Felsen, der heisere Atem des Schicksals, das entschied, ihn mit dem Leben oder dem Tod zu belohnen.

Der hartgepresste Boden unter dem ersten Symbol begann wegzubrechen. Es gab keine Vorwarnung: Es war, als würde der Boden einfach verschwinden und ins Nichts stürzen. Drake kletterte so weit den Brunnen hinauf, wie er konnte und klammerte sich an den felsigen Wänden fest, statt sich auf den fragilen Boden der Höhle zu verlassen. Dahl drückte sich an die andere Seite der Brunnenwand und hielt sich mit beiden Händen an einer grünen Ranke fest, sein Ehering reflektierte Drakes Stirnlampe.

Drake sah nach oben und suchte nach einer stabilen Ranke, die man an ihren Klettergurten befestigen konnte. Dann hörte er Dahl schreien: »Scheiße!«, und sah gerade noch rechtzeitig hin, um zu sehen, wie das Bildtelefon in Zeitlupe sich überschlagend nach unten fiel, bevor es mit einem Knacksen auf dem Höhlenboden aufkam.

Die schon geschwächte Bodenplatte brach endgültig weg und stürzte in die schwarze Tiefe. Ein Windzug strich an ihnen vorbei, abgestandene Luft, geschwängert von der unaussprechlichen Finsternis eines Ortes, an dem blinde Dinge herumkrochen.

Drake sah in die Tiefe aus endlosen Schatten und fand seinen Kindheitsglauben an Monster wieder.

Mit einem leisen Rascheln fiel ein Seil von oben herunter. Erleichtert griff er danach und befestigte es an seinem Klettergurt. Dahl, dem ebenfalls die Gesichtsfarbe abhandengekommen war, tat es ihm gleich, und beide drückten auf den Knopf, der den Aufstieg einleitete.

Drake sah zu, als Meter um Meter unter dem Klicken des Aufstiegsgeräts an ihm vorbeiglitt. Er inspizierte seine Seite des Brunnens, während Dahl es ihm an der gegenüberliegenden Wand gleichtat. Mehrere Male stoppten sie und schwangen nach vorn, um sich etwas genauer anzusehen, aber fanden nichts. Sie waren 40 Meter tief, dann noch 30. Drake hielt oft an, holte sich blutig geschürfte Hände, doch ohne Ergebnis. Sie stiegen weiter auf, passierten die 20-Meter-Marke. Dann entdeckte Drake bei einer genaueren Untersuchung der Wand ein breites Holzbrett, das in die Wand eingelassen war. Es war an den Kanten zersplittert, aber unberührt von Feuchtigkeit oder Schimmel. Drake erkannte Schnitzereien auf der Oberfläche. Es dauerte eine Weile, bis er den Helm richtig ausgerichtet hatte, aber dann …

Augen. Die symbolische Darstellung von Odins Augen, in Holz geschnitzt und hier zurückgelassen … aber von wem?

Von Odin selbst? Vor Jahrtausenden? Von Heiði? Konnte es tatsächlich so gewesen sein? In jedem Fall war es ein sehr bedeutendes Artefakt.

Dahl warf einen nervösen Blick nach unten. »Das ist ein Holzschnitt, Drake. Zwei der Neun Teile Odins, also schnappen Sie es sich um Gottes willen und lassen Sie es nicht fallen.«

KAPITEL 33

OSTERGOTLAND, SCHWEDEN

Drake stieg aus Mimirs Quelle und hielt das Stück Holz hoch wie eine Trophäe. Er wusste, der Fund war ein großer Schritt nach vorn bei ihrer Suche. Aber bevor er ein Wort herausbrachte, wurde er grob aus seinem Gurt gezerrt und zu Boden gestoßen.

»Hey, mal langsam …« Er blickte nach oben direkt in den Lauf einer Heckler & Koch MP7, das neueste Modell. Er rollte sich leicht zur Seite und sah verletzte Soldaten im Gras liegen – Delta, SSG, SAS – und dahinter Kennedy, auf den Knien und mit einer Pistole am Kopf.

Er sah Ben, der von Alicia Myles mit einem brutalen Würgegriff gezwungen wurde, aufrecht zu stehen. Drake biss die Zähne zusammen, als er sah, dass Ben immer noch sein Handy in der Hand hielt. Er klammerte sich daran fest, bis zum letzten Atemzug …

»Alicia«, rief er. »Was ist mit dir passiert? Wir waren mal gute Freunde.«

»Lasst den Briten aufstehen.« Colby Taylor, der Anführer der Kultisten, trat in sein Blickfeld, ein Ausdruck tiefen Abscheus verzerrte seine Züge. »Denkst du, wir hätten nicht gemerkt, dass du dir den Professor in Hawaii geschnappt hast? Du bist wohl nicht auf die Idee gekommen, dass wir das zugelassen haben, um dich zu tracken? Lasst ihn zusehen, wie seine Freunde sterben – ich beweise ihm, dass ich mir einfach alle Artefakte nehmen kann, bevor ich sein erbärmliches Leben beende.«

Drake ließ sich von seiner Kampfeslust anstacheln, die ihm neue Energie gab. »Du beweist höchstens, dass dieser Ort so ist, wie ihn der Reiseführer beschrieb – ein Land der Monster. Und du, Alicia …« Er sah sie anklagend an. »Ich nehme an, du hast wohl unsere Wachen ausgeschaltet. Was stimmt eigentlich nicht mit dir?«

»Was für ein poetischer Reiseführer«, kicherte der Milliardär. »Aber du hast recht. Gib mir die Augen.« Er hielt die Hände ausgestreckt, wie ein Kind, das noch Nachschlag wollte. Ein Söldner nahm die Schnitzerei mit Odins Augen darauf und gab sie Taylor. »Gut. Nun, wo ist euer Flugzeug, Drake? Ich will eure Artefakte haben und dann nichts wie raus aus diesem Drecksloch.«

»Ohne den Schild kommt ihr nirgends hin«, sagte Drake und spielte auf Zeit. Er hatte das Erste gesagt, was ihm in den Sinn kam. »Und dann müsst ihr rauskriegen, wie es den Weg nach Ragnarök weist.«

»Idiot«, Taylor lachte hämisch. »Das weiß ich schon. Der einzige Grund, wieso die *Forn Sidr* heute hier sind und nicht vor zwanzig Jahren, ist, weil der Schild gerade erst entdeckt wurde. Aber ich bin mir sicher, das weißt du schon selbst. Versuchst du, uns auszubremsen? Denkst du, wir begehen den Fehler, dir noch eine Chance zu geben? Nun, Mr. Drake, ich sage mal Folgendes: *Sie* …«, er zeigte auf Alicia, »macht keinen Fehler. Sie ist knallhart und Gold wert, so sieht es aus.«

Drake sah, wie seine ehemalige Kollegin Ben langsam zu Tode würgte. »Sie verkauft dich an den höchsten Bieter.«

»Ich bin der höchste Bieter, du abgefucktes Stück Scheiße. Ich bin reicher als Krösus und ich brauche nicht mal die Unterstützung der Schattenelite.«

Drake blickte finster. Er hatte diese Worte bereits gehört. Einmal als Soldat und dann erst vor kurzem. Aber er hatte immer noch keinen blassen Schimmer, wer die Schattenelite war. Wenn er diese Nacht überlebte, dann würde er einige Nachforschungen anstellen müssen …

Durch eine glückliche Fügung des Schicksals feuerte jemand im selben Moment einen Schuss ab. Der Lärm hallte laut wider, donnerte durch die Wälder. Einer von Taylors Söldnern brach mit einem neuen dritten Auge im Kopf zusammen. Er war sofort tot.

Colby Taylor sah aus, als könne er nicht glauben, was eben passiert war, dann stürzte einer seiner eigenen Söldner gegen ihn und stieß ihn zu Boden. Der Söldner blutete, schrie und schlug im Todeskampf um sich. Drake warf sich einen Augenblick später selbst neben ihnen auf die Erde, während das Blei die Luft über ihm durchsiebte.

Alles passierte auf einmal. Kennedy richtete sich ruckartig auf. Sie knallte mit dem Schädel so heftig gegen das Kinn ihres Bewachers, dass dieser gar nicht wusste, was ihn getroffen hatte. Er ging sofort zu Boden.

»*Wer feuert da?*«, schrie Taylor mit dem Gesicht knapp über dem feuchten Erdboden.

Das Trommelfeuer hielt an und alle Söldner, die nicht rechtzeitig Deckung gesucht hatten, wurden eliminiert.

Torsten Dahl konnte sich befreien, als der Soldat, der ihn festhielt, von den Füßen geholt wurde, getroffen von einem laut widerhallenden Gewehrschuss. Der SSG-Kommandant robbte zu Professor Parnevik und zerrte den alten Mann auf ein kleines Gebüsch zu.

Drake dachte zuerst an Ben. Er wollte gerade einen verzweifelten Befreiungsversuch starten, als er plötzlich ungläubig innehielt. Alicia hatte den Jungen zur Seite gestoßen und kam stattdessen auf Drake zu. Eine Waffe erschien wie aus dem Nichts in ihrer Hand.

Sie zielte auf ihn.

Drake breitete die Hände aus, als wolle er fragen: *»Wieso?«*

Sie zog den Abzug durch. Drake zuckte zusammen, erwartete die Hitze, die Taubheit und dann den Schmerz, aber seine Fantasie war der Wirklichkeit vorausgeeilt und er sah, wie sie im letzten Moment in eine andere Richtung zielte.

Sie pumpte drei Kugeln in den Söldner, der auf dem aufgebrachten Colby Taylor gelandet war.

Zwei SAS-Soldaten und zwei der Marines des Delta-Teams hatten überlebt. Die beiden Männer vom SAS hatten sich Ben geschnappt und schleppten ihn weg. Das restliche Delta-Team erwiderte das Feuer aus einem nahegelegenen Wäldchen.

Weitere Schüsse waren zu hören. Ein Delta-Soldat wirbelte um die eigene Achse und stürzte. Der andere robbte auf dem Bauch zu Wells auf der abgelegenen Seite von Mimirs Quelle. Wells bewegte sich leicht, als der Amerikaner ihn wegzog, ein Zeichen, dass er noch am Leben war.

Alicia schrie wütend und sprang dem amerikanischen Soldaten hinterher. Als er sich umdrehte und sie mit erhobenen Fäusten konfrontierte, blieb sie eine Sekunde stehen.

»Dreh dich um und geh einfach, Soldat«, hörte Drake sie sagen. »Geh einfach.«

»Ich werde keinen Mann zurücklassen.«

»Ihr Amerikaner solltet euch mal ein bisschen lockermachen«, sagte sie, bevor sie die Hölle entfesselte, die empfindlichsten Körperteile des Mannes mit Schlägen und Tritten eindeckte. Der amerikanische Elitekämpfer wich zurück, er wehrte sich erbittert, aber stolperte durch das dichte Gras. Zuerst hielt er noch einen Arm als Deckung hoch, aber er taumelte, als sie ihn brach, dann konnte er auf einem Auge nichts mehr sehen, denn es schwoll zu und schließlich kollabierte er und blieb reglos liegen.

Drake schrie, rannte auf Alicia zu, die gerade Wells an der Gurgel gepackt hatte und ihn auf die Beine zwang.

»Bist du verrückt?«, schrie er. »Bist du absolut *verrückt* geworden?«

»Den hier schmeiß ich in den Brunnenschacht.« Alicia hatte einen Killerblick. »Du kannst dich ihm anschließen oder nicht. Deine Entscheidung.«

»Was zur Hölle, Alicia? *Wieso?*«

»Eines Tages, falls du das hier überstehen solltest, wirst du herausfinden, warum ich ihn hasse. Und das wird der schlimmste Tag *deines* Lebens werden, Drake. Glaub' mir.«

Drake holte einen Moment Luft. Was wusste sie über seinen alten Kommandanten? Aber sich jetzt ablenken zu lassen, war Selbstmord. Er wollte sie mit einer klassischen Boxkombination treffen: Jab, Jab, Haken. Sie parierte, traf seine Handgelenke mit äußerster Wucht, aber er war nahe an sie herangekommen. Genau, wo er sein wollte.

Er versuchte ihr mit den Fingern in den Hals zu stechen. Sie machte einen Schritt zur Seite, direkt in seinen Kniestoß hinein, der darauf angelegt war, ein paar Rippen zu brechen und sie ein wenig zu bremsen.

Aber sie drehte sich zur Seite, wich dem Knie aus, kam erschreckend nahe an ihn heran, nur wenige Zentimeter. Sie waren Auge in Auge.

Tolle Augen. Wunderschöne Augen.

Die Augen eines Raubtiers.

»Du bist etwa so gefährlich wie ein Baby in Windeln, Matt.«

Ihr Flüstern ließ ihn erschaudern, als sie einen Schritt nach vorn machte und ihn mit ausgestrecktem Arm von den Füßen holte. Er landete auf dem Rücken und ihm blieb kurz die Luft weg. Einen Sekundenbruchteil später warf sie sich auf ihn, rammte die Knie in seinen Solarplexus, verpasste ihm einen Kopfstoß, der ihm Sterne vor die Augen zauberte.

Wieder Auge in Auge mit ihm flüsterte sie: »Bleib einfach liegen. Vielleicht haben wir ja noch eine Zukunft.«

Aber er hatte gar keine Wahl. Er konnte nur den Arm heben, sich auf die Seite rollen und zusehen, wie sie den halb bewusstlosen Wells zur Kante des Abgrunds schleifte, der als Mimirs Brunnen bekannt war.

Drake schrie, als er versuchte, sich auf die Knie zu erheben. Gedemütigt durch die Niederlage, schockiert darüber, wie viel Biss er verloren hatte, seitdem er sich wieder der menschlichen Rasse angeschlossen hatte, kämpfte er um Atem.

Alicia rollte Wells über die Kante des Brunnens. Der SAS-Commander verschwand ohne einen weiteren Laut.

Drake schwankte, als er sich auf die Beine gekämpft hatte. Sein Kopf und sein Körper schmerzten. Alicia näherte sich Colby Taylor, munter und behände wie eine Gazelle.

Sie zerrte den toten Söldner von Taylor. Der Milliardär rappelte sich auf und blickte mit weit aufgerissenen Augen von Myles zu Drake zu den Bäumen.

Hinter den nebelumwogten Baumstämmen traten Gestalten hervor, wie Geister, die sich in diesem sagenumwobenen Land heimisch fühlten. Die Illusion löste sich auf, als die Männer nahe genug herangekommen waren, dass man die tödlichen, modernen Waffen sehen konnte, die sie trugen.

Drake hatte sich wieder gesammelt. Er sah die Truppe näherkommen, wusste, dass es die von Alicia Myles alarmierten Deutschen waren, die sich den Hauptpreis abholen wollten.

Drake betrachtete erstaunt, wer ihnen zum Sieg verholfen hatte. Alicia schnappte sich den kanadischen Milliardär, lachte, als sie sein ungläubiges Gesicht sah, marschierte mit ihm zu Mimirs Brunnen und hielt seinen Kopf über den Abgrund.

Drake hätte erneut versuchen können, einzugreifen, aber ihm wurde klar, er hatte wichtigere Prioritäten. Er versuchte sich am Getümmel vorbeizuschleichen und nutzte dafür Alicia und Taylor als Deckung. Als er das Gebüsch erreichte, lief er weiter, erklomm langsam den leicht ansteigenden Grashügel.

Alicia zeigte in den Brunnen und schüttelte Taylor, bis der um Gnade winselte. »Vielleicht findest du ja *da unten* was für deine Sammlung«, zischte sie und schubste ihn in die bodenlose Tiefe. Seine Schreie hallten eine Weile nach und verstummten dann. Drake fragte sich, ob ein Mann, der in einen bodenlosen Abgrund fiel, ewig schrie, und zählte es wirklich, wenn niemand da war, der ihn hören konnte?

Mittlerweile war Milo bei seiner Freundin angekommen. »Wieso zur Hölle hast du das getan? Der Boss hätte dieses Arschloch sicher gern lebend geschnappt.«

»Halt die Klappe, Milo«, entgegnete Alicia. »Job erledigt. Können wir gehen?«

Milo grinste fies in Richtung des Hügels. »Wollen wir die nicht auch erledigen?«

»Sei kein Idiot. Die sind immer noch bewaffnet und sie haben die bessere Position. Hast du, weswegen wir hier sind?«

»Alles im Flugzeug. Alle neun Teile von Odin vorhanden und authentisch. Oh, und dein Flieger ist nur noch Schrott!«, rief er in Drakes Richtung. »Viel Spaß heute Nacht in dieser Einöde!«

Drake sah, wie sich die Deutschen vorsichtig zurückzogen. Ihre eigenen Pläne lösten sich gerade in Rauch auf.

Sie waren so weit gekommen, hatten jede Menge Opfer gebracht, sich verausgabt, nur um alles kurz vor dem Finale an die Deutschen zu verlieren.

»Ja.« Ben sah ihn mit einem humorlosen Grinsen an, als hätte er seine Gedanken gelesen. »Wie das Leben doch immer den Fußball imitiert, was?«

KAPITEL 34

OSTERGOTLAND, SCHWEDEN

Die Sonne versank langsam hinter einem kahlen Horizont, als die Europäer und ihre verbliebenen amerikanischen Verbündeten den Hügel hinauf humpelten. Eine schwache, kühle Brise wehte ihnen ins Gesicht. Eine kurze Lagebestimmung ergab, dass einer der SAS-Soldaten verwundet war und Professor Parnevik unter Schock stand. Kein Wunder, bei dem, was er durchmachen musste.

Dahl übermittelte ihre Position per Satellitentelefon. Hilfe war ungefähr zwei Stunden weit entfernt.

Sie blieben zwischen ein paar kahlen Bäumen stehen, um sie herum offenes Grasland. Drake ließ sich neben Ben auf den Boden fallen.

Ben sagte: »Ich weiß, es sind Menschen gestorben, Matt, aber ich hoffe einfach nur, dass Karin und Hayden okay sind. Es tut mir leid.«

Drake nickte. »Mach' dir keine Sorgen. Das ist normal. Die Chancen für Karin stehen sehr gut und für Hayden ein bisschen weniger gut«, gab er zu, da er irgendwann im Verlauf der Mission seine Fähigkeit, irgendetwas zu beschönigen, verloren hatte. »Wie geht's *dir*, Kumpel?«

Ben hob sein Handy. »Ich bin noch am Leben.«

»Ist ja einiges passiert seit der Modenschau.«

»Ich kann mich kaum noch erinnern«, sagte Ben ernst. »Matt, ich kann mich *kaum noch* erinnern, wie mein Leben aussah, bevor diese ganze Odin-Sache angefangen hat. Und das waren gerade einmal … ein paar Tage?«

»Ich kann dein Gedächtnis auffrischen, wenn du willst. Du warst Leadsänger von *Wall of Sleep*. Du hast für Taylor Momsen geschwärmt. Es gab zu hohe Handyrechnungen. Mietrückstände. Viele Mietrückstände.«

»Wir haben alles verloren. All die Artefakte. Hayden. Sogar das verfluchte Flugzeug.«

»Wir wären ohne dich nicht mal so weit gekommen.«

»Du kennst mich, Mann. Ich helfe jedem.« Das war seine Standardantwort, aber Drake merkte, dass er sich über das Lob freute. Er hatte nicht vergessen, dass Ben sogar dem Professor für Skandinavistik geistig überlegen war.

Das hatte zweifellos auch Hayden in ihm gesehen. Sie hatte den Mann in ihm gesehen, der langsam zum Vorschein kam. Drake betete, dass sie unversehrt war, aber im Moment konnte er nichts für sie tun.

Kennedy ließ sich neben ihm aufs Gras sinken. »Ich hoffe, ich störe euch Jungs nicht. Ihr seht aus, als habt ihr was zu besprechen.«

»Nein, du störst gar nicht«, sagte Drake und Ben nickte. »Du bist jetzt eine von uns.«

»Danke, vermute ich. Ist das ein Kompliment?«

Drake lockerte die Stimmung ein wenig. »Jeder, der mit mir am Stück ein paar DinoRock-Songs singen kann, ist ein Freund fürs Leben.«

»Die ganze Nacht, Kumpel, die ganze Nacht.«

Ben stöhnte. »So«, er sah sich um, »es ist gerade dunkel geworden.«

Drake betrachtete die endlose Graslandschaft. Am Horizont sah man einen letzten rötlichen Schimmer, der langsam verschwand. »Ich wette, hier wird es nachts ganz schön kalt.«

Dahl kam zu ihnen. »Ist das dann vorbei, Männer? Sind wir hier fertig? Die Welt braucht uns.«

Ein beißender Wind zerhackte seine Worte in Silben und blies sie über die Ebene.

Parnevik saß mit dem Rücken an einen Baum gelehnt und sagte: »Es gibt aber auch gute Nachrichten, oder? Sie haben mir gesagt, Sie haben die einzige bekannte Darstellung der Artefakte in ihrer ursprünglichen Zusammenstellung.«

»Ja, aber die Darstellung ging in den 1960er-Jahren auf eine Ausstellungstournee«, erklärte Dahl. »Wir können nicht ausschließen, dass sie damals kopiert wurde, besonders von einem dieser geschichtsbesessenen Wikinger-Freaks.«

Der Professor war wieder erholt genug, um ein gemurmeltes »Oh, danke« herauszubringen.

Es war mittlerweile komplett dunkel geworden und Millionen von Sternen glitzerten über ihnen. Äste schwankten sanft in der Brise und Blätter raschelten. Ben rückte instinktiv dichter an Drake heran. Kennedy tat dasselbe auf der anderen Seite.

Drake wurde warm an der Stelle, an der Kennedys Hüfte die seine berührte. Er musste sich anstrengen, um sich auf Dahls Worte zu konzentrieren.

»Der Schild«, meinte der Schwede, »ist unsere letzte Hoffnung.«

Drake hatte trotz allem Schwierigkeiten sich zu konzentrieren. Es war lange her, seit er sich so gefühlt hatte. Wie in die Zeit zurückversetzt, als Mädchen noch Mädchen waren und die Jungs nervös – als man T-Shirts im Winter trug und mit seiner Freundin an einem Samstagnachmittag durch die Stadt schlenderte, ihr dann ihre Lieblings-Single kaufte und sich im Kino eine Tüte Popcorn und den Strohhalm teilte.

Unschuldige Tage, die lange vergangen waren. Selbst die Erinnerung daran war verblasst und verloren.

»Schild?«, unterbrach er die Unterhaltung. »Was?«

Dahl sah ihn irritiert an. »Nicht den Anschluss verlieren, Schnarchnase. Wir haben gerade *gesagt*, dass der Schild das wichtigste Teil ist. Ohne ihn kann man nichts mit dem Rest anfangen, da er den Weg nach Ragnarök weist. Er ist auch aus anderem *Material* als die übrigen Teile – aus etwas Unbekanntem.«

»Und aus was?«

Dahl fluchte im feinsten Oxford-Englisch. »Woher zur Hölle soll ich das wissen? Fragen Sie mich was über Sport.«

»Okay. Wieso verdammt noch mal hat Leeds United Tomas Brolin unter Vertrag genommen?«

Dahl entgleisten die Gesichtszüge, dann sah er angefressen aus. Er wollte gerade etwas Schnippisches erwidern, als ein merkwürdiges Geräusch die Stille zerriss.

Ein Heulen. Ein Schrei aus der Dunkelheit, der eine irrationale, urtümliche Angst hervorrief.

»Hört mal«, flüsterte Drake. »Was …?«

Dann erklang es erneut. Ein Jaulen. Wie von einem Tier, aber tief klingend, wie von etwas Großem. Drake bekam Gänsehaut.

»Erinnerst du dich?«, fragte Ben mit erschrecktem Flüstern. »Das ist das Land von Grendel. Dem Monster aus *Beowulf*. Es gibt Legenden, dass immer noch Monster diese Gegend heimsuchen.«

»Das Einzige, woran ich mich aus *Beowulf* erinnern kann, ist Angelina Jolie«, sagte Drake mit einiger Begeisterung. »Aber ich nehme mal an, dasselbe könnte ich über die meisten ihrer Filme sagen.«

»Psst!«, zischte Kennedy. »Was zur Hölle ist das für ein *Geräusch*?«

Das Heulen erklang erneut, diesmal näher. Drake versuchte angestrengt, etwas in der Dunkelheit zu erkennen, und stellte sich entblößte Fänge vor, die vor Geifer tropften und nach ihm schnappten, Fetzen verrottenden Fleisches zwischen spitzen Zähnen.

Er hob seine Waffe. Er wollte die anderen nicht erschrecken, aber auch kein Risiko eingehen.

Torsten Dahl hob sein eigenes Gewehr. Der SAS-Soldat, der noch auf den Beinen war, zog ein Messer. Stille hatte sich wieder über die Nacht gesenkt.

Ein fernes Geräusch. Ein *Trapp*. Wie von einem leisen Schritt.

Aber sind es die Füße eines Menschen?, fragte sich Drake.

Sollte er das Klicken von Krallen hören, konnte es gut passieren, dass er in Panik sein gesamtes Magazin leer schoss.

Sein Herz setzte einen Schlag aus, als plötzlich Bens Handy explosiv zum Leben erwachte. Ben warf es vor Schreck in die Luft, aber fing es dann geschickt auf dem Weg nach unten wieder auf.

»Verdammt«, flüsterte er, bevor er merkte, dass er bereits abgehoben hatte. »Hi Mom.«

Drake versuchte den Herzschlag zu beruhigen, der durch seinen Kopf dröhnte. »Mach' es aus. *Mach' es aus!*«

Ben sagte: »Bin gerade am Klo. Ich ruf' dich später an!«

Drake lauschte. Das Stöhnen war erneut zu hören, dünn und gequält, gefolgt von einem entfernten Schlag, als hätte derjenige, der den Lärm machte, einen Stein geworfen. Ein weiterer Schrei, dann ein Heulen …

Dieses Mal definitiv menschlich und Drake schüttelte seine Starre ab. »Das ist Wells«, sagte er und rannte in die Dunkelheit, sein Instinkt führte ihn in Richtung von Mimirs Brunnen und er blieb am Rand stehen.

»Helft mir«, stöhnte Wells, der seine aufgeschürften und blutigen Finger über den Rand des Brunnens streckte. »Ich hab eines der Seile auf dem Weg nach unten erwischt. Hab mir fast den Arm gebrochen. Diese Schlampe muss … muss schon ein wenig mehr bringen, um mich zu erledigen.«

Drake zog ihn nach oben und hinderte ihn daran, zurück in die endlose Dunkelheit zu stürzen.

Nachdem sie Wells warm eingepackt hatten und er sich ausruhte, sah Drake dem Mann in die Augen und schüttelte angewidert den Kopf.

Wells krächzte: »Ich hatte nie vor, einen Krieg zwischen Soldaten anzufangen.«

»Das ist schon okay, denn Alicia und ich sind keine Soldaten mehr. Und was hat sie vorhin gemeint?«

Wells musste husten und ignorierte die Frage.

Neben ihm unterhielt sich Ben mit Parnevik, als wäre nichts passiert. »Glauben Sie, der Schild ist eine Art Schlüssel?«

»Der Schild ist alles.«

»Was macht ihr beiden da?«, fragte Drake, seine Aufmerksamkeit vom hell leuchtenden Display von Bens iPhone gefangen genommen.

»Suchen nach einem Bild.« Ben googelte *Odins Schild* und tippte mit der Geschwindigkeit eines wahren Nerds auf dem Display herum. Das Bild, das erschien, war klein, aber Ben zoomte es schneller heran, als Drake gebraucht hätte, auch nur auf die Idee zu kommen.

Ben hielt das iPhone mit einer Armeslänge Abstand, damit alle sich darum versammeln konnten.

»Das ist einfach«, sagte Kennedy. »Ragnarök ist in Vegas. In Vegas gibt es alles.«

Parnevik kratzte sich am Kinn. »Das Layout des Schildes zeigt vier einzelne Teile, die um einen runden Mittelteil angeordnet sind, das ist die Antwort auf unser Rätsel. Sehen Sie? Wir können sie auch Nord, Ost, Süd und West nennen, damit wir wissen, worauf wir uns beziehen.«

»Praktisch«, sagte Ben. »Nun, West ist offensichtlich. Ich sehe einen Speer und zwei Augen.«

»Süden ist ein Pferd und zwei Wölfe, glaube ich.« Drake kniff die Augen zusammen.

»Natürlich«, sagte Parnevik. »Sie haben recht. Denn Osten müssen die beiden Walküren sein, oder? Sehen Sie?«

Drake kniff die Augen zusammen und konnte schließlich zwei Kriegerinnen erkennen, die auf geflügelten Pferden saßen. Das Display war unerfreulich klein. »Ich würde sagen, Starbucks ist schuld«, schimpfte er. »An jeder Ecke gibt es ein Café mit kostenlosem WLAN, nur hier nicht!«

»Also …«, sagte Kennedy zögernd, »kein Bild des Schilds auf dem, äh, Schild?«

Der Professor studierte das Bild und Ben konnte nichts mehr sehen. Er gab dem Professor einen freundlichen Klaps auf den Rücken. »Können Sie noch ein wenig weiter heranzoomen?«

»Nee. Weiter geht nicht.«

»Ich sehe keine sonstigen Markierungen auf dem östlichen Teil«, sagte Dahl, der neben ihnen stand. »Aber Norden sieht ziemlich interessant aus.«

Drake sah genauer hin und erschrak. »Das ist das Symbol von Odin. Drei ineinander verschlungene Dreiecke. Dasselbe, was wir unten im Brunnen gesehen haben.«

»Aber was ist *das*?« Dahl zeigte auf ein kleines Symbol, das in der unteren linken Ecke eines der Dreiecke zu sehen war. Als Ben nach oben scrollte, sagten sie alle gleichzeitig: »Es ist der Schild.«

Dann herrschte irritierte Stille. Drake zermarterte sich das Hirn. Wieso war das Symbol für den Schild innerhalb der

Dreiecke? Anscheinend ein Hinweis, wenn auch kein sehr eindeutiger.

»Das wäre alles auf einem größeren *Bildschirm* um einiges leichter«, sagte der Professor etwas genervt.

»Hören Sie auf zu jammern«, erwiderte Ben. »Das macht es auch nicht besser.«

»Mal so ein Gedanke«, meinte Kennedy. »Könnten die Dreiecke auch noch für etwas anderes stehen als diesen *Knoten von Odin*?«

»Ein geheimer Zweck eines mystischen Symbols, das mit einem Gott in Verbindung gebracht wird, den man bisher für eine reine Legende hielt?«, spöttelte Parnevik. »Sicher nicht.«

Drake rieb sich die Rippen, wo Alicia ihm ein kleines Andenken daran hinterlassen hatte, dass sieben Jahre als Zivilist die Nahkampffähigkeiten nicht eben verbesserten. Sie hatte ihn gedemütigt, aber es gab einen Trost: Er war am Leben und das Spiel noch lange nicht vorbei.

Dahl versuchte die Gemüter zu besänftigen. »Der Helikopter hat sicher Internet. Er wird in etwa … äh, 30 Minuten hier sein.«

»Okay. Was ist mit dem Mittelteil?«, schaltete Drake sich ein. »Zwei Umrisse, die aussehen wie eine Kinderzeichnung von drei Eutern und einer Qualle.«

»Und *wieder* der Schild.« Ben zoomte auf das Auge der Qualle. »Dieselbe Darstellung wie im Nordteil. Wir haben also *zwei* Abbildungen des Schilds auf dem Schild selbst. Ein Mittelteil, der mit zwei wie willkürlich aussehenden Umrissen verziert ist *und* die drei Dreiecke von Odin«, sagte er und nickte in Richtung Kennedy, »die vielleicht gar keine Dreiecke sind.«

»Nun, zumindest beweist es meine Theorie, dass der Schild der wichtigste Teil ist«, stellte Parnevik heraus.

»Das beweist gar nichts«, sagte Ben mit einem gewissen Unterton.

»Diese Umrisse erinnern mich an etwas«, grübelte Dahl. »Ich kann nur nicht sagen was.«

Drake fielen dazu mehrere spöttische Bemerkungen ein, aber er hielt sich zurück.

Nun, das ist doch mal ein Fortschritt, dachte er. Der professionell auftretende Schwede hatte schon einiges mit ihnen erlebt und verdiente mehr als ein wenig Respekt.

»Schaut«, rief Ben und alle erschraken. »Da ist eine dünne, kaum zu sehende Linie, die beide Abbildungen des Schilds miteinander verbindet.«

»Was uns leider gar nichts sagt«, nörgelte Parnevik, der die Augen zusammenkniff.

»Oder …«, überlegte Drake und dachte an seine Schulzeit, »oder … wenn man es anders betrachtet – wir wissen, dass der Schild eine Karte nach Ragnarök ist. Die beiden Abbildungen könnten derselbe Zielpunkt sein, aber aus zwei verschiedenen Perspektiven … eines davon ist die Sicht von *oben*, und die andere …«

»Von der *Seite*«, sagte Ben.

In diesem Moment hörte man das Geräusch eines herannahenden Helikopters. Dahl gab ihm Landeanweisungen und zeigte, dass er auch ohne technische Unterstützung klarkam, indem er das GPRS ausmachte. Er sah wie alle anderen angestrengt in die Dunkelheit, als der große, schwarze Schatten sich näherte.

»Nun, wir haben keine Wahl«, sagte er mit einem halben Lächeln. »Wir werden wohl improvisieren müssen.«

Sobald sie an Bord waren und ihre Plätze eingenommen hatten, fuhr Dahl einen Sony Vaio Laptop mit 17-Zoll-Bildschirm hoch, der ein eingebautes mobiles Modem besaß, wie ein iPhone. Abhängig von der Funkzellenabdeckung würden sie Internet haben.

»Es ist eine Karte«, führte Drake seinen Gedanken weiter. »Also sollten wir ihn auch so behandeln. Die Mitte, der zentrale Teil, ist die Ansicht von *oben*. Wir können die Umrisse kopieren, irgendeine geografische Erkennungssoftware benutzen und schauen, was dabei rauskommt.«

»Hmm«, Parnevik studierte die vergrößerte Ansicht kritisch. »Wieso sollte man das andere Bild, das aussieht wie ein Euter, mit berücksichtigen, wenn das Symbol für den Schild im Innern Ihrer …«, er zögerte, »… Quallenabbildung enthalten ist?«

»Als Bezugspunkt?«, spekulierte Kennedy.

Der Helikopter schlingerte im Wind. Den Piloten war gesagt worden, sie sollten nach Oslo fliegen, bis sie weitere Anweisungen erhielten. Ein zweites SSG-Team erwartete sie dort.

»Versuchen Sie die Software, Torsten.«

»Das hab ich bereits, aber ich brauche sie gar nicht«, erwiderte Dahl. »Ich *wusste*, dass diese Umrisse bekannt aussahen. Das ist Skandinavien auf einer Landkarte. Das Euter ist Norwegen, Schweden und Finnland. Die Qualle ist Island.«

Einen Sekundenbruchteil später meldete sich der Laptop mit einem Piepsen und drei möglichen Treffern. Die geografische Erkennungssoftware hatte eine Wahrscheinlichkeit von 98 Prozent errechnet für den Treffer, der am besten passte – es war Skandinavien.

Drake nickte Dahl respektvoll zu.

»Ragnarök ist auf Island?«, fragte Parnevik.

»Geben Sie dem Piloten die Koordinaten.« Drake zeigte auf die Küste von Island und die Position des Schildsymbols. »Sofort. Wir liegen bereits Stunden zurück.«

»Aber wir haben die *Artefakte* nicht«, sagte Ben vorsichtig. »Die Deutschen haben sie. Und nur sie können die Teile verwenden, um das Grab der Götter zu finden.«

Torsten Dahl lachte zum ersten Mal, seitdem sie sich getroffen hatten, und Drake musste zweimal hinsehen, um es zu glauben. »Oh nein«, sagte der Schwede. »Ich habe eine *viel* bessere Idee. Wieso sollten wir uns mit den verdammten Teilen rumärgern, wenn wir modernste Technologie zur Verfügung haben? Wer braucht schon dieses Puzzle, wenn wir hier die neueste Ausrüstung haben? Das war immer Plan B, aber in meinen Augen der *bessere* Plan. Wir brauchen die Teile gar nicht physisch. Wir müssen nur in der Nähe sein und können die Deutschen die ganze Arbeit machen lassen.«

»Lasst mich mal kurz überlegen – hat man den Schild nicht in Island gefunden?«, fragte Ben und beeindruckte Drake erneut mit seinem Scharfsinn in dieser Stresssituation.

»Ja, und wenn das die alte Stätte von Ragnarök ist«, sagte Parnevik, »macht es Sinn, dass Odins Schild dort ist, wo er ihn fallen ließ, als er starb.«

»Oh, ja, das ergibt vielleicht jetzt einen Sinn, Professor«, neckte ihn Kennedy. »Jetzt, wo die Jungs alles für Sie ausbuchstabiert haben.«

»Also ich weiß nicht, ob es ein Trost ist, aber wir müssen immer noch das größte Rätsel lösen«, sagte Ben mit einem dünnen Lächeln. »Die Bedeutung des uralten Symbols für Odin – die drei Dreiecke.«

KAPITEL 35

ISLAND

Die Küste Islands war eisverkrustet, rau und farbenprächtig. An einigen Stellen glattgescheuert von Gletschern und an anderen durch rollende Wellen und eisige Winde verwittert. Küstenabschnitte aus Lava und schwarzen Klippen wechseln sich ab, majestätische Eisberge und eine zen-artige Ruhe lagen über allem. Gefahr und Schönheit gingen Hand in Hand und konnten den unvorsichtigen Wanderer leicht in den Tod locken.

Reykjavík war in wenigen Minuten unter ihnen vorbei, die hellroten Dächer, die weißen Häuser und die schneebedeckten Berge außen herum erfreuten selbst das kälteste Herz.

Sie machten einen kurzen Zwischenstopp auf einer der wenigen Militärbasen, um nachzutanken und Schneeanzüge, Munition und Essensrationen einzuladen, und alles andere, an das Dahl in den zehn Minuten denken konnte, die sie warten mussten. Die bloße Menge an Ausrüstung, die er mitgebracht hatte, war erstaunlich: von Konserven über Klettergurte, Seile und GPS-Geräte.

Doch die Menschen an Bord des schwarzen Militärhubschraubers sahen wenig davon. Sie waren als Gruppe zusammengeschweißt – diskutierten dasselbe Ziel –, aber die Gedanken jedes einzelnen drehten sich um die eigene Sterblichkeit – wie nervös und ängstlich sie waren und wie viel Sorgen sie sich um die anderen machten.

Drake war da keine Ausnahme. Er konnte sich nicht vorstellen, wie sie das alle heil überstehen sollten. Wenn sie wirklich Ragnarök finden sollten, kam als Nächstes das legendäre Grab der Götter, und ihre Leben würden Teil eines Roulettespiels werden.

Und nun musste Drake, zusätzlich zu Ben und Kennedy – die er beide mit seinem Leben geschützt hätte – auch an Hayden und Karin denken. Der wahre Kampf stand ihnen noch bevor, und er, ein Mann, der schon einmal den Entbehrungen des Krieges entkommen war, musste nun als Soldat die Vorhut bilden.

Der Krieg reduzierte den Menschen. Er sprengte Splitter der eigenen Seele ab, nahm einen Mann und formte ihn zu einem dunkleren Schatten seiner Selbst. Aber Drake war bereit, seinen Mann zu stehen und erneut zu kämpfen.

Überall steuerte man auf das große Finale zu. Abel Frey, der alle neun Teile hatte, war bereits kurz vor der Ziellinie und hatte das Rennen jahrelang sorgfältigst geplant. Alicia und Milo verfolgten vielleicht ein paar eigene Pläne, aber Drake vermutete, dass seine ehemalige Kollegin vom SRT noch eine Riesenüberraschung bereithielt, von der auch ihr Freund nichts wusste.

Torsten Dahl und Wells waren kaum vom Telefon weggekommen, seitdem sie die Küste von Island erreicht hatten, sie erhielten Befehle, Hinweise und geflüsterte Ratschläge von ihren jeweiligen Regierungen. Während sie weiterflogen, bekam Kennedy einen Anruf, der dafür sorgte, dass sie plötzlich ein paar Minuten kerzengerade in ihrem Sitz saß und müde und schockiert den Kopf schüttelte.

Sie wandte sich an Drake. »Kennst du Hayden? Die Sekretärin? Die nur ihren Job macht, oder?«

»Geht es ihr gut?«, fragte Drake sofort.

»Das weiß ich nicht, aber ich weiß, dass sie nur *ein* Teil des amerikanischen Engagements in dieser Sache ist. Und sie ist genau dort, wo die sie haben wollen. Mitten in der Scheiße und so nahe am Feind wie möglich.«

»Verdammt.« Drake sah Ben besorgt an. Er war immer noch der Meinung, dass Hayden eine Schwäche für seinen Freund hatte. War das nur Drakes Herz, das mit ihm durchging, ihn zu romantischer Gefühlsduselei verleitete und ihm sagte, dass Haydens Gefühle echt gewesen waren, oder versuchte sie nur, näher an sie alle heranzukommen?

»Das war ein Berater eines Beraters des Verteidigungsministers«, fuhr Kennedy mit sachlichem Ton fort. »Da ich die einzige beteiligte Amerikanerin bin, soll ich sie *auf dem Laufenden* halten.«

»Tatsächlich.« Drake nickte in Richtung Dahl und Wells. »Und das hier ist nur Geschichte, die sich wiederholt.« Er sah müde durch das Fenster. »Kaum zu glauben, Kennedy, dass wir nach der letzten Woche immer noch im Spiel sind?«

»Und hättest du dir vorstellen können«, fragte Kennedy, »dass alle diese ganze *Grab-der-Götter*-Theorie glauben?«

»Götter müssen nicht wirklich *Götter* sein«, sagte er mit Müdigkeit in der Stimme. »Es sind vielleicht nur Männer, die als Götter verehrt werden.«

Aber dann sog Kennedy erschrocken die Luft ein und lehnte sich herüber, um aus dem Fenster zu sehen. Drake spürte, dass sie sich anspannte.

»Oh wow«, sagte sie. »Das ist der …«

»Ich weiß«, unterbrach Drake und sah hinaus. »Dahl, sehen Sie sich das an.«

Der Schwede starrte herüber und beendete schnell das Telefongespräch. Ein kurzer Blick aus dem Fenster und er legte verwirrt die Stirn in Falten. »Das ist nur der Eyjafjallajökull. Und, ja, Drake, ich weiß, ich hab leicht reden, und ja, das ist der Vulkan, der Anfang des Jahres mehrmals in den Schlagzeilen war.« Er machte eine Pause, schien fasziniert und erwartungsvoll.

Parnevik fielen fast die Augen aus dem Kopf. Er fluchte auf Schwedisch wie ein Rohrspatz.

Jetzt lehnte sich Ben zum Fenster hinüber: »Wow. Das ist Islands berühmtester Vulkan, und so wie es aussieht, ist er immer noch aktiv, wenn auch nur leicht.«

»Ja«, meinte Drake. »Feuer wird uns verzehren. Damit ist der verdammte *Vulkan* gemeint.«

»Und außerdem«, sagte Kennedy schließlich, »betrachtet mal die Abbildung auf dem Schild als Erhebungen.«

Parnevik nickte. Er hatte sich wieder beruhigt. »Drei *Berge – nicht* drei Dreiecke, wie man immer dachte. Die Gelehrten früherer Zeiten haben sich geirrt. Es scheint, dass Odins bekanntestes Symbol stets falsch interpretiert wurde. Oh je.«

Drake ließ den Blick über den aktiven Vulkan hinaus schweifen und sah zwei noch höhere Berge, die sich links und rechts davon befanden. Wenn man sie von der Seite betrachtete, hatten sie große Ähnlichkeit mit Odins Symbol.

Parnevik fluchte erneut. »Unsere Augen spielen uns hier einen Streich, denn auch wenn es so aussieht, als wären die Berge neben Eyjafjallajökull, sind sie in Wahrheit Hunderte Meilen weit entfernt. Aber sie sind ein Teil der *Kette* isländischer Vulkane, die alle miteinander verbunden sind.«

»Das Grab der Götter«, sagte Dahl und holte tief Luft, »liegt im *Inneren* des aktiven Vulkans, wenn man sich die Karte ansieht.«

»Wartet!« Dahl sah auf das Satellitenbild, das zeigte, dass sie bald das *Auge der Qualle* erreicht hatten. »Wir brauchen noch ein wenig Hilfe, was die genaue Lage angeht, und wie ich schon gesagt habe, das war immer mein Plan B. Das ist ein riesiger Berg und Abel Frey wird uns die exakte Position des geheimen Zugangs zeigen.«

»Wie?«, fragten mindestens zwei Stimmen.

Dahl zwinkerte und sagte zum Piloten: »Bringen Sie uns höher.«

Sie stiegen so hoch, dass Drake nicht einmal die Berge durch die Wolken sehen konnte. Sein neu erwachsener Respekt für den Kommandanten des SSG bekam einen kräftigen Schub.

»Okay, Torville, wollen Sie uns dumme Bauern nicht von unserer Unwissenheit erlösen? Erklären Sie das mal.«

»*Torsten*«, korrigierte Dahl, bevor ihm aufging, dass er nur geneckt wurde. »Oh, ich verstehe. Okay, dann versuchen Sie mal, mitzuhalten. Das ist mein Spezialgebiet bei der Armee, oder *war* es, bevor ich mich der SSG anschloss. Luftaufklärung und besonders Orthofotos.«

»Tolle Sache«, sagte Drake. »Und was zur Hölle soll das sein?«

»Das sind Fotos, die aus großer Höhe direkt von oben aufgenommen und dann geometrisch entzerrt werden, um dem kartografischen Standard zu entsprechen. Sobald die Deutschen die Teile richtig anordnen und das Foto hochgeladen wird, müssen wir es nur noch mit den Koordinaten in der realen Welt abgleichen und dann …«, er zuckte die Achseln.

»*Boom!*«, Kennedy lachte. »Sie meinen, wie Google Earth, richtig? Nur ohne das 3D?«

»Stimmt.«

Drake verzog das Gesicht. »Hoffen wir, das funktioniert, Dahl. Ohne die neun Teile sind wir erledigt. Das ist unsere einzige Chance, denen zuvorzukommen.«

»Das wird funktionieren. Und nicht nur das, sobald der Computer die Koordinaten berechnet, wissen wir *genau*, wo der Eingang zum Grab der Götter ist. Auch wenn sie alle neun Teile haben, werden selbst die Deutschen schätzen müssen, wo der Zugang ist. Es ist natürlich entscheidend, alle Teile zu haben, um das Grab zu finden, aber wir brauchen sie nicht unbedingt in unseren *Händen zu halten.*«

»Angenommen, die Deutschen arrangieren alle Teile richtig«, sagte Ben und grinste unterkühlt.

»Nun, stimmt. Wir können nur hoffen, dass Abel Frey weiß, was er tut. Er hatte sicher genug Zeit, um zu üben.«

Drake schob sich von seinem Sitz in den Gang und sah sich nach Wells um. Er sah, wie dieser mit dem Handy frustriert gegen das Fenster klopfte.

»Irgendwelche Neuigkeiten über Freys Schloss, Kumpel?«

Der SAS-Kommandant schnaubte. »Umstellt. Aber heimlich – die Security des Schlosses weiß nicht, dass sie ins Visier geraten sind. Die deutsche Polizei ist auch dort. Interpol. Eine Menge Regierungsvertreter aus aller Welt. Aber Mai ist unauffindbar. Sie ist verschwunden. Einer meiner Männer im Geheimdienst glaubt, dass sie in den Vereinigten Staaten ist. Ich will dich nicht anlügen, Matt, dieses Schloss wird hart zu knacken sein, und es wird eine Menge Verluste geben.«

Drake nickte und dachte an Karin. Er kannte das Risiko, hatte das Spiel oft genug gespielt. »Also zuerst das Grab … und dann sehen wir, wo wir stehen.«

Sie hörten ein begeistertes Grummeln von der Front des vollgestopften Helikopters. Dahl drehte sich mit einem Lächeln auf dem Gesicht um. »Frey ist genau jetzt da unten. Sie arrangieren die Teile. Wenn wir das Baby hier auf höchste

Auflösung und ein Bild pro Sekunde stellen, dann sind wir in einer Stunde in diesem Grab.«

»Mal nicht so respektlos«, sagte Parnevik empört. »Das ist Ragnarök da unten. Eines der legendärsten Schlachtfelder der Menschheitsgeschichte und der Ort von mindestens einem Weltuntergang. Götter sind hier schreiend in Eis und Schnee gestorben. *Götter.*«

»Und so wird es Abel Frey ergehen«, sagte Ben Blake leise. »Wenn er meiner Schwester was angetan hat.«

KAPITEL 36

DAS GRAB DER GÖTTER

Das Spiel näherte sich dem Ende.

Als Drake und seine Gefährten in den Sinkflug gingen und über Ragnarök in Richtung des rauchenden Berges dahinflogen, wussten sie, dass die Deutschen sie sehen und verfolgen würden. Der Helikopter verlor rasch an Höhe und hielt auf eine Senke zu. Er wurde von unberechenbaren Böen durchgeschüttelt, außerdem herrschten starke Abwinde. Jeder außer dem Professor, der noch von den letzten Tagen traumatisiert und erschöpft war, schulterte so viel Ausrüstung, wie er konnte. Der Pilot meisterte die tückischen Winde und schwebte so tief wie möglich in etwa zwei Metern Höhe über dem Boden, dann rief er den anderen zu, sie sollten springen.

»Markieren Sie die Koordinaten der neun Teile«, befahl Dahl dem Piloten. »Ich hab das unangenehme Gefühl, dass wir mit denen noch nicht fertig sind.« Dann rief er den anderen im Flugzeug zu: »Die Uhr tickt!«, sprang aus dem Helikopter und rannte los, sobald seine Stiefel den Boden berührten. »Bewegt euch!«

Drake griff nach Ben, um ihn zu stützen, und sah sich dann die Umgebung an. Die schmale Senke hatte wie der beste Ort gewirkt, um sie abzusetzen. Sie war nur eine Meile von dem kleinen Eingang entfernt, den sie gesehen hatten, und das einzige Stück Boden in näherer Entfernung, das nicht zu felsig oder ein potenzieller Vulkanschlot war. Ein weiterer Vorteil bestand darin, dass dieser Landeplatz

Frey nicht die genaue Position des Grabs verriet. Die Landschaft war trostlos. Drake fand, es sah aus wie am Ende der Welt. Schichten grauer Asche, Berghänge in verschiedenen Brauntönen und schwarze Lavafelder stimmten ihn nicht unbedingt zuversichtlich, während er darauf wartete, dass Dahl den Eingang auf dem GPS-Gerät lokalisierte. Er rechnete fast damit, einen schmuddeligen Hobbit aus dem Nebel schleichen zu sehen, der behauptete, er habe Mordor erreicht. Der Wind war nicht stark, aber frischte immer wieder zu heftigen Böen auf, die sein Gesicht wie die Fänge einer angriffslustigen Viper trafen.

»Hier entlang.« Dahl lief über eine Schicht Asche voran. Weit oben spuckte der Vulkan pilzförmige Wolken in die Luft. Dahl hielt auf eine breite schwarze Spalte im Berg vor ihnen zu.

»Wieso sollte jemand eine so bedeutende und heilige Stätte ins Innere eines Vulkans verlegen?«, fragte Kennedy, während sie neben Drake hertrabte.

»Man wollte vielleicht gar nicht, dass der Ort erhalten bleibt.« Er zuckte die Achseln. »Nur eine letzte Ruhestätte. Island hat schon seit Jahrhunderten Vulkanausbrüche erlebt. Wer hätte geglaubt, dass *dieser* Vulkan so oft aktiv wäre, aber nie richtig ausbricht?«

Der Himmel über ihnen war geschwängert mit Schneeflocken und Asche und ließ die Dämmerung vorzeitig hereinbrechen. Die Sonne schien hier nicht; es war, als hätte die Hölle ihren ersten Vorposten auf der Erde errichtet.

Dahl bahnte sich seinen Weg durch das unwegsame Gelände, stolperte manchmal durch unerwartet tiefe Verwehungen grauer Asche. Als er an das steile Kliff kam, war der zusammengewürfelte Haufen verstummt – ihr Elan durch die deprimierende Landschaft erstickt.

»Hier oben.« Der Schwede gestikulierte mit seiner Waffe. »Etwa sieben Meter.« Er kniff die Augen zusammen. »Ich kann auf den ersten Blick nichts Besonderes erkennen.«

»Also, wenn Cook das vor der Küste Hawaiis gesagt hätte, gäbe es heute keine Ananas aus der Dose«, neckte ihn Drake und hoffte auf ein Lachen.

»Oder Kona-Kaffee.« Kennedy leckte sich die Lippen und sah in seine Richtung, errötete dann, als er ihr zuzwinkerte.

»Nach dir«, sagte er und zeigte mit ausladender Geste auf den steilen Hang.

»Keine Chance, Perversling.« Sie lächelte.

»Okay, solange du versprichst, nicht *mir* auf den Hintern zu starren.« Drake machte sich mit Schwung daran, den felsigen Abhang zu erklimmen, testete jeden Griff, bevor er das Gewicht verlagerte, und behielt Dahl und den einsamen SAS-Soldaten über sich im Auge. Kennedy kam als Nächste, dann Ben und zu guter Letzt der Professor und Wells.

Alle hatten bei dieser speziellen Mission dabei sein wollen.

Dahl kletterte eine Zeit lang voraus. Drake warf einen Blick nach hinten, sah aber niemanden, der ihnen folgte. Einen Augenblick später durchschnitt Dahls Stimme die drückende Stille, die sich über sie gelegt hatte.

»Wow, ich hab hier was, Leute. Hier ist ein Felsvorsprung und dahinter führt der Weg nach links …« Seine Stimme wurde leiser. »Ein senkrechter Schacht mit … ja, hier sind Stufen in den Felsen geschlagen. Ein bisschen eng. *Helvite!* Diese alten Götter müssen aber dünn gewesen sein!«

Drake erreichte den Vorsprung und schob sich daran vorbei. »Dahl, haben Sie etwa eben geflucht und einen Witz gerissen? Oder zumindest versucht. Vielleicht sind Sie ja doch menschlicher als gedacht. Ich hoffe, wir müssen uns hier nicht schnell aus dem Staub machen.«

Mit diesem alarmierenden Gedanken half er Dahl, ein Sicherungsseil zu befestigen, bevor sich der Schwede durch das enge Loch zwängte. Ihm fielen einige bissige Kommentare ein, aber es war nicht die Zeit oder der Ort dafür. Da er keinen Platz hatte, um mit einer Taschenlampe hinab zu leuchten, musste der arme Torsten Dahl blind nach unten klettern, einen Schritt nach dem anderen.

»Wenn Sie Schwefel riechen«, Drake konnte sich nicht beherrschen, »halten Sie besser an.«

Dahl ließ sich Zeit, machte bedachtsam einen Schritt nach dem anderen. Ein paar Minuten später verschwand er und Drake konnte nur noch das gedämpfte Leuchten von seinem Kletterhelm sehen, das schwächer und schwächer wurde.

»Sind Sie okay?«

»Tiefer kann man nicht mehr sinken!«, hallte Dahls Stimme nach oben.

Kennedy sah sich um. »War das noch ein Witz?«

»Okay, dann lassen wir diese Kälte mal besser hinter uns.« Drake ergriff den Rand aus schwarzem Fels und ließ sich vorsichtig über die Kante hinab. Er suchte mit den Füßen nach Halt und sank langsam Zentimeter um Zentimeter weiter nach unten. Das Loch war so eng, dass er sich die Nase und die Wangen bei jeder Bewegung aufschürfte. »Au! Seid besser vorsichtig«, rief er nach oben zu den anderen. »Versucht den Oberkörper so wenig wie möglich zu bewegen.«

Nach ein paar Minuten hörte er Dahl sagen: »Zwei Meter«, und spürte, dass der Fels in seinem Rücken einem Leerraum Platz gemacht hatte.

»Seien Sie vorsichtig«, warnte Dahl. »Wir sind hier auf einem Vorsprung. Etwa einen halben Meter breit. Die

Felswand ist zu unserer Rechten, wie zu erwarten, der übliche bodenlose Abgrund zur Linken. Es gibt nur einen Weg, den wir nehmen können.«

Drake leuchtete mit seiner Lampe herum, um sich anzusehen, was der Schwede beschrieben hatte, während die anderen den langen Abstieg begannen. Als sie sich näherten, sagte Drake: »Ich schätze, dass der Schaft knapp die Abmessungen des Schildes hat. Ich frage mich, ob das Absicht ist.«

Dahl zuckte die Achseln. »Alles an dieser Schatzsuche scheint mit Absicht geplant zu sein.« Er hielt den Rest des Teams an, sich zu beeilen.

Sobald alle vorgewarnt und bereit waren, begann Dahl sich langsam den Vorsprung entlangzubewegen. Die pechschwarze Dunkelheit wurde nur durch die Helmlampen durchbrochen, deren Strahlen wie Glühwürmchen herumtanzten.

»Das erinnert mich an einen dieser alten Dinosaurierfilme«, sagte Professor Parnevik. »Erinnern Sie sich? *Caprona – Das vergessene Land* lautete der Titel, glaube ich.«

»Der mit Raquel Welch?«, fragte Wells. »Nein? Na ja, wenn man in meinem Alter an Dinosaurier denkt – dann denkt man an Raquel Welch. Ist auch egal.«

Drake drückte seinen Rücken gegen den Felsen und schob sich einen Schritt seitwärts voran, die Arme ausgestreckt. Er stellte sicher, dass Ben und Kennedy es genauso machten, bevor er sich weiterbewegte. Sie blickten in den finsteren Abgrund vor sich und nun hörten sie auch ein leises Donnern, tief und weit entfernt.

»Das ist der Eyjafjallajökull, der Vulkan, der vor sich hin brodelt«, sagte Professor Parnevik leise hinter ihnen. »Ich schätze, wir sind in einer Seitenkammer, die von der Magmakammer abgetrennt ist und von dem Schlot, der die Lava nach oben transportiert. Es könnten Dutzende an Schichten aus Asche und erstarrter Lava zwischen uns und dem aufsteigenden Magma sein, die uns und das Grab abschirmen. Vielleicht sind wir sogar in einer ungewöhnlichen Höhle im Grundgestein, die steiler ansteigt als die Hänge des Berges.«

Dahl rief in die Dunkelheit: »*Helvite!* Wir haben eine niedrige Wand vor uns, die unseren Weg im 90-Grad-Winkel schneidet, aber sie ist nicht hoch, also keine Sorge, aber seid vorsichtig.«

»Vielleicht eine Falle?«, mutmaßte Parnevik.

Drake sah das Hindernis und dachte dasselbe. Vorsichtig folgte er dem SSG-Kommandanten über die kniehohe Barriere. Sie erblickten gleichzeitig das erste Grab.

»*Wow*«, war alles, das Dahl herausbrachte. Ihm fehlten die Worte.

Drake pfiff ehrfürchtig durch die Zähne bei dem Anblick, der sich ihm bot.

Eine breite Nische war in den Berg gegraben worden. Wie es aussah, reichte sie bis zu 30 Meter in den Kern des Vulkans hinein – in Richtung der Magmakammer. Der Eingang war bogenförmig und um die 30 Meter hoch. Während sich alle um sie versammelten und die großen Taschenlampen herausholten, enthüllte sich vor ihnen das spektakuläre Grab.

»Unglaublich«, stieß Kennedy aus. Ihre Taschenlampe beleuchtete mehrere Nischen, die in die Wand gehauen und mit Schätzen gefüllt waren: Halsketten und Speere, Brustplatten und Helme, Schwerter …

»Wer *war* dieser Kerl?«

Parnevik sah sich bereits erwartungsgemäß die hintere Wand an, die im Grunde einen riesigen, bogenförmigen Grabstein darstellte. Eine meisterhafte Steinmetzarbeit war hier als Relief ausgeführt, die es mit den Künstlern der späten Renaissance, sogar Michelangelo aufnehmen konnte.

»Es ist das Grab von Mars«, sagte der Professor. »Der römische Gott des Krieges.«

Drake sah die Darstellung eines muskelbepackten Mannes mit Brustpanzer und Rock, der einen gewaltigen Speer über der massigen Schulter erhoben hatte, während er über die andere zielte. Im Hintergrund standen ein majestätisches Pferd und ein rundes Gebäude, das große Ähnlichkeit mit dem Kolosseum in Rom hatte.

»Wie haben die eigentlich entschieden, wer hier begraben werden soll?«, murmelte Kennedy. »Römische Götter, nordische Götter …«

»Weiß ich auch nicht«, sagte Parnevik. »Vielleicht entschied Zeus das einfach willkürlich.«

»Oder Odin?« Drake zog eine Augenbraue hoch.

Alle Blicke richteten sich unweigerlich auf den enormen Sarkophag, der unter dem gemeißelten Wandgemälde stand. Drakes Fantasie arbeitete. Wenn sie hineinschauten, würden sie die Knochen eines Gottes finden, oder eines Menschen, der als solcher verehrt wurde?

»Uns läuft die Zeit davon!« Dahl hörte sich frustriert an, erschöpft und beunruhigt. »Lasst uns gehen. Wir haben keine Ahnung, wie viele Götter hier unten begraben sein könnten.«

Parnevik hob einen der Gegenstände auf, eine glitzernde Halskette. »Wir – und ich meine, die Welt der Archäologie und Wissenschaft – kennen diese Anomalien schon seit Hunderten von Jahren. Sehen Sie, je weiter die Wissenschaft fortschreitet, desto besser erkennen wir die Fehler der Vergangenheit. Und einige davon geben wir nicht gerne zu. Besonders diejenigen, die uns zwingen würden, in völlig neue Richtungen zu denken, diejenigen, die alles infrage stellen, was wir über die Evolution wissen. Das sind sogenannten *OOPArts – out of place artefacts*, die in Schichten gefunden wurden, die aus Zeiten stammen, zu denen noch keine Menschen existierten. Sie dürften gar nicht da sein. Es ist unmöglich. Und doch gibt es sie. Dieses …«, er breitete die Arme aus, »dieses Grab könnte mehr Licht auf ihre Existenz werfen. Es beweist, dass intelligentes Leben deutlich früher existierte, als wir geglaubt haben.«

Kennedy runzelte die Stirn, warf Drake einen Blick zu und sah dann den Vorsprung entlang, der in der Dunkelheit verschwand. »Das ist ein schmaler, brüchiger Weg, dem wir da folgen. Und ich wette meine gesamten Ersparnisse darauf, dass es nicht nur *ein oder zwei* Götter sein werden.«

»Wir können nichts und niemandem trauen«, sagte er. »Nur uns gegenseitig. Los jetzt. Die Deutschen kommen.«

Sie verließen im Gänsemarsch die Grabkammer von Mars, wobei jeder noch einmal einen Blick über die Schulter warf, auf die relative Sicherheit dieses Ortes und seinen unschätzbaren Wert für die Forschung. Erneutes Donnern erschütterte einen weit entfernten Hohlraum und hallte durch die Höhle, in der sie sich befanden. Drake sah nach oben und glaubte, dass er hoch über ihnen einen ähnlichen Vorsprung ausmachen konnte. *Verdammt.* Womöglich dauert das noch die ganze Nacht.

Wenigstens schien ihnen bisher niemand zu folgen. Vielleicht hatten Frey und Alicia und ihre Bande Probleme, den Schild durch den Eingangsschacht zu bringen. Drake vermutete, dass sie den Deutschen ein gutes Stück voraus waren, aber er wusste, eine Konfrontation war unvermeidbar. Er hoffte nur, sie fanden vorher die Knochen von Odin.

Vor ihnen befand sich ein zweiter Vorsprung und dahinter eine weitere prachtvolle in den Felsen gehauene Nische.

Diese war geschmückt mit einer Unmenge an Objekten aus Gold, die Wände schimmerten durch den Widerschein ebenfalls golden.

»*Unglaublich!*«, flüsterte Kennedy. »So etwas habe ich noch nie gesehen. Wer *ist* das? Der Gott des Reichtums?«

Parnevik inspizierte die Steinmetzarbeit, die den massiven Sarkophag verzierte. Er schüttelte kurz den Kopf und legte die Stirn in Falten. »Moment, sind das Federn? Ist dieser Gott in Federn gekleidet?«

»Könnte sein, Prof.« Ben hatte den Blick bereits an der Felsnische vorbei in die Dunkelheit gerichtet, die vor ihnen lag. »Ist das wichtig? Es ist nicht Odin.«

Parnevik ignorierte ihn. »Natürlich ist das wichtig. Das ist *Quetzalcoatl! Der aztekische Gott!* Damit ist das alles hier …« Er gestikulierte in Richtung der glänzenden Wände.

»*Aztekisches Gold*«, stieß Wells aus, der mittlerweile ebenfalls beeindruckt war. »Fantastisch.«

»Dieser Ort …«, Kennedy hyperventilierte beinahe, »ist der bedeutendste archäologische Fund *aller Zeiten*. Das ist klar, oder? Hier befindet sich nicht nur der Gott einer Zivilisation, sondern die Götter *vieler verschiedener*. Und all die Traditionen und Schätze, die dazugehören. Das ist … unglaublich.«

Drake wandte den Blick ab von der Darstellung von Quetzalcoatl, der mit Federn geschmückt war und eine Axt in der Hand hielt. Parnevik sagte, der aztekische Gott wurde – laut verlässlichen kirchlichen Quellen – als *Gottkönig* beschrieben; ein Ausdruck, der nahelegte, dass er in der Tat in der ein oder anderen Form real gewesen war.

»Quetzalcoatl bedeutet *fliegendes Reptil* oder *gefiederte Schlange*. Und das ist …« Parnevik machte eine kurze Pause, um seinen Worten mehr Nachdruck zu verleihen, und schien dann zu bemerken, dass alle anderen bereits wieder auf den Felsvorsprung zurückgekehrt waren »Ein Drache«, sagte er zu sich selbst und schien zufrieden.

»Hat er irgendetwas mit Mars gemeinsam?«, fragte das verbliebene SAS-Mitglied – ein Staff Sergeant namens Jim Marsters.

Drake sah Parnevik mit geschürzten Lippen auf den Felsvorsprung treten. »Nur eine Sache.« Er redete leise, aber alle auf dem Vorsprung konnten ihn hören. »Dass sie zur einen oder anderen Zeit beide symbolisch für den Tod standen.«

In einer dritten Nische, die genauso atemberaubend war wie die letzten beiden, erblickte Drake das Relief einer beeindruckenden nackten Frau.

Wertvolle Statuen waren an den Wänden aufgereiht. Delfine, Spiegel, Schwäne. Eine Halskette aus kleinen Tauben, die lang genug war, dass sie der Freiheitsstatue gepasst hätte.

»Nun«, sagte Drake, »sogar ich weiß, wer das ist.«

Kennedy verzog das Gesicht. »Na klar.«

»Die Urmutter der Schlampen«, stieß Parnevik verächtlich hervor, »Aphrodite.«

»Hey, hey«, sagte Wells. »Sie nennen die Göttin Aphrodite eine Schlampe? Hier unten? So nahe an ihrem Grab?«

Parnevik polterte weiter, ohne sich zurückzuhalten. »Sie hat mit Göttern und Männern geschlafen, inklusive Adonis. Hat Helena dem Paris *angeboten* und dann den Handel besiegelt, indem sie Paris' Inbrunst entfachte, als er sie erblickte. Sie wurde in der Nähe von Paphos aus den abgetrennten Hoden des Uranus geboren. Ich muss sagen, sie ist eine …«

»Okay, Botschaft angekommen«, sagte Drake trocken und betrachtete noch immer das in den Felsen gehauene Bildnis. Er lächelte, als er merkte, dass Kennedy über ihn den Kopf schüttelte.

»Eifersüchtig, meine Liebe?«

»Bist du sexuell arg frustriert?« Sie drängelte sich an ihm vorbei und reihte sich als Zweite hinter Dahl ein.

Er starrte ihr nach. »Nun, jetzt wo du es erwähnst …«

»Komm schon, Matt.« Ben drückte sich ebenfalls an ihm vorbei. »Wow!«

Sein Aufschrei ließ sie alle zusammenzucken. Alle Augen richteten sich auf ihn und sie sahen, wie er auf allen vieren mit panischem Blick zurück krabbelte. Drake fragte sich, ob er gerade den Teufel auf den Schwingen von Dämonen gesehen hatte, direkt aus den finstersten Tiefen der Hölle.

»Dieses Grab …«, keuchte er. »Es ist auf einer Plattform … es hängt in der Luft … *da ist nichts auf der anderen Seite!*«

Drakes Herzschlag schien einen Moment auszusetzen. Er erinnerte sich an Mimirs Brunnen und den falschen Boden.

Dahl sprang ein paarmal auf und ab. »Der Fels fühlt sich stabil an. Das kann noch nicht das Ende des Weges sein.«

»*Tun Sie das nicht!*«, rief Ben mit hoher Stimme. »Was, wenn es wegbricht?«

Es herrschte einen Moment Stille. Alle sahen sich gegenseitig ratlos an. Einige warfen einen Blick nach hinten, in die Richtung, aus der sie gekommen waren, darunter Ben und Wells.

In diesem Moment konnte man entfernt ein leises Klicken hören. Das Geräusch eines Steins, der in einen Schacht geworfen worden war.

»Das sind die Deutschen«, sagte Dahl mit Überzeugung. »Die testen, wie tief die Höhle ist. Wir sollten einen Weg von dieser Plattform finden oder wir werden sterben.«

Drake stupste Kennedy an. »Schau mal nach oben.« Er leuchtete mit der Taschenlampe auf einen Felsvorsprung über ihnen. »Da müssen noch mehr Nischen oder Höhlen über uns sein. Siehst du … wie die Felskante eine *Kurve* macht?«

»Richtig.« Kennedy hastete zurück zum Rand der Nische von Aphrodite. Dann drückte sie sich eng an den Felsen und lehnte sich um die Ecke. »Da oben ist irgendwas. Oh Mann.«

Drake hielt sie an den Schultern und sah angestrengt ins Dunkel. »Oh nein.«

Dort, gerade so im Lichtkegel der Taschenlampe zu erahnen, war ein schmaler Vorsprung, der in eine noch schmalere Wendeltreppe überging. Der Treppenschacht erstreckte sich über ihnen zur nächsten Ebene.

»So viel zum Thema Höhenangst«, sagte Drake. »Da hab ich ja das ganz große Los gezogen.«

KAPITEL 37

DAS GRAB DER GÖTTER

Die Wendeltreppe wirkte solide, auch wenn sie über einem anscheinend endlos tiefen Abgrund durchs Nichts führte und die Erbauer offenbar vergessen hatten, irgendeine Form von Geländer anzubringen. Drakes Nerven waren einiges gewöhnt, aber sie vibrierten schneller als ein Floh auf einem Presslufthammer.

Eine Windung der Wendeltreppe brachte sie etwa ein Viertel des Weges von Aphrodites Nische aus nach oben, also ging Drake davon aus, dass sie weitere drei Runden vor sich hatten. Er nahm vorsichtig eine Stufe nach der anderen, folgte Ben und versuchte die Angst seiner Gefährten in Zaum zu halten, indem er beruhigend auf sie einredete. Er atmete ruhig und sah nach vorn auf ihr Ziel.

Noch zwanzig Meter, siebzehn, fünfzehn.

Als etwa zehn Meter übrig waren, sah er, dass Ben stehen blieb und sich einen Moment setzte. In den Augen des Jungen stand die nackte Angst. Drake hockte sich vorsichtig auf die Stufe unter ihm.

»Das ist nicht gerade der richtige Moment, um sich einen neuen Liedtext einfallen zu lassen, Kumpel.« Dann drang die Stimme des SAS-Soldaten von unter ihnen herauf. »Was ist los? Wir hängen hier in der Luft. Bewegt euch.«

Die Jungs vom SAS, dachte Drake. Auch nicht mehr das, was sie mal waren.

»Wir machen kurz Pause«, rief er zurück.

»Nur eine Minute.«

»*Pause?* Verflu...«, hörte er Wells mit Baritonstimme schimpfen, dann Stille. Er spürte, wie Kennedy sich zu seinen Füßen setzte, sah ihr angespanntes Lächeln und konnte ihr Zittern mit den Zehenspitzen fühlen.

»Wie geht es dem Jungen?«

»Er vermisst das College.« Drake musste über sich selbst lachen. »Und seine Kumpels aus der Band. Außerdem die Pubs in York. Kostenlose Kinovorstellungen. *Call of Duty*. Du weißt schon, halt so Studenten-Jungs-Kram.«

Kennedy sah ihn an. »Das ist nicht das, was Studenten – Jungs und Mädchen – *meiner* Erfahrung nach tun.«

Ben öffnete die Augen und lächelte gequält. Er drehte sich langsam auf Händen und Knien um. Sobald er wieder nach oben sah, immer noch auf Händen und Knien, fing er an, mühsam Stufe um Stufe zu erklimmen.

Zentimeter um Zentimeter, einen lebensgefährlichen Schritt nach dem anderen, stiegen sie weiter nach oben. Dahl blieb dicht beim Professor und stützte ihn, wann immer nötig. Drake spürte, dass ihm der Stress langsam auf den Magen schlug und Kopfschmerzen verursachte. Wenn Ben stolpern sollte, würde er bereitwillig seinen Sturz mit dem eigenen Körper abfangen, wenn er ihn damit retten konnte.

Ohne Zweifel und Zögern.

Eine weitere volle Runde und sie waren noch etwa sieben Meter von ihrem Ziel entfernt – einem Vorsprung, der genauso aussah, wie derjenige, über den sie bereits gegangen waren. Drake inspizierte ihn im schummrigen Licht. Er führte zurück in Richtung des Eingangsschachts, aber offensichtlich einen Level höher.

Ein Level höher?, dachte er und stöhnte lautlos. Er hatte wohl ein bisschen zu viele Retro-Games gespielt, wie das verdammte *Sonic*.

Er sah Dahl straucheln; er musste den Professor bereits halb tragen. Der Schwede war zu schnell aufgestanden, hatte die Balance verloren und nun zu viel Gewicht auf dem hinteren Fuß. Er gab keinen Laut von sich, sondern kämpfte nur darum, das Gleichgewicht zurückzugewinnen. Drake konnte sich kaum ausmalen, welchen Horror Dahl durchstand: die Leere hinter ihm, die Sicherheit vor ihm und der lange, qualvolle Sturz.

Dann warf sich der Schwede nach vorn, schlug auf die Stufen und klammerte sich fest, als ob es um sein Leben ginge, wobei er mit der anderen Hand immer noch Parnevik festhielt. Drake hörte das schwere Atmen der beiden Männer aus drei Metern Entfernung.

Ein paar Minuten später ging der mühsame Aufstieg weiter. Schließlich trat Dahl von der Treppe auf den Vorsprung und krabbelte auf Händen und Knien voran, um den anderen Platz zu machen. Drake folgte kurz danach und zog eine noch recht muntere Kennedy mit sich. Er war erleichtert, den schmalen Vorsprung erreicht zu haben, auch wenn dieser ihnen ebenfalls wenig Platz bot und sie nur einen Schritt von einem schreienden Sturz in die Tiefe entfernt waren.

Als alle sich gesammelt hatten, seufzte Dahl. »Gehen wir bis zur nächsten Nische und machen eine kleine Pause«, sagte er, »ich müsste zumindest mal kurz durchschnaufen.«

Nach weiteren fünf Minuten, in denen sie ihre erschöpften Körper auf dem Vorsprung entlang schoben und gegen ihre langsam versagende Muskulatur ankämpften, stolperten sie in die vierte Nische, die direkt über Aphrodites Grab lag.

Niemand wusste auf Anhieb, welcher Gott hier begraben war. Sie saßen alle zusammengesunken auf dem Boden und schnauften. Drake kam es wie Ironie vor, was das zivile

Leben aus ihm gemacht hatte, und er hob nur den Blick, als Parnevik einen komischen Laut von sich gab.

»Wuff!«

»Was?«

Der exzentrische Professor lachte. »Ein Hundekopf. Es ist Anubis.«

»Der Schakal?« Wells hatte sich zurückgelehnt und die Knie vor die Brust gezogen. »Das gibt's ja wohl …«

»Eine *ägyptische* Gottheit«, sagte Parnevik. »Und diese steht zweifellos mit dem Tod in Verbindung. Ich glaube, ich muss Sie ja nicht noch einmal an Euhemeros erinnern?«

»Bitte nicht«, sagte Drake, aber Parnevik war nicht zu bremsen.

»Hier haben wir also den felsenfesten Beweis, dass der Euhemerismus recht hatte. Dass die Götter tatsächlich vergötterte Menschen waren. Was wir hier sehen, stellt das Ganze auf eine völlig neue Grundlage, zugegeben, aber Götter und Mythen und Legenden *müssen* von etwas Realem herstammen. Nicht nur ist der Mythos ein verzerrter Bericht über historische Ereignisse, die tatsächlichen Protagonisten sind *real*.«

»Aber bedenken Sie, wir haben in noch nicht einen der Särge geschaut«, sagte Ben. »Wir wissen nicht, was drin ist.«

Drake sah sich die Reihen der Mumien an und die mit Kohle geschwärzten Schakalstatuen. Mit Goldintarsien versehene Särge und mit Smaragden besetzte Ankhs. Unbeeindruckt wandte er der Begräbniskammer des Gottes den Rücken zu und holte ein KitKat aus der Tasche. Einen Augenblick später saß Kennedy neben ihm.

»Also«, sagte sie und packte ihren eigenen Proviant aus.

»Wow, du hast das aber drauf mit den Anmachsprüchen.« Drake grinste. »Ich fühle mich schon ziemlich ermutigt.«

»Hör mal, Kumpel, wenn ich dich *ermutigen* wollte, dann wärst du Wachs in meinen Händen.« Kennedy grinste ihn an, zugleich neckisch und erschöpft. »Ihr Jungs könnt es keine Minute lassen, oder?«

»Okay, okay, es tut mir leid. Ich mach' nur Spaß. Was gibt's?«

Er sah zu, wie Kennedy einen Blick in den Abgrund warf, sah, wie sich ihre Augen weiteten, als sie die leisen Geräusche von Freys Soldaten hörte, die näherkamen. »Das … Ding hier … in dem wir nun schon die ganze Zeit herumlaufen. Glaubst du, wir sind auf der richtigen Spur, Drake?«

»Ich glaube auf jeden Fall, dass Odin hier ist.«

Kennedy erhob sich und wollte gehen, aber Drake legte eine Hand auf ihr Knie, um sie aufzuhalten. Die Berührung hätte beinahe Funken hervorgerufen.

»Und«, sagte er, »was glaubst du?«

»Ich glaube nicht, dass ich noch einen Job habe, wenn wir zurückkommen«, flüsterte sie. »Wenn man die Situation mit Thomas Kaleb bedenkt. Der Bastard hat schon wieder getötet, weißt du, am Tag, bevor wir nach Manhattan kamen.«

»*Was?*«

»Ja, ich bin zum Tatort gegangen, um meinen Respekt zu erweisen.«

»Das tut mir so leid.« Drake widerstand dem Drang, sie zu umarmen – er wusste, das war nicht, was sie jetzt brauchte.

»Danke. Du bist einer der ehrlichsten Männer, die ich bisher kennengelernt habe. Vielleicht mag ich dich deswegen so.«

»Trotz meiner nervenden Kommentare.«

»Ja, genau, *trotz* der Kommentare, das kannst du laut sagen.«

Drake aß den Rest des Schokoriegels und entschied sich dagegen, die Verpackung einfach in die Tiefe zu werfen. Bei seinem Glück hätte er eine alte Müllfalle aktiviert.

»Aber keinen Job zu haben, bedeutet auch, an nichts mehr gebunden sein«, fuhr Kennedy fort. »Ich habe keine wirklichen Freunde in New York, kaum zu glauben. Zumindest jetzt nicht mehr. Keine Familie. Ich nehme an, ich sollte sowieso besser aus der Öffentlichkeit verschwinden.«

»Nun«, überlegte Drake, »das sind doch spannende Aussichten, so viel ist klar.« Er sah sie mit Hundeblick an. »Vielleicht pfeifst du einfach auf das gute alte Paris und besuchst das gute alte York.«

»Aber wo sollte ich da übernachten?«

Drake hörte, wie Dahl die anderen aufscheuchte. »Es gibt zumindest einen Ort, der mir da einfällt.« Er wartete, bis sie wieder aufgestanden war, dann ergriff er ihre Schultern und sah in ihre blitzenden Augen.

»Ehrlich, Kennedy, die Antwort auf alle deine Fragen ist *Ja*. Aber es ist nicht der richtige Moment dafür. Ich hab genug eigene Probleme, die man mal durchsprechen sollte, und wir müssen konzentriert bleiben.« Er nickte in Richtung des Abgrunds. »Da unten ist Alicia Myles. Du glaubst vielleicht, unsere Reise war bisher gefährlich und dass dieses Grab gefährlich ist, aber glaub' mir, das ist *gar nichts*, verglichen mit dem, was sie tun kann.«

»Er hat recht.« Wells kam auf sie zu und hatte die letzte Bemerkung mitbekommen. »Und ich sehe keinen anderen Weg hier raus, Drake. Eine Konfrontation mit ihr ist unvermeidlich.«

»Wir können den Weg hinter uns nicht blockieren, da wir wieder rauskommen müssen.« Drake nickte. »Ja, ich hab mir bereits jedes Szenario durch den Kopf gehen lassen.«

»Dachte ich mir.« Wells lächelte, als hätte er die ganze Zeit gewusst, dass Drake immer noch einer seiner Jungs war. »Komm schon, der Schwede bläst zum Aufbruch.«

Drake folgte seinem alten Boss auf den schmalen Vorsprung und reihte sich dann hinter einem ausgeruhten Ben und Dahl ein. Den Professor schien die schiere Begeisterung genug zu motivieren und er hatte vermutlich mehr Energie als sie alle. Ein letzter Blick zeigte, dass jeder nervös an den Weg dachte, der vor ihnen lag.

»Vier haben wir schon«, sagte Dahl und schob sich weiter den Abgrund entlang, die Felswand im Rücken.

Die nächste Nische war eine Überraschung und gab ihnen einen Motivationsschub. Es war das Grab von Thor, dem Sohn von Odin.

Parnevik war außer sich und das Adrenalin schien durch seine Adern zu strömen. Der Professor für nordische Mythologie hatte das Grab von Thor lokalisiert, vermutlich die bekannteste nordische Figur aller Zeiten und das zum großen Teil dank der Marvel-Comics.

Stürmische Begeisterung traf es nicht mal ansatzweise.

Und was Drake anging, machte die Präsenz von Thor plötzlich alles real. Dies waren die Särge von Männern und Frauen, die in die Geschichte als Götter eingegangen waren. Allmächtig, alle Widerstände überwindend oder heldenhaft scheiternd – diese Menschen oder ihre Legenden, jahrhundertelang überliefert, hatten sie über den Status reiner Sterblicher erhoben und zu verehrten und vergötterten Wesen gemacht.

Es herrschte respektvolle Stille. Jeder kannte Thor oder zumindest eine vergleichbare Inkarnation des Donnergottes der Wikinger. Parnevik hielt einen Vortag darüber, dass es bei den Wikingern einen Tag von Thor, auf Germanisch Donar, gab – den Donnerstag. Das war verbunden mit dem Englischen Wednesday – dem Wotanstag oder Odinstag. Thor war der größte Krieger-Gott, den die Menschheit kannte, eine hammerschwingende, den Gegner zermalmende *Kampfmaschine*. Die pure Verkörperung heißblütiger Männlichkeit der Wikinger.

Sie mussten Parnevik wegzerren und ihn daran hindern, Thors Grab gleich an Ort und Stelle zu untersuchen. In der nächsten Nische, der sechsten, war Loki, der Bruder von Thor und ein weiterer von Odins Söhnen.

»Die Spur wird heißer«, sagte Dahl und warf kaum einen Blick in die Nische, bevor er sich auf dem Felsvorsprung weiterbewegte, der direkt an einer Felswand endetet – eine massive, schwarze Masse.

Drake schloss zu dem Schweden, Ben und Kennedy auf, die mit ihren Taschenlampen den Felsen absuchten.

»Stufen«, sagte Ben. »Und Löcher zum Festhalten. Sieht so aus, als geht es nach oben.«

Drake reckte den Hals. Die in den Felsen gehauene Leiter führte nach oben in die undurchdringliche Dunkelheit und man hatte nichts weiter im Rücken als die leere, modrige Luft.

Zuerst wurden die Nerven getestet, und jetzt? Stärke? Ausdauer?

Wieder ging Dahl als Erster, Parnevik hielt sich dicht hinter ihm. Der Schwede kletterte zügig über fünf Meter nach oben, bevor ihn die Dunkelheit verschluckte. Ben ging als nächster, dann Kennedy.

»Ich nehme an, du kannst mir jetzt auf den Hintern gucken«, sagte sie mit einem schmalen Lächeln. »Pass aber auf, dass er nicht an dir vorbeigeflogen kommt.«

Drake zwinkerte. »Ich verspreche, ich werde ihn im Auge behalten.«

Er stellte sicher, mit beiden Händen und einem Fuß festen Halt zu haben, bevor er den anderen Fuß nachzog. Auf diese Weise kletterte er langsam den nackten Felsen durch die vom Vulkan geschwängerte Luft hinauf.

Um sie herum donnerte und grummelte es; als würde sich der Berg in der Ferne über etwas beschweren. Drake vermutete, dass die Magmakammer nicht allzu weit entfernt vor sich hin brodelte, Höllenfeuer ausstieß und die Wände mit Lava bespritzte, die sie in Richtung des fernen blauen isländischen Himmels schleuderte.

Über ihm schabte ein Fuß am Felsen entlang, rutschte aus dem schmalen Vorsprung. Er erstarrte in der Bewegung und wusste, dass er wenig tun konnte, wenn jemand an ihm vorbeistürzte, aber machte sich trotzdem auf alles gefasst, nur für den Fall.

Kennedys Fuß schwang ein paar Meter über seinem Kopf durch die Luft.

Er streckte die Hand aus, hielt vorsichtig das Gleichgewicht, aber schaffte es, die Sohle ihres Stiefels zu packen und ihn wieder in die kleine Scharte im Fels zu bugsieren. Ein geflüstertes *Danke* drang von oben zu ihm.

Er kletterte weiter, alle seine Fingergelenke schmerzten. Die Zehenspitzen mussten sein Gewicht bei jedem kleinen Schritt nach oben tragen. Der Schweiß drang ihm aus allen Poren. Er machte sich Sorgen um Ben. Der Junge würde das hier sicher nicht mehr lange durchhalten.

Er schätzte, dass etwa zwanzig Meter an stabilen, aber furchteinflößenden Handgriffen und Felstrittnischen hinter ihnen lagen, bevor sie die relative Sicherheit eines weiteren Felsvorsprungs erreichten.

»Was jetzt?« Wells lag flach auf dem Rücken und stöhnte. »Noch mal über einen verdammten Sims laufen?«

»Nein.« Dahl hatte nicht einmal mehr die Kraft für einen Witz. »Ein Tunnel.«

»Toll.«

Auf den Knien krabbelten sie weiter. Der Tunnel führte in eine pechschwarze Finsternis, die auf Drake wirkte, als würde er offenen Auges träumen, bevor er abrupt mit dem Gesicht voran gegen Kennedys Po stieß, die angehalten hatte.

»Au! Du hättest mich warnen können.«

»Schwierig, wenn mir eben dasselbe passiert ist«, erwiderte sie trocken. »Dahl ist der Einzige, der aus dem Stau hier ohne blutige Nase rauskommt, glaube ich.«

»Ich mach' mir eher Sorgen um mein Herz«, rief Dahl erschöpft zurück. »Der Tunnel endet an einer weiteren Treppe, die im 45-Grad-Winkel nach oben führt. Links und rechts ist gar nichts, zumindest kann ich nichts *erkennen*. Seid vorsichtig.«

»Das muss irgendwo verankert sein«, murmelte Drake, als er auf schmerzenden Knien weiterkroch. »Es kann ja nicht in der Luft hängen.«

»Möglicherweise doch«, sagte Parnevik. »Ist ja für die Götter errichtet. Haha. Kein schlechter Gag, aber mal im Ernst, mein bester Tipp sind Strebepfeiler.«

»Unter uns verborgen«, sagte Drake. »Sicher. Das muss eine Unmenge an Arbeitskraft gebraucht haben. Oder ein paar wirklich starke Götter.«

»Vielleicht hatten sie ja Herkules und Atlas um Hilfe gebeten.«

Drake schob sich langsam auf die erste Stufe und ein Schwindelgefühl kroch in seine Hirnwindungen. Er stieg die rauen Stufen empor. Es war nicht anstrengend, aber er fühlte sich leicht schummrig. Die Gruppe stieß nach einem langsamen Aufstieg schließlich auf eine weitere Nische auf einer im Felsen verankerten Plattform.

Dahl schüttelte erschöpft den Kopf, als er ihn erwartungsvoll ansah. »Nein, nicht Odin. Das hier ist Poseidon.«

»Beeindruckend.«

Drake ließ sich wieder auf die Knie fallen. Er hoffte, die Deutschen kämen genauso schwer voran. Vielleicht konnten sie es am Ende ja statt mit einem erbitterten Kampf einfach mit »Stein, Schere, Papier« austragen.

Der griechische Gott der See hielt den üblichen Dreizack in der Hand und der Raum war mit unglaublichen Reichtümern angefüllt. Das war der siebte Gott, an dem sie vorbeikamen. Drake musste über die Zahl neun nachdenken.

War die Ziffer Neun nicht die heiligste Zahl in der Wikingermythologie?

Er erwähnte es gegenüber Parnevik, als sie sich kurz ausruhten.

»Ja, aber dieser Ort ist eindeutig nicht nur nordisch.« Der Professor richtete einen Finger auf den Dreizackträger hinter ihnen. »Da könnten Hunderte sein.«

»Nun, wir werden sicher keine *Hunderte* davon überstehen«, blaffte Kennedy. »Außer wir kommen demnächst an einem Motel vorbei.«

»Oder noch besser, einen Laden, der Schinkensandwichs verkauft.« Drake leckte sich die Lippen. »Ich könnte was zu essen vertragen.«

»Alter«, Ben lachte und klatschte sich aufs Bein, »du bist etwa zehn Jahre zu spät dran. Aber keine Sorge – du hast zumindest noch Unterhaltungswert.«

Nach weiteren fünf Minuten fühlten sie sich ausgeruht genug, um weiterzumachen. Wells und Marsters lauschten, um etwas von ihren Verfolgern zu hören, aber kein Laut drang durch die ewige Nacht.

»Vielleicht sind sie alle abgestürzt.«

Kennedy zuckte die Achseln. »Könnte wohl passieren. In einem Michael-Bay-Film wäre auf jeden Fall mittlerweile einer abgestürzt.«

»Stimmt.«

Dahl ging eine weitere Treppe voran, die in der Luft zu hängen schien, dieses Mal kürzer. Unglücklicherweise verlor Wells den Halt und rutschte zwei Stufen hinab, wobei er sich das Kinn an jeder einzelnen aufschlug.

Er schmeckte Blut im Rachen.

Drake schnappte ihn an den Schultern seines dicken Mantels. Der Mann unter ihm – Marsters – packte die Beine mit übermenschlicher Kraft.

»Du gehst nirgendwohin, alter Mann. Noch nicht.«

Der 55-Jährige wurde etwas unsanft wieder die Treppe hochgeschoben und Kennedy stützte Drake am Rücken, während Marsters sicherstellte, dass er nicht erneut wegrutschte. Bis sie an der achten Nische ankamen, war Wells schon wieder guter Laune.

»Ja, das war natürlich Absicht, Jungs. Keine Sorge.«

Aber er gab Marsters einen Klaps auf den Arm und flüsterte Drake, als keiner hinsah, ein Dankeschön zu, das von Herzen kam.

»Keine Sorge, alter Kumpel. Einfach durchhalten. Ich hab dir ja noch gar nicht meine Mai-Geschichten erzählt.«

Die achte Nische nahm ihnen ein wenig den Wind aus den Segeln.

»Oh Gott.«

Parneviks Verwunderung steckte sie alle an. »Es ist Zeus: der Vater aller Menschen. Selbst Götter sprechen ihn als Gottheit an – eine Vaterfigur. Das ist … noch ein paar Stufen über Odin … nicht nur ein paar, und das sage ich als Skandinavier.«

»War Odin nicht ebenbürtig mit Zeus unter den alten germanischen Stämmen?«, fragte Ben und schien sich an seine eigenen Recherchen zu erinnern.

»Das war er, Junge.« Parnevik wirkte nachdenklich.

Der König der Götter stand hoch erhaben und überlegen vor ihnen, einen Donnerkeil in der gewaltigen Faust. In seiner Nische lagerten, abgesehen von dem mittlerweile vertrauten Sarkophag, auch eine Unmenge glitzernder Schätze; wertvolle Opfergaben und Ehrbezeugungen, die kein einzelner Mensch heute anhäufen könnte.

Und dann hörte Drake jemanden auf Deutsch fluchen. Es hallte von unter zu ihnen herauf.

»Sie haben eben den Tunnel erreicht.« Dahl schloss erschöpft die Augen. »Das heißt, sie sind nur fünfzehn Minuten hinter uns. Wir haben anscheinend kein Glück! Folgt mir!«

Eine weitere Treppe wartete auf sie, diese führte im Bogen weit über dem Grab von Zeus nach oben, bevor sie bei den letzten zehn Schritten senkrecht wurde. Sie erklommen sie, so schnell es ging, ihr Mut versiegte angesichts der undurchdringlichen Dunkelheit. Es war, als hätte die Abwesenheit jeglichen Lichts ihren flackernden Kampfgeist erlöschen lassen.

Von wegen Höhenangst, dachte Drake. *Da schrumpfen einem die Eier auf Erdnussgröße*.

Die letzten zehn Schritte auf der Treppe – die über der pechschwarzen Finsternis in der Luft zu hängen schien – mit denen er durch die absolute Nacht kletterte, waren fast zu viel für seine Nerven. Er hatte keine Ahnung, wie die anderen damit zurechtkamen – er führte sich die Fehler seiner Vergangenheit vor Augen und ließ sie Revue passieren – Alyson und das Kind, das sie in sich getragen hatte. Das Baby, das keiner von ihnen je zu Gesicht bekommen hatte.

Der Einsatz des SRT im Irak, bei dem alles vor die Hunde ging – der in Wien, den er nicht zu Ende gebracht hatte. Er versuchte, jeden Fehler und Patzer in den Vordergrund seines Geistes zu zerren, um die unerbittliche Angst vor dem Fallen zu verdrängen. Sie zu überwinden.

Griff um Griff, Tritt um Tritt arbeitete er sich voran. Er drängte die anderen zur Eile, trieb sie mit Worten und einer helfenden Hand vorwärts, nutzte seine ganze verbliebene Stärke. Ihr Pfad führte senkrecht nach oben, unendliche Leere im Rücken, Böen eines namenlosen Windes zerrten an seiner Kleidung. Entferntes Donnern war zu hören – vielleicht nur die Stimme des Vulkans, aber vielleicht auch etwas anderes. Verborgene Schrecken, so unheimlich, dass sie niemals das Tageslicht erblickten. Scheusale, die über Felsen krochen, durch Schlamm und Dreck, gruselige Laute ausstießen, die blutrote Visionen des Wahnsinns beschworen.

Drake krabbelte über die verbliebenen felsigen Stufen auf eine waagrechte Fläche. Rauer Stein zerkratzte seine tastenden Hände. Mit einer letzten Anstrengung hob er den Kopf, alle anderen lagen ebenfalls auf dem Boden um ihn herum, aber dahinter sah er Torsten Dahl – den verrückten Schweden – der buchstäblich auf dem Bauch auf eine Nische zukroch, die größer war als alles, was sie bisher gesehen hatten.

Dieser durchgeknallte Schwede. Aber der Kerl war gut. Er war ein verfluchter Held. Er hatte Parnevik praktisch die ganze Strecke getragen.

Eine Seite der Nische ragte in die Luft, die andere war im Felsen des Berges verankert.

»*Gott sei Dank*«, sagte Dahl erschöpft. »Es ist Odin. Wir haben das Grab Odins gefunden.«

Er konnte sich ein Lächeln nicht verkneifen, als in Parnevik die Lebensgeister wieder erwachten.

KAPITEL 38

DAS GRAB DER GÖTTER

Der Schrei eines Mannes durchdrang seine Starre.

Nein, ein Kreischen. Ein Heulen, das einem das Blut in den Adern gefroren ließ, ein Laut reinen Horrors. Drake öffnete die Augen – er hatte sie nur eine Sekunde zugemacht – aber die Felsoberfläche war so nahe, dass er sie nur unscharf sah. Er stöhnte, blieb liegen und versuchte, wieder zu Atem zu kommen.

Und er dachte: *Wie tief fiel ein Mann in diesen bodenlosen Abgrund, bevor er starb?*

Die Deutschen waren da. Einer der Truppe musste gerade von der Treppe gestürzt sein.

Drake kämpfte sich wieder in die Senkrechte, alle Muskeln schmerzten, aber er spürte das Adrenalin durch die Adern fließen und seine Gedanken klarten auf. Er schob sich langsam zu Ben, der neben ihm in der Nähe der Kante der Plattform lag. Drake zog ihn in Odins Nische. Ein kurzer Blick nach hinten zeigte ihm, die Deutschen hatten sie noch nicht eingeholt, aber seine Ohren verrieten ihm, sie konnten nur Minuten entfernt sein.

Er hörte Abel Frey fluchen. Das Klappern der Ausrüstung. Milo, der einen der Soldaten anschrie.

Da könnt ihr mal zeigen, was ihr draufhabt, dachte er. Das hatte Wells gern an den richtig harten Tagen im Bootcamp gesagt.

Er zerrte Ben weiter, setzte ihn mit dem Rücken gegen Odins gewaltigen Sarkophag. Die Augenlider des Jungen flatterten. Kennedy stolperte zu ihnen. »Mach' dich mal lieber auf einen Kampf gefasst. Ich kümmere mich um ihn.« Sie tätschelte leicht seine Wange.

Drake verharrte kurz, sah ihr einen Moment in die Augen. »Später.«

Der erste Deutsche kam über die Kante. Ein Soldat, der sofort erschöpft zu Boden sank, direkt gefolgt von einem zweiten. Drake zögerte, zu tun, was getan werden musste, aber Torsten Dahl schoss an ihm vorbei und schien sich weniger mit solchen Zweifeln aufzuhalten. Wells und Marsters setzten sich ebenfalls in Bewegung.

Ein dritter gegnerischer Soldat krabbelte über die Kante, ein Riesenkerl, völlig erschöpft – Milo. Blut, Schweiß und Tränen hatten sein kantiges Gesicht zu einer grotesken Maske verzerrt. Aber er war zäh und schnell genug, um sich über die Kante zu wuchten, abzurollen und eine kleine Pistole auf sie zu richten. Er gab einen Schuss aus dem kurzen Lauf ab. Drake und seine Freunde duckten sich instinktiv, aber die Kugel flog weit über sie hinweg.

Die kreischende Stimme von Abel Frey durchbrach die Stille, die auf den Schuss folgte. »*Keine Waffen, Dummkopf. Idiot! Idiot! Tu gefälligst, was ich sage!*«

Milo verzog das Gesicht und lächelte Drake fies an. »Was für ein Arschloch, oder, Kumpel?«

Die Waffe verschwand in einer riesigen Faust und wurde durch eine Klinge mit Sägezahnung ersetzt. Drake sah, dass es ein Kampfmesser der Special Forces war. Er machte einen Schritt um den massigen Mann herum und gab Dahl die Gelegenheit, einen der gestürzten Soldaten ins Nichts zu treten.

Der zweite Deutsche stürzte auf die Knie, Marsters schlitzte ihm ein neues Grinsen ins Gesicht und stieß den erschlafften Körper zur Seite. Mittlerweile hatten drei weitere Männer den Felsvorsprung erreicht und zogen sich über die Kante, dann sprang Alicia auf die Plattform und landete in der Hocke, ein Messer in jeder Hand. Drake hatte sie nie so erschöpft gesehen, aber sie wirkte immer noch, als könnte sie es mit einer Horde Ninjas aufnehmen.

»Keine Knarren haben Sie gesagt?«, brachte Dahl zwischen keuchenden Atemzügen heraus. »Glauben Sie endlich an die Armageddon-Theorie, Frey?«

Der dickliche deutsche Designer hatte sich über die Kante gekämpft. »Seien Sie kein Narr, Soldat«, keuchte er. »Es gab kein Armageddon in der Antike. Aber ein Schatz wie Odins Grab sollte unversehrt bleiben. Meine Sammlung hat nur Platz für die besten Stücke.«

»Ich nehme an, Sie sehen das als Abbild Ihrer selbst?«, fragte Dahl und blieb stehen, während sein Team wieder zu Atem kam.

Frey schnaubte verächtlich. »Ich habe einmal gehört, dass Perfektion im Auge des Betrachters liegt. Was für ein Schwachsinn. Perfektion entsteht durch *Macht.*«

Dahl verzog das Gesicht. »Sie haben ja eine komische Weltsicht.«

»Aber sie entspricht der Wahrheit. Und sie *gehört* mir, ich habe sie geschaffen, ich treibe sie voran.«

Drake wich vor Milo zurück. »Wirklich? Mit all diesen hässlichen Klamotten? Glaube ich eher nicht, Mann.«

Frey blickte finster drein. »Sie sind ein Narr, wenn Sie glauben, dass ich mir in der Modebranche die Finger schmutzig mache, höchstens als Fassade. Ich hab ein paar Leute angestellt, die das für mich erledigen. Aber genug geplaudert. Zeit …«, er grinste humorlos, »… zu sterben.«

Ein kurzer Augenblick der Stille, als sich die beiden Gruppen gegenseitig einschätzten. Drake wich ein wenig weiter von Milo zurück und bewegte sich unauffällig in Richtung von Odins Grab, wo immer noch Ben und der Professor nebeneinandersaßen, nur von Kennedy bewacht. Er wartete auf einen weiteren …

… hoffte …

Und dann hörte man ein brüchiges Stöhnen von der Treppe her, ein leises Wimmern um Hilfe. Frey sah hinab. »*Du hast sie zurückgelassen?*«, fuhr er Alicia an. »Da unten mit dem Schild? Bist du nicht nur irre, sondern auch noch dumm, Myles?«

Alicias Augen blitzen vor mörderischem Hass. »Was hast du gesagt?« Aber dann besann sie sich eines Besseren und drehte sich zur Kante der Plattform. »Verflucht, Mädchen, ich helfe dir mit dem Ding bis hier hoch und du kannst es nicht mal die letzten paar Meter tragen? Was bist du eigentlich für ein Lastesel?«

Frey sah aus, als würde er gleich einen Herzinfarkt erleiden. »Hilf ihr. *Hilf ihr. Pass auf sie auf.* Man kann ihr nicht trauen, wenn du nicht ein Auge auf sie hast, und sie kann es nicht allein tun. Der Schild ist das wichtigste Teil!«

Die Elitekämpferin schnaubte herablassend und streckte dann eine Hand über die Kante. Mit einem kräftigen Zug half sie Hayden auf die Plattform. Die amerikanische FBI-Agentin war erschöpft von dem langen Aufstieg, aber noch mehr davon, dass sie das schwere Gewicht tragen musste, das die Deutschen ihr auf den Rücken geschnallt hatten.

Der Schild von Odin, in Segeltuch gewickelt.

Parnevik rief aus: »Er hat den Schild hierher gebracht! Aber wieso?«

»Weil es das wichtigste Teil der neun ist, Sie Idiot!«, blaffte Frey ihn an. »Und aus einem unbekannten Material geschmiedet. Er ist zugleich Schatzkarte und Waffe. Wieso um alles in der Welt sollte ich ihn *nicht* mitbringen?« Er schüttelte verächtlich den Kopf und wandte sich an Alicia. »Mach' diese lächerlichen Schwachköpfe fertig. Ich muss Odin besänftigen und dann zurück auf meine Party.«

Alicia gab ein irres Kichern von sich. »*Jetzt bin ich am Zug!*«, rief sie und warf ihre Sicherheitsausrüstung auf den Felsvorsprung. Nach diesem Ablenkungsmanöver sprang sie auf Wells zu und schien wenig überrascht, ihn hier zu sehen. Drake konzentrierte sich auf seinen eigenen Kampf und stürzte sich auf Milo, wobei er der Klinge auswich, die auf ihn zuschwang, und einen Ellbogen auf Milos Kiefer platzierte.

Knochen knackten. Drake tänzelte zurück, bewegte sich hin und her und versuchte locker auf den Beinen zu bleiben. Seine Strategie war zuschlagen und ausweichen, mit den härtesten Stellen des Körpers treffen, damit Knochen brechen und Sehnen zerreißen. Er war schneller als Milo, aber nicht so stark. Wenn der Hüne ihn erwischte …

Donner hallte durch den Berg, das Grollen und Dröhnen des aufsteigenden Magmas und der sich verschiebenden Gesteinsmassen.

Milo schrie vor Schmerz. Drake führte einen doppelten Side-Kick aus, zwei kurze Tritte – wie man es von Van Damme in einem Film erwarten würde –, absolut sinnlos in einem Straßenkampf. Milo wusste das und wehrte die Attacke mit einem Knurren ab. Aber Drake wusste es ebenso und als Milo den Körper nach vorn warf, landete Drake einen heftigen Ellbogenstoß im Gesicht des Gegners, brach ihm die Nase und das Jochbein und schickte ihn unsanft zu Boden.

Milo schlug auf wie ein Nilpferd. Wenn man vor einem Gegner von Drakes Kaliber zu Boden ging, erholte man sich nicht mehr. Drake trat wuchtig auf sein Handgelenk und Knie, brach beide Knochen und hob dann das Armeemesser auf, das auf den Boden gefallen war.

Er versuchte sich einen schnellen Überblick über die Lage zu verschaffen und kniff die Augen beim hellen Licht der Taschenlampen zusammen.

Marsters, der SAS-Soldat, hatte mit zwei der Deutschen kurzen Prozess gemacht und kämpfte gerade mit einem dritten. Drei Männer in ein paar Minuten auszuschalten war für jeden eine harte Nuss, selbst für einen Mann vom SAS, und Marsters war leicht verletzt. Wells tänzelte mit Alicia am Rand der Plattform entlang, eigentlich rannte er eher, als zu tänzeln, aber er hielt sie beschäftigt. Seine Strategie war durchdacht. Im Nahkampf hätte sie ihn in einer Sekunde ausgeweidet.

Kennedy zog die erschöpfte Hayden vom Kampf weg. Ben war ihr zur Hilfe geeilt. Parnevik studierte Odins Grab und zeigte einen schockierenden Mangel an Interesse an seinem eigenen Wohlergehen oder dem der anderen.

Abel Frey hatte Torsten Dahl angegriffen. Nicht unbedingt die beste Idee, dachte Drake, aber der Deutsche schien eine übersteigerte Meinung von den eigenen Fähigkeiten zu haben. Der Schwede war ihm in jeglicher Hinsicht überlegen, seine Bewegungen wurden mit jeder Sekunde sicherer, als die Kraft in die schmerzenden Glieder zurückkehrte.

Gut, dachte Drake. Sie gewannen leicht die Oberhand.

Nicht erpicht auf eine Konfrontation mit Alicia, näherte er sich dennoch Wells. Trotz seiner Ausbildung schien der 55-Jährige die meiste Hilfe nötig zu haben. Als der Blick seiner alten Teamkameradin auf Drake fiel, ließ sie von Wells ab.

»Ich hab dich doch die Woche schon einmal verdroschen, Drake. Bist du so ein Masochist, dass du es noch mal brauchst?«

»Da hast du Glück, Alicia. Ach übrigens, hast du deinen Freund trainiert?« Er nickte in Richtung von Milo, der nahezu reglos an der Stelle lag, wo Drake ihn zurückgelassen hatte.

»Nur darauf, Befehle zu befolgen.« Sie ließ in einer flüssigen Bewegung die Klingen beider Messer nach oben rotieren.

»Komm schon! Wie wäre es mit einem flotten Dreier?«

Sie hatte vielleicht ein ungestümes Gemüt, aber ihre Bewegungen waren wie immer kontrolliert und berechnend. Sie schlug nach Drake, während sie gleichzeitig versuchte, Wells in Richtung des Abgrunds zu stoßen. Wells sah in der letzten Sekunde, was sie vorhatte und sprang aus dem Weg.

Drake wehrte ihre beiden Messer ab. Er lenkte jede Klinge zur Seite und versuchte sich dabei nicht das Handgelenk brechen oder aufschlitzen zu lassen. Sie war nicht nur gut … sie machte auch keine Fehler.

Abel Frey schoss plötzlich an ihnen vorbei. Da er nicht gegen Dahl ankam, wollte er wohl an dem Schweden vorbeisprinten, um Odins Grab zu erreichen.

Und in diesem Sekundenbruchteil sah Drake, dass Marsters und der letzte deutsche Soldat in einen tödlichen Kampf direkt am Rand der Plattform verwickelt waren. Dann stürzten beide Männer überraschend und fielen.

Ersterbende Schreie hallten aus dem Abgrund.

Drake versuchte es sofort zu verdrängen, sprach ein lautloses Gebet für den Mann, wirbelte dann herum und folgte Frey. Er konnte Ben da hinten nicht ohne Hilfe lassen. Kennedy versperrte dem Designer den Weg, bereitete sich auf eine Konfrontation vor, aber als Drake losspurtete, sah er ein kleines, schwarzes Objekt in Freys Hand.

Funkgerät oder Handy. Irgendeine Art Sender. Er schrie: »Habt ihr mein Signal? Dann tut es. Tut es *jetzt*!«

»Was zur …?«

Niemand hatte mit dem rechnen können, was als Nächstes geschah. In einem Akt unglaublicher Waghalsigkeit *implodierte* plötzlich die Seite des Berges. Ein ohrenbetäubendes Donnern und dann flogen riesige Felsen und Steintrümmer in alle Richtungen. Brocken jeder Form und Größe sausten über den Abgrund wie Geschosse.

Ein riesiges Loch erschien in der Seite des Vulkans, als hätte man mit einem Hammer durch eine Gipsplatte geschlagen. Fahles Tageslicht fiel durch die Öffnung. Ein weiteres *Wumm* und das Loch wurde noch größer. Ein Hagelschauer aus Geröll ergoss sich in einer merkwürdigen Totenstille in die unendliche Tiefe.

Drake stürzte zu Boden und hielt den Kopf zwischen den Händen. Einige Felstrümmer waren in Odins Grab gefallen und hatten sicher auch die anderen unersetzbar wertvollen Gräber beschädigt. *Was tut Frey da?*

KAPITEL 39

DAS GRAB DER GÖTTER

Ein Hubschrauber erschien in dem frisch gesprengten Loch, schwebte eine Sekunde lang auf der Stelle und flog dann hindurch.

Vier schwere Taue zum Abseilen baumelten unten aus dem Helikopter.

Es war ein unwirklicher Anblick. Abel Frey hatte Befehl gegeben, die Bergflanke zu sprengen. Eine Flanke, die Teil eines aktiven Vulkans war.

Um seine *Sammlung* zu vergrößern.

Drake war klar, wie er die richtige Stelle für den Durchbruch gewählt hatte. Es gab nicht nur für das Militär, sondern auch über das Internet Geräte, um eine SASW durchzuführen, eine Spektralanalyse von Oberflächenwellen, entwickelt, um die Bodendichte von Felsen zu messen, ohne ein Loch bohren zu müssen. Sie hatten den besten Punkt für die Sprengung mithilfe eines Senders gewählt, den Frey bei sich trug. Dann hatte man nur noch die Berechnungen machen und die Ladung zünden müssen.

Der Mann war wahnsinnig. Selbst jetzt kicherte er wie ein Irrer. Als Drake nach oben sah, erblickte er Frey, der sich keinen Zentimeter bewegt hatte, sondern aufrecht in der Trümmerwolke stand, die der explodierte Berg um ihn herum niedergehen ließ. Er glaubte wohl in seinem Wahnsinn, ihm könne nichts passieren.

Alicia ließ von Wells ab und stolperte auf Frey zu, selbst sie schien ein wenig von ihrer übermenschlichen Gelassenheit eingebüßt zu haben. Hinter ihnen waren Professor Parnevik, Ben und Kennedy von den Wänden von Odins Grabnische geschützt gewesen. Hayden lag bewegungslos auf dem Boden. War sie so weit gekommen, nur um in diesem explodierenden Irrsinn umzukommen? Wells kniete und hielt die Hände an den Bauch gepresst.

Der Helikopter schwebte niedriger, das Triebwerk heulte. Frey hob die Maschinenpistole und gestikulierte allen, von Odins massivem Sarkophag wegzutreten. Drake wusste, wieso er sie bisher nicht benutzt hatte. Die Besessenheit des Mannes hatte ihn durchdrehen lassen. Er berauschte sich an dem Chaos, an der Macht, mit einem Handstreich die Regeln ändern zu können. Bevor Drake auf die Idee kam, Freys Bluff zu entlarven und seinen Gefährten zu sagen, sie sollten in der Nische bleiben – er wusste, dass Frey Angst hatte, Odins Sarkophag mit Kugeln zu beschädigen –, waren sie schon zur Seite getreten. Eine kurze Salve verlieh Freys Worten Nachdruck, aber die Kugeln flogen weit an den wertvollen Wikingerrelikten in Form von Schilden, Schwertern, Brustplatten und gehörnten Helmen vorbei. Goldmünzen regneten wie Konfetti am Times Square aus den Felsnischen. Parnevik und das Grummeln des Berges hatten sie schon vorher von ihrem Platz verschoben.

Frey winkte den Hubschrauber heran.

Drake ging auf die Knie. »Wenn Sie den Sarkophag bewegen, riskieren Sie die Zerstörung des ganzen Grabes!«, schrie er, aber seine Stimme war kaum zu hören, aufgrund des Lärms der Rotoren.

»Seien Sie kein Feigling! In dem Sarg sind die Knochen von *Odin*. Das ist der Hauptpreis«, schrie Frey zurück und sein Gesicht verzerrte sich zu einem breiten Grinsen. »Geben Sie's zu, Drake. Ich hab Sie geschlagen!«

»Es geht nicht ums Gewinnen!«, rief Drake zurück, aber der Helikopter war nun direkt über ihnen und er konnte kaum sein eigenes Wort verstehen. Er sah, wie Frey den Helikopter dirigierte, wobei er versehentlich ein paar Schuss abgab, während er mit den Armen wedelte. Drake betete, dass seine Freunde nicht von einem Querschläger getroffen wurden.

Der Deutsche hatte sie nicht mehr alle. So nah am Ziel einer lebenslangen, manischen Suche zu sein, hatte ihn endgültig den Verstand gekostet.

Dahl war nun neben Drake. Sie sahen, wie Frey und Alicia die schweren Ketten an die richtige Stelle bugsierten, bis sie diese um beide Enden des Sarkophags legen konnten. Alicia überprüfte, ob sie sicher befestigt waren.

Der Hubschrauber spannte die Ketten. Nichts passierte.

Frey schrie in sein Funkgerät. Der Helikopter versuchte erneut, den Sarkophag anzuheben, dieses Mal brüllten die Turbinen wie ein wütender T-Rex. Die Ketten spannten sich und man hörte ein Knirschen. Das Geräusch von nachgebendem Felsgestein.

Odins Sarg verschob sich.

»*Das ist unsere letzte Chance!*«, schrie Dahl Drake ins Ohr. »*Auch wenn es nur eine kleine ist. Wir schnappen uns Milos Waffe und greifen den Helikopter an.*«

Der Schwede sprang auf Milo zu. Drake machte ebenfalls in dem Moment einen Satz nach vorn, als Dahl bereits Milos Körper abtastete. Eine Sekunde später taumelte der Schwede überrascht zurück, als Milo auf die Beine sprang. Der Amerikaner krümmte sich zwar vor Schmerzen, aber er konnte laufen und hinkte auf den Rand der Plattform und eines der Seile zu.

Drake hielt geschockt inne. Die Triebwerke des Helikopters heulten erneut auf und das beängstigende Krachen von brechendem Fels erfüllte die Höhle. Einen Moment später lockerte sich Odins gewaltiger Sarkophag und riss sich vom Boden los. Das tonnenschwere Gewicht, von dem er leicht hätte zerquetscht werden können, schwang gefährlich in Drakes Richtung.

»*Neiiiin.*« Dahl und Parnevik schrien.

Es gab ein Kreischen, ein irrsinniger Lärm wie von einem Überdruckventil kurz vor der Explosion, wie das Heulen der Dämonen in der Hölle, die bei lebendigem Leib brannten. Aus dem Loch unter Odins Sarkophag schoss ein schwefliger Luftstoß hervor. Die Höhle wurde plötzlich drückend heiß.

»Scheiße!«, schrie Drake und rollte sich weg. »In Deckung.«

Frey und Alicia sprangen zur Seite und wurden beinahe lebendig geröstet, als sie auf den schwingenden Sarkophag kletterten. Frey rief: »Versuche nicht, uns zu folgen, Drake! Ich hab da eine kleine Rückversicherung!« Dann schien dem Deutschen noch etwas einzufallen, ein Anflug von Menschlichkeit. Er rief Drakes Freunden zu. »Schnell! *Folgt dem Sarkophag oder ihr werdet alle sterben*!« Frey wedelte ermutigend mit seiner Maschinenpistole. Sie hatten keine Wahl, als irgendwie an der Rauchsäule vorbeizukommen.

Dahl sah Drake mit gehetztem Blick an. »Wir müssen ihn aufhalten«, sagte er. »Für … für unsere Freunde.«

Drake nickte. Natürlich. Er folgte dem SSG-Kommandanten und wich vorsichtig dem schwingenden Sarkophag aus, der nun über ihnen war. Ihre Gegner saßen grinsend darauf und seine Gefährten folgten von der anderen Seite dem Helikopter.

Sie wurden durch die Waffe und die Willkür eines Irren in Schach gehalten. Frey hatte sie nur deswegen noch nicht erschossen, weil er gesehen hatte, welch bedrohliche Gewalt durch den Vulkanschlot entfesselt worden war.

Drake erreichte die Öffnung im Felsboden. Die Dampfsäule türmte sich heiß und brodelnd vor ihm auf. Undurchdringlich. Drake ging so nahe heran, wie er konnte, bevor er sich umdrehte, um zu sehen, wie weit seine Feinde schon gekommen waren.

Hayden war flach auf dem Boden geblieben. Offensichtlich hatte sie die Bewusstlosigkeit vorgetäuscht, denn sie setzte sich auf und legte die Riemen ab, die Odins Schild auf ihrem Rücken gehalten hatten. »Was kann ich tun?«

Drake sah sie an. »Hat das FBI irgendeinen Notfallplan, um einen aktiven Vulkan zu beruhigen?«

Die FBI-Agentin sah kurz verlegen aus, bevor sie den Kopf schüttelte. »Nur das Übliche. Einen irren Deutschen in den Vulkanschlot stopfen.« Sie stieß mit einem erleichterten Stöhnen den Schild zur Seite. Alle drei sahen zu, als er wie eine scheppernde Münze im Kreis rollte. »Sie glauben nicht, dass das eine Eruption auslösen könnte?«

»Natürlich nicht, aber wir könnten von der Hitze zu verdammten Aschehäufchen verbrannt werden.«

Der Druck, der sich durch das Loch seinen Weg bahnte, schien zuzunehmen. Hayden, die gar nicht so schlecht aussah, dafür, dass sie in die Hände des Feindes gefallen war, starrte die dampfende Öffnung an, als könnte sie lebendig gefressen werden.

Dann hörte man – wie das Geräusch einer Herde Tiere, die in einem brennenden Wald gefangen ist – eine weitere aufsteigende Dampfentladung. Das durchdringende Kreischen war ohrenbetäubend. Der schweflige Gestank schwängerte die Luft um sie herum und verwandelte sie in einen giftigen Höllenhauch. Drake und seine beiden Begleiter husteten vornübergebeugt. Einen schrecklichen Moment konnten sie nur nach Luft schnappen. Das entfernte Grollen des Berges, das so lange ihre konstante Begleitung gewesen war, hörte sich nun eher wie Donner an. Drake, der Mühe hatte, sich aufrecht zu halten, kam es so vor, als würden die Wände zittern.

»Neueste Meldungen«, sagte er. »Plan B tritt in Kraft. Nur, um das festzuhalten, das heißt, ich habe keine Ahnung, was wir jetzt tun sollen.«

Drake wandte seine Aufmerksamkeit schließlich wieder Frey zu. Als er es tat, erfüllte ihn unglaublicher Schrecken.

Der Helikopter stieg weiter auf, hatte Mühe, Odins schweren Sarkophag anzuheben, der unter ihm leicht hin und her schwang. Frey und Alicia saßen darauf und klammerten sich an dem Harnisch fest, der den Sarkophag sicherte.

Ben, Kennedy und Professor Parnevik waren an den drei Tauen festgebunden, die unter dem Helikopter hingen. Vermutlich mit vorgehaltener Waffe gezwungen, während Drake und Hayden sich vor dem Dampfausstoß des Vulkans in Sicherheit gebracht hatten.

Sie hingen über dem Abgrund, schwangen hin und her, während der Hubschrauber aufstieg. Direkt vor Drakes Nase gekidnappt.

»*Neiiiin!*«

Er rannte – angetrieben von Wut, Verlust und Liebe – katapultierte sich selbst über den Abgrund in die Leere, schrie denen hinterher, die ihm genommen werden sollten und griff verzweifelt nach einem der schwingenden Seile, als er fiel.

KAPITEL 40

DAS GRAB DER GÖTTER

Drakes Welt schien stehen zu bleiben, als er in die Finsternis sprang – das fünf Zentimeter dicke, schwingende Tau fest im Blick.

Mit den Fingern streifte er das Seil, aber *konnte es nicht packen.*

Sein Sprung wurde von der Schwerkraft beendet und er fiel. In letzter Sekunde erwischte er mit der linken Hand ein Seil, das unterhalb der anderen baumelte, und er packte reflexartig zu.

Sein Sturz wurde gebremst, die Schultermuskeln brannten. Er umklammerte das Tau mit beiden Händen und schloss die Augen, um seinen rasenden Herzschlag zu beruhigen. Irgendwo über ihm erscholl Klatschen. Alicia schien ihrem Sarkasmus freien Lauf zu lassen.

»Das hat Wells wohl mit *vollem Einsatz* gemeint. Ich hatte mich schon gewundert, woran das alte Fossil da gedacht hat.«

Drake sah nach oben und war sich gleichzeitig des gähnenden, hungrigen Schlundes unter sich bewusst. Die Höhenangst war noch nie so heftig gewesen. Aber seine Muskeln wurden von einem neuen Willen und vom Adrenalin angetrieben. Das alte Feuer war zurück, begierig, entfesselt zu werden.

Eine Hand nach der anderen kletterte er an dem Seil nach oben. Er klemmte es zwischen den Knien ein und bewegte sich so schnell wie möglich. Frey wedelte mit der Maschinenpistole, lachte, als er sorgfältig zielte, aber dann schrie

Hayden. Drake sah, dass sie neben Odins Grab stand und Wells Waffe auf Frey gerichtet hatte – der alte Commander war zusammengesackt, aber er atmete noch.

Hayden gestikulierte mit der Pistole. »Lassen Sie ihn hochklettern!«

Der Helikopter war noch in der Schwebe. Sein Pilot wusste nicht genau, was er tun sollte. Frey zögerte angesichts der Pattsituation, er schimpfte wie ein Kind, dem man das Lieblingsspielzeug weggenommen hat. »Okay, du *Schlampe*! Ich hätte dich aus dem Flugzeug werfen sollen!«

Drake grinste, als er Haydens Antwort vernahm. »Ja, das hör' ich öfter.«

Kennedy, Ben und Parnevik starrten mit großen Augen auf das Geschehen und wagten kaum zu atmen.

»Schnapp' ihn dir!«, schrie Frey Alicia an. »Erledige ihn mit bloßen Händen. Schnapp' ihn dir und dann weg von hier. Die Frau wird nicht auf dich schießen. Das ist eine *Regierungsschlampe*.«

Drake sah, wie Alicia von dem Sarkophag sprang und eines der Seile schnappte, das parallel zu Drakes Seil am Helikopter befestigt war. Behände wie ein Affe ließ sie sich am Seil hinab. Bald war sie auf einer Höhe mit Drake. Sie sah ihn an. Das bildhübsche Gesicht hasserfüllt.

»Ich kann *in beide* Richtungen schwingen.« Sie holte mit dem ganzen Körper Schwung. Die Füße voran, beschrieb sie einen graziösen Bogen im Dämmerlicht, hing für einen Moment wie schwerelos in der Luft. Dann trafen ihre Füße wuchtig auf Drakes Brustbein und sie warf sich nach vorn, schnappte kurz Drakes Seil, bevor sie zum nächsten weiterschwang.

»Verfluchter *Pavian*«, murmelte Drake. Seine Brust brannte und sein Griff wurde schwächer.

Alicia nutzte ihren Schwung, um am Seil mit den Beinen voran zu wenden und seinen Bauch zu rammen. Drake gelang es, ein wenig nach rechts zu schwingen und den Tritt abzuschwächen, aber er spürte dennoch den stechenden Schmerz in den Rippen.

Er knurrte sie wütend an, unterdrückte den Schmerz und kletterte weiter nach oben. Ein Funkeln trat in ihre Augen, zusammen mit einem neugewonnenen Respekt.

»Endlich«, schnaufte sie. »Bist wieder ganz der Alte. Jetzt sehen wir mal, wer besser ist.«

Sie kletterte das Seil hoch, jede Bewegung wirkte selbstsicher. Mit einem Sprung war sie an Drakes Seil vorbei und griff nach einem weiteren. Wieder nutzte sie den Schwung, um umzudrehen, diesmal zielte sie mit den Beinen auf seinen Kopf.

Aber Drake war vorbereitet. Geschickt ließ er das Tau los, ignorierte den Schwindel und schnappte es einen halben Meter weiter unten wieder. Alicia segelte harmlos über ihm vorbei, überrascht von dem Ausweichmanöver.

Drake kletterte schnell nach oben. Bis seine Gegnerin realisierte, was er vorhatte, war er schon über ihr. Er trat kräftig nach ihrem Kopf.

Er sah, wie ihre Finger vom Seil abrutschten. Ein paar Zentimeter fiel sie, aber sie war eine harte Nuss und bekam es erneut zu fassen.

Frey bellte von über ihnen. »Das ist sinnlos! Stirb, du englischer Ungläubiger!« In nur einem Herzschlag hatte der Deutsche ein Messer gezogen und Drakes Tau durchtrennt.

Drake sah alles wie in Zeitlupe. Das Schimmern des Messers, das Blitzen der Schneide. Wie das lebensrettende Seil durchtrennt wurde und über ihm erschlaffte.

Die plötzliche Schwerelosigkeit des Körpers. Der Moment ungläubigen Terrors, wie erstarrt in der Zeit. Das Wissen, alles, was er je gefühlt hatte, und alles, was seine Zukunft noch für ihn bereithielt, würde ausgelöscht werden.

Und dann der Sturz … Alicia, die nach oben kletterte, um wieder auf den Sarkophag zu kommen … Bens Mund, der sich zum Schrei verzog … Kennedys Gesicht, zur Totenmaske erstarrt … und aus dem Augenwinkel … Dahl … was zur …?

Torsten Dahl, der irre Schwede, sprintete über die Plattform – er trug einen der Klettergurte – und *katapultierte* sich buchstäblich in die schwarze Leere, so wie Drake es vor wenigen Minuten selbst getan hatte.

Das Seil an seinem Gurt war hinter dem Schweden mehrere Male um eine Säule in Odins Nische gelegt und zusätzlich hielt Hayden das Ende fest umklammert. Dahls wahnwitziger Sprung … tiefer und tiefer … brachte ihn nahe genug, um Drakes Arme zu schnappen und fest zu packen.

Drakes Hoffnung verflüchtigte sich, als Dahl und er zusammen weiter hinabstürzten, das Sicherungsseil über sich … die Zeit blieb stehen und die Anspannung war unerträglich … dann der plötzliche, schmerzhafte Ruck, als die Säule ihren Schwung abfing und Hayden versuchte, das Seil nicht loszulassen. Drake wurde beinahe aus Dahls Händen gerissen, aber der kräftige Schwede ließ nicht locker.

Dann die Hoffnung. Das Hinaufklettern war langsam und schmerzhaft. Drake sah Dahl in die Augen und sagte nichts, ließ keine Emotion vernehmen, als er am Körper des Mannes nach oben kletterte, das gespannte Seil ergriff, dem

Schweden half, es ebenfalls zu fassen und dann Zentimeter um Zentimeter auf den rettenden Vorsprung zu klettern.

Der Pilot musste hektische Anweisungen erhalten haben, denn der Helikopter stieg schnell auf, bis er hoch genug war, um eine dritte Rakete abzufeuern, dieses Mal aus dem Berg heraus, um die Öffnung so weit zu vergrößern, dass der Sarkophag hindurchpasste, ohne beschädigt zu werden. Drake vermutete, das war auch der Grund, wieso Frey sich nicht weiter damit beschäftigte, sie auszuschalten. Odins Sarkophag war in den Augen dieses Fanatikers der Hauptgewinn.

Drei Minuten später war er verschwunden. Der Lärm der Rotoren nur eine Erinnerung. Genau wie Ben, Kennedy und Parnevik.

Dahl und Drake hatten sich über die felsige Kante des Vorsprungs gezogen. Drake wollte die Verfolgung aufnehmen, aber sein Körper versagte den Dienst. Er konnte nur da liegen, das Trauma verarbeiten, den Schmerz in einen verriegelten Bereich seines Gehirns verbannen.

Und während er auf dem Felsboden lag, hörte er das Geräusch eines Rotors, das immer näher kam. Kehrte der Hubschrauber zurück? Nein, es war derselbe, der sie hergebracht hatte. Ihre Rettung und ihre Möglichkeit, den Feind zu verfolgen.

Drake sah Thorsten Dahls erschöpften Blick. »Sie sind ein *Gott*, Kumpel.« Die Bedeutung des Ortes, an dem sie sich befanden, stand ihm dabei deutlich vor Augen. »Ein echter Gott.«

KAPITEL 41

DEUTSCHLAND

Jedes Mal, wenn Kennedy Moore es auch nur wagte, auf ihrem harten Sitzplatz hin und her zu rutschen, starrte Alicia Myles sie böse an. Die Engländerin war eine Elitesoldatin mit dem sechsten Sinn eines Cops.

Sie hatten während des dreistündigen Fluges von Island nach Deutschland nur eine Zwischenlandung gemacht. Zu Beginn des Fluges, nur wenige Minuten, nachdem sie aus dem Vulkan geflogen waren, hatten sie den Sarkophag mit einer Winde nach oben gezogen, gesichert und alle an Bord geholt.

Abel Frey hatte sich in den hinteren Teil des Helikopters zurückgezogen. Seitdem hatte sie ihn nicht mehr gesehen. Der Verrückte bestach vermutlich bereits die richtigen Leute für eine reibungslose Weiterreise. Alicia hatte Kennedy, Ben und Parnevik praktisch auf ihre Sitzplätze geworfen und sich dann neben ihren verletzten Freund Milo niedergelassen. Der kräftige Amerikaner schien jeden Teil seines Körpers zu betasten, aber hauptsächlich die Hoden, eine Tatsache, die Alicia abwechselnd belustigend und beunruhigend fand.

Drei andere Wachen saßen ebenfalls im Hubschrauber und ließen weder die Gefangenen noch Alicia und Milo aus den Augen – deren Techtelmechtel wahlweise traurig oder feurig wirkte.

Kennedy hatte keine Ahnung, wo sie sich befanden, als der Helikopter den Sinkflug antrat. Ihre Gedanken waren während der letzten Stunde abgeschweift – sie hatte an Drake gedacht und ihre Abenteuer in Paris und Schweden, an ihr altes Leben beim NYPD, das sie geliebt hatte, obwohl es bisher noch jeder Beziehung im Weg gestanden hatte, die sie eingegangen war. Es gab eine Zeit, da hatte sie sich damit abgefunden, dass ihre Zukunft aus lauter Zwölf-Stunden-Tagen, gefolgt von einem Mikrowellen-Essen und einer Flasche Rotwein bestehen würde und sie hatte sich keine allzu großen Sorgen deswegen gemacht. Das wäre in Ordnung gewesen. Die guten Taten, die sie jeden Tag vollbringen konnte, machten die Leere in ihrem Leben mehr als wett. Aber ihre Gedanken kreisten immer wieder um Thomas Kaleb – den Serienkiller, den sie freigelassen hatte. Die Erinnerungen an seine Opfer stürmten auf sie ein. Der Tatort, den sie vor wenigen Tagen angesehen hatte – *sein* Tatort – stand ihr so lebhaft vor Augen wie frisch vergossenes Blut. Seitdem hatte sie keine weiteren Nachrichten dazu gesehen.

Vielleicht hatten sie ihn erwischt.

Daran solltest du nicht mal im Traum denken …

Nein, in ihren Träumen schnappten sie ihn nie, kamen nicht einmal in seine Nähe. Er tötete wieder und wieder, machte sich über sie lustig. Und die Schuld saß ihr im Nacken wie ein Racheengel, solange, bis sie resignierte. Von einer Frau, die mit ihrem Leben zufrieden war, war sie zu einer Besessenen geworden, nur weil sie versucht hatte, das Richtige zu tun. Die Mischung aus gut und böse fraß sich in ihre Seele, zerfetzte sie Stück um Stück. Die einzige Rettung war dieses Abenteuer, von dem sie ein Teil geworden war, und das auch nur, weil es sie davon abhielt, über das nachzugrübeln, was sie mittlerweile als *ihre* Sünden betrachtete und nicht die von Kaleb.

Aber das stimmt nicht, dachte sie. Jetzt war da Drake … konnte sein offensichtlicher Drang, jedem zu helfen, auch ihre Rettung sein?

Der Helikopter sank schnell, riss sie aus einer Vision, der sie sich nicht stellen wollte. Die Privatkabine im hinteren Teil öffnete sich und Abel Frey kam heraus, gab seinen Männern Befehle.

»Alicia, Milo, ihr bleibt bei mir. Nehmt die Gefangenen mit. Wachen, ihr begleitet den Sarkophag in meinen Ausstellungsraum. Der Aufseher hat Anweisungen, mir Bescheid zu sagen, sobald er hergerichtet ist. Odin hat vielleicht ein paar Tausend Jahre auf Frey gewartet, aber Frey wird nicht auf Odin warten.«

»Was erwarten Sie denn da drin zu finden?«, fragte Kennedy. »Einen Mann? Einen Gott?«

»Die Knochen eines Mannes, der vor langer Zeit verehrt wurde. Die Knochen eines Mannes, der so gewaltige Taten vollbracht hat, dass seine Anhänger ihn anbeteten. Aber es ist egal. Der Sarkophag gehört nun mir, mir allein. Für immer.«

»Die ganze Welt weiß, was Sie getan haben«, sagte Kennedy. »Modedesigner am Arsch. Selbst wenn Sie einer wären, werden Sie das nie wieder tun können. Wie lange wird es wohl Ihrer Meinung nach dauern, bis sie im Knast sitzen?«

»Amerikanische Überheblichkeit«, blaffte Frey, »und Dummheit – deswegen reißt du hier die Klappe so weit auf, oder? Der überlegene Intellekt wird immer gewinnen. Glaubst du wirklich, deine Freunde kommen da lebend raus? Wir haben Fallen hinterlassen. Die schaffen es nicht an Poseidon vorbei.« Er gestikulierte wild in Alicias Richtung. »Bitte, tu ihr weh, tu es für mich.«

Alicia lehnte sich nach vorn, ihr Gesicht so nahe, dass ihre Nasen sich fast berührten. Ein unerwartetes Flüstern kam über ihre Lippen, als sie beinahe die von Kennedy streiften.

»Schrei jetzt.«

Kennedy gehorchte, unverletzt, fragte sich, was in die durchgeknallte Engländerin gefahren war. Schuldgefühle? Ein plötzlicher Sinneswandel? Nur Drake hätte darauf wohl eine Antwort gehabt.

Kennedy öffnete den Mund, um zu protestieren, aber sie bemerkte, dass Ben kaum merklich den Kopf schüttelte. *Zuerst überleben, später kämpfen.* Sie zitierte im Stillen – *lieber einen Minderwertigkeitskomplex haben und dann angenehm überrascht werden, als Größenwahn, auf den das rüde Erwachen folgt.*

Frey konnte unmöglich wissen, dass ihr eigener Helikopter auf größerer Höhe verborgen geblieben war, während sie das Grabmal durchsucht hatten. Und sein Stolz verleitete ihn zu der Annahme, er sei ihnen geistig weit überlegen.

Soll er ruhig so denken. Die Überraschung würde nur umso größer ausfallen.

Der Helikopter landete unsanft. Frey marschierte zur Tür und sprang als Erster hinaus, rief dabei den Männern am Boden Befehle zu. Alicia stand auf und deutete auf Kennedy, Ben und Professor Parnevik. »Ihr drei zuerst. Köpfe unten behalten. Bewegt euch, bis ich was anderes sage.«

Kennedy stieg hinter Ben aus dem Helikopter. Ihre Muskeln schmerzten und sie war völlig erschöpft. Was sie draußen sah, ließ sie ihre Müdigkeit einen Moment vergessen, der Anblick raubte ihr den Atem.

Das war eindeutig Freys Schloss in Deutschland. Die Lasterhöhle des Modedesigners, in der die Party niemals aufhörte. Die Landeplattform lag vor dem Haupteingang – eine

Doppeltür aus Eichenholz mit Goldintarsien wurde eingerahmt von Säulen aus italienischem Marmor. Dahinter lag eine weitläufige Eingangshalle. Während Kennedy sich alles ansah, fuhren zwei teure Sportwagen vor, ein weißer Lamborghini und ein roter Maserati, aus denen vier begeisterte Mittzwanziger ausstiegen und die Stufen zum Chateau hinaufschlenderten. Dumpfe Technoklänge drangen durch die Tür.

Die Fassade aus weißem Stein über ihnen wurde von Zinnen gekrönt und an jedem Ende stand ein größerer Turm, was dem gewaltigen Bauwerk einen neugotischen Anstrich verlieh. *Beeindruckend*, dachte Kennedy, *und ein wenig dick aufgetragen.* Hierher eingeladen zu werden, war vermutlich der Traum eines jeden aufstrebenden Models.

Und Abel Frey nährte sich von diesen Träumen.

Irgendjemand schubste sie in Richtung der Türen. Alicia betrachtete die Gäste genau, als sie an den Supersportwagen vorbeiging und die Marmorstufen hinauf, durch die Türflügel und in die riesige Eingangshalle, in der jedes Geräusch als Echo von den Wänden widerhallte. Zu ihrer Linken war eine mit Leder bezogene Eingangstür, die in einen Nachtklub führte, inklusive der obligatorischen heftigen Beats, die daraus hervordrangen, einer Lightshow und Käfigen, die über der Menge hingen und in denen man beweisen konnte, was für ein großartiger Tänzer man war. Kennedy blieb unvermittelt stehen und schrie.

»Hilfe!« Sie sah die Gäste des Klubs an. »Helft uns!«

Einige Leute senkten für einen Moment ihre halb vollen Gläser und starrten in ihre Richtung. Dann brachen sie in Gelächter aus. Eine blonde, schwedische klassische Schönheit hob ihr Glas, als wollte sie ihnen zuprosten. Ein dunkelhäutiger Italiener zwinkerte ihr zu. Die anderen Gäste kehrten wieder in ihr Disco-Inferno zurück.

Kennedy stöhnte, als Alicia sie an den Haaren packte und über den Marmorboden zerrte. Ben wollte protestieren, aber ein Schlag ins Gesicht holte ihn beinahe von den Beinen. Weiteres Gelächter der Partygäste, neben ein paar schlüpfrigen Kommentaren. Alicia schubste Kennedy in Richtung des breiten Treppenaufgangs. Sie schlug sich hart die Rippen an.

»Idiotin«, zischte sie, »siehst du nicht, dass die begeistert von ihrem Gastgeber sind? Und dass sie high sind? Die würden nie schlecht von ihm denken. Jetzt … lauf.«

Sie gestikulierte mit einer kleinen Pistole, die in ihrer Hand erschienen war, nach oben. Kennedy spielte einen Moment mit dem Gedanken, Widerstand zu leisten, aber nach dem, was gerade passiert war, entschied sie sich dagegen. Sie stiegen die Stufen hinauf in einen anderen Flügel des Schlosses. Sobald sie die Treppe hinter sich gelassen hatten und in einen langen, unmöblierten Korridor – eine Verbindung zwischen zwei Flügeln – getreten waren, wurde die Musik leiser und sie hätten genauso gut die einzigen Menschen hier sein können.

Hinter dem Korridor führte man sie in etwas, das wie ein ehemaliger geräumiger Ballsaal aussah. Aber nun war der Saal in mehrere einzelne Räume unterteilt – mit Gittern statt Wänden und Türen.

Zellen.

Kennedy, Ben und Parnevik schubste man in die nächstgelegene Zelle. Es schepperte laut, als die Tür geschlossen wurde. Alicia zeigte an die Decke: »Ihr werdet *beobachtet.* Viel Spaß.«

In der folgenden Stille ließ Kennedy die Finger durch ihre langen schwarzen Haare gleiten, strich ihren Hosenanzug glatt und schnaufte tief durch. Nichts davon schien ihr Gewissen zu beruhigen.

»Also …«, sagte sie.

»Hey, *Kids!*« Abel Frey erschien vor ihrer Zelle, grinsend wie die Fratze des Teufels. »Willkommen in meinem kleinen Partyschloss. Allerdings bezweifle ich, dass ihr die Erfahrung so sehr genießen werdet, wie meine wohlhabenden Gäste. Besonders du.« Er grinste Kennedy an und winkte ab, bevor sie etwas erwidern konnten. »Spart euch einen Kommentar. Es interessiert mich herzlich wenig. Also«, er tat, als würde er angestrengt nachdenken, »wen haben wir denn hier? Ach ja, natürlich, da wäre zum einen Ben Blake. Ich nehme an, die Freude ist ganz deinerseits.«

Ben stürzte auf die Gitterstäbe zu und rüttelte so heftig an ihnen, wie er konnte. »Wo ist meine Schwester, du Bastard?«

»Du meinst die schlagfertige Blondine mit dem …«, er trat wild mit einem Bein in die Luft, »Bruce-Lee-Kampfstil? Willst du Details hören? Sagen wir einfach – sie hat ihren Meister gefunden.«

Frey brauchte einen Moment, um eine Fernbedienung aus der Tasche des seidenen Bademantels zu fischen, den er angezogen hatte. Er richtete sie auf einen kleinen Fernseher, den Kennedy gar nicht bemerkt hatte und schaltete ihn an. Ein Musiksender war eingestellt.

Ben ließ einen gutturalen Laut hören. »Ist sie okay? *Ist sie okay?*«

Frey drückte erneut einen Knopf auf der Fernbedienung. Der Bildschirm wechselte zu einem körnigeren Bild. Kennedy erkannte einen winzigen Raum. Ein Mädchen mit kurzen blonden Haaren lag niedergeschlagen auf dem Bett.

»Was glaubst du?«, fragte Frey. »Sie lebt. Fürs Erste.«

»Karin!« Ben rannte auf den Fernseher zu, blieb dann aber überwältigt stehen. Schluchzen ließ seinen ganzen Körper erzittern.

Frey lachte. »Was willst du denn noch mehr?« Er machte erneut ein nachdenkliches Gesicht und schaltete auf einen anderen Sender – diesmal war es CNN. Es war ein Bericht über Thomas Kaleb – den Serienkiller von New York – zu sehen.

»Das hab ich für dich aufgenommen«, sagte der Irre mit sichtlichem Vergnügen zu Kennedy. »Ich dachte, das willst du dir vielleicht ansehen.«

Sie spürte, wie ihr Körper sich verkrampfte, aber sie konnte nicht anders, als hinzuhören. Kaleb machte immer noch die Straßen von New York unsicher; wie ein Geist, den man aus der Flasche gelassen hatte.

»Ich glaube, du hast dafür gesorgt, dass er freikam«, sagte Frey betont hinter Kennedy. »Nicht schlecht. Das Raubtier ist wieder da, wo es hingehört, in freier Wildbahn und nicht länger in einem Zoo eingesperrt.«

Der Bericht beinhaltete Archivmaterial des Falls – ziemlicher Standard – ihr Gesicht, das des korrupten Polizisten, die Gesichter der Opfer. Immer zeigten sie die Gesichter der Opfer.

Dieselben Gesichter, die sie jede Nacht in ihren Albträumen heimsuchten.

»Ich wette, du kennst noch alle ihre Namen, oder nicht?«, provozierte Frey. »Die Adressen ihrer Familien. Wie sie gestorben sind.«

»Seien Sie still!« Kennedy barg den Kopf in den Händen. *Ich will es nicht mehr hören! Bitte!*

»Und Sie«, hörte man Frey flüstern, »Professor Parnevik.« Er spuckte die Worte aus, als wären sie ein Stück fauliges Fleisch zwischen den Zähnen. »Sie hätten bei mir bleiben sollen.«

Ein Schuss. Kennedy schrie vor Schreck. Dann hörte sie einen Körper auf den Boden schlagen, drehte sich um und sah den alten Mann mit einem Loch in der Brust zusammensacken. Blut floss auf den Boden.

Ihr Mund blieb offenstehen. Sie konnte es nicht glauben, nur Frey anstarren, der sich ihr erneut zuwandte.

»Kennedy Moore, deine Zeit ist gekommen. Wir werden bald herausfinden, wie tief *du* noch sinken kannst.«

Er grinste, drehte sich auf dem Absatz um und war verschwunden.

KAPITEL 42

LA VEREIN, DEUTSCHLAND

Abel Frey kicherte vor sich hin, als er sich auf den Weg in seine Privatquartiere machte. Ein paar unterhaltsame Momente und er hatte diese Idioten in den Boden gestampft. Beide gebrochen und den alten Trottel Parnevik endlich erledigt.

Wunderbar.

Und nun auf zu noch angenehmeren Freizeitvergnügungen.

Er öffnete die Tür zu seinem Privatquartier und fand Milo und Alicia so vor, wie er sie verlassen hatte, ausgestreckt auf dem Sofa. Der kräftige Amerikaner jammerte immer noch bei jeder Bewegung wegen der Verletzungen, die ihm Matt Drake zugefügt hatte.

»Irgendwas neues von nebenan?«, fragte Frey sofort. »Hat Hudson angerufen?«

Nebenan war der Raum mit den Monitoren für die Überwachungskameras, in dem momentan einer von Freys radikaleren Anhängern die Aufsicht hatte – Tim Hudson. Im Chateau als »Mainframe Man« bekannt, wegen seiner umfassenden Computerkenntnisse. Hudson war einer von Freys ersten Jüngern gewesen, der für seinen fanatischen Boss alles tun würde. Hudson überwachte gerade das Aufstellen von Odins Sarkophag. Frey war begierig darauf, den Sarkophag beim ersten Besuch an angemessener Stelle präsentiert zu sehen. Ein Teil der Überwachungskameras wurde auch genutzt, um Karins Zelle und die seiner neuen Gefangenen zu überwachen.

Und die Party natürlich. Hudson hatte ein System installiert, das jeden Teil des Klubs unter irgendeine Form der Überwachung stellte, seien es Infrarotkameras oder normale – alles, was Freys elitäre Gäste taten, wurde aufgezeichnet und auf seine Verwendbarkeit untersucht, irgendjemanden unter Druck zu setzen.

Ihm war klar geworden, dass Wissen allein noch keine Macht innewohnte. Macht waren harte Beweise. Ein diskret aufgenommenes Foto. Ein HD-Video. Jemandem eine solche Falle zu stellen, mochte vielleicht illegal sein, aber wenn man ein Opfer nur genügend in Panik versetzte, war die Frage der Legalität kein wirkliches Hindernis.

Abel Frey konnte jederzeit eine »Verabredung« mit einem Starlet oder einer Rocksängerin arrangieren. Er konnte ein »verlorenes« Gemälde oder eine Skulptur von einem skrupellosen Besitzer und in letzter Minute Sitze in der ersten Reihe für die heißeste Show in der angesagtesten Stadt besorgen oder das Unmögliche möglich machen, wann immer er wollte.

»Noch nichts von Hudson«, sagte Alicia, die mit hinter dem Kopf verschränkten Händen auf seinem Sofa lag, die Beine über die Kante in die Luft gestreckt.

Frey hörte Milo stöhnen und sah, wie er sich die Rippen hielt. Er spürte, wie ein Stromstoß ihn durchfuhr und den Herzschlag erhöhte, als Alicia die Augenbraue hochzog und sich Lust und Gefahr in seinem Kopf zu einer köstlichen Idee vermischten.

Alicia schwang die Beine über die Sofakante. »Wenn ich so drüber nachdenke, Milo, wieso guckst du nicht noch mal nach? Und bittest Hudson um einen umfassenden Bericht, hmm? Boss«, sie nickte in Richtung eines Silbertellers mit Häppchen darauf, »willst du was davon?«

Frey sah sich den Teller an, während Milo seiner Freundin einen vorgespielt bösen Blick zuwarf, stöhnte und aus dem Zimmer humpelte.

Frey sagte: »Die Biscotti sehen gut aus.«

Kaum war die Tür geschlossen worden, als Alicia Frey den Teller mit Keksen gab und auf den Schreibtisch stieg.

»Wie wäre es mit ein wenig leckerem englischen Arsch als Beilage?«

Frey drückte einen verborgenen Knopf unter seinen Schreibtisch. Ein Bild an der Wand schob sich zur Seite, um eine Reihe an Videomonitoren freizulegen. Es sagte »sechs« und einer der Bildschirme ging an.

»Meine Kampfarena«, sagte er. »Sie ist bereits vorbereitet für den großen Kampf, oder?«

Alicia schwang verführerisch die Hüften. »Ja.«

Frey verspürte eine andere Art der Vorfreude. »Dann hab ich etwa zehn Minuten. Muss also schnell gehen.«

»Kommt mir bekannt vor.«

Frey wandte ihr seine Aufmerksamkeit zu. Er war sich dabei stets bewusst, dass Milo nur zehn Meter entfernt hinter einer unverschlossenen Tür war, aber selbst dann und mit der verführerischen Alicia Myles in seiner Nähe, konnte er kaum die Augen von der großzügigen Zelle abwenden, in der sein neuester Gefangener saß.

Der Serienkiller – Thomas Kaleb, mithilfe eines kriminellen Netzwerks in New York ausfindig gemacht und anscheinend gerne bereit, zu helfen.

Das ultimative Duell zwischen dem Serienkiller und der New Yorker Polizistin, die ihn verhaftet hatte, stand unmittelbar bevor.

KAPITEL 43

LA VEREIN, DEUTSCHLAND

Kennedy rüttelte an den Gitterstäben, als Abel Frey und seine Wachen davor auftauchten. Sie schrie sie an, die Leiche des Professors zu beseitigen und sie alle freizulassen, dann zögerte sie, als genau das geschah.

Sie blieb vor der Zelle stehen. Einer der Wachmänner gestikulierte mit seiner Waffe und gab ihr zu verstehen, in welche Richtung sie sich in Bewegung setzen sollte. Sie gingen tiefer in den Gefängniskomplex, an mehreren leeren Zellen vorbei. Auch wenn sie leer waren, lief es ihr kalt den Rücken herunter, als sie den ganzen Umfang dieser Anlage sah. Sie fragte sich, zu welchen schrecklichen Verbrechen Frey wohl fähig war.

In diesem Moment wurde ihr klar, dass er vielleicht noch viel schlimmer war als Kaleb. Schlimmer als sie alle. Sie hoffte, Drake, Dahl und die Kavallerie waren im Anmarsch, aber sie musste sich mit der Tatsache anfreunden, dass niemand ihnen helfen würde. Wie sollte sie Ben nur so beschützen, wie es Drake getan hatte? Der junge Mann lief neben ihr her. Er hatte kaum ein Wort gesprochen, seitdem Parnevik getötet worden war. Er hatte sowieso nur wenig gesagt, nachdem sie aus dem Grab geflohen waren.

Hatte er alle Hoffnung aufgegeben, Karin jemals zu retten? Kennedy war immer ganz gut darin gewesen, Menschen einzuschätzen. Sie konnte auf einen Blick sehen, ob jemand bei Gefahr fliehen oder ohne zu zögern den ersten Schuss abgeben würde. Sie wusste, woran man einen Mann erkannte, der furchtbare Geheimnisse hütete oder eine Frau, die ihn deckte. Aber Ben Blake – der war eine harte Nuss. Vermutlich, weil er sich noch veränderte, entwickelte. Würde sein Leid einen Mann aus ihm machen oder ihn gebrochen zurücklassen? Eines wusste sie auf jeden Fall: Sein Handy war immer noch sicher verstaut in seiner Tasche und auf Vibration gestellt.

»Wir sind hier tatsächlich am richtigen Ort«, flüsterte Kennedy zwischen zusammengebissenen Zähnen. »Ob du's glaubst oder nicht. Versuch' dich zusammenzureißen, und denk' an Karin.«

»Halt die Klappe!«, blaffte Frey. »Du solltest dir lieber Sorgen um dein eigenes Schicksal machen, Miss Moore.«

Kennedy warf ihm einen Blick zu. »Was soll das heißen? Wollen Sie mich zwingen, eines Ihrer Designerkleider zu tragen?«

Der Deutsche zog eine Augenbraue hoch. »Dir wird das Witze-Reißen noch vergehen.«

Hinter dem Zellentrakt kamen sie in einen weiteren und weniger gepflegten Teil des Schlosses. Der Weg führte nach unten, die Zimmer und Korridore waren in schlechtem Zustand. So wie sie Frey einschätzte, war die Schäbigkeit vermutlich Absicht, um neugierige Schnüffler fernzuhalten.

Sie gingen einen letzten Korridor entlang und blieben vor einer Bogentür stehen, deren Angeln mit glänzenden Stahlblechen versehen waren. Einer der Wachmänner tippte eine achtstellige Zahl in ein Nummernfeld und die schwere Tür öffnete sich quietschend.

Kennedy sah, dass um den Raum dahinter ein brusthohes Metallgeländer verlief. Etwa 30 bis 40 Leute standen um dieses Geländer, Drinks in der Hand, lachend. Playboys und Drogenbarone, Edelprostituierte beiderlei Geschlechts,

Adelige und Vorsitzende von Fortune-500-Unternehmen. Reiche Witwen, Ölscheiche und Millionärstöchter, die das Partyschloss besuchten oder hier Urlaub machten. Einerseits war es gut, dass sie hier waren. Die Strafverfolgungsbehörden hätten sicher großes Interesse an diesen illegalen Vergnügungen.

Die Leute standen nicht nur einfach um die Absperrung herum, sie *zierten* sie, nippten an ihrem *Bollinger* und *Romanee Conti*, knabberten Köstlichkeiten und versprühten Kultur und Klasse.

Als Kennedy eintrat, drehten sich alle um und sahen sie an. Versuchten sie, sie einzuschätzen? Flüstern hallte von den staubigen Wänden wider und drang an ihre Ohren.

Ist sie das? Der Cop?

Er wird sie in, äh, maximal vier Minuten vernichten.

Die Wette gilt, und ich erhöhe um Zehntausend, Zak. Was denken Sie?

Sieben Minuten, ich nehme an, sie ist stärker, als sie aussieht. Und, na ja, sie ist sicher ordentlich angepisst, meinen Sie nicht?

Ein kultiviertes Lachen. *Mr. Block, da haben Sie sicher recht.*

Worüber redeten die, verdammt?

Kennedy wurde von hinten grob getreten und stolperte in den Raum. Die versammelten Zuschauer kicherten. Frey trat nach ihr ein.

»*Leute!*« Er lachte. »*Meine Freunde!* Das ist feinste Ware, findet ihr nicht? Und sie wird uns einen unterhaltsamen Abend bescheren!«

Kennedy sah sich um, konnte nicht anders, als verängstigt zu sein. Worüber zur Hölle redeten die? *Immer schön auf Zack bleiben*, das war Captain Lipkinds Lieblingsspruch. *Nicht nachlassen.* Sie versuchte, sich zu konzentrieren, aber der Schock und die unwirkliche Umgebung hatten sie aus der Bahn geworfen.

»Ich habe nicht vor, irgendwas für Sie aufzuführen«, murmelte sie hinter Freys Rücken. »Egal was.«

Frey drehte sich zu ihr um und sein wissendes Lächeln wirkte erschreckend. »Sicher nicht? Auch nicht, wenn es um etwas *Wertvolles* geht? Ich glaube, du überschätzt dich und deinesgleichen. Und ich glaube wirklich, du wirst es tun, liebe Kennedy.« Er scheuchte sie vorwärts.

Kennedy trat an die runde Absperrung. Etwa vier Meter unter ihr befand sich eine etwa kreisförmige Grube, ungleichmäßig aus der Erde gegraben, der Boden mit Felsen übersät, die Wände aus Erde und Steinen.

Eine altmodische Gladiatorenarena. Eine Kampfgrube.

Aluminiumleitern wurden hereingetragen und über die Absperrung in die Grube gelassen. Frey gab ihr zu verstehen, dass sie hinabsteigen sollte.

»Keine Chance«, flüsterte Kennedy. Drei Waffen wurden auf Ben gerichtet.

Frey zuckte die Achseln. »Ich brauche dich, aber den Jungen brauche ich nicht. Wir könnten mit einer Kugel in die Kniescheibe anfangen, dann einen Ellbogen. Arbeiten wir uns langsam vor und schauen mal, wie lange du brauchst, bis du tust, was ich will.« Er setzte wieder sein fiesestes Grinsen auf – das überzeugte sie, er würde ihr nur zu gern beweisen, dass er seinen Worten Taten folgen ließ.

Sie biss die Zähne zusammen und nahm sich eine Sekunde, um ihre Hose glattzustreichen. Der versammelte Mob studierte sie interessiert, als wäre sie ein Tier in einem Käfig. Die Gläser waren geleert und die Häppchen verzehrt. Kellner und Kellnerinnen liefen zwischen der Menge herum, unbemerkt von den meisten, und füllten Gläser und Teller wieder auf.

»Was soll das mit der Grube?«, fragte sie, um mehr Zeit herauszuschlagen, da sie keinen Ausweg mehr sah und Drake jede wertvolle Sekunde verschaffen wollte.

»Das ist die Arena«, sagte Frey bereitwillig. »Wo man in glorreicher Erinnerung lebt oder in Schande stirbt. Die Wahl, meine liebe Kennedy, *liegt bei dir.*«

Immer auf Zack bleiben.

Einer der Wachmänner schubste sie mit dem Lauf seiner Pistole.

Irgendwie schaffte sie es, Ben aufmunternd anzusehen, und griff nach der Leiter.

Kennedy schwang sich darauf, sie fühlte sich unwirklich und wie von ihrem Körper losgelöst. Was auch immer passieren würde, es sah nicht gut aus. Es hörte sich an, als würde sie um ihr Leben kämpfen müssen.

Während sie die Leiter hinabstieg, erfüllten blutrünstige und obszöne Schreie die Luft. Wetten wurden abgeschlossen: Einige, dass sie in weniger als einer Minute starb, andere, dass sie in 30 Sekunden die Nerven verlor. Ein oder zwei Leute feuerten sie an, aber die meisten wetteten darauf, dass *er* ihre Leiche schänden würde, sobald er sie pulverisiert hatte.

Die Reichsten der Reichen, der mächtigste Abschaum der Erde, eine Schattenelite; wenn es das war, was Reichtum und Macht einem einbrachten, dann lief in der Welt tatsächlich etwas ziemlich falsch.

Viel zu schnell berührten ihre Füße den harten Erdboden. Sie stieg von der Leiter, ihr war kalt und sie fühlte sich entblößt. Sie sah sich um. Es gab ein Loch in der gegenüberliegenden Wand. Im Moment war es von dicken Gitterstäben verschlossen.

Eine Gestalt, die auf der anderen Seite war, stürmte voran, knallte gegen das Gitter und ließ einen wütenden Schrei los, bei dem einem das Blut gefror. Er rüttelte so kräftig an den Gitterstäben, dass sie sich auf und ab bewegten, sein Gesicht war wenig mehr als eine verzerrte Fratze.

Aber dennoch und trotz der bizarren Umgebung erkannte Kennedy ihn schneller, als sie brauchte, seinen Namen in Gedanken auszusprechen.

Thomas Kaleb, Serienkiller. Hier in Deutschland. Bei ihr. Zwei Todfeinde, die man in eine Arena gesteckt hatte.

Abel Freys in New York ausgeheckter Plan trug Früchte. Der Verrückte musste Kaleb aufgespürt haben, hatte wohl seine weitreichenden kriminellen Kontakte genutzt – sie vielleicht sogar als Lockmittel angeboten –, und ihn aus dem Land geflogen.

Der pure Hass durchströmte Kennedy von den Zehen bis zum Kopf und wieder abwärts.

»Du *Bastard!*«, schrie sie schäumend. »*Du beschissener Bastard!*«

Dann öffnete sich das Gitter mit einem Klicken und Kaleb stürzte auf sie los.

Drake sprang aus dem Helikopter, bevor dieser den Boden berührte, trotzdem noch einen Schritt hinter Torsten Dahl, und rannte auf das belebte Hotel zu, von dem aus eine Koalition aus internationalen Streitkräften kommandiert wurde. Eine ziemlich bunt gemischte Truppe, aber entschlossen und zu allem fähig.

Sie waren knapp eineinhalb Meilen von La Verein entfernt.

Armeefahrzeuge und zivile Autos standen abfahrbereit mit laufenden Motoren in einer Schlange vor der Tür.

Im Foyer herrschte rege Betriebsamkeit: Kommandoeinheiten und Special Forces, Geheimdienstoffiziere und Soldaten, die sich alle vorbereiteten, zusammenpackten und Ausrüstung anlegten.

Dahl machte sich bemerkbar, indem er auf den Rezeptionstresen des Hotels sprang und so laut schrie, dass sich alle zu ihm umdrehten und ihn ansahen. Respektvolle Stille trat ein.

Sie kannten ihn bereits, genauso wie Drake und die anderen. Ihnen war bewusst, was sie in Island erreicht hatten. Jeder Mann hier war gebrieft worden, indem man eine Videoschaltung zwischen dem schwedischen Helikopter und den erstklassigen Konferenzräumen des Hotels hergestellt hatte.

»Sind wir bereit«, rief Dahl, »diesen Kriminellen auszuschalten?«

»Die Fahrzeuge sind startklar«, rief ein Commander zurück. »Scharfschützen an Ort und Stelle. Wir sind so heiß, dass wir den Vulkan wieder entzünden könnten, Sir!«

Dahl nickte. »Worauf warten wir dann?«

Der Lärm nahm noch einmal gewaltig zu. Soldaten eilten in einer Schlange durch die Tür, klopften sich gegenseitig auf den Rücken und verabredeten sich auf ein Bier nach dem Kampf, um sich einzustimmen. Motoren heulten auf, als die Schlange der Fahrzeuge sich in Bewegung setzte.

Drake schloss sich Dahl im dritten Wagen an, einem Hummer des Militärs. Durch die letzten Stunden Einsatzbesprechung wusste er, dass sie etwa 200 Männer hatten, genug, um Freys kleine Armee aus ungefähr hundert Mann zu überrennen, aber der Deutsche verteidigte sich von einer höheren Position aus und man rechnete damit, dass er noch ein paar Asse im Ärmel hatte.

Was für sie sprach, war das Überraschungselement. Frey war Narzisst, und ihm wäre im Traum nicht eingefallen, er könnte unterlegen sein.

Drake wurde im Beifahrersitz durchgeschüttelt, hielt seine Waffe fest, die Gedanken kreisten um Ben und Kennedy. Hayden saß hinter ihm. Mit blauen Flecken und etwas durch den Wind, aber in voller Kampfmontur, sah sie aus, als würde sie in den Krieg ziehen. Wells hatte man wegen der Bauchwunde im Hotel gelassen.

Drake drehte sich zu Hayden um. »Sind Sie okay?«

»In einer Stunde werde ich mich hoffentlich besser fühlen.«

»Okay. Gut, machen Sie sich keine Sorgen. Vertrauen Sie mir. Vertrauen Sie Dahl. Wir decken Ihnen den Rücken.«

Die FBI-Agentin versuchte ihren Ausdruck plötzlicher, aber wohlwollender Belustigung zu verbergen. »Danke.«

Der Konvoi bog um eine scharfe Kurve – und da war La Verein. Beleuchtet wie ein Weihnachtsbaum stach es aus der Dunkelheit und der schwarzen Bergwand heraus, die sich darüber erhob. Die Tore waren weit geöffnet, was die anmaßende Überheblichkeit des Mannes zeigte, den sie entthronen wollten.

Dahl schaltete das Mikro seines Funkgeräts ein. »Letzte Durchsage. Wir gehen direkt rein. Schnelligkeit kann hier über Leben und Tod entscheiden, Männer. Ihr kennt die Ziele und ihr wisst ungefähr, wo Odins Sarg sein wird. Besorgen wir es diesem Dreckschwein, Soldaten.«

Drake hielt sich mit weißen Knöcheln fest, als der Hummer durch Freys Torhaus schoss – kaum fünf Zentimeter Luft auf beiden Seiten. Die Männer in den Wachtürmen schlugen Alarm.

Erste Schüsse fielen und prallten von den Wagen ab, die ganz vorn fuhren. Als der Konvoi rutschend zum Stehen kam, öffnete Drake die Tür und rollte sich heraus. Sie hatten keine Luftunterstützung, denn Frey verfügte womöglich über Raketenwerfer. Aus demselben Grund mussten sie ihre Fahrzeuge möglichst schnell verlassen.

Das Schloss einnehmen und diesen Wichser ausschalten.

Drake rannte in Richtung eines dichten Gebüschs, direkt unter einem Fenster im Erdgeschoss. Das SAS-Team, das die Aktion anführte, sicherte bereits den Nachtklub und die Zivilisten darin. Kugeln flogen aus den Fenstern des Châteaus, trafen die Mauern des Torhauses, als weitere Fahrzeuge durch das Tor fluteten. Die Koalitionskräfte erwiderten energisch das Feuer, zerstörten Glasscheiben, zerfetzten Fleisch und Knochen, und ließen die Steinfassade zu Krümeln zerbröseln. Schreien, Rufen und das Brüllen nach Verstärkung waren zu hören.

Im Innern des Schlosses herrschte Chaos.

Aus einem der oberen Fenster feuerte eine Panzerfaust und traf Freys eigenes Torhaus, zerstörte dabei einen Teil der Mauer. Trümmer fielen auf die einfallenden Soldaten. Das Maschinengewehrfeuer wurde erwidert und einer der Deutschen stürzte von weit oben hinab, schreiend und sich überschlagend, bis er mit einem furchtbaren Klatschen aufschlug.

Dahl und ein weiterer Soldat feuerten durch die Türen. Ihre Kugeln schalteten zwei Männer aus. Dahl rannte vorwärts. Hayden war irgendwo hinter ihm ebenfalls in den Nahkampf verwickelt.

»Wir müssen in dieses Höllenloch! *Jetzt!*«

Weitere Explosionen erschütterten die Nacht. Der zweite Schuss einer Panzerfaust verursachte einen großen Krater ein paar Meter östlich von Drakes Hummer. Eine Wolke aus Erde und Steinen erhob sich in den Himmel.

Drake rannte gebückt, blieb unter den sich überkreuzenden Schussbahnen der Kugeln, die die Luft über ihm durchsiebten.

Es herrschte Krieg.

Die Menge brach in blutrünstigen Jubel aus, noch bevor Kennedy und Kaleb sich auch nur nahegekommen waren. Kennedy wich vorsichtig im Kreis aus, gab acht, dass sie nicht über etwas stolperte und bewegte sich möglichst zufällig, damit ihre Bewegungen nicht vorhersehbar waren. Ihre Gedanken rotierten, aber sie hatte bereits eine Schwäche bei ihrem Gegner ausgemacht – er versuchte, sie mit den Augen auszuziehen und ihre Figur zu erahnen, die von dem Hosenanzug so konservativ bedeckt wurde.

Das war also eine Möglichkeit, den Killer abzulenken. Sie konzentrierte sich darauf, eine weitere zu finden.

Kaleb griff zuerst an. Speichel spritzte ihm von den Lippen, als er mit ausgestreckten Armen auf sie zusprang. Kennedy schlug die Arme weg und wich zur Seite aus. Die Menge gierte nach Blut. Jemand schüttete Rotwein in die Arena, ein Symbol für das Blut, das man fließen sehen wollte. Sie hörte, wie der kranke Bastard Frey den herzlosen Psychopathen Kaleb anfeuerte.

Er sprang erneut. Kennedy fand sich mit dem Rücken zur Wand wieder. Sie war einen Moment unkonzentriert, abgelenkt vom Geschrei der Menge.

Dann hatte Kaleb sie erwischt, seine bloßen Hände um ihren Hals, verschwitzt, ekelerregend. Die Arme eines Killers verschmierten stinkenden Schweiß über ihre Haut. Alarmglocken schrillten in ihrem Kopf. *Du musst aufhören, so zu denken! Konzentriere dich und kämpfe! Kämpfe gegen den Mann, der vor dir steht, und nicht gegen die furchtbare Legende, die du in deinem Hirn aus ihm gemacht hast.*

Die Menge jubelte erneut. Sie klopften mit Flaschen und Gläsern gegen die Absperrung, heulten wie die Tiere, gierig auf den Kill.

Und da war Kaleb – so nahe, nach allem, was passiert war. Das Monster rammte ihr eine Faust in die Seite, während er ihren Kopf gegen die Brust zog. Seine dreckige, schwitzende Brust. Dann schlug er sie erneut. Der Schmerz explodierte in ihren Rippen. Sie stolperte. Rotwein, der von oben heruntergeschüttet wurde, regnete auf sie herab.

»Du bist erledigt«, drohte Kaleb. »Keine Bullenschlampe ist mir gewachsen.« Die Menge brüllte. Kaleb wischte ihr mit seinen widerlichen Händen übers Gesicht und lachte mit ruhiger, tödlicher Bosheit.

Kennedy zuckte zusammen und stürzte rückwärts. Sie versuchte von ihm wegzurutschen, aber er erwischte sie mit festem Griff an den Hosenbeinen. Er zog sie wieder zu sich, grinste dabei wie ein Totenschädel. Sie hatte keine Wahl. Sie knöpfte ihre Hose auf und ließ sie die Beine hinabrutschen. Das überraschte ihn und sie konnte wegkrabbeln. Die Menge tobte. Kaleb, der durchgedrehte Psychopath, hielt ihre Hose triumphierend nach oben und hatte nicht die leiseste Idee, dass Kennedy ihn damit ablenken wollte. Er stand einen Moment da, ohne sie zu beachten, und sprang dann nach vorn, aber sie verpasste ihm einen brutalen Kick ins Gesicht, sah zufrieden, wie seine Nase blutend und gebrochen zur Seite gedrückt wurde. Sie saß einen Moment auf dem Boden, starrte ihren Erzfeind an und konnte den Blick nicht von den blutunterlaufenen Augen abwenden.

Drake machte eine Rolle in die weitläufige Eingangshalle. Das SAS hatte tatsächlich bereits den Nachtklub gesichert und war gerade dabei, den breiten Treppenaufgang einzunehmen. Der Rest des Châteaus würde weniger einfach sein.

Dahl tippte auf seine Brusttasche. »Die Pläne zeigen, dass der Ausstellungsraum zu unserer Rechten liegt und in den Ostflügel reicht. Wir sollten jetzt keine Spekulationen anstellen. Wir waren uns einig, dass das der wahrscheinlichste Ort ist, an dem sich Frey, unsere Freunde und der Sarkophag befinden.«

»Wäre mir nicht im Traum eingefallen«, sagte Hayden todernst.

Mit der Truppe im Rücken folgte Drake Dahl in den Ostflügel. Sobald die Tür offen war, schossen noch mehr Kugeln durch die Luft. Drake rollte sich ab und eröffnete das Feuer, als er sich wieder aufgerichtet hatte.

Plötzlich trafen sie direkt auf Freys Männer. Messer blitzten auf. Pistolen wurden abgefeuert. Soldaten fielen zur Linken und zur Rechten. Drake rammte einer von Freys Wachen seinen Gewehrkolben gegen die Schläfe und schwang die Waffe dann herum, um dem Angreifer genau im richtigen Moment eine Kugel zu verpassen. Ein anderer Wachmann kam von rechts auf ihn zugerannt. Drake wich ihm aus und knallte ihm einen Ellbogen ins Gesicht. Er beugte sich über den bewusstlosen Mann, schnappte sich sein Messer und warf es wie ein Messerwerfer auf einen anderen Wachmann, der gerade einen der Delta-Soldaten exekutieren wollte.

Eine Waffe ging neben seinem Ohr los; die Lieblingspistole des SSG, eine Glock, außerdem trug Hayden ein normales Armeemesser. Eine multinationale Einsatztruppe für einen multinationalen Notfall.

Drake rollte unter dem Seitwärtskick einer Wache hindurch. Er wirbelte mit den Beinen zuerst herum und fegte den Mann von den Füßen. Als dieser auf den Rücken knallte, setzte Drake seinem Leben ein Ende.

Er erspähte Dahl ein paar Schritte vor sich. Die Reihen der Feinde lichteten sich – vermutlich nur ein paar Dutzend Märtyrer, die man losgeschickt hatte, um die Eindringlinge aufzuhalten. Der Rest der Privatarmee würde woanders auf sie lauern.

»Gut zum Aufwärmen.« Der Schwede grinste, sein Mund war blutverschmiert. »Also *weiter!*«

Sie gingen durch die nächste Tür, vermieden die Sprengfallen und kamen in einen Raum, in dem drei Männer von Scharfschützen erwischt wurden, bevor sie es schafften, diese auszuschalten. Sie sahen sich mit einer hohen Steinmauer konfrontiert, mit Schießscharten, aus denen Maschinengewehre ratterten. In der Mitte der Wand war eine robuste Stahltür, die aussah, wie von einem Tresorraum.

»Das ist es«, sagte Dahl, als er in Deckung war. »Freys Ausstellungsraum.«

»Scheint schwer zu knacken zu sein«, meinte Drake, der hinter ihm ebenfalls Schutz gesucht hatte und eine Hand hochhielt, während ein Dutzend weitere Soldaten zu ihm eilten. Er suchte nach Hayden, aber sah ihre schlanke Gestalt nicht zwischen den anderen Männern. *Wo ist sie, verdammt? Bitte, bitte, hoffentlich liegt sie nicht tot irgendwo dahinten …*

»Sieht aus wie Fort Knox«, sagt einer der Deltas, nachdem er einen Blick riskiert hatte.

Drake und Dahl sahen sich an. *»Grappler!«*, riefen sie beide gleichzeitig und hielten sich an die Taktik: Nicht lange fackeln.

Zwei große Gewehre wurden nach vorn gereicht, die Soldaten grinsten dabei. Die mächtigen Waffen, die aussahen wie Raketenwerfer, hatten massive Stahlhaken, die aus dem Lauf ragten.

Zwei Soldaten sprinteten mit den dazugehörigen Stahlseilen auf den Armen herbei. Die Kabel wurden am hinteren Ende des Hakengewehrs befestigt.

Dahl betätigte sein Funkgerät. »Gebt Bescheid, wenn ihr bereit seid.«

Ein paar Sekunden vergingen, bis die Antwort kam. *»Los!«*

Die Deltas und das SSG gaben Feuerschutz. Drake und Dahl traten mit den schweren Hakengewehren auf den Schultern nach vorn. Sie zielten und betätigten jeweils den Abzug.

Die beiden stählernen Kletterhaken schossen mit der Geschwindigkeit von Raketen heraus und durchdrangen die Steinmauer von Freys Schatzkammer. Als sie auf den Hohlraum dahinter trafen, löste ein Sensor die Haken selbst aus, die sich tief in die Rückseite der Mauer gruben.

Dahl tippte sich aufs Ohr. »Dann los.«

Selbst von hier konnte Drake das Geräusch der beiden Hummer hören, die den Rückwärtsgang eingelegt hatten. Die Stahlseile waren an den verstärkten vorderen Stoßstangen befestigt.

Freys angeblich unüberwindbare Mauer explodierte.

Kennedy trat nach ihm, als Kaleb auf sie zukam. Sie erwischte sein Knie und er stolperte. Sie kämpfte sich auf die Beine. Kaleb warf sich erneut auf sie und sie schlug ihm mit dem Handrücken aufs Ohr.

Die Menge über ihr jubelte. Tausende Dollar an erlesenem Wein und feinem Whisky bekleckerten den Erdboden der Arena. Ein Spitzenhöschen flatterte langsam nach unten. Eine Krawatte. Ein paar Gucci-Manschettenknöpfe, von denen einer von Kalebs haarigem Rücken abprallte.

»Töte sie!«, schrie Frey.

Kaleb kam auf sie zu wie ein Güterzug. Er hatte die Arme weit ausgebreitet und gab gutturale Geräusche von sich. Kennedy versuchte zur Seite auszuweichen, aber er erwischte sie und hob sie in die Luft.

Kennedy verkrampfte und machte sich auf den Aufprall gefasst. Er war hart, ihr Rückgrat knallte auf Felsen und Erdboden, presste ihr die Luft aus der Lunge. Sie strampelte mit den Beinen, aber Kaleb landete zwischen ihnen und warf sich mit den Ellbogen voraus auf sie.

»Weiter so«, grunzte der Killer. »Jetzt wirst du schreien. *Aaaaaah!*« Seine Stimme klang irre, er kreischte wie ein abgestochenes Schwein in ihr Ohr. »*Aaaaah!*«

Der Schmerz ließ sie zusammenzucken. Der Bastard war nur noch Zentimeter entfernt, Speichel tropfte von den Lippen auf ihre Wangen. Aus seinen Augen strahlte wahnsinnige, abartige Unmenschlichkeit.

Für einen Augenblick war sie hilflos, rang um Atem. Er rammte die linke Faust in ihren Magen, und wollte dasselbe mit der Rechten tun, als er innehielt. Für einen Wimpernschlag schien er nachzudenken, dann legte er die Hand um ihren Hals und drückte.

Kennedy würgte, versuchte nach Luft zu schnappen. Kaleb kicherte wie ein Irrer. Er verstärkte seinen Griff, sah ihr wie hypnotisiert in die Augen. Er legte sein ganzes Gewicht auf sie, um sie zu fixieren. Sie bäumte sich mit aller Kraft auf, konnte ihn zur Seite abwerfen. Ihr war klar, dass sie nur eine Sekunde gewonnen hatte. Die perversen Gelüste des Bastards hatten ihr das Leben gerettet.

Sie versuchte wieder Abstand zu gewinnen. Die Menge jubelte – über ihre Performance, ihre dreckige Kleidung, ihre blutenden Beine. Kaleb erhob sich wie ein Boxer, der zu Boden geschlagen wurde, breitete die Arme weit aus und lachte.

Dann hörte sie eine Stimme, schwach, aber durchdringend in all dem Lärm.

Bens Stimme. »Drake kommt, Kennedy. Die Wachen reden darüber. Er kommt.«

Aber er würde sie hier unten nicht finden. Sie konnte sich nicht vorstellen, dass er diesen Bereich von allen Orten im Schloss zuerst absuchte. Das wahrscheinlichste Ziel waren der Tresorraum oder der Zellenbereich. Es konnte Stunden dauern …

Aber Ben brauchte sie. Kalebs Opfer brauchten sie.

Sie musste sich erheben, ihnen eine Stimme geben, wenn sie es selbst nicht mehr konnten.

Kaleb stürmte im Blutrausch blindlings auf sie zu. Kennedy täuschte Entsetzen vor, stützte sich dann mit dem hinteren Fuß ab und landete einen Ellbogen direkt in seinem Gesicht, als er auf sie losgehen wollte.

Blut strömte über ihren Arm. Kaleb stoppte, als sei er gegen eine Mauer gelaufen. Kennedy nutzte ihren Vorteil, hämmerte ihre Fäuste auf seine Brust und die bereits gebrochene Nase. Sie trat ihm gegen die Knie. Sie nutzte jede Methode, die ihr einfiel, um den Killer zu stoppen.

Der Jubel der Menge schwoll an, aber sie hörte es kaum. Ein schneller Tritt in die Eier und das Arschloch sackte auf die Knie, ein weiterer gegen das Kinn und er wurde auf den Rücken geworfen. Kennedy stürzte neben ihm auf die Erde, keuchte vor Erschöpfung und sah den ungläubigen Blick in seinen Augen.

Sie hörte einen Aufschlag neben sich. Als sie zur Seite blickte, sah sie eine zerbrochene Weinflasche, die mit dem Hals nach oben in der Erde steckte. Ein Merlot – der rote Rebensaft tropfte immer noch aus der Flasche.

Kaleb schlug nach ihr. Sie steckte den Hieb ein, ohne mit der Wimper zu zucken. »Du musst sterben«, zischte sie. »Für Olivia Dunn.« Sie zog die kaputte Flasche aus dem Boden. »Für Selena Tyler.« Sie hob sie über seinen Kopf. »Für Miranda Drury«, fügte sie hinzu. Ihr erster Schlag zertrümmerte Zähne. »Und für Emma Sulke.« Der zweite zerschmetterte Knochen. »Für Emily Jane Winters.« Der letzte Schlag brachte sein Herz zum Stillstand.

Sie kniete auf der blutbesudelten Erde, siegreich, das Adrenalin pumpte durch ihre Adern und hämmerte durch ihr Hirn. Sie klammerte sich an die Menschlichkeit, die ihr für einen Moment abhandengekommen war.

KAPITEL 44

LA VEREIN, DEUTSCHLAND

Kennedy wurde mit vorgehaltener Waffe die Leiter hochbeordert. Die Leiche von Thomas Kaleb ließ man an Ort und Stelle liegen.

Frey sah nicht besonders erfreut aus, während er in sein Handy sprach. »Der Tresorraum«, sagte er mit heiserer Stimme. »Beschützt den Tresorraum um jeden Preis, Hudson. *Alles andere* ist mir egal. Tu einfach, wofür ich dich bezahle!«

Er beendete das Gespräch und starrte Kennedy an. »Es scheint, dass deine Armeefreunde in mein Haus eingebrochen sind.«

Kennedy sah sich die versammelte Elite an. »Sieht so aus, als kriegt ihr reichen Wichser, was ihr verdient habt.«

Es gab leises Gelächter, Gläserklirren. Frey stimmte einen Moment mit ein, dann sagte er: »Trinkt ruhig aus, meine Freunde. Und verlasst dann das Gebäude auf dem üblichen Weg.«

Kennedy nahm ihren Mut zusammen und zwinkerte Ben zu. Ihr gesamter Körper schmerzte. Das Herz hämmerte und die Beine pochten; ihre Haut war zerschunden und die Hände mit klebrigem Blut bedeckt. Sie streckte sie Frey entgegen. »Kann ich das abwaschen?«

»Nimm die Bluse«, schnaubte er verächtlich. »Ist eh nicht mehr als ein Fetzen. So sieht es vermutlich auch im Rest deines Kleiderschranks aus.«

Er winkte einem Angestellten mit majestätischer Geste zu. »Nehmt sie mit. Und den Jungen.«

Kennedy lächelte trotz der Umstände. »So wird es für Sie enden, Frey. Gefängnis oder eine Kugel. Jetzt sind *Sie* dran, zu wählen.«

Frey kicherte. »Jemand wie ich, ein Mann großer Reichtümer, hat mehr als einen Schutzwall, meine Liebe. Es sind sogar mehr als ein Dutzend.«

»Sie sind bereits in das Schloss eingedrungen.«

Frey lachte laut auf. »Das hat nichts mit Security zu tun. Ich sagte Schutz. Der Unterschied ist gewaltig, glaub' mir. Statt einer Kamera ist es ein bekannter Name. Statt einem Befehl an eine Wache, ein Flüstern ins Ohr eines einflussreichen Mannes. Statt einer Gruppe von Söldnern, eine Horde Anwälte.«

Sie verließen die Arena, Kennedy fühlte sich erschöpft und versuchte ihre rasenden Gedanken zu beruhigen. Was sie getan hatte, würde sie noch Jahrzehnte verfolgen, aber jetzt war keine Zeit, darüber nachzudenken. Ben war neben ihr und so wie er sie ansah, versuchte er sie auf telepathischem Weg zu ermutigen.

»Danke, Mann«, sagte sie laut, trotz der Wachen. »War ein Spaziergang.«

Sie folgten einer Abzweigung nach links, die sich vom Zellentrakt entfernte. Kennedy versuchte sich zusammenzureißen.

Einfach überleben, dachte sie. *Einfach nur am Leben bleiben.*

Frey erhielt einen weiteren Anruf. »*Was? Sie sind am Tresorraum? Idiot! Du … du …*«, stammelte er außer sich vor Wut. »*Hudson … schick' die gesamte Truppe rein!*«

Ein elektronisches Piepsen beendete das Gespräch so abrupt wie eine Guillotine.

»Bringt sie in die Wohnquartiere!« Frey wandte sich seinen Wachen zu. »Es scheint, dass du mehr *Freunde* hast, als wir dachten, liebe Kennedy. Ich werde mich erst später um deine Wunden kümmern können.«

Damit ging der durchgeknallte Deutsche strammen Schritts davon. Kennedy war bewusst, dass sie und Ben nun mit den vier Wachmännern allein waren. »Weiter.« Einer von ihnen schubste sie in Richtung der Tür am Ende des Gangs.

Als sie hindurchgegangen waren, riss Kennedy überrascht die Augen auf.

Dieser Teil des Schlosses war völlig entkernt und ein neues, gewölbtes Dach darüber errichtet worden. Kleine gemauerte »Häuser« waren zu beiden Seiten aufgereiht – wenig mehr als große Schuppen und es gab etwa acht davon. Kennedy wusste sofort, dass hier schon mehr als eine Handvoll Gefangener Station gemacht hatten.

Jemand, der noch schlimmer war als Thomas Kaleb?

Darf ich Ihnen Abel Frey vorstellen?

Ihre Lage wurde von Minute zu Minute brenzliger. Die Wachen gingen mit Ben und ihr auf eines der Häuser zu. Wenn man erst einmal drin war, hieß es Game over. *Spiel vorbei.*

Sie konnte möglicherweise einen der Wachmänner ausschalten, vielleicht auch zwei. Aber vier? Keine Chance.

Außer …

Sie drehte sich um und sah den Wachmann an, der ihr am nächsten war. Er hatte sie angestarrt.

»Hey, das war's also? Ihr steckt uns da rein?«

»Das sind meine Befehle.«

»Hört mal. Der Junge hier – ist von weit hergekommen, um seine Schwester zu retten. Könnte er sie wenigstens sehen? Nur einmal?«

»Befehle von Frey. Wir dürfen nicht.«

Kennedy ließ den Blick zwischen den Wachen hin und her wandern. »Und? Weiß doch keiner. Ein bisschen Rebellion ist die Würze des Lebens, stimmt's?«

Die Wache blaffte sie an. »Bist du blind? Hast du die *Kameras* hier nicht gesehen?«

»Frey ist gerade damit beschäftigt, gegen eine Armee zu kämpfen, die er nicht besiegen kann.« Kennedy lächelte. »Wieso glaubt ihr, hat er sich so schnell aus dem Staub gemacht? Ihr wisst doch wohl, wer da draußen ist – die Schweden, die Engländer und die verdammten Amerikaner. Ihr seid erledigt, ihr alle. Lasst Ben seine Schwester sehen, dann lege ich vielleicht ein gutes Wort für euch ein, wenn die neuen Chefs hier sind.«

Die Wachen sahen sich gegenseitig an und es dauerte nicht lange, bis zwei von ihnen Karins Zellentür öffneten, während die anderen demonstrativ protestierten.

Zwei Minuten später holten sie Karin aus ihrer Zelle. Sie stolperte zwischen ihnen vorwärts, sah erschöpft aus, die blonden Haare zerzaust und fettig, der Blick niedergeschlagen.

Aber bei Bens Anblick blitzten ihre Augen auf. Neue Kraft schien ihren Körper aufzurichten.

Kennedy sah ihr in die Augen, als die beiden Grüppchen sich trafen, und versuchte ihr durch einen Blick zu verstehen zu geben, wie wenig Zeit sie hatten, in welcher Gefahr sie schwebten, und dass es ihre letzte Chance war.

Karin schüttelte ihre Wachen ab und fauchte: »*Jetzt setzt es Dresche, ihr Wichser.*«

Torsten Dahl führte die Truppe an, das Gewehr wie ein Schwert erhoben. Er brüllte aus vollen Kräften. Drake war neben ihm und sprintete los, noch bevor die Wand zum Tresorraum ganz kollabiert war. Rauch und Trümmer hatten sich in dem kleinen Raum verteilt. In vollem Lauf sah Drake aus dem Augenwinkel, dass der Rest der Truppe zu beiden Seiten ausschwärmte. Sie waren eine rennende Phalanx des Todes, bereit, ihre Feinde zu vernichten.

Drakes Instinkte setzten ein, als der Rauch sich lichtete. Zu seiner Linken sah er eine Gruppe Wachen, vor Angst erstarrt, reagierten sie zu langsam. Er feuerte eine Salve in ihre Mitte und mindestens drei gingen zu Boden. Vor sich hörte er Gegenfeuer. Soldaten fielen zu seiner Rechten und Linken, manche stürzten einfach durch den Schwung in die Trümmer der kollabierten Wand.

Blut spritzte vor seinen Augen, als ein Mann, der einem Schuss nicht mehr hatte ausweichen können, tödlich getroffen eine Pirouette vollführte.

Drake sprang in Deckung. Scharfe Steine und Betonbrocken schürften seine Arme auf, als er auf dem Boden aufschlug. Er rollte sich ab, feuerte ein paar Salven in die Ecken. Männer schrien. Eines der Ausstellungsstücke explodierte förmlich im Kugelhagel. Alte Knochen wirbelten wie in Zeitlupe durch die Luft.

Weiterer Beschuss von vorn und Drake sah eine ganze Reihe an Männern auf sich zukommen. Verflucht! Freys Privatarmee war direkt vor ihnen, arrangiert in tödlicher Formation, und die Männer beschleunigten ihr Tempo, da sie glaubten, im Vorteil zu sein.

Karin nutzte ihre Kampfsporterfahrung und das Überraschungsmoment, um ihre Gegner in Sekunden auszuschalten. Kennedy verpasste ihrem Bewacher einen kräftigen Rückhandschlag ans Kinn, machte einen Schritt nach vorn und ließ einen Kopfstoß folgen, so heftig, dass *sie* selbst Sterne sah. Eine Sekunde später merkte sie, dass der vierte Wachmann zurückgewichen war, um Abstand zwischen sich und seine Gegner zu bringen.

Ihr Mut verließ sie. Selbst für sie beide waren vier Wachen *doch* zu viel gewesen.

Der Wachmann hob panisch seine Waffe. Mit zitternden Händen sah er sich um, suchte nach Hilfe. Kennedy hielt die Hände mit den Handflächen nach außen.

»Ganz ruhig, Kumpel. Schön ruhig bleiben.«

Sein Abzugsfinger krümmte sich vor Schreck. Ein Schuss löste sich und prallte von der Decke ab.

Kennedy zuckte zusammen. Die nervöse Anspannung war beinahe mit Händen zu greifen.

Ben schrie fast, als sein Handy die gespannte Stille mit einer lärmenden Melodie durchbrach. Das Stück *Effigy* der Metal-Band *Seether* in voller Lautstärke.

Die Wache erschrak genauso und gab erneut ungewollt einen Schuss ab. Kennedy spürte, wie die Kugel an ihrem Schädel vorbeisauste. Sie stand vor Panik wie angewurzelt am Fleck.

Bitte, dachte sie. *Sei kein Idiot. Denk' an deine Ausbildung.*

Ben warf sein Smartphone nach dem Wachmann. Kennedy sah, wie er zurückwich, und ließ sich zu Boden fallen, um noch mehr Ablenkung zu schaffen. Sie krabbelte zu einer fallengelassenen Waffe. Bis die Wache das Handy weggeschlagen hatte und sich wieder auf sie konzentrierte, hatte Karin die Waffe des dritten Wachmanns in Anschlag gebracht.

Karin hatte schon eine Weile die Gastfreundschaft hier genossen. Sie wusste, was La Verein für ein übler Ort war. Sie feuerte, ohne zu zögern. Der Wachmann taumelte nach hinten, als eine rote Wolke aus der Weste spritzte. Dann breitete sich ein dunkler Fleck auf seinen Schultern aus und er wirkte verwirrt. Die Verwirrung verwandelte sich in Wut.

Er feuerte direkt auf Ben. Kennedy schrie.

Aber der Schuss verfehlte sein Ziel. Der Wachmann traf nicht, weil eine Sekunde, bevor er den Abzug durchzog, sein Kopf explodierte.

Hinter ihm, wie eingerahmt von spritzendem Blut, stand Hayden mit der Glock in der Hand.

Kennedy sah Ben und Karin an, die sich beide freudig liebevoll, aber auch mit Trauer in den Augen ansahen. Es schien angebracht, ihnen einen Moment zu geben. Hayden war an ihrer Seite, nickte erleichtert in Richtung Ben.

»Wie hält er sich?«

Kennedy zwinkerte. »Ich schätze mal, er wird froh sein, dich zu sehen.« Dann wurde sie wieder ernst. »Wir haben noch ein paar andere Gefangene hier zu retten, Hayden. Schnappen wir sie und dann nichts wie raus aus diesem Höllenloch.«

Die beiden Armeen trafen krachend aufeinander, die Koalitionskräfte knallten die Deutschen ab wie die Kaninchen. Diese hatten Messer gezückt und versuchten nahe genug an ihre Gegner heranzukommen.

Für einen Moment kam Drake das Messerspiel sinnlos vor, schierer Wahnsinn, aber dann erinnerte er sich, wer der Boss der Männer war. Abel Frey. Der Irre wollte sicher nicht, dass seine unbezahlbaren Ausstellungsstücke von den eigenen Leuten mit Kugeln durchsiebt wurden.

In dem ganzen Chaos streckte Drake Gegner um Gegner nieder. Soldaten stöhnten und gingen überall um ihn herum aufeinander los, brachen sich gegenseitig die Knochen. Männer schrien. Es war eine wilde Schlägerei. Überleben hing von Glück und Instinkt ab, nicht mehr vom eigenen Kampfgeschick.

Als er sich schlagend und schießend seinen Weg durch die Reihen der Gegner bahnte, sah er vor sich eine Gestalt. Einen wirbelnden Derwisch des Todes.

Alicia Myles, die eine Schneise durch die internationale Elitetruppe schlug.

Drake stellte sich ihr. Der Kampflärm schien mit einem Mal aus weiter Ferne zu kommen. Sie waren im hinteren Bereich des Ausstellungsraumes. Odins Sarkophag stand neben ihnen, jetzt geöffnet und von einer Batterie Scheinwerfer beleuchtet, die darüber angebracht waren.

»Sieh an, sieh an«, lachte sie. »Der *Drakester*. Na, alles locker, Kumpel?«

»Wie immer.«

»Hmm, ich erinnere mich. Mit *locker* war es aber schnell vorbei, was? Netter Kampf an den Seilen übrigens. Nicht schlecht für einen ehemaligen Soldaten, der zu Zivilistenabschaum wurde.«

»Wo ist denn dein kleiner Loverboy?«

»Loverboy?«

Zwei kämpfende Soldaten stießen gegen Drake. Er schubste sie mit Alicias Hilfe zur Seite, sie beide genossen, was als Nächstes kommen würde. »Na, du weißt schon. Dein Liebhaber, erinnerst du dich? Milo?«

»Ach ja. Den musste ich leider umlegen. Der Bastard hat Frey und mich in einer peinlichen Situation ertappt.« Sie kicherte. »Ist sauer geworden. Hat den Löffel abgegeben.« Sie verzog das Gesicht. »Nur ein weiterer Idiot, den ich abgehakt habe.«

»War auch eher unwahrscheinlich, dass er dich zähmen könnte.« Drake nickte. »Ich erinnere mich.«

»Wieso musst du hier eigentlich mitmischen? Ich würde dich wirklich nur ungern umlegen müssen.«

Drake schüttelte belustigt den Kopf. »Da gibt es einen netten Begriff – Lügen haben hübsche Beine, oder so ähnlich. Das beschreibt dich ganz gut, Myles.«

»So?« Alicia rollte mit einem Grinsen ihre Ärmel hoch und kickte ihre Schuhe von den Füßen. »Soll ich dir deine Eier auf dem Silbertablett servieren?«

Aus dem Augenwinkel sah Drake, wie Abel Frey versuchte, sich aus dem Staub zu machen und dabei jemanden namens Hudson anbrüllte. Anscheinend hatte Myles die beiden bewacht, während sie ihre Truppe befehligten, aber nun hatte sie andere Prioritäten. Der allseits verlässliche Torsten Dahl trat dem verrückten Deutschen in den Weg und griff ihn an.

Drake ballte die Fäuste. »Das wird nicht passieren, Myles.«

KAPITEL 45

LA VEREIN

Alicia überrumpelte Drake, indem sie ihre Jacke auszog, sie herumwirbelte, bis sie fest wie ein Seil war und sie dann mit beiden Händen um seinen Hals warf. Er wehrte sich, aber die improvisierte Schlinge zog ihn mit.

Direkt in ihre Kniestöße – wie ein Thaiboxer. Eins. Zwei. Drei.

Er schaffte es, dem ersten Kick durch eine Drehung auszuweichen, und drehte sich. Der zweite knallte ihm in die Rippen. Der dritte traf ihn wuchtig in die Hoden. Schmerz donnerte durch seinen Unterleib, Übelkeit erregend, und er fiel auf den Hintern.

Alicia stand grinsend über ihm. »Na, was hab ich gesagt? Hm, Drakey, was *genau* hab ich gesagt?« Sie machte eine Bewegung, als würde sie ihm etwas reichen. »Hier, deine Eier.«

Nach einem Schritt auf ihn zu, versuchte sie ihn mit einem Side-Kick zu treffen, der auf seine Nase zielte. Drake konnte beide Arme hochreißen und ihn abwehren. Nach einer weiteren Drehung stand sie frontal vor ihm, schwang ein Bein im Bogen hoch in die Luft und ließ es dann direkt in Richtung seiner Stirn senkrecht nach unten sausen.

Axt-Kick.

Drake rollte sich nach hinten, aber der Tritt traf ihn schmerzhaft in die Brust.

Sie stampfte auf seinen Knöchel.

Drake schrie. Ihre Schläge kamen systematisch, sollten ihm Schmerz zufügen und ihn bewegungsunfähig machen. Sie wollte ihn brechen, Stück um Stück, und sich zunutze zu machen, dass er durchs Zivilleben so abgeschlafft war. Aber – konnte er wirklich seinem Ausscheiden aus dem Militär die Schuld geben? Sie war schon immer gut gewesen. Aber war sie immer *so* gut gewesen?

Zivilleben oder nicht, er war ein Ex-SAS-Soldat und sie wischte gerade mit ihm den Boden auf.

Drake rutschte rückwärts. Drei Soldaten, die miteinander gekämpft hatten, stolperten über ihn und gingen zu Boden. Drake kam in den Genuss, einem Deutschen den Ellbogen gegen den Kehlkopf zu rammen. Er hörte Knorpel reißen und fühlte sich ein wenig besser.

Ihm war bewusst, dass Myles es zugelassen hatte, dass er aufstand. Sie tänzelte von einem Fuß auf den anderen, die Boshaftigkeit sprühte ihr aus den Augen wie Höllenfeuer. Hinter ihr sah er Dahl, Frey und Hudson in ein Handgemenge verwickelt. Sie kämpften auf der gegenüberliegenden Seite von Odins Sarkophag, die Gesichter schmerzverzerrt.

Alicia ließ wieder ihre Jacke nach vorn schnellen. Sie erwischte ihn wie eine Peitsche auf der linken Gesichtsseite. Sie wollte einen weiteren Schlag landen, doch er fing ihn ab, zerrte mit aller Kraft. Sie stolperte in seine Arme.

»Hi.«

Er presste beide Daumen direkt unter ihre Ohren und drückte fest zu. Sie versuchte, sich seinem Griff zu entwinden, aller Anflug von Übermut hatte sie verlassen. Er drückte hart genug auf die Nervenknoten, dass jeder normale Mann bereits ohnmächtig geworden wäre.

Myles bäumte sich auf und trat um sich wie ein Rodeobulle.

Er presste fester. Schließlich sank sie in seine grobe Umarmung, ließ ihn ihr Gewicht tragen, erschlaffte, versuchte sicher, den Schmerz aus dem Bewusstsein zu verbannen. Dann schoss sie plötzlich nach oben und rammte beide Daumen in seine Achselhöhlen.

Direkt in Drakes eigene Nervenknoten. Schmerz durchfuhr ihn.

Und so waren sie ineinander verhakt: Zwei gefährliche Feinde, die sich durch Wellen von Schmerz kämpften, sich kaum bewegten, einander in die Augen starrten, wie lange getrennte Liebende, bis dass der Tod sie scheidet.

Drake stöhnte, konnte seinen Schmerz nicht mehr verbergen. »Das … ist … verrückt … Wieso für diesen … diesen Mann arbeiten?«

»Mittel … zum … Zweck.«

Weder Drake noch Alicia gaben nach. Um sie herum flaute der Kampf langsam ab. Es waren mehr von den Koalitionsstreitkräften übrig als von den Deutschen. Aber sie kämpften weiter. Und aus dem Augenwinkel sah Drake, dass Dahl und Frey in einer ähnlichen, tödlichen Umarmung gefangen waren.

Drake fiel auf die Knie und zog Alicia mit sich nach unten. Schwarze Flecken tanzten vor seinen Augen. Ihm wurde klar, wenn sie sich aus dem Griff befreien konnte, dann war er erledigt. Mit jeder Sekunde verlor er mehr an Kraft.

Er wurde fast bewusstlos. Sie drückte fester, ihr Killerinstinkt hatte die Oberhand gewonnen. Seine Daumen rutschten ab. Alicia fiel nach vorn und landete einen Schlag mit dem Ellbogen auf sein Kinn. Drake hatte ihn kommen sehen, aber keine Kraft mehr, ihn abzuwehren.

Sterne explodierten hinter seinen Augenlidern. Er fiel flach auf den Rücken, starrte nach oben auf Freys gotische Decke. Alicia krabbelte über ihn und seine Aussicht wurde durch ihr schmerzverzerrtes Gesicht ersetzt.

Keiner der Soldaten um sie herum versuchte sie zu stoppen. Der Kampf würde nicht enden, bevor einer der Kämpfer entweder aufgab oder starb.

»Nicht schlecht«, hustete sie. »Du hast es noch drauf, Drake, aber du solltest wieder mehr trainieren. Ich bin immer noch besser als du.«

Er seufzte. »Ich weiß. Fürs Erste.«

»Was?«

»Du hast … diesen Biss. Den Killerinstinkt. Kampfgeist. Das ist der Unterschied. Deswegen bin ich ausgeschieden.«

»Ich hab den Teufel im Leib«, grinste sie. »Das hat mir mein Dad immer gesagt, dieser Bastard. Jetzt weiß ich es. Aber wieso solltest du die Armee verlassen wollen, nur weil du den Biss verloren hast?«

»Sobald man sich um irgendetwas *außerhalb* des Jobs sorgt«, sagte er, »verändert das alles. Und du musst gar nicht *schlecht* sein, Alicia. Man muss nur versuchen, sich zu ändern.«

Ihre Faust war erhoben, bereit, ihm den Kehlkopf zu zermalmen. Ein Moment verstrich. Dann sagte sie: »Ein Leben für ein Leben?«

Drake spürte, wie die Energie langsam wieder in seine Glieder zurückkehrte. »Nach allem, was ich heute getan habe, glaube ich, dass sie mir was schuldig sind.«

Alicia trat einen Schritt zurück und streckte die Hand aus, um ihm auf die Beine zu helfen. »Ich hab Wells tatsächlich auf die Seile *zugerollt* in Mimirs Quelle. Ich habe ihn in Odins Grab *nicht* getötet. Ich hab außerdem Freys Aufmerksamkeit von Ben *abgelenkt*. Und ich habe Kennedy geholfen. Ich bin hier nicht dabei, um die Welt zu zerstören, Drake. Ich bin nur hier, um ein bisschen Spaß zu haben. Wir sehen uns noch.«

»Einverstanden.« Drake war wieder sicher auf den Beinen, gerade als Torsten Dahl Abel Freys leblosen Körper vom breiten Rand von Odins Sarkophag auf den Boden wuchtete. Er schlug mit einem feuchten Klatschen auf die wertvollen italienischen Fliesen.

Ein Jubel brandete quer durch die Koalitionstruppe auf.

Dahl streckte eine Faust in die Höhe, als er in den Sarg sah.

»Der Bastard hat nie seinen Hauptpreis gesehen«, lachte er. »Sein Lebenswerk. Die echten Knochen von Odin, direkt aus dem Grab der Götter. Hey Jungs, das müsst ihr euch ansehen.«

Gut gelaunt winkte er alle heran, um sich anzusehen, was er gefunden hatte.

KAPITEL 46

STOCKHOLM

Am Tag darauf schaffte es Drake, den endlosen Nachbesprechungen zu entkommen, um ein paar Stunden Schlaf in einem nahegelegenen Hotel zu bekommen, einem von Stockholms ältesten und besten Gästehäusern.

In der Lobby wartete er auf den Aufzug und sein Hirn fühlte sich wie Mus an, das ihm aus den Ohren tropfte. Der Schlafmangel war schuld, die ständigen Schlägereien und der immense Druck. Er musste sich ein paar Tage erholen.

Der Aufzug gab ein *Ping* von sich. Eine Gestalt tauchte hinter ihm auf, trat dann neben ihn.

Kennedy – in den Hosenanzug für Samstag gekleidet, die Haare straff zurückgebunden, musterte sie ihn mit diesen bodenlosen traurigen Augen.

»Hey.«

Worte waren nicht genug. Sie zu fragen, ob sie okay war, wäre nicht nur lahm, sondern geradezu idiotisch.

»Selber hey.«

»Gleiches Stockwerk?«

»Sicher. Die haben uns alle schön zusammengepfercht.«

Sie traten in den Aufzug und sahen ihre fragmentierten Reflexionen im Spiegel, vermieden dabei den Sichtbereich der obligatorischen Videokamera. Drake drückte auf den Knopf für den 19. Stock.

»Kommst du so prima klar wie ich, Kennedy?«

Sie lachte aufrichtig. »Eine verrückte Woche, oder *Wochen*. Bin nicht sicher. Ich packe es immer noch nicht, dass ich meiner Nemesis gegenüberstand und am Ende meinen Namen reinwaschen konnte. Zumindest auf dem Papier. Das ändert nichts daran, was Kaleb getan hat.«

Drake zuckte die Achseln. »Genau wie ich. Ironie des Schicksals, oder?«

»Wo ist Alicia hin?«

»In die Nacht, wohin alle dunklen Geheimnisse verschwinden; sie und dieser Computer-Nerd Hudson. Die waren weg, noch bevor es irgendjemand mitgekriegt hat.«

»Du hast das Richtige getan. Sie haben hier nicht die Fäden gezogen. Alicia ist gefährlich, aber sie ist keine Psychopathin. Sie hat mich aus irgendeinem Grund in dem Helikopter verschont, mir einigen Schmerz erspart. Und Hayden«, fuhr sie fort, als die Aufzugtüren sich schlossen und die alte Kabine nach oben zu fahren begann. »Glaubst du, sie bleibt mit Ben zusammen?«

»Das hoffe ich. Aber zwischen den beiden liegen Welten. Wenn nicht, dann hat er jetzt zumindest Sex gehabt, glaube ich.«

Kennedy gab ihm einen Knuff gegen die Schulter. »Mal nicht so schnell mit den jungen Pferden, Kumpel. Vielleicht schreibt er ihr lieber einen Song.«

»Nennen wir ihn einfach – *dreieinhalb Minuten mit dir*.«

Sie fuhren langsam am siebten Stock vorbei. »Da fällt mir ein, was du in Odins Grab gesagt hast. Irgendetwas davon, dass ich dich in York besuchen soll.«

Drake starrte sie an. Sie schenkte ihm ein verführerisches Lächeln.

»Nun … ich …« Er seufzte und lenkte ein. »Ich bin da völlig aus der Übung.«

»Bei was?«

Aus Kennedys Augen blitzte der Schalk.

»Eine alte Gruppe von DinoRock nannte es die *Unbefleckte Verführung*. In Yorkshire sagen wir: *Eine Tussi anquatschen*. Wir sind da etwas einfacher gestrickt, weißt du.«

Während der Aufzug mit einem Klicken am 14. Stock vorbeifuhr, knöpfte Kennedy ihre Bluse auf. Darunter trug sie einen roten BH.

»Was machst du da?« Drake spürte, wie sein Herz einen Schlag verpasste, als hätte es einen Elektroschock bekommen.

»Was zur Hölle glaubst du wohl?«

Kennedy knöpfte die Hose auf und ließ sie zu Boden gleiten. Sie trug ein passendes rotes Höschen. Der Aufzug ließ ein Klingeln vernehmen, als er in ihrem Stockwerk ankam. Drake spürte, wie sein Blut und alles andere in Wallung kam. Die Tür glitt auf.

Davor wartete ein junges Pärchen. Die Frau kicherte. Der Mann grinste Drake an. Kennedy zog Drake aus dem Aufzug und in den Korridor. Ihren Hosenanzug ließ sie zurück.

Drake sah sich um. »Willst du den nicht mehr?«

»Den brauche ich nicht mehr.«

Drake hob sie hoch. »Mein Zimmer ist nicht weit.«

Kennedy öffnete ihre Haare.

–ENDE–

LUZIFER
VERLAG